读历史 悟思想 慧人生

大义晋国

黄先德 著

山西出版传媒集团

山西人民出版社

图书在版编目（CIP）数据

大义晋国/黄先德著.--太原:山西人民出版社，
2025.7.-- ISBN 978-7-203-13799-3

Ⅰ.1247.7

中国国家版本馆CIP数据核字第2025VN9225号

大义晋国

著　　者：黄先德
责任编辑：蔡咏卉
复　　审：傅晓红
终　　审：梁晋华
装帧设计：成都现当代文化传播有限公司

出 版 者：山西出版传媒集团·山西人民出版社
地　　址：太原市建设南路21号
邮　　编：030012
发行营销：0351－4922220　4955996　4956039　4922127（传真）
天猫官网：https://sxrmcbs.tmall.com 电话：0351－4922159
E－mail：sxskcb@163.com 发行部
　　　　　sxskcb@126.com 总编室
网　　址：www.sxskcb.com

经 销 者：山西出版传媒集团·山西人民出版社
承 印 厂：雅艺云印（成都）科技有限公司

开　　本：880mm×1230mm　1/32
印　　张：12.25
字　　数：276千字
版　　次：2025年7月第1版
印　　次：2025年7月第1次印刷
书　　号：ISBN 978-7-203-13799-3
定　　价：78.00元

如有印装质量问题请与本社联系调换

内容提要

这是一部关于我国春秋时期晋国历史人物的故事小说集，收集了作者近年来创作的十六个故事小说，之所以取书名《大义晋国》，是因为史学界有"华夏文明看春秋，春秋大义看晋国"之说。春秋时期是中华民族一个重要的文明源头，晋国是当时一个举足轻重的诸侯国，集中体现了其中的"大义"，后来的人们不断地颂扬与相承，以至惠泽至今。

作者选取了一些有代表性的人和事，上至国君，下至底层人物，以相对独立的篇幅，用故事小说的艺术形式进行演绎，使真实的历史生活丰盈生动起来，展现了那个时代的精神风貌和先人们的智慧、勇气和高尚的品格以及奋斗的种种。其中每个篇幅都有一个鲜明的主旨。"一切历史都是当代史"，"前事不忘，后事之师"，于今天的人们，对为人处世，做最好的自己，更好地成长，极富借鉴与指导意义。

忠于历史，形象生动，古为今用，是本书的显著特色。

CONTENTS目录

圣 母

一

周武王姬发打败商纣王一统天下后，分封诸侯国，诸侯国分公、侯、伯、子、男五个等级爵位，将土地和人口，分别授予先古圣王的后裔、王族、功臣和贵族，让他们建立诸侯国，直接管理自己的领地和军队，以拱卫王室，称作"封建"，共立七十一国，其中周天子本家姬姓血统五十三人，占一大半，所以后来被分封者有称为某公、某侯、某伯的。诸侯国以下又封大夫，大夫以下又封士之类，不过都是从属于诸侯国。被封者又多以封地为姓氏，这也就成为了中国许多姓氏的源头。许多不同的姓氏，其实是共一个祖先。开始，诸侯国允许可以有"一军"的正规武装部队，即一万两千五百名正规军、五百辆战车，有自己独立的财政与民政、户口政策等，大夫及以下只是不允许拥有军队。两年之后，周武王去世，其子姬诵继位，是为周成王，但年幼尚小还是个孩子，由其叔父周公旦摄政。

姬诵有个弟弟叫姬虞，是同一个母亲邑姜生的，两兄弟常常同时伴在母亲身边，一直感情很好。之所以取名"虞"，当初，

周武王与妻子邑姜同房时，梦见天帝对周武王说："我让你生个儿子，并为你的儿子取名为虞，我准备将唐地赐给他。"等邑姜生下儿子时，果然看见婴儿小手的掌心，隐隐约约有个像"虞"字的纹路，天意不可违，因此就给孩子取名为"虞"。因为后来成了天子的弟弟，人们唤之"叔虞"。

即使是天下最高统治者，小孩子终归是小孩子，天性总是喜欢玩的。有一天，姬诵和弟弟虞在宫中一棵硕大的梧桐树下一块儿玩耍。忽然，一阵强劲的秋风吹来，梧桐树上的叶子纷纷飘洒下来。风过后，大地归于平静，地上落满了片片梧桐叶。姬诵看着地上的瞬间变化，就围绕梧桐树踏着树叶奔跑着，弟弟虞跟在后面跑。姬诵高兴坏了，有个鼻涕虫作尾巴，很是享受这种感觉。发现一片特别大的梧桐叶，一时兴起，便从地上捡起，欲送给弟弟，不能让他白"跟班"，得有所表示犒赏一下。待虞气喘吁吁来到面前站定，望着懂事又聪明伶俐的弟弟，又觉得这未免太俗了，和平民百姓没什么区别，尽管还小，但毕竟是王与王弟，得有王的作派与风度。灵机一动，掏出随身携带的小刀，要在上面切出一个图案，证明这是王赐与的树叶，与其它树叶压根不可同时而语。什么样的图案才有意义呢？想到了"圭"，每个诸侯和朝中每一个臣子都有一块，是本王在叔父的主持下，赐给他们上朝用的，作为他们身份地位的象征。这很容易的，他屏住呼吸，小心翼翼用小刀将树叶切成"圭"的模样，这么一来，一片树叶就成了艺术品，并且是王的"杰作"，然后随手将它送给虞。转而一想，一片树叶说到底没什么意思，可这毕竟是王制作的，意义就非同一般，就以王对臣下的架势，用玩笑的语气对他说："本王要封给你一块土地，这个就是凭证，你先拿去吧！"

　　叔虞听到王哥哥这么说，惊喜地"哇"了一大声，信以为真，常常听说封侯了才有封地，并且还可以拥有自己直接掌握指挥的万军百车，自己这么小就有土地、军队和许许多多的民众了，钱也随便想怎么花就怎么花，每天都有许多人环绕着、伺候着，再也用不着天天吃粗菜淡饭、穿粗布陋衣，脸蛋笑成一朵绽放的花，随即把这片用梧桐叶切成的"圭"合掌捂住，屁颠颠跑开了。跑一段路，又停下来，轻轻挪开手掌，端详一下"圭"叶，嬉笑颜开，大叫着"我有土地啦"，又跑起来……

　　一路上，人们好奇地望着、听着，疑惑不解，王子叔虞封土地了？这么大的事，没听说过呀，可看那兴奋情形、听那童真无邪，又不象是假的。

　　叔虞急于去将此事告知母亲，也让母亲为自己高兴。跑至一所低矮的屋子门前停下来，待气喘吁吁平息如常，蹑手蹑脚一副神秘状进去。

　　邑姜正在织机上忙着。本当以王太后的身份，是完全合乎制度住富丽堂皇的别墅，可她在丈夫周武王去世后，以两个孩子太小，出生在王室，又是和平安定的年代，不能经历祖辈、父辈那样艰难困苦的洗礼，生活太优渥，不利成长为由，坚持要住与普通百姓家一般无二的房子，过普通百姓家一样的日子，取得辅政的周武王弟弟周公旦的支持。此刻，她瞥见灵动活泼的小儿子一反常态的模样，估摸着其中缘故，停机屏息等待着。

　　突然，"娘——"

　　一声与小小年龄极不相称的呼喊，使邑姜全身不由一颤，到底了发生了什么?!

　　"我让娘看一个天下最大、最重要的宝贝哟!"说罢，轻轻缓

缓摊开手掌。

邑姜仔细一瞧，不由浑身松懈下来："不就一片树叶嘛，用得着这么一惊一咋的，没看到娘正忙着？"

"不！不是树叶，是土地、是军队、兵车，是……"

"告诉娘，到底怎么回事？"邑姜严肃起来，自儿子出生起，他的哭笑、打闹、玩耍、话语都未曾打断过，这是第一次。

听完儿子郑重其事、有板有眼的叙述，邑姜第一反应这些是真的，因为经过持续不断地严格教育，儿子不会、更不敢撒谎。瞬即感到问题严重：大儿子"闯祸"了！而且"祸"大如天，收拾很难。两个儿子凭空闹了这么一出，国王是谁呀，一言九鼎，覆水难收。她极力平静如常："什么土地呀、军队呀，都是朝政大事，孩子家不懂的，去找叔父吧，看怎么安排。"

"娘！不要看我小，我懂，朝中一切大事都是叔父定夺的，封土地是朝中最大的事儿，肯定得经过叔父的。我这就去，谢谢娘！"叔虞脸上复现童稚的兴奋，瞅了瞅宝贝树叶，合紧双掌，转身一溜烟似箭射远了。

望着瞬间逝去的小身影，邑姜摇摇头，叹着气，整个人沉甸甸起来。

周公旦正在家中翻着一堆竹简，看到王侄叔虞如风一般卷过来，还没来得及招呼与招待，气喘吁吁的叔虞亮开了手掌，一股脑倒豆子般倾诉一番。看到如"圭"的树叶，周公旦心里"咯噔"一下，明白了一切，镇定如常，笑哈哈指着树叶"圭"说："别弄丢这个宝贝，快回家吧，小孩子在外面玩太久了不好，你娘会急坏的，叔叔这就跟你讨封土地去！"

"我娘也会高兴的。谢谢王叔！"

　　看着叔虞又象风一样卷走，周公旦心里翻腾开来。成王稳重，长大后适应坐镇朝廷，稳定天下；叔虞机灵，适应开疆拓土，一个母亲生的，却是两种不同的性格，冥冥之中，也许是天作之合吧。地处黄河、汾河东边的唐地，方圆有一百余里，形如"圭"状，还是在帝舜时，封尧的儿子丹朱在唐地（今山西省翼城一带），丹朱的子孙在夏和商时都是诸侯，到了周朝，趁周武王去世、成王年幼，竟不敬当朝天子，甚至进行叛乱，威胁王室在这个地区的统治，所幸叛乱当年被平定。为了稳定和长治久安，将那里的百姓迁到杜地（今陕西宝鸡一带），并将周王室子孙迁来唐地，那里是夏人故墟，四周遍布戎狄部落，加上叛乱平息不久，局势动荡不定，民族矛盾十分尖锐，急需建立一个正式的诸侯国，要一个重量级的头领镇着。又想起周武王的天帝梦，把唐地封给王偣虞，再合适不过了，更可以告慰先王。三岁看老，虞过些年月，他的机灵就会变成机智，一定会把那个复杂的地域搞得妥妥贴贴的，成为富足强大的诸侯国。

　　这么大的事，周公旦不敢怠慢，立刻换穿上朝的礼服，急匆匆赶到宫中，一见成王，便施大礼，接着道贺。

　　兄弟玩闹的事情一过，成王忘得一干二净，这时不禁一头雾水，现在不是上朝时间，又一切正常，没什么喜事，问道："叔叔，您为什么要特地穿上礼服，赶来向我道贺呢？"

　　周公旦面带微笑地解释道："刚刚听说，王已经封了叔虞土地，这么大的喜事，我怎能不赶来道贺呢？"

　　"哦！那件事啊……"成王明白了，机灵调皮的弟弟竟把玩笑当真，还真会来事，这么快就搬来了叔父，忍不住哈哈大笑说："刚才，我只不过是和弟弟闹着玩而已，都是小孩子，有什

么奇怪，哪里是真要册封土地给他呀！"

一听成王的话，周公旦浑身一颤，立即收起笑容，神色严肃，对成王说："无论是谁，说话做事都要以'信'为本；人无信人不服，国无信国不立。身为天子，说话更是不能随随便便，当做是在开玩笑一样。如此，你才能得到天下对你的信赖！现在京都大街小巷，都知道大王要封叔虞土地，倘使言而无信，任意将自己说出口的话视为玩笑，对亲生弟弟尚如此，对天下臣民会如何，这样，你还有资格做天下的天子吗？"

叔父肺腑之言，令成王深感惭愧，小声喃喃道："只是……弟虞还那么小，又无功绩，就给予封地，与诸侯等同，这是否合适而天下又能信服呢？"

"率土之滨莫非王臣，普天之下莫非王土，王说封给谁，就封给谁！"周公旦字字铿锵。

一旁的史官趁机说："君无戏言，天子不与凡人同，所出之言不是玩笑，令出如山。王之对叔虞'圭叶封地'的一番话，微臣已经记载下来，要用礼仪完成它，要奏乐章歌唱它，使它天下皆知，成为周的历史！"

成王懂了，母亲从小就一直教导坚守诚信是一个人的立身之本，为王后又常常说坚守诚信是一个国家的立国之基，不再犹豫："那么，封哪里呢？"

"先王之天帝梦早有安排！"

成王彻底明白了，封什么合适呢？记得三年前，先父封周太王的后人建立虞国，封祖父之弟虢仲建立虢国，为最高的公爵，这两人都是祖先的后裔，无可非议；封外祖父姜太公建立齐国，为公爵之下的侯爵。便迅速决定并宣布：册封虞于唐地，改唐地

为唐国，爵位为侯爵，择日举行大典仪式。

于是，叔虞成为了唐侯"唐叔虞"。

这一年是公元前 1042 年，姬诵十三岁，唐叔虞十岁。

二

大儿子闯的祸，叔叔周公旦"抹平"、史官"促成"，小儿子"因祸得福"册封为侯并拥有一个国家，本当是喜从天降，邑姜却悲戚不止。

周公旦忙碌了半天，把册封大典所有的细节一一安排妥当，长吁了一口气，刚到家门口，邑姜大步上前施礼。

"这如何使得？"周公旦忙回礼，连忙请内屋客厅上坐，显然她已守候多时，不由不感动。

邑姜却转至下坐："先祖古公亶父的正妃太姜，生有太伯、仲雍和王季三个儿子，她能够以身作则教导儿子，培养了高尚的人格品质，使他们言行都没有过失。太任、太姒两代王后都把儿子们培养成天下最杰出的大人才。今诵儿闯祸，我是来领罪的，子不教，母之过，我不能原谅自己，请降罚！"

周公旦满面笑容："嫂嫂言重了，这种事孩子家多着呢，即使为王，也是人嘛，不能免俗不足为怪，无须挂怀！"

"可是……"

"已经没有'可是'了。"周公旦轻抬手臂制止："……只能往下走！"

邑姜不知自己是怎么出来的，没有受到责罚，反而被安慰一番，心里更加沉重。来到街道，信步走近一个肉摊。

摊主认出了邑姜，奉上一大块肉："王太后！碰到就是缘分，恭贺唐叔虞！"

这下惊动了四邻的摊主，纷纷拥过来献上各种肉食品。

"我只要羊肉、牛肉、兔肉各两斤。家里只有三口人，多了一时吃不完。"邑姜说什么都要按市场价付钱，言道过日子大家也不容易，一头牲畜从小养到可宰，很费事很费日子，分文不能少；又对献新鲜蔬菜的摊主说，我自己园子里多着呐，然后笑颜满面告辞而去。

背后是满街行肃立注目礼的人们，一片寂静。

姬诵和叔虞并排而行，没有象往常那样打闹，如大人一般边走边交流起来。

"你突然变了呀。"

"当然要变呐，以前是小孩子，现在是侯啦。侯嘛，不是一般人，是大人物，有封地有军队，还有许多百姓的，就得有侯的作派呀！"

"装得一个正经模样，心里头一定乐开了花？"

"不可以吗？娘和叔叔都赞成的。"

"哪里呀，为了你这个侯……"姬诵忽然打住，控制自己说下去。

快到家门口，叔虞闻到一股不同寻常的香味，管不住双腿，一把撒开奔进屋内，一见饭桌上几大碗肉，不禁"啊"了一长声，顺手抓起一块，津津有味嘶咬起来。

"侯就是这么一个吃相吗？"姬诵人未到，声音先到了。

叔虞嘴里塞得满满的，一边滋嚼一边喃喃道："哪比得你呀……常常祭天拜地、大宴百官的，吃都吃不过来……我和娘总是吃菜园子采来的，只有碰到节日或特别的日子才有肉哦，你哪里知道我有多馋！"

邑姜端着两碗蔬菜出来，两个孩子一起亲切喊道："娘！"

"今日是大喜的日子"，邑姜充满柔情："先去洗洗脸、手，整整衣饰，静静心、定定神，上柱香，告慰父亲吧。"说罢，手持九柱香，燃起献过之后，在丈夫武王灵牌前祭拜。

两个儿子礼毕，邑姜放松下来："放开吃吧！"

"我在宫里常常吃的，都腻了，虞慢慢吃。"

看着懂事的儿子，邑姜无比欣慰："娘知道，你叔叔安排的宴席，比家里的饭菜好不到哪儿去。一块吃！"说罢，起身摘下壁上的琴，抚弹开来，轻盈悦耳的乐声瞬间弥漫全屋，见两个儿子怔怔地呆着，微笑着说："娘先吃过了。现在你们一个是王，一个是侯，娘只是一介臣民，应该侍候你们吃好的，别愣着，你们吃着娘就开心！"

两兄弟吃罢，邑姜问起册封大典的事。姬诵抑不住："虞弟只知道乐呵，哪里知道有多少礼仪规矩在等着他，不出笑话才怪呢！"

"你做哥哥的教他呀，出笑话人们只会笑你，你经过王的继位大典，宫里常有祭祀大典仪式，对这些早已轻车熟路，从现在开始，一招一式教会他，在文武百官面前，不能有差错！"又一脸肃然转对叔虞："要知道，人们的第一印象是非常重要的！以后，每时每刻、每言每行，都要以侯的标准要求约束自己，一点也不能马虎！"邑姜接着奏起册封大典的音乐。

兄弟两折腾了半宿，邑姜招呼洗刷睡觉。看着很快坠入梦中的孩子，感慨万千。从怀上那一刻起，就立誓要继承太姜、太

任、太姒的优秀，把儿子培养成真正的王侯！奏美妙的音乐、读诗简史简给肚子里的孩子听，说话不粗声大气，更不幺三喝四，笑不露齿，怒不上脸，怨不挂眉，忧不进眼，站着时不东倒西歪，坐着时庄严肃穆，走路时不慌不忙方步端正，乐观对待一切，有不开心不如意之事也平静如水，胸怀象大山一样高耸，如海洋一样广阔……

邑姜是中国胎教第一人！

孩子渐渐长大，他们的祖辈、父辈都是马上打天下，"守成天下"更不易，夏、商皆因后辈"守成"出了"幺蛾子"，失德失信失仁失义以至于最后失天下。她一刻也不敢松懈，教他们识字刻文习画、奏乐学棋习舞、各种礼仪规矩；带他们走访街肆坊间，领略底层实情，感受百姓疾苦；带他们种植桑麻与果疏，穿劳作所得之衣裳，吃劳作所得之食粮；注视着一举一动，稍有一点"歪、过"之类言行，立即言传身教纠正。

大儿子为王，只是个十三岁的孩子，朝野口碑甚好，善纳人言，知错能改，恰到好处，又有叔叔辅政，大周朝必定行稳致远；小儿子十岁就为侯，所有的付出都值得，这是作为母亲的欣慰和骄傲！蓦地，周公旦的一句话在耳边响起：只能往下走！册封大典之后，叔虞就是唐叔虞，"往下走"就必须离开都城、离开家、离开娘，前往封地唐国，做唐侯、更是做唐国的一个国民，他才十岁啊，如何放心得下？也舍不得！心里不由一阵阵绞痛与担忧。面对两难，必须做出选择，尽管这个选择要有巨大的勇气，前面有数不清的艰苦险阻，但"只能往下走"，没有退路！

周公旦一个晚上在为"往下走"运筹帷幄，配备了能力强的大夫和一班文臣武将管理日常军政事务，调集了一批精悍军队，护卫唐公室安全，考虑到一国之基是发展生产繁荣经济，就圈定商朝后裔九大姓氏所有族人，全部迁居唐国，这些人都是有着优良基因能干事成事的，曾经为商朝的经济立下许多功绩，可以在唐国大显身手。剩下最后两个难题：唐侯只有十岁，尽管聪明至极，在纷纭复杂的朝政面前，还是个娃娃，上朝只能充作偶像，无法治国理政，须有强悍者摄政！要具备三个要求：威望至极、才能至极、品行至极，方可镇国服众，尤其是在唐国那样荆棘遍布百废待兴的地方。这个人难找，遍阅朝中大臣，无有堪任此大任者。还有就是唐国都城设在哪里。

周公旦一夜翻来覆去彻夜未眠。起床时已近早饭时分，家人报：唐叔虞拜访。他思忖着自己的侄子，常来常往的，家人习以为常，从未有过"拜访"之说，蹊跷！既然有贵客拜访，不能怠慢，赶到前厅，只见叔虞在院中肃立，与来拜访的大夫大臣一般无二，和以往的"如风卷来，似风卷去"大相径庭，不由乐开了，一夜的愁云瞬间消逝了大半。

"见过叔叔！"唐叔虞施礼。

周公旦不由认真对待："唐侯造访寒舍，请恕相迎来迟。"

"你们叔侄累不累呀？"姬夫人看着别扭。

唐叔虞一脸正色："我娘说的，应该这样，礼仪是必须的！"

"这么早，你娘有何吩咐？"周公旦急着知道答案。

"请叔叔共进早餐。"

"遵王太后命！唐侯先回，臣子旦随后就到。"

叔虞礼别转身，跨着方步远去。

姬夫人一时笑得身子东倒西歪。

"夫人没看懂！"

"有什么大文章吗？"姬夫人一头雾水。

"嫂嫂一夜之间，就把一个孩子打造成侯爷，了不起，尤其是在这个时刻！你呀，得学着点。"

姬夫人似有所悟。

昨天买的肉留下一半，用来招待客人。周公旦进门一瞄，乐开了，嘴上却说："一家人嘛，本可以不用如此大方的。"

"求人办事，当然要破费，要不然人家不当回事！"邑姜棉里藏针。

周公旦心里有几分紧张，话很干脆："嫂嫂的事，就是小弟我的事！"

"我要随叔虞去唐国！"邑姜风轻云淡般："孩子太小，我放不下、也舍不得。"不禁鼻子酸酸的。

周公旦眼睛一亮，豁然大笑："嫂嫂哇，你可解决了我的大难题呀！"

"叔叔是说我去可以把叔虞照顾好？"

"当然有这个必要，人之常情嘛，任谁都能理解，但这只是其一，摆在明面上的，还有其二……"周公旦有意打住，一副沉思状。

邑姜一怔，确是想过"其二"的事，但只是一瞬间，很快自嘲一下否定了，因为亘古就没有过这样的事，不由有些紧张。

周公旦懂了："嫂嫂替唐叔虞前台摄政！"语气斩钉截铁，看到邑姜滞疑的神色，继续道："我知道嫂嫂的心思，尧舜禹以来从无女人执政的先例，礼制也无此规定，但凡事皆有例外，有想不到的情由出现，按礼制规矩做不了，那就得特事特办，以能够把事情做好为根本！"

"我……行吗？"

"换作别一个，不行！嫂嫂是谁呀？辅助先王打天下、治天下，把王和唐叔虞调教得如此之好，世人谁不夸、谁不服？又从小得到太公望的启蒙熏陶，朝政事务无不熟悉，百姓冷暖无不知晓。唐国刚刚创立，积弊甚多，问题成堆，相信嫂嫂能够迎刃而解！"

"大周朝人才多矣。"

"这个不假，我想了整整一夜，还真的难找出象嫂嫂这样杰出的人才，这并非虚言，嫂嫂赴唐国，解决了我的大难题呀！"周公旦还有一句没说出来，就是在不少地方，嫂嫂甚至超过自己。

邑姜想到可以发挥自己的潜能，为新创的唐国出份力，抑制激动："那就请恕恭敬不如从命！"

"那么。嫂嫂以为唐国都城哪里最合适？"

"立国之初，大局未定，根基不牢，风险多矣，地形最重要。"邑姜沉思片刻："我曾同武王在翼城来来回回过一些日子，那里地处大三角，承东启西，东北南三面皆山山相连，地势甚佳，对外是"咽喉"，也是"门户"，外面极难攻进来，出山却一马平川沃野千里，进可攻、退可守。"

"英雄所见略同！"周公旦完全轻松了。

邑姜很严肃："待虞儿长大些，有足够的担当能力，我就还政于他，彻彻底底做母亲去！"

"你们母子一体，谁跟谁呀。"周公旦诡秘一笑，不置可否。

"礼制规矩不可废的。"

周公旦不露声色："嫂嫂所言极是。姬诵成年之日，就是我

还政之时!"

"叔叔品行高尚,天下归心!"邑姜艺术地回答,瞬而转开:"现在该吃饭了!"说罢,邑姜连夹几块给周公旦,看到对方没有动静:"以为我不知道天天你吃的是什么?"

"彼此彼此!"

邑姜明白其意,也夹起一块细细嚼着

叔嫂吃乐融融。

三

盛大的册封典礼即将开始,十岁的唐叔虞紧紧依偎着母亲,邑姜似乎听到儿子的一颗心在"咚咚"跳个不停,平静地安慰着:"我儿行的!"主席台上一出现姬诵和周公旦的身影,接而鼓励道:"那不是你哥,是王;那不是你叔,是辅政首席大臣。你不是弟、不是侄,是唐侯,这就够了!"

大典开始,周公旦宣读《唐诰》,用以诏告天下,周成王对唐叔虞进行授土、授民仪式,赐与王室的"重器"大路之车、密须之鼓、阙巩之甲、沽洗之钟,这些都是文王、武王缴获商的战利品,以示王朝对他的恩宠。唐叔虞跨着与年龄极不相称的方步出场,立即惊艳了全场,不敢相信这是十岁的孩子,只见他很"老道"地行大礼:"唐臣感恩大王的赏赐!"

兄弟两在仪式上的一招一式,恰到好处配合无瑕,人们欢庆鼓舞,邑姜眼含热泪,一对儿子是她的骄傲,十月孕育胎教不止,抚养教导一刻不懈,终于换来了今日,所有的艰辛付出都值得。

隆重的大典过后，姬诵率文武百官送别母亲和弟弟。十年朝夕相处，兄弟情深，一旦远去，以后见面的机会很少，更缺失了一种亲情陪伴，身边身后再没有"鼻涕虫"了，姬诵情不自禁上前欲拥抱弟弟。叔虞却连连退后，复又方步上前，悄声道："娘说的，我要时刻以侯的标准要求约束自己。"转而高声朗道："唐臣谢大王送行！"转身方步离开。

现场的人们暗地里无不惊讶又称奇。

周公旦"好人做到底"，率领配备好的大夫和一班文臣武将及军队，还有近万商朝后裔九姓族人，浩浩荡荡共赴唐国都城翼城，接着举行唐国开国大典。

唐国一派喜气洋洋欢腾鼓舞景象，周公旦要坐镇唐国亲自理政，国家必能大治，底里各方各种势力紧张不已，担心以后的日子和未来的命运。不成想，周公旦安排处理妥当全部创国事宜之后，很快回到周王朝都城，临行前，宣布：鉴于国君年幼，王太后兼侯太后邑姜临朝摄政。形势陡然反转，人们不免担心，国君年幼，太后一介女流，孤儿寡母的，能把乱哄哄的唐国治理好吗？历史上就没有过如此先例。怀有异心者暗中欢庆雀跃，日后机会大着、多着呢！常言道新官上任三把火，何况一个国家的摄政，都在翘望着、期待着或拭目以待着。

唐国朝宫后院，天色渐晚，邑姜招呼叔虞睡觉，牵着他的小手，未走几步，叔虞挣脱，迈起方步自个行走。

邑姜在后面一边欣慰地微笑着，一边跟随着儿子的步伐。

叔虞上床前，双手拱礼："王太后晚安！"

邑姜深情一笑："祝君侯做个好梦！"

窗外星光灿烂，轻风拂面。邑姜时而平静如水，时而心潮激

荡。一送别周公旦，她顿然感到肩头沉甸甸，要扛起一个国家，责任无比重大，也感到无比光荣，人生有了全新的内涵和意义！连着一些天，都在思考一个问题：如何把唐国治理好。周公旦做了所能做的一切，给予了非常信任，决不能辜负。全唐国的人们都在期待着，更是不能使他们失望。基本国策有了，这就是《唐诰》中的"启以夏政，疆以戎索"，凝结着王与周公旦的智慧和嘱托。那么，行之有效具体落实的主要措施呢？万事开头难，须先摸清基本国情。

第二天起，邑姜代唐叔虞主政，带着唐叔虞和一班能臣及各种专业人才，开始踏遍境内各地。每到一处，走访上层人士和底层平民，了解风土人情与诉求，绘制地形地貌图样，收集矿藏标本……境内的六座山峦、六条河流、三大水泉和广阔的丘陵、平原，都有他们的足迹。经过一段时间的跋涉勘察、现场访问，摸清了"家底"：山区、丘陵、平原河川各占三分之一，可供百姓生产活计，有丰富的金、银、铜矿可供开采，有大量的花岗岩、石英石、大理石、白云石等可用于建筑……她命各有司部门制订具体发展规则措施，自己专注于总体大政方略。经过反复斟酌权衡，最后确定：因地制宜、安居乐业。

在举国期待之中，邑姜开始烧起"三把火"。

"第一把火"：以夏戎之政治夏戎之地，以夏戎之法管夏戎之民。夏民和戎人遍被环绕整个唐国。唐地自舜帝封尧帝之子朱丹于此地，距今有上千年了，其自身的夏文化传统与风俗习惯，已然深入人心根深蒂固，有其存在的合理性，应该继续保留并得到尊重，不能象已封的齐国、鲁国、卫国那样，强行推行周的礼制。这里临近北方，戎人游牧部落众多，也不能用周的制度管理土地与民政，而是用戎人的制度来区划土地和约束他们。这一措施得到广泛拥护，人心迅速安定下来。

"第二把火"：唐国境内人员非常复杂，有夏朝的后裔、近三十个不同的民族、有三年前迁居来的周朝臣民、有这次来的近万商朝后裔九姓族人、更有说不清来历的大批流动人口……俨然是一个"大杂烩"。在这些人群中，有的聚居，有的零散混居在一起。这一切致使"人以群分"等级森严，民族矛盾突出，处处有纠纷，事事有冲突，时时有斗殴，官司无法打，案发不能断，犯人无罪名……各种奇葩的事件层出不穷，"剪不断理还乱"！邑姜决然打破了把人分成等级的制度，规定在唐国境内，所有各色人等，不分人种民族、不分先来后到、不分出身门第，可以混住，不得有歧视，一律平等，有功同一个标准奖赏，有罪同一个标准惩罚，有煽动各民族闹矛盾者，处以重刑；破除清规戒律，各民族之间、各色人之间，可以自由通婚，任何人不得干涉；各民族、各色人群的宗教信仰和生活习俗等，只要不危害国家与社会及他人，都应该得到尊重，他人不得诋毁与干涉；全唐国实行求同存异、宽厚包容。因此，乱哄哄的唐国迅速安定下来，社会矛盾骤然减少，以至稳定祥和，人们的日常生活步入正常化轨道。

"第三把火"："安居"了还得"乐业"。邑姜想起父亲姜太公在齐国实施的"因其俗，简其礼，通商工之业，便鱼盐之利，而人民多归齐"，没几年就使齐国成为天下最富裕的国家，唐国有山有水有田有矿有街市，实行因地制宜、开放搞活，官方不强迫谁做什么、不做什么，国民发挥所长不拘一格，宜农则农、宜林则林、宜牧则牧、宜渔则渔、宜矿则矿、宜商则商……八仙过海各显神通各得其所。这极大地调动了国民的积极性，在经历了

痛苦煎熬的岁月后，放开手脚铆足了劲，经营着自己的家业。著名的"晋商"由此萌芽！

一年后，大见成效，唐国面貌焕然一新，农林牧渔矿业、商业娱乐业及各行各业都得到显著发展。三年后，唐国面貌巨变，"晋商"始得崭露头角，四邻的各族部落、城村自愿加入或融入或投奔依附唐国，疆域面积迅速扩大，也吸引远地外来人口纷纷涌入谋求生计与发展，加速了这一带北方各民族的大融合。人口大流动，带来社会大发展，成就斐然，发展风头之盛，甚至超过齐国，成为当时天下最富庶、最强大、最具活力的国家！周王室给予"秬鬯一卣，彤弓一张，彤矢一百，卢弓一张，卢矢一百，马四匹"赏赐的最高荣誉。

一天，秋高气爽万里无云，邑姜带着与她齐高的唐叔虞及一班能臣出外巡视。他们来到汾水平原，稻田无数，金灿灿稻花飘香，谷穗低垂，漂亮至极。他们忍不住在田埂上纵横其间，来来回回，赏心悦目，不知厌倦。

一路上，附近的人们闻讯纷纷涌来，后面的队伍越来越长，在田野劳作的农人，也欣喜过望，可以近距离见着太后和国君，机会难得，相互呼唤声连成一片，纷纷放下手头的活计，聚拢过来，"太后——"、"唐侯——"的欢呼声此起彼伏。

殊不知在拐弯时，田埂消失脚下无路。一行人四处张望着。

突然，唐叔虞大叫一声，在寂静的田野显得格外惊悚。人们聚拢过来，只见唐叔虞轻轻撩起稻荷，原来路在脚下！可怎么也撩不开，仔细一看，是田埂两边的稻杆伸出来，最上面的稻穗竟结在一起，如同是同一丘田同一株稻杆结出的，所以把田埂遮盖了，人们以为是没有分开的一丘田。这太不可思议了！

农官称自种稻以来就没有见过，更无史载，奇迹！没法解释。

农人们炸开了锅，纷纷称奇。一时，田野沸腾！

"那么，既为'奇迹'，何以言之？"邑姜不动声色。

农官略一沉思，欣然向四周高声朗语："可谓……异亩同颖也！"

史官一反平常的沉稳，雀跃激动不止，仰天三拜，高呼道："稻禾各生一垄而合为一穗，且株株苗壮颗颗饱满，此乃吉祥的征兆。好一个'异亩同颖'，意蕴天下和同、繁荣昌盛之象也！"说罢，跃至邑姜、唐叔虞面前长跪不起："史书当大书特书，此乃太后、唐侯赐福于唐国！"

众官员同感之下，纷纷随跪。瞬即，田野上的人们如波浪似倒伏于地，"太后赐福"、"唐侯恩惠"声，又一次此起彼伏。

面对如此情景，邑姜无限激动，三年的踔厉奋发不懈不怠，换来了今日："大家请起，邑姜、唐侯受之有愧。'异亩同颖'之硕果，乃农人辛勤耕作、智慧管理所至获。如此吉祥稻穗，长在唐国，王室赐福，当晋献王室！"邑姜笑盈盈面对唐叔虞。

"太后所言极是！"

欢呼声遍被田野。

周成王接到晋献的"异亩同颖"之稻禾，也觉稀奇，以前不仅没有见过，甚至没有听说过，亮之于文武百官面前，皆以为罕世之宝。时值周公旦正在东征，平定武庚、管叔、蔡叔三乱。"此周公之德也！"命人快马献给周公。周公旦熟视良久，感慨之下，欣然命刻作《嘉禾》。

也因此，"异亩同颖"之《嘉禾》，成为史书浓重的一笔！

唐叔虞年长主政后，把邑姜实行的作为晋国的传统国策，从而形成三晋文化体系中尚公、尚法、尚贤和民族融合的特色，并对后来的晋国及韩、赵、魏三国的政治、经济和思想文化都产生了深远的影响。唐叔虞、邑姜作为晋国立国创业的始祖，作为三晋文化的创世人，其历史功绩不可磨灭。唐叔虞死后，其子燮继位，是为晋侯燮，后迁居晋水之旁，改国号为晋，此国号一直沿用六百余年。直到隋朝在山西的李渊被封为"唐王"，后来他得了天下，建立新的朝代唐朝，"唐"的名称又得以被广泛提及甚至普及。

邑姜给后人留下了丰富的精神遗产。

她是中国胎教第一人，只是那时没这个说法。

她是"太后垂帘"第一人，只是那时没这个说法。

她是中华史上最成功、最杰出的女性之一。她所实行的许多治国方略，如各民族一律平等、因地制宜、开放搞活、求同存异、宽厚包容等，一代又一代的人们，从中获益多多，甚至恩泽沿用至今！

后来人们追封唐叔虞为晋王，并修建了面积庞大的"晋祠"，祠内有各种建筑百余座，还有大量的雕塑、碑刻、壁画、古树名木等，为晋国宗祠，是中国最早的皇家园林之一，在祠内修建圣母殿并矗立起圣母像，以纪念伟大的母子两人。

从此，一代又一代的人们，尊邑姜为"圣母"！

郭沫若游晋祠，欣然题词：圣母原来是邑姜，桐叶封唐渊源长！

"东漂族"

　　人是生产力的主要因素，是社会发展的推动者。改革开放以来，出现人口大漂移，先后有"孔雀东南飞"和"北漂"等，带动了沿海地区与北京地区等的迅猛发展。由于战争波及与种种原因，这种现象在中国历史上，屡屡发生过，总的趋向是大量人口由北向南迁移，使原来落后的南方，很快赶上甚至超越了北方。

　　最早的是"东漂"。《诗经·绵》云："古公亶父，来朝走马。率西水浒，至于岐下。"说的是黄帝的后裔姬姓古公亶父，率部族原居住在豳地（今陕西省旬邑县），不断受到西北边戎狄的侵扰，他不与争夺，动员全族乘两千辆车迁移，"东漂"跋涉至陕西关中平原西部的周原，在此定居与发展。豳和其它地方的自由民，视古公亶父为仁义圣人，纷纷扶老携幼"东漂"过来归附。因地处周原，初具国家雏形，定国号为"周"，从此开创周王朝的千秋大业。

　　自邑姜携唐叔虞受封立国，实行因地制宜、开放搞活的治国理政的方略以来，各地涌入唐国（后改晋国）的人口源源不断，人口的大迁移，带来大批的人才及劳动力，从而推动了唐地生产力与社会经济的大发展。其中，有的"东漂族"发展成为晋国历史舞台上的中坚力量！

杜隰叔

　　杜隰叔远祖是帝尧之子丹朱的后裔，一直是当时的名门公族，父亲是周王室的大夫，被封在杜地，因此以"杜"为氏，时人称"杜伯"。杜伯把杜地治理得很好，百姓安居乐业，杜城成为镐京外围一个相当繁华的城邑。有诸侯入京朝觐周王时，王室安置在镐京外的杜城，派重臣前去招待。

　　周王朝自周康王以后，国运江河日下，国王一代不如一代，一个比一个让人大跌眼球，似乎周文王、周武王的雄才大略及"成康之治"离他们愈来愈远。那时是周宣王在位，前期倒是很有作为，到晚年渐渐昏聩，独断专行，不进忠言，滥杀大臣，听说有女子危害周朝江山，这还得了，不由分说下令把很多妇女、女婴都杀死了，朝野人心惶惶。见此情形，杜伯竭力劝谏，周宣王一句都听不进去。

　　周宣王有宠妃叫女鸠，她看上了英俊的杜伯，想方设法勾引他。杜伯不为所动，女鸠恼羞成怒，在周宣王面前诬告杜伯欺侮她。周宣王听信了女鸠的话，不顾大臣左儒的屡次劝谏，先将杜伯囚禁于焦（今河南陕县南），又派薛甫和司空锜将其杀害，没收了杜地归王室所有，杜伯的儿子杜隰叔逃到晋国。杜地人一直对杜伯冤死愤愤不平，三年后得知周宣王要去打猎，就埋伏在必经之路的树林里，突然发起围攻。一位自称杜伯、身穿红衣戴红帽、手执红弓的人将宣王射死。有史书说这位红衣人就是杜伯的儿子杜隰叔。有的说是周宣王后来梦见杜伯射杀自己，得病而死。新继位的周天子为杜伯平反昭雪并立祠以表其忠。

　　杜隰叔 "东漂" 到晋国，恰逢这里开放的氛围环境，各族、各色人大展身手，尤其对在王室当差的人才，更是敞开大门笑纳不已。他凭着满腹的学识与原有的才干，做得如鱼得水，混得很滋润，步入仕途很快做了士师，专司诉讼刑罚，就以官职改姓 "士"，褪去以前的印记，忘却在周王室的一切，视晋国为故乡，决心在这里生儿育女终老一生。尽管早就得到父亲已经平反昭雪的消息，也收到过几次召回任职的书简，仅是付之一笑，从没有过要回周王室的念头，那里 "高处不胜寒"，王室里面太难混，气氛很压抑，远不如在诸侯国得心应手甚至逍遥自在，这里君侯重视人才、使用人才，劝谏听得进，上书有回复，做得很开心。于是一心一意定居下来，连娶两房妻室，连生两个儿子。

　　士蒍是杜隰叔的长子，为晋献公时期重臣，活跃于朝政上下，深谙父亲真经，并继承父亲的事业，"青出于蓝而胜于蓝"，为晋国制定了多部法律，时称 "士蒍之法"，成为晋国后世刑法的模板，产生了重大影响。除了是先辈的集大成者，士蒍还有 "活着的师服" 美称，不仅料事如神，还富有谋略，自晋献公至最底层各级官吏，无不信服。临终前，请求晋献公善待儿子后，对士缺、士縠两个儿子，语重心长断断续续遗言，留下一辈子深刻悟得的人生 "宝典"："晋公室几个公子，不知以后天命如何，事情的发展与结果没有明朗，千万不能莽撞行事……要稳，留得青山在，不怕没柴烧，山重水复，峰回路转，机会总是会有的，耐心很重要。为臣要忠，做人要活，不能一根筋，这是根本……"

　　杜隰叔的曾孙士会一度任晋国正卿兼中军将，受封范邑（今河南范县），以范为氏，史称 "范武子"。有封地了，彻底褪去了

"东漂"的印记，成为地道的土著居民，并且是豪族。后人更是"散枝开叶"，并衍生出随氏、彘氏、刘氏，踔厉前行，奋斗不止，成为主宰晋国命运的六大家族之一，史上大名鼎鼎的汉高祖刘邦，就是他衍生出来的后裔！

因此，杜隰叔是整个晋国"东漂族"中，最成功、最有成就、最值得骄傲的人之一！

赵叔带

周王朝到周幽王时期，昏庸腐败，那些王室忠心耿耿又才华横溢的老臣们，也先后一个接一个离世，好像老天也看不下去，自然灾害频发，似乎有意要惩罚这个黑暗王朝。

周宣王去世，周幽王继位，却在守丧、服丧期间，不顾起码的礼仪，偷偷带一批狗朋狐友，大吃大喝、嬉戏玩闹，其中有贪婪腐败的虢石父、善于谗谄面谀的尹球。

周幽王的岳父申侯连着几次去看女婿，都是这个场面，实在看不下去，每次都要郑重劝谏，都被"打哈哈"敷衍掉，彻底灰心了，料定一定不会有好下场，回到自己的封地申部落，发誓再不回来。

恰逢这时，周文王起家举大事的根据地西岐国传来大地震的消息，并且是泾、河、洛三川几乎同时爆发，三条河断流临近干枯，岐山接着又崩塌了一些山体，损失巨大灾民无数，哀鸿遍野，惨不忍睹。周王朝太史伯阳父感叹无限地预言："曾经，伊洛河干涸而夏朝亡，黄河干涸而商朝灭，如今三河同涸岐山又崩，大周朝气数将近矣！"

　　王朝上下忧心忡忡，周幽王却惊人的麻木，听罢奏报，不派大员去灾区慰问灾民，更没有下令调集各种力量与物资去救灾，解民众出水火，竟然哈哈一笑："山崩地裂河枯，自远古来不知有多少，不过平常事耳，以后就用不着报！"一句话就把西岐国使者打发走，一转身就若无其事地要左右遍访美人，以充后宫。大夫褒响无可忍耐，奔上前当面直谏，周幽王象没有看到、没有听到，拂袖而去，背后甩出两个子："下狱！"

　　当时周王朝全靠首席总理大臣姬友率一班忠心耿耿的朝官打理朝政，才得以苟延残喘下来。他知道王的秉性，连岳父大人都劝不动，何况别人，忧心忡忡不已，改变不了别人，那就改变自己。他被封在郑国，就将郑国都城从陕西境内，迁移到远离镐京的河南境内，以便将来王朝出现异常动荡，找个借口抽身而去。如此一来，大臣们人心惶惶，几乎都在考虑与谋划自己的退路。

　　大夫赵叔带却不灰心，更不甘心，他是朝中最具智慧、最具眼光、最具坚韧品格的。其祖先造父为伯益的十五世孙，被帝舜赐姓嬴，周穆王时为驾车大夫，为助周穆王平徐偃王乱，驭八匹千里马载周穆王，自中原昆仑丘西王母处返回，一日千里，遂大破之。造父以此功受封赵城，于是以封地为氏，成为赵氏的始祖。至周孝王时，造父的侄孙赵非子因功封于秦亭（后来发展成为秦国）。赵叔带是造父的七世孙，因此平时周幽王对他高看一眼，态度也比对其他大臣客气些。

　　赵叔带先是上奏章："山崩川竭，其象为脂血俱枯，高危下坠，乃国家不祥之兆。况岐山王业所基，一旦崩颓，事非小故。及今勤政恤民，求贤辅政，尚可望消弭天变。奈何不访贤才而访美女乎？"没有得到回复，更没有得到召见，于是进到深宫面见

周幽王，王到那，他跟到那，一边劝说不止。

周幽王对赵叔带脾气出奇地好，你说你的，我玩我的。一旁的虢石父早就烦得不行，因为有他在，自己不好意思放开和王一起玩。直到三天过去，看到王的脸色不对了，于是趁机上前奏曰："国朝定都丰镐，为千秋万岁之基，岐山就那么一丁点地方，早已弃之如屐，与国都没多大干系。叔带阴险至极，竟借天灾诽谤大王。此等罪恶，下狱都太便宜他了！"诽谤国王是死罪无疑。

周幽王有自己的想法，所以忍了三天，说他诽谤天子，那倒不至于，也不敢，但老是在身边唠叨不停，确实已经听够了，耳朵几乎起茧子，再也听不下去。就让他有多远滚多远，眼不见、耳不闻、心不烦。于是将赵叔带削职为民，爱上哪去哪。

赵叔带却没有去职的失落和忧愁，反而得到一个堂而皇之可以离去的机会与理由。油然想起《诗经·王风·黍离》哀伤亡国之辞："彼黍离离，彼稷之苗。行迈靡靡，中心摇摇。"申侯走了，发誓不再回来；姬友准备着走，封地的都城由渭南迁到离王室最远的地方新郑去了。自己也要走，也必须走，怎么能忍心看着大周朝有"麦秀之歌"？！届时周王朝轰然塌下，皮之不存，毛将焉附，何以安身？晚走不如早走，一种解脱的欣慰感涌遍全身。去哪里！危邦不入，乱邦不居，小邦不强，现在天底下晋国治理得最好，很有章法的，是杜伯的后代在那里行法治，又是天下最大的诸侯国，国君开明，民族融合，风调雨顺，百业兴旺，百姓安居乐业。于是赶回家召开家庭会，以家长身份宣布：即日起，全家迁往晋国！

后人对此有诗云：忠臣避乱先归北，世运凌夷渐欲东。自古老臣当爱惜，仁贤一去国虚空。"渐欲东"即忠臣开始"东漂"！

姬友不仅将封地都城东迁，而且接着将紧靠周领地的居民，成批成批地"东漂"至东虢国和邻国之间。

赵叔带一到晋国，当时是晋文侯在位，是晋国历史上腾飞的时期，便被这里热气腾腾、向荣欣欣的气氛所感染，深深爱上了晋国，毫不犹豫投奔在晋文侯门下做大夫。

赵叔带定居后不久，周幽王玩得太出格，失信于天下，又"仁贤一去国虚空"，没有"仁贤"出来力挽狂澜，被其岳父申侯联合戎族攻破镐京，周幽王最终把自己玩没了，把西周王朝玩没了。姬友来不及"东漂"，和周幽王一起遇难，他是郑国第一位君主，有自己的封地可去，可以在封地过得很滋润并呼风唤雨大显身手，本不应该是这样的命运。

赵叔带幸庆自己的选择是对的，更决定在晋国终老一生。他把祖先养马、识马、御马和驾车的技能，还有毕生所学、为臣和做人必备的修养与品格，一一传授给儿子。临终前遗言：不仅自己要努力、要自律，更重要的是，在公室混，不比在民间，尤其是在特别时期，要跟对人，走对路，事半功倍，甚至会有令人想不到的收获；否则，累死无益，自食其果。

家族的基因得到传承与光大，赵叔带的玄孙赵夙，看准了晋献公是能成大事、兴大业的君主，投奔并紧随在左右，御马驾车的祖传功夫，令晋献公赞赏不已，南征北战建立奇功，攻灭耿国后，并取得整个耿国（山西省河津市一带）封地，在晋国深深扎根下来。这是赵氏的一个里程碑，赵叔带一无所有而来，经过五代人的拼打，获得封地，这样，"东漂"的印记淡去，成为了名副其实的土著居民。随后赵夙被晋献公委以重任，镇守在晋阳与霍杨一带，他带着全族三十余口人定居曲沃。曲沃这个晋国最繁

荣的非常之地，又成为赵氏崛起的根据地！

赵夙的儿子赵共叔去世得早，其孙子赵衰成为赵氏掌门人，隆重登场出现在晋国的历史舞台上。

其时正逢晋献公"三代通吃"，与后母生下太子申生，与狐氏姐妹生下重耳、夷吾，又抢夺申生从战场获得的骊姬姐妹，生下奚齐、卓子。他本人愈益老迈，骊姬姐妹使尽浑身解数怂恿晋献公害死其他三个儿子，以便自己的儿子得宠，太子之位岌岌可危，三兄弟命悬一线，使朝政局面诡秘异常。不少朝臣莫衷一是，不仅是简单的两难抉择，而是多难抉择。赵衰牢记祖先赵叔带的临终遗言，尤其在人生的拐点时刻，在高层混，跟对人是最要紧的，不仅与自己的前途命运干系重大，还关连到整个赵氏的荣辱兴衰，甚至是身家性命。赵叔带就睿智至极，果断选择离开镐京的是非之地，甚至可以说是生死之地，来到晋国；祖父赵夙跟对了晋献公，好不容易获得封地，经过三代人的艰苦拼打，才有了如今的赵氏大家族，但在晋国地位不高，自己的使命是把赵氏家族带向更具可持续发展的境界。在关键时刻绝不能出错，一错就将万劫不复！

就个人交情来说，赵衰与二公子重耳最要好，关系也更密切，还是姻亲。第一次会面就一见如故，重耳没有摆一点公子的架子，客气得很，还大谈非常景仰赵叔带大夫和赵夙大夫的文治武功。尔后，每次去蒲城见面，重耳总是称师呼兄，都如浴春风，洽谈甚欢。与他对别人比较，重耳的确是高看自己一眼。后来，重耳甚至把自己的女儿嫁给他，一连生下三个儿子。并且，辅助重耳的"身边人"也是了不得，有狐偃、贾佗、先轸、魏犨、颠颉、胥臣等，个个都是不一般的人才，有文化及其高深

的、有擅长谋略的、有力大无比擅长武艺的、有擅长排兵布阵战争的，这是一个非常齐备、能干大事、成大事的班子。

赵衰在曲沃居住，与太子见面的机会不少，了解太子的人品也是不错的，无论是公室内外，还是民间百姓，口碑甚佳，若他日后继君主位，足以使晋国国泰民安。并且身边人也是了不得，有"文师"杜原款、"武师"里克大将军，有狐突、狐毛父子、先丹木、先友等，还有公族羊舌突。有一点可以肯定，狐家父子和先氏父子三人分侍太子、重耳，可见这两人为人心所向，难分伯仲。

至于夷吾，几乎没什么接触，听闻人品不咋的，他身边也没有什么人才追随，其老师吕甥与郤芮也比杜原款、里克差得远。奚齐与卓子身边的梁五和东关五更属人渣类。

最关键的因素是，晋献公到底倾向哪个？"天意从来高难问"，不到最后一刻的结果出来，什么事情都有可能发生。事关重大，不能凭自己喜好，也管不了许多，"成者为王败为寇"，跟对人是最重要的，扯其它的犊子没用，这无异于下赌注押宝，那就看天意。

为了不惊动家人并使家人担心，赵衰悄悄在一个深夜进行占卜。占卜的结果是：太子申生、夷吾、奚齐与卓子皆不吉，唯重耳的卜大吉大利。这其实也是心中所愿，他浑身轻松下来，别无选择了，这辈子只能跟定重耳，无论结果如何。第二天，便秘密召开家庭大会，分析晋公室微妙诡秘的"山雨欲来风满楼"局势，宣布自己的占卜结果和决定，并安排妥当全部后续事宜。现在只有一件事：时刻准备着！

当太子自杀、重耳逃亡、夷吾在屈城被围的消息传来，赵衰

立即告别夫人和三个儿子赵同、赵括、赵婴齐，毫不犹豫踏上了去会合重耳的路程。在流亡路上，赵衰成为整个团队的核心人物，负责掌管队伍的食物，尽心尽责，有一次与重耳团队走散，虽然自己很饥饿，但还是忍着一口没吃，使一行人深受感动。到了目的地北翟国，重耳被赏予一对少年美女姐妹叔隗、季隗，他将姐姐叔隗送给赵衰。经历了许多个诸侯国，遇到过许多曲折磨难，赵衰是主要谋划者，多次当机立断解惑化难。哪知这一去，就是整整十九年，人生有几个十九年?! 十九年后回到晋国，赵衰得到了回报，被晋文公任命为卿，总理宰相级，一人之下万人之上，还被赐与原邑（今河南济源一带）为封地，这就彻底褪去了"东漂族"的印记，成为地道的土著居民。此后，他带着整个家族走向辉煌，赵氏发展成为主宰晋国命运的六大家族之一！谥号"成"，史称"赵成子"。尤其是，他把在北翟国与叔隗生的、已成年的赵盾接回国，带着他在政界、军界爬滚摸打，小小年纪就非常成熟，赵衰去世后，仅仅三十岁的他就"世袭"为卿，并且是正卿兼中军将，主宰晋国朝政二十年，成为当时中原各国叱咤风云的显赫人物，更是使赵氏一族成为晋国最鼎盛的家族！

因此，赵叔带也是整个晋国"东漂族"中，最成功、最有成就、最值得骄傲的人之一！

毕万

还有一个可与杜隰叔、赵叔带"比肩"的"东漂族"，他就是毕万，比赵叔带晚来一段时间，轮年龄与赵夙同辈。

毕万是正宗直属的周王室后裔，始祖毕高是周文王姬昌第十

五子、周武王姬发最小的异母弟弟，按辈分是唐叔虞的叔父。周武王灭商朝后，毕万辅佐周武王，随周武王兴师伐纣立下赫赫战功。西周建立后，他负责处理被商纣王关押的犯人，采取宽大为怀，平反不少冤狱，表彰因直谏受害的功臣，因而名声鹊起，成为"周初四圣"之一，因而被受封毕地，后以封地为姓，史称"毕公高"，是毕国与毕姓始祖。周成王继位后，毕公与周公旦、召公奭等一起辅政。周成王临终前，担心太子姬钊不能胜任君位，命令毕公高和召公奭率领诸侯辅佐太子姬钊继位。毕公高和召公奭率领诸侯，引导姬钊拜见先王庙，反复告诫他周文王、周武王能够成就王业，来之不易，重要的是要节俭，没有贪欲，以专志诚信来统治天下，纂写了著名的《顾命》。姬钊继位，是为周康王。由于毕公高等人的辅佐，使周成王和周康王在位时期，天下安定，四十多年没有使用刑罚，牢狱一空，史称"成康之治"，广为后人称颂，至今没有逾越的朝代！周康王命令毕公高分出成周（今洛阳）的一部分民众，迁到成周东郊居住，并治理东郊，那里有闻名于世的"成周八师"，占周王朝全部十四个师武装力量的大部分，作为成周的屏藩，控制东方各诸侯国家，西保卫宗周，南威服淮夷，北扼幽燕。为此，毕公高写下著名的《毕命》。毕公高之子季孙，受封潘国，附属于毕国，成为潘姓始祖。后裔毕桓，为周穆王时期的三公之首。

毕高的后人毕万是毕氏一族重要的转折人物。西周因周幽王的腐败及一系列的骚操作，分崩离析土崩瓦解，迅速衰败而亡，周王朝被迫迁往洛邑成为东周，毕国孤单无助，很快被西戎攻破占领，后裔由贵族沦为平民，或坚守或流落四方。过惯了出人头地呼风唤雨的日子，受压迫受奴役的岁月最终待不下去，久久不

见王师打回来收拾旧河山，毕万灰心了，只得忍痛抛下封地，决定率家族迁移。去哪里？应该是一个有望能恢复祖上荣光的地方，从头崛起，"东漂"晋国最好，那里对外门户开放，连一般贫民都从不拒绝，更何况是贵族，有大量财产可用于生产经商，路近也方便，少去许多奔波劳顿之苦；并且国力强大，治理有方，重新崛起基础好，又是同姓同宗；又闻得赵叔带一去晋国，就喜欢上了晋国，并发展得很好，再也没有去过别的地方，他可是连周王室都高看一眼的睿智贤臣，应该选择是最佳的。为保险起见，还得要占卜一下。

毕万在周王朝最崇拜太史辛甲，因为非常有才华，所以被称作"甲"，排在贤才第一位，针对商朝政治弊端提议改革，向商纣王连续进七十五谏，纣不听，绝望后转投周。后来由召公奭推荐，任周太史，又倡议百官群臣各献箴言，劝王行善补过。那时全由于这样的大臣辅佐，周王朝才欣欣向荣。打听到晋国的太史叫辛廖，猜测是辛甲的后代，于是满怀信心找他占卜。

得到《屯》卦变成《比》卦、《震》卦变成《土》卦。辛廖预测说："大吉大利也。《屯》坚固，《比》进入，还有比这更大的吉利吗？所以必定繁衍昌盛。《震》卦变成《土》卦，车跟随着马，两脚踏在这里，哥哥抚育他，母亲保护他，民众归附他，这六条不变，集合而能坚固，安定而有威武，这是公侯的封象。公侯的子孙，必定能回复到他开始的地位。"也就是说，毕万的后代一定出将入相，甚至成为诸侯。

占卜正中下怀，完全合乎迁移的初衷，毕万大喜过望，立即率全部族在晋国定居，投奔于晋献公门下。

毕万是个大力士，能征善战，祖上就随周武王伐灭商纣立有大功，晋献公当然喜欢。凭着品行才干受到重用，很快晋升为大夫。无巧不成书的是，毕万和赵夙一起随晋献公南征北战建立奇功，攻灭魏国后，晋献公为表彰其功绩，就把魏国（山西省芮城县一带）封给毕万。就这样，有封地了，在晋国深深扎下根，由"东漂族"华丽转身为名副其实的土著居民。

毕万在晋国最崇拜首席大夫兼首席太卜郭偃，他不但有高超的占卜技巧，而且知识广博，头脑清醒，智谋过人，能根据当时的政治形势与天下大势，结合自然现象进行正确的预言引导。一手主导当时晋国社会改革的"郭偃之法"，强调由经济领域开始实施改革动作，进而接着扩展到用人制度上面，注重"尚贤"这个最大原则，还要求国君从此之后不再保留任何土地，而是从土地拥有者身上收取税赋。这些思想与措施，快速促进了晋国社会的蓬勃发展，也为将来的三晋法家思想提供了思想泉源。毕万以一个流民身份得到重用，也是得益于他提出"尚贤"用人的改革主张与做法。为长久计，毕万请他为自己占卜。

郭偃非常认真占卜后说："毕万之后必大发矣。万，满数也；魏，大名也。以是始赏，天开之矣。天子曰兆民，诸侯曰万民。今命之大，以从满数，其必有众。"意思就是说：毕万封有魏地是大吉之兆。"万"是盈足之数，"魏"同"巍"，有高大雄伟之意，得此封赏，符合天意；天子拥有兆民，诸侯管辖万民，以毕万之福大命大，必定会越来越兴旺发达。对此毕万坚信不疑，于是将姓氏改为魏氏，既合乎占卜之意，又遵循了以封地为姓的历史上及祖先的惯例，曾经祖先毕高，就是以被封毕国改姬姓为毕氏的。

毕万的儿子魏犨，继承了祖上的血脉与特色，是一个大武

士，以勇力闻世。在晋公室风云诡秘的关键时刻，和赵衰等一起，选择追随重耳，在整个流亡途中，展露出惊人的战斗力。有他在身边，重耳安全感倍增。同样，魏犨不离不弃十九年，历经磨难生死相随矢志不渝。回到晋国后，也同样得到回报，被封为大夫，承袭魏氏原来的封邑，史称"魏武子"，魏氏从此繁衍兴盛起来，魏犨也就被奉为魏氏的祖先。后人也在晋国深深扎根并"散枝开叶"，踔厉前行，奋斗不止，成为主宰晋国命运的六大家族之一！

因此，毕万也是整个晋国"东漂族"中，最成功、最有成就、最值得骄傲的人之一！

狐　突

狐突为晋国始祖唐叔虞的后裔，只是在很久以前，他们这一支，就被封到大狐犬戎，即今天山西交城县一带，是为北翟国。虽然这里地理位置偏北偏西，以荒漠草原为主，但服从王命随遇而安，以地为姓，改姓狐氏。自周天子东迁以来，几十年里发生的战乱不下百起，狐氏把所有的精力都放在修好诸侯、学习礼乐这两件事上，没有参与过一次兼并战争。几代人不断出使他国，见识到了中原诸侯的城邦，深感草原游牧之苦，遂刈草伐木，垒石筑墙，垦地种黍，尝试着耕作定居，以柏卜和楼地为据点建成矮墙石室，不再以毡包为庐。

狐氏交好诸侯的重要手段是缔结姻亲，挑选模样出挑、聪明伶俐的女子为宗女，精心培训教习夏言与礼乐，不断嫁入中原诸侯国。其宗子又娶中原之女为妻室，早在晋献公的父亲曲沃武公时期，狐氏就通过各种关系与门路，把本族美女嫁入公室的分支族。就在狐氏社会进化与发展进入快车道，逐渐融入中原的时刻，晋献公看到北翟国女子特别有魅力，于是兴兵征伐，抢得狐氏一对姐妹花为妻室，正是狐突的两个女儿。

归入晋国这样也好，反正是叶落归根，可以避免与其它边族相互争斗，可以有安定的日子过了，况且还是嫁给君主，倒是个不错的归宿。于是带着两个儿子狐毛、狐偃一起来到晋国，把全部希望寄托在两对儿女身上。因为这一层关系，还凭借着国君岳父大人身份，狐突进入了晋国的统治阶层。

狐突也遇到象赵衰那样的问题，即对晋献公五个儿子"站队"作出选择，无法置身度外"选边站"，骊姬姐妹的两个儿子是绝不能选的，满朝文武都讨厌，一切麻烦与不测就源于那里。他知道太子申生与二公子重耳人品很好，深谙"鸡蛋不能放一个篮子里"，他和大儿子狐毛全力辅佐太子申生。尽管都是亲外孙，他让二儿子狐偃跟随重耳，至于晋献公的三儿子夷吾，认为人品有瑕疵，难堪重任，就放弃了。

无奈申生死忠父亲晋献公，不懂非常时期、非常情况，对付小人就得用小人的办法，甚至是非常手段，当被刀架到脖子上，也不反抗，更拒绝逃走，宁愿自尽了却一切。很快，狐突得知晋献公又派晋国第一杀手勃鞮去刺杀重耳，赶忙要狐毛去急报重耳，并随他一起逃亡去外婆国北翟，侍奉左右，因为太子没有了，晋国的希望和未来，寄托在重耳身上。

一晃十二年过去，晋献公去世，里克大将军杀了奚齐、卓子，骊姬姐妹投湖自尽，这是"机关算尽太聪明，反误了卿卿性命"的最早版本。里克派人去请重耳回国继位，因不见外公狐突

的消息信简，婉言拒绝了。里克不得已，迎回夷吾继位。而夷吾不念兄弟情，受过同样的灾难，竟认为远在北翟国的亲兄长重耳，是潜在的隐患，又派勃鞮去北翟刺杀。幸亏狐突得到消息，派心腹家臣紧急赶往通知，使重耳得以先行一步逃脱。

夷吾的儿子继位后，下令重耳必须归国"投案自首"，并"请"外公狐突亲笔致信，这样更有把握，如请不动，那就不管什么亲曾外公的。

命令传到，狐突拒绝听命，现在不过是暂时小人得志而已，料定他一定没有好下场。说："古往今来，儿子出仕，父亲一定要告诉他忠诚。我的儿子跟着重耳已经许多年了，如果现在叫他回来，这和我原来说的可不一样了。我不能教子以二心事君。若要逞淫刑杀人，我听命就是。"毅然赴死！

狐突虽然去世了，但他的精神流传开了，历久弥新，晋国人民怀念、崇敬他，把他厚葬于北翟国境内的少阳山（今山西交城县境内马鞍山），人们改名叫狐爷山并立祠。百姓对于他的遭遇非常同情，常常祭祀狐突，并成为一种习俗保留下来。两汉、魏、晋、南北朝及隋、唐历代皇帝，都以狐突忠贞报国为忠义楷模，及至宋代宋徽宗封狐突为忠惠利应侯。

狐突的两个儿子狐毛与狐偃，重耳归国后受到重用，成为"左右手"，家族也"散枝开叶"，成为晋国屈指可数的大家族，活跃在晋国高层，立下了不朽的功绩！

因此，狐突也是晋国"东漂族"中，最成功者之一！

俗话说：龙生龙、凤生凤，人类基因的因素不可忽视，有时强大到难以想象，在这些"东漂族"的身上和后代，再一次得到

验证!

当然还有许多的"东漂族"，为晋国的发展与历史，付出了自己的努力与贡献，或属芸芸众生之列，没有发展到左右朝政的地步，或史无可考，淹没在历史的长河中。

"豆腐渣工程"祖师爷

一

公元前676年，晋国都城翼城。

本当做了国君应该高兴才是，但晋献公却整天愁眉苦脸的。一般新国君继位，都要大肆封赏以示君恩，由此树立自己的威信并拉拢一批人。可他能封吗？决不敢"造次"！晋国第十二代国君晋昭侯，封了亲叔叔为"曲沃桓叔"，后来就有了"曲沃庄伯"，再后来又有了"曲沃武公"，正宗的晋侯被"封没"了，甚至做了刀下鬼，才有了自己的今天。这些能重演吗？可不封说不过去，更挺不过去，明天会发生什么，天知道！现在，他真正体会到了做君侯的艰难与不容易，除了暗地里扩充军队，在内政方面，有一大片公族的掣肘，其他什么都做不了。

其实前两年曲沃武公在世时，他明白江山是整个"曲沃族"三代人用六十七年时间打下的，终于等到了这一天，不论功行赏是说不过去的，因为深恐三代以来的事情重演，不敢坐大公族的地盘与势力，只是象征性封一点，远远满足不了这些人的胃口。出生入死只得到一丁点封赏很不甘心，但他南征北战几十年，在

整个公族中深浮众望威信极高，谁也不敢公开表示不满说三道四的，看着晋武公年老体衰，没多少日子了，便暗暗诅咒他早死。晋献公虽然也是一个英雄好汉，也跟着父亲南征北战立下不少战功，继位时已经四十岁，但在别人眼里，只不过是一个配角，做了君侯是沾了父亲的光，整个公族中，没有几个人把他当君侯看，尤其是辈分比他高的。

先是一位胡须、头发尽白的老人来找，他叫公子青羊，公族中辈分最高，年岁最长，是全公族的精神领袖，讨封时见晋献公支支吾吾的，一时怒气冲天，破口大骂："摆什么君侯的架子，老子跟着我父亲'曲沃桓叔'打仗的时候，武公都穿开裆裤呢，你更不知道在哪?!"

因为是爷爷辈倚老卖老，晋献公被骂得灰头土脸，可还只得忍。未料又来了一个爷爷辈，这种场景前后重复了六次!

接下来的是曲沃庄伯的儿子们，是晋献公的叔伯辈，他们没有破口大骂，而是大吵大闹，好像这里不是宫中君侯治国理政的庄严之地，倒是象极了街市圩集，可以随随便便吵闹什么的。有的是一个人来，有的是三三两两相邀结伴而来，共有十几人。

再接下来是堂兄堂弟们，都是成帮成队的来。尽管"请愿"的声势浩大，因为是同辈，相对比较收敛，多是你一言我一句据理力争，轮番上阵，劲头比打仗还猛，见君侯铁青着脸一语不发，便静坐示威，有些干脆往地上一倒，一躺一大片，一副誓要将要无赖进行到底的模样。他们知道现在晋献公刚继位，君位不稳，如果过些日子，他的翅膀硬了，就可能再没有机会了。这一批人有三十个人。

至于讨封赏的东西，诉求五花八门，有要讨封地的，有要当

大官的，有要财产的，有要山林的，还有要女人的、并且要的是绝代佳人那般……应有尽有。

这种"三重奏"的车轮战，不时反复地交叉进行着。

众怒难犯，晋献公懂得这个道理，他更懂得周天子以整个天下分封，也只封了七十一国，可晋国三代大大小小的公子、公孙们多达五十个以上，把整个晋国拿出来封都不够，原来晋国所有的宝物，为获得正式名分，武公都送给周王室了，加之长期连年战争耗费巨大，晋室已是近乎"一贫如洗"。当然，他可以承诺将发动战争，去抢周边国家和戎狄部落的土地、人口与财富，逐一满足他们，但如此下去，何时是个头？他知道这些人早就不满煎熬了两年，早就盼着有今天，不达目的不会罢休的。

人是不会被尿憋死的。俗话说人急上墙狗急跳墙，必须下决心彻底解决，并且刻不容缓！晋献公找来首席辅佐大臣郤芮，可他只知道弄权攫财，干起活来靠"歪打正着"得手，无长远深邃之谋，更不敢得罪公族，礼貌得无以复加，嘴里尽是"打哈哈"。骊姬姐妹也对他时有"微词"，此人不能再重用了，让他一边凉快去吧。

晋献公想到了一个人，此人其实比郤芮强，只是属"东漂族"非姬姓。他是杜隰叔的长子士蒍，是掌管晋国诉讼的大夫，制定了多部法律，晋国天下大治，他功不可没。遇事深谋远虑，从未失算、失手，为常人所难及，不佩服都不行。并且为人处世很有一套，左右逢源，上下皆顺，黑白通吃，只要他答应的事，就没有过办不到的。现在无奈何，是时候把这个外来户推到前台来。

要求人帮忙，并且还是连自己都棘手难办的大事、难事，得放下身段。士蒍一到，晋献公先是检讨自己："先生为晋国励精图治做了许多事情，立下许多功劳，遗憾的是，刚刚继位，来不及封赏，请勿往心里去，来日方长！"

士蒍一点也不感到奇怪，微微一笑："臣下多次要恭贺君侯，不料门前全堵死了，路上全躺满了。若非君侯亲自召来，必不得见。"又大作惊讶状："堂堂君侯宫中，竟至于此，若非亲历所见，仅凭人之传说，断不能相信！"

晋献公长叹口气，憋不住倾泻一肚子苦水，末了，两手一摊："度日如年，今之奈何？"

"君侯家事，血浓于水，外人不便议论，更不敢贸然插手，若如此，恐遭群起攻之甚至不测。"

晋献公听出了"弦外之音"，见"有门"便换成笑脸，很热情地过去拉着士蒍一同坐定："整天烦我不堪，他们才是外人，先生与我亲如兄弟，不，是自己人，现在这般，难道不是吗？"

士蒍禁不住心里翻腾开来，晋室公族们确乎闹得太过了，不是国事为大、国家为大，而是专打自己的小算盘，小算盘还打得挺大，晋国早晚会毁在他们手里，并且这些人数量不少又盘根错节，别人有陪不完的笑脸，防不完的小人之心，要干点像模像样的事情，要考虑这个、顾及那个，束手束脚。不仅君侯烦，大臣们也很难："谢君侯抬爱，臣子没有不效命的道理！"

"先生何以教我？"

"就看君侯如何抉择，臣子定按君侯的意旨做好就是！"士蒍不露声色。

晋献公抑住内心的兴奋，装出一副无可奈何的模样："抉择？事已至此，还能有什么抉择，他们不让我活下去，只有豁出去拼

个你死我活，没有其他路可走，活着也是受罪！"

士蒍不以为然，微微一笑，"没这么严重，君侯雄才大略，只要动一根手指头，大事定矣！"

"哦？"晋献公忙不迭起身拱礼："先生救我！"声调竟哽咽嘶哑。

士蒍连忙起来屈身回礼："他们分明是集体'逼宫'，先爷爷辈，再叔伯辈，最后兄弟辈，有骂的、有闹的、有耍无赖的，安排组织得有头有脑、有条有理非常周密，背后肯定有高人策划指点。'树倒猢狲散'，'擒贼先擒王'，把为首的先拿下，再搞乱他们，后面的事，君侯轻易就能搞定！"

"富子！"晋献公不由脱口而出，他也欣赏富子的才能，但不敢用他，更不敢封地给他，唯恐出第二个"曲沃桓叔"，又疑惑地望着士蒍："先生也是很欣赏他的，你俩交情非浅呀！"

士蒍不慌不忙说："君侯说得没错，但此一时彼一时也，他处心积虑与君侯作对，此刻已是君侯的敌人，也就是微臣的敌人！"

"有把握吗？"

"只请君侯任命他为中大夫，'舍不得孩子套不着狼'，臣下自有道理。"

"没问题！需要多长时间？"晋献侯很爽快，只要能解除眼前燃眉，什么条件都可以满足，但还是有顾忌。

"半年足矣！"士蒍斩钉截铁，说罢告退。

晋献公望着离去的背影，原来乱麻一团整天憋得慌，现在心里稍稍敞亮些。但拿出中大夫这个"一人之下万人之上"的职位，说不定以后还得给予封地，不心痛那是假的，富子可是公族中最聪明、最能干的，很有可能会出现"尾大不掉"；还有半年时间，究竟会出现什么，这无疑是一场赌博，并且是豪赌！难知结局如何，不赌又别无选择，三代人不懈地努力奋斗，度过一个个难关，经历过一次次风险，这次也一定会圆满收官！

晋献公想不到的是，士蔿自己的"算盘"也打得"啪啪"响，要循此下一盘大棋。他的偶像是姜太公，对姬姓大周是外族，却是天下最优秀的"钓鱼"高手，以功绩封于齐国，以一人之力，为子孙后代赢得一个国家，这样的人生、这样的成功，是无以伦比的！机会来了，既为君侯排忧解难，又可为自己的将来"奠基"，公族们的天地，将由自己和自己的后人取而代之！甚至……

士蔿开始行动了。他象以前一样，不，比以前更频繁地拜访出入这家、那家公族家院，或捎上一些礼品，敬爷尊叔的，对没有分封表示深深同情，问有什么需要效劳的，有为公族效力的机会不能错过的；或称兄道弟聊聊天、喝喝酒、打打猎、赛赛马，说三代人太艰苦付出太多了，现在晋国安定了，该好好休息享受，把以前的损失补回来……加上原来关系就不错，更加打成一片如胶似漆不分彼此。士蔿成了公族们共同的最好朋友，非常信任他，压根没想到过要设防。其中，与富子的关系最"铁"，接触最多。

公孙富子是"曲沃庄伯"的孙子、晋献公的堂弟，脑袋比较灵活，平时常常有出其不意的好主意，做起坏事来，馊主意也多。因为自恃聪明，也的确在战争期间，他出的点子起过不少作用，凭此要求做大官、多封地，目的没达到怀恨在心，他也从心眼里，瞧不起身为君侯的堂哥，就知道冲冲杀杀，榆木脑袋一

个，只不过命运垂青于他，自己命苦而已。于是精心导演了这一出闹剧。在"曲沃桓庄"宗族中，属于"智囊"型核心人物，人们对他言听计从。

一天，士萦找借口推辞其他公族子弟的相约，单独邀请富子纵马去山里射猎。富子很兴奋，但射猎时却不在状态，完后，该回城里了，士萦见富子没有多少收获，便解下自己马载的猎物，全部绑扎到富子的马上。

"这怎么可以？"

"你我兄弟客气什么，我的就是兄弟你的。再说，我带回家也是个难题，两个儿子分不匀，都会以为自己分少了，做父亲的很偏心，只给个零头打发一下。"其实，士萦比富子大出一轮都不止，并且是做了爷爷的人。

富子自始至终都是心不在焉，他知道士萦的才华与智慧超群，避开众人专邀自己到这样的偏僻地方来，费那么多时间，又这么大方，一定有他的道理与目的。他一直耐着性子，等待揭晓谜底。

士萦见火候到了，拉着他紧挨着坐下，似是漫不经心道："'智者千虑必有一失'，兄之不该对君侯发难。"

"士兄是明白人！"富子对此不感兴趣，敷衍着。

"其实君侯一直欣赏你，只是……"士萦故作欲言又止，看着富子迷惑的表情，很是开心，要的就是这种效果。又压低声音，装出一副神秘状："君侯对我说过，富子是个大人才，做中大夫绰绰有余，很需要他辅助治国理政，可惜他整天跟那帮人混在一块，不放心呀！"

富子全身一震："有这事？"

"咱俩什么关系，我是什么人，你不清楚吗？只要你对那些人躲得远远的，我敢保证，十天之内，君侯一定会任命你做中大夫。不然，你可以不认我这个朋友，我更不好意思见你啦，失信于人，甚至我连做人都做不起，更没脸在晋国呆下去。只是你要想清楚，'甘蔗没有两头甜'，究竟要什么，舍得离开那些人吗？"

富子见好朋友说到这份上了，浑身轻松下来，深信不疑："他们有什么呀，若是打仗上战场，倒是有些用，平时都是傻里呱唧的。我早就想离他们远远的，不要说十天，二十天，更长时间都行！"

"做了中大夫，还愁发不了财、没有封地吗？一切都会有的，到时候得帮衬兄弟一把！"士蒍把事情坐实。

富子以为是情理之中，一口应承："没问题！象士兄常说的，这么多年，咱俩谁跟谁呀，有福同享，我的就是你的！"

在回去的路上，凡碰到公族子孙，士蒍和以往一样，总是笑呵呵热情地招呼或回应，使人如浴春风。当有人见他射猎归来却马上空空如也，而富子满载而归，关心地问询，士蒍谦虚说，技不如人得先跟着学两手。而富子对这一切视而不见，象没有看到、听到似的。

从此连着一些天，富子象换了个人，要么闭门不出，不时有人找他这个"智多星"出主意，敲门不开，呼声不应；要么纵马而行，独来独往，别人拦不住、追不着；公族聚会时没有他，三三两两公子哥们结帮成对潇洒没有他，也找不到他。开始一、二天，人们不以为意，第三天开始有人怀疑，以前从未有过这种情形，公族的人们每天不泡在一起，比挨刀割肉还难受，日子是没法过的，这太不对劲。直到第五天，得到君侯任命富子为中大夫

的消息，恍然大悟，这小子一步登天了，怪不得！良心喂山里野狼了，避开大伙自谋好处，纷纷感到有被出卖的感觉。

公族中只有一个人例外，整天看不到他的身影，没有时间和大家在一块消磨，都能理解，他叫公孙穷子，因为是公族中最穷的，故而人们唤他"穷子"，真名倒忘了，祖上没有给他留下什么，他要为自己的生计劳作。说是最穷的，但比一般百姓之家，那是要好过许多的。他的家在曲沃城郊，有一栋不小的房子，院落挺大的，附近有几亩良田、十几亩山林。这个地盘太小，公族们看不起，晋室就打发一下封给他。雇不起工，就这么一点地块，也没有必要雇工，自己不辞辛苦干着、忙着，发誓要比祖上有出息，打下基础，让子孙们赶上来，不比公族们差多少，在人前人后都做得起人，过扬眉吐气的日子，不象自己如此窝囊，别人从来就不拿正眼看的。

穷子正准备出门干活，一匹快马疾驰而来。他认得是君侯的传令官，要迎进屋内好好招待一番，曾经看到传令官找过公族的人，大家都说有好事来了。

未料传令官一脸凶气，恶狠狠宣布："这块封地被中大夫公孙富子相中，要在这里盖避暑消凉的庭园亭楼，君侯有令封赏给他。限三天之内搬走，不然，扔到山里喂狼！"说罢，随即跃马而去。

这犹如惊闻晴天霹雳，穷子半天没缓过神来。自己好不容易有个这么一丁点儿活命的地方，说没就没了，搬走，往哪里搬，一句话就了啦，往后的日子怎么过？穷子禁不住嚎啕大哭起来。哭是不能解决问题的，穷子返身锁紧门，往公族最高辈分的那儿奔去。

正巧，很多公族子孙聚集在公子青羊这里，商量着如何惩罚败类富子，穷子的到来，他的哭声与倾诉，深深震撼与刺痛了人们，尽管穷子穷酸，公族内虽然看不起他，但没有谁欺负他，富子竟然为官不仁，这才没两天，连族规都不放在眼里，柿子专拣软的捏，怎么了得？本来人们对富子一夜之间飞黄腾达，早就急红了眼，此时更是炉火中烧，群情激愤，如火山爆发，不可遏止。

士蒍神奇般出现在人们面前，装作非常吃惊的模样，神情紧张地说，这么大的场面，究竟发生了什么大事，看能不能为大家分忧。

穷子知道士蒍是大官，与富子关系好得不得了，在公族中常来常往，象抓住救命稻草，又呜咽着哭诉一遍。

"错了，错了！这哪儿对哪儿呀，搞清楚了没有？也不想想，你穷子那么一点地方，又在城郊边边角角的地方，谁看得起哟，反正送我都不要，富子以前都看不上，现在一人之下万人之上，今非昔比，心大得很，胃口更大的很，我都惊讶他为什么突然变得这么快、这么坏！"接着，士蒍好言好语安慰了穷子一番，要他把心放到肚子里，该干嘛还干嘛，一切包在士某身上。

穷子深信不疑，破涕为笑，抹抹眼泪，对士蒍深深鞠了个躬："碰到好人啦！"然后匆匆转身回去，干他的活计去了。

"富子要封地，并且是要很大的封地，这事当时我在场，千真万确，只是这个穷子，一定是慌乱惊吓中搞错了。"对离去的背影，士蒍叹了口气。

穷子走了，可士蒍的话，分明是话里有话，"弦外之音"有很清楚的指向，在场的人们忐忑不安起来，忙问究竟是怎么一

回事。

士蒍装作神秘状，压低声音："我听富子说，他看中了公子青羊的封地，这块封地是最大的，然后一个一个接着来……"

此话一出，公子青羊立马愤怒了，号召大家一起杀了这个叛徒，大伙见最高领袖发话了，齐声响应，高呼喊"杀"，同仇敌忾，久违的战场上的杀气腾腾，顷刻涌上来。先是分头去联络与通知全公族，准备好家伙，找到富子算总账。

富子刚刚纵马回到家中，士蒍慌慌张张闯进来，一脸死灰色，上气不接下气说："你赶紧逃命吧，公族们听说你要抢他们的封地，要来杀你呢。"

富子很是不解，自己的底线是避免与公族们接触，连正面碰都不敢碰他们，更不敢抢他们的封地，这些人惹不得，君侯都怕三分，何况自己。此为何来？但看到最好的朋友的表情，不象有假。于是派家人出去打探消息。不料一会儿家人就急匆匆转回来，说眼见公族们都在磨刀霍霍，扬言要灭了咱全家。

"怎么会这样?!"富子知道大势不妙仰天长啸，连解释的机会都没有，公族这些人都是狠家伙亡命徒，在战场上杀人如麻，就是对要投降者也不放过，现在只有一条路，那就是——逃！可匆忙之中，逃到哪里去呢？以前没有想到要考虑后路，就这么短短几天，决想不到变数如此大、如此之快，用翻天覆地形容也不为过！

士蒍如神算般，掏出一张薄简递上："去天朝都城洛邑吧。这是给周天子的推荐信。曾经天子召过我先父，现在又召我去，要委以重任，'高山流水'可遇不可求，人生得一知己足矣，因舍不得你这个知心朋友，一直未能成行。晋国的天地太小，在这里太屈才，你去一定会比在晋国混得好。再说，躲得过初一，躲不过十五，那些人的底细你最清楚的，他们会对你死磕到底，不整死你不会罢休的。快走，再迟疑就来不及了！"

"大恩不言谢，后会有期！"富子没有犹豫的余地，说罢，喝叫家人草草收拾金银细软、宝贝家当，男丁紧伏马背，女眷与孩子乘马轿，用最快的速度往洛邑去了。

士蒍轻松下来，富子是决不可以和公族们面对面的，万一如果他把自己解释清楚了，根本就没有要过封地，更不敢把公族们的封地变成自己的封地，后果连想都不敢想。这个道理谁都懂，整个事情的面目"水落石出"，那就整场戏唱不下去，前功尽弃。看着一堆狼狈逃遁的黑影，他轻蔑地笑开了，笑得非常开心。

很快，几百号握刀持矛的公族子弟蜂拥而至，瞬间人声鼎沸，没有谁理会士蒍，把富子的驻地围个水泄不通，有破门冲入的，有翻墙跳入的，有砸窗跃入的，屋顶上竟还有人在揭瓦。一通闹腾后，一无所获，失望之余，明白是士蒍放走了富子，于是人群渐渐向他合围。开始一人大骂士蒍是叛徒内奸，吃里扒外，接着，"杀死他"喊声此起彼伏，只等着最高领袖公子青羊一声令下。

士蒍一直静静地看着、等待着、诡秘地微笑着，这场闹剧在按他的设想顺利进行。此时不慌不忙说："对公族各位而言，士某是外人，但无论对公子青羊、富子、还有各位，没有里外之分，没有彼此之别，都象一家人一样亲，必须一碗水端平，这是做人的原则与根本。我既然告诉你们富子的野心，不忍你们的封地被夺，理所当然也要告诉富子的性命堪忧，不忍他的生命被毁。我这样做有错吗？难道你们喜欢一个厚此薄彼、假仁假义、

说一套做一套、背叛朋友的人吗?"

一番话正气凛然铿锵有声，入情入理无可非议，一个外人都为族人"两肋插刀"，而公族自己却在内斗不休，一时难于辨识对错是否，场面顿时寂静下来，都在等待着。举瞬之间，局面陡转。

公子青羊沉默片刻，觉得士蔿一向就是个有情有义之人，这次救富子也是情理之中，不救富子倒是解释不通。一挥手，转身离去，众人随后离去。来时咄咄逼人杀气昂扬，走时无精打采不明所以。

士蔿又一次在心里笑开了。

晋献公得到消息，知道"旗开得胜"，立即派人去"断后"，通知穷子说是富子的心太黑，要大小通吃，现在没事了。对来复命的士蔿很平静地说："富子走了，并不能说明什么，问题依然还在，他一个人的作用终究有限，那些人还在，说不定会有新的富子出来，即使暂时没有，保不准以后会长出来的。现在还不能确定以后会发生什么，也不知道如何封赏你。"

士蔿并不意外，这是要丢诱饵钓大鱼。要搞清楚君主究竟要的是什么样的结果，试探说道："要确保没有新的富子出来、成长起来，万无一失的办法，除非只有……"

"只有什么?"晋献公急迫的语气。

"这个道理谁都明白，微臣不敢明言!"

"只有一个不留乎?"晋献公等不及。

"只要假以时日，这也不是办不到的!"士蔿趁机"补刀"，君主满意，自己也何乐不为?!

晋献公大喜，豁出去了："事成之日，就是先生为晋国大司

空之时！"因为大司空是晋室大夫系列的高位，主管全国工程建设，权力大，油水非常多，一般不轻易许人的。

士蒍当然满意，并且满意极了，办大事是要有雄厚财力支撑的。士蒍又提出只有韩氏一族可以保留，因为韩万是"曲沃代翼"的坚决拥护者，却又与其父曲沃桓叔、其哥曲沃庄伯界线分明不相往来，得到过曲沃武公的关照，追随武公打天下，其后世子孙也一如既往坚决维护晋公室政权，又没有与那些公族混在一起，甚至断了联系，在公族吵闹的人中，没有一个是韩氏的人。

晋献公以为然。士蒍没有料到，因他的一句话，拯救并造福了整个韩族，创造了晋国的历史！

二

士蒍又开始行动了，又整天与公族们泡在一起。

一年多过去，始终没有进展，不象上次是要搞掉富子一个人，这次是要"一窝端"，难度空前，机会难逮。尽管君主没有催促，但知道一定着急得很，巴不得早日成功，自己又何尝不想这样，一盘大棋要有"奠基之作"呢。既然在公族们这里一直没有眉目，那就到其他地方试试，说不定解开这个结的线头在外面，得来全不费功夫。

一天，纵马来到绛地，山水相依是个好地方。猛然想起君侯多次提及喜欢聚城，是一块风水宝地，想收回归晋室所有，一时找不到理由，又担心收回来后，公族们会盯住不放，本没有事又生出个事了。说起时，君主一脸愁容，还有深深的惆怅。那是在"曲沃武公"时期，有个游大夫冒着性命危险在翼城做卧底，立

下了汗马功劳，曲沃武公把聚城封赏给他。到底是一个什么样的宝地？既然来了，士蒍决定一探究竟。

不看不知道，一看惊一跳。距绛不到十里的中条山支脉的湅池山脚下、涑水河畔，岭高险峻，地势独特，景色宜人。这里有两个丁点大的芝麻小城，比肩联袂，唇齿相依，东、西、北各有一条天然深沟，隔沟环围有三个村庄，三足鼎立，隔沟呼应。有山、有河、有开阔的平地、有洼地，可以凭地形筑城墙、烽火台、练兵场、屯兵营、还有监狱。正南方向可直通晋国南疆咽喉横岭关，越关而下渡过黄河，便可抵达王都洛邑。此乃天下最理想的形胜之地，甚至完全具备了构筑都城的条件。确实，这么好的一个天下难寻的好地方，为一个大夫所有，于他太奢侈了，于国太浪费了。怪不得这里使君主魂牵梦绕！怪不得公族们一提起游大夫，就眼冒妒火，牙齿咬得咯咯响，恨武公胳膊往外拐，一个卧底有什么了不起，值得这样封赏吗？打江山战争这玩意，最终要靠爷们在战场决胜负的。

士蒍很长时间没有见到游大夫，年事已高，是前朝的老臣，早就退休在封地养老。说实话，他心里对游大夫敬重有加，做卧底是需要勇气与智慧的，非战场打打杀杀的可比，一个人的作用，甚至抵过千军万马。正好借机会看望一下，表达对前辈功臣的敬意。

游大夫的两个儿子热情无比地接待了士蒍，因为他是当朝大臣中来访的第一人，除了偶而有前朝的同僚来走走，这里平时很冷清。游家人也很少出门去，担心遇到公族们惹不愉快。两人把士蒍引到深院处，游大夫在这里养病多年，一直在卧榻上挨着日子。

见到士蒍，游大夫非常激动，挣扎着坐起来，紧握着他的手不松开，一时说不出话来。半响，使尽力气，断断续续呜咽着说道："我把两个小儿……托付给先生，拜托！我可以走了……"说完，骤然倒下，闭上眼睛，离世而去。

两个儿子呼唤不已，没有反应。士蒍一摸腕脉，气息全无，不禁失声大呼："游前辈，一路走好！"两个儿子放声大哭。

士蒍迈着沉重的步子出来游家大院，磨蹭了多次才跨上马，内心在剧烈的斗争着、撕裂着。游大夫走了，游族的顶梁柱倒了，这块封地岌岌可危，一个计策油然生成，游大夫遗言犹在耳边，但为了君主、为了整个晋国、也为了自己的一盘大棋，只能对不起这个功臣前辈了。

士蒍快马加鞭赶到曲沃，召约公族们吃饭，这样的次数多了去，因为是临时起事，得到消息的人不多，也不需要太多人，只要公族最高领袖公子青羊到场，把敏感信息散发出去就行。

在饭局上，士蒍似乎漫不经心说："受游大夫三番五次邀请，不得不到聚城他的庄园，礼貌性地访问了一回。不去不知道，一看吓一跳，那里是全天下最好的地方。这才明白为什么君主对他非常感冒，一个区区大夫，凭什么占有，竟比任何一个公族的封地还要大、还要好，配吗？几次君主想收回来，改封给公族们，一直没有机会下手，对前朝老臣，也不忍下手。哎，这事呀……"

大伙一听，乐了："真的？"

"我士某什么时候说过没鼻子没眼的话。"

公子青羊一拍大腿："君主不忍下手，我们没有什么顾忌，不过是三下五除二那么一刻的事。"

听到连君主都讨厌游大夫，领袖都表态明确，众人劲头上来了，纷纷响应。

"现在正是时候，游大夫刚死，游家正在大办丧事，自顾不暇，肯定没有任何防备。"士蔿进一步推波助澜。

谢过士蔿，公子青羊布置在场公族们分头行动，尽快作好所有准备，杀他个冷不防。

游家庄园正处于无限悲痛之中，全庄人都在有条不紊走丧事的程序，未料公族人马浩浩荡荡奔杀过来，没有任何准备，就是无论怎样准备充分，也远不是公族们的对手，一点看家护院的队伍匆忙进行抵抗，根本无济于事。很快，早就憋了一肚子妒火与怨恨的公族们，将游氏大家族一个个象切瓜似痛快淋漓斩杀殆尽。

公族们占了游家封地，心里美滋滋的，顾不上庆贺胜利，在丧事的酒席上大吃大喝起来。后面还有三三两两赶来的，迫不及待挤入吃喝人群。很久没有这样痛快开心过，把游家所有能吃能喝一起扫光，再把栏里、窝里的猪牛羊与家禽全宰杀掉，又接着吃喝。如此，连续三天三夜。

第四天，士蔿来到游氏庄园，宣布君主的决定：聚城庄园是公族们齐心协力夺回来的，封赏给全体公族。

听到封赏，如打了鸡血，公族们清醒并全身振作起来，先是高兴了一阵，很快冷静下来，不对，公族有五十多户，大大小小上千号人，怎么分呀？

士蔿哈哈大笑开了，说公族们为君主立下大功，君主当然得为大家考虑周到，在这里筑一个天下最华丽的城市，凡有公族身份都尽可入住。这样，大家可以在一起住、一起玩、一起议事，

再不用东一家、西一家的，见个面都难，很不方便。每家每户把人口报上来，有什么要求尽可以提，一定满足！

公子青羊发声道："君主与士大夫考虑虽好，但封地还是没有哇。"

人群骚动起来，许多人点头或交头接耳着。

"这根本不是一回事，只要公族们团结得紧，后面的事容易也简单，不是还有韩氏、荀氏、郤氏、赵氏、魏氏等，都是公族外人或隔了许多代的，封地大着呢。只要大伙儿心粘在一起，力使在一起，人聚在一起，象搞定游氏一样，事在人为嘛！"

公子青羊激动地冲上前搂着士蔿。

人群欢呼起来。

一年后，公族们家家户户喜气洋洋搬进新筑的聚城，足够气派，又漂亮极了。为了庆贺乔迁新居，晋献公送来了大量的美酒与美食，家家户户喜气洋洋，放开了吃喝，一直闹到深更半夜。

没想到的是，此时晋献公突发奇兵，把聚城围个里三层外三层水泄不通，然后宣布公族们犯下擅自谋杀前朝功臣、夺取封地的滔天大罪，举国愤怒，孰不可忍，要替天行道，血债血还，下令进城斩杀所有人，一个不留。

可怜整个公族上千号人，在睡梦中、醉酒中人头落地。有极少部分强悍者惊醒过来，立刻明白过来中了圈套，上了贼人的当，悔之不及，凭着多年战争的历练，拼死冲破重围杀出聚城。晋国已然无法立足，于是奔走虢国，在那里以晋国为敌，一定要借力，誓报今日之血海深仇！

有几个公族哥慌乱中跑往洛邑方向，见到富子，诉说了一切。富子惊愕之下细细一想，明白自己乃至整个公族中了"连环

计"，禁不住悲怆长呼："一定要杀了士蒍——"

晋献公长吁了一口气，不仅再没有谁找他讨封的烦心事，而且"尾大不掉"的心头大患也除去了，全晋国没有了一个自"曲沃桓叔"三代以内的公族，他们的所有财产全部收归公室所有，晋殇叔、曲沃桓叔那样的事情，再也无法重演，悬在心头的巨石搬掉了，浑身感到前所未有的轻松和痛快。没有丝毫犹豫兑现诺言，将士蒍升官为大司空。

两人各得其所。

士蒍心里以为自己才是最大的赢家，君主获得的是眼前利益，甚至因此还可能有失去，没有了公族集体力量的依托，以后他就是真正的"孤家寡人"一个；而他获得的是长远的利益，公族去后留下的空白，是子孙后代大显身手的一片天地，以驰骋纵横！

三

士蒍摸透了晋献公的心思，他不愿呆在翼城，这里是原来晋侯的都城，内心深处很是不爽的，也不愿去曲沃，那里是公族的大本营。他上任大司空的第一件事，就是在新建聚城的基础上，进一步规划，扩大城市规模，加高加厚城墙，一切以都城的标准进行，配以宫城、军营、练兵场、监狱、街市、园林等。在建聚城时，捞了一大笔油水，这次更是毫不含糊狠捞了一大把，多为子孙赚点积蓄，说不定会派上大用场。

晋献公巡视新城后，心花怒放，心头之患除去了，晋献公心里豁亮开了，当即决定迁都于此，并进一步大举兴建，命名为

"绛"城，取"大红大紫"之意，昭示晋国将重新成为天下大红大紫的国家。

为了奖赏士蒍，就把聚城附近一带的村庄、土地与人口封给他。

没高兴多少日子，虢国接连向晋国进攻。晋献公知道是逃到那里去的公族们挑起来的，虢国是周文王弟弟的封国，牌子硬得很，是所有诸侯国中底气最硬的，把个周礼奉若神明，口中嚷嚷不停，对晋国以旁枝代正宗看不惯，但一直无战事"养尊处优"，没什么战争经验，晋献公根本不当回事，三两下就把来犯打回老家。公族不斩草除根必然没有宁日，决定对虢国先发制人灭掉，一了百了。

士蒍出来劝阻："虢国面积不大，人口也不多，军队数量也少，但是第一批分封的老牌公国，与王室关系最铁、最紧密，藉此虢公非常骄傲，不把别的诸侯国放在眼里。现在晋国刚刚筑完都城，耗费巨大，百姓也劳累，加上以前连年战争，财力紧张，需要休养生息。再说，王室不会坐视不管，十有八九可能动用王师精锐出面干预，各邻国都在虎视眈眈，准备伺机而动，很难预期结果。不如等虢公失去民心的时候再起事，那就事半功倍水到渠成。"

晋献公见说得在理，是这么回事，得正视现实，况士蒍历来料事如神从没错过，这次也应该不会错。于是暂时打消了进攻虢国的念头，但灭掉虢国、将在虢国的公族"除恶务尽"的决心不变！

在虢国的公族问题暂且放下，家事的麻烦又来了。

晋献公有五个儿子，与后母生下太子申生，抢得狐氏姐妹分

别生下重耳与夷吾，夺得太子申生从战场获取的骊姬姐妹，分别生下奚齐与卓子。随着儿子的长大，骊姬姐妹越来越对前两房的儿子看不顺眼，日夜在晋献公面前挑唆，要挤走他们，让其父子感情淡化，自己生的奚齐和卓子伴在晋献公身边，增强感情，有朝一日夺得太子位。

晋献公开始行动了，宣布：自己统领的"一军"为"上军"，驻扎都城绛；太子统领的"一军"为"下军"，常驻曲沃。这样一来，就把太子支得远远的。为避免人们多想并识破，声称曲沃是三代大本营与先君宗庙所在地，其作用与重要性不言而喻，非太子坐镇不行。又为掩人耳目，以示"一视同仁"，干脆把狐家姐妹生的公子重耳和夷吾一起派出去，借口要防御秦国侵犯，把重耳派往西边的蒲地（今山西永济县）镇守；借口要抵挡北翟，把夷吾派往北部的屈地（今山西吉县）镇守。可这两个地方都是望不到头的边境荒漠，连一栋像样的房子都没有，怎么守？这不是一回事，晋献公下令修筑蒲城和屈城。这么一来，事实上形成三个公子平起平坐，太子的地位不存在了，二儿子、三儿子也远离都城被遗弃了。

士蒍从晋献公一系列骚操作中扎出了苗头，疑虑重重。表面上看，申生得到重用，作为一军的统帅，除了国君，位置高到不能再高，但"太子"的作用与重要性就淡化了。所有诸侯国的军队中，凡有"二军"编制的，皆称"左军"或"右军"，因为如同人的身体，象左肢与右肢是常常配合行动的，而上肢与下肢常常是分开各自行动的，独立性很大。又太子是一般不宜长期带兵的，因为战争是有风险的，刀光剑影是无情的，就象后来人说"子弹是不长眼睛的"，更要命的是，太子不宜长期派驻在外地，很多时候要履行"太子监国"的责任，并随时准备在突发的意外情况下，继位稳定国家与朝政的，这也是必须立"太子"的根本原因。他一向认可太子的人品，将来晋国交到他手上，那是最好不过的，更是朝野众望所归。于是跑去对晋献公劝谏一番，未料晋献公不仅听不进去，还显出极不耐烦、欲送客的模样，这是以前从未有过的。士蒍心底里非常惊讶，明白晋献公是铁了心要除去太子。这可不得了，晋国要出大乱子，在面临生死的关键时刻，有"救人一命，胜造七级浮屠"的机会，并且还是太子，于公于私是断不可错失的。士蒍连夜悄悄潜去太子府，把事实摆得明明白白，把道理说得清清楚楚，劝他放弃这里的一切，早点离开晋国，可以仿效吴太伯搏取美名，更重要的是可以留下一条命，静观其变，或许还有力挽狂澜的机会。

两人关系平时就很好，申生一向佩服士蒍，此时也认为他是对的，更感激他在这非常时刻帮自己，但还是拒绝了士蒍的建议，坚定地表示要坚持做人的原则，无条件服从父亲，从小就是这么过来的，不管前面等待的是什么！

一听太子的铿锵表态，士蒍极力控制泪水不要淌出来，事已至此，夫复何言？覆巢之下，安有完卵，此刻，他还担心二公子重耳、三公子夷吾的安危。来时快步如风，回时脚步铅重，士蒍不知是怎么回到家的，一番好意竟两边都不讨好，想起一句俗语："河里划船愁死岸上人"，人家局中人不急，局外人急有啥用？转而一想，晋国不幸乱了，说不定对我士氏家族是机会，可以寻得更大、更好的发展空间。每个人都有其谋划与原则，别人奈何不了，自己能做的，就是变通自己适应变化了的情况，从今往后，就做哑巴吧。于是，早朝象个木头人，一问三不知，下朝

回家大门紧闭，也拒绝见客。

晋献公当然知道士蒍是在"装"，如此，这么一个大能人"闲置"太浪费，已经习惯了和他"合作"，所经手办理的事，效果出奇的好，几乎挑不出有什么不当，是晋国屈指可数的大人才，这个东漂"外来户"已经和自己是一家人了。早朝结束时，提出要修建重耳的驻地蒲城和夷吾的驻地屈城，须有得力人员去担此重任。顿时，下面两排大臣精神抖擞，齐刷刷昂起头，一副渴望听命的神情。晋献公当然知道，他们想的是什么，如此大的工程，油水大得很，一夜暴富易如反掌，对他们视而不见，狠盯着低着头装聋作哑木雕般的士蒍，以"非大司空莫属"，并曾经修建都城及聚城，皆是举国称誉的精品工程，无人能及，令他再次辛苦前去主持修建。说罢，头也不回退朝而去，不给士蒍谢恩或推辞的时间，也不给其他朝臣争取的机会。

眼睁睁一块大肥肉落到别人嘴里，朝臣们暗暗怅恨不已，郤芮带头假惺惺向士蒍祝贺，接着，一个又一个上来，围个里三层外三层，你一言我一语，言不由衷酸溜溜的。

"狐裘龙茸！"突然，士蒍大吼一声。见群臣傻楞住不明所以，叹口长气："一国三公，吾谁与同？"

什么乱七八糟的，群臣们一时没懂，本不想凑这份热闹的，只不过是跟着首席大臣郤芮"装"，口是心非一番，还当真了？纷纷趁机离开，有人一边走一边嘟囔着：着那门子翘；有本事辞掉去，舍得吗……

士蒍发现只有狐突还在早朝时的原地丝纹未动，忙奔过去。

"士兄之言，如雷贯耳！"狐突微微一笑。

士蒍知道他听懂了，行礼道："国丈何以教我？"

"既然'一国三公',为长远计,孰轻孰重,士大人何等聪明人,就不用多说了吧?"狐突深深一躬:"拜托了!"

"国丈礼仪至此,怎么敢当?"

"老夫期待士大人的杰作!"狐突又行拱手礼,转身离去。

士蒍感慨不已:"知音啊!"

一直到家了,"'一国三公,孰轻孰重';'杰作、杰作'……"德高望重的国丈大人之言,一遍又一遍在耳边响起。如何一个"杰作",才能在晋献公、重耳、夷吾"三个公"之间摆平?平生第一次遇到大难题。酒饮不醉、饭吃不香、觉睡不稳……一夜睡睡醒醒,翻来覆去,折腾个没完。

第二天起床,翻身坐在床沿上发呆,不知过了多久,突然一个美妙方案涌上心头:豆腐渣工程!太子异常善良敦厚淳朴,平时固然应该这样,但在非常时期、非常时刻,这会要了他的命,就只等屠刀落下。太子保不了,那就只能退而求其次,把二公子重耳和三公子夷吾保下来。尤其是重耳,人品优异,身边人个个不凡,且方方面面的人才济济,可以形成合力做大事、成大事,将来晋国交在他手里,众望所归矣。太子没有了,两人也危在旦夕,一个"豆腐渣工程",他们不敢守,也守不了,只能逃命去,"留得青山在,不怕没柴烧",剩下的由时间和老天安排。这或许是我为晋国做的最后一件有价值的事情了!

想清楚了,士蒍浑身轻松下来,很快用过早饭,匆匆赶往蒲地。边防重地筑城关键是城墙,抵御外来入侵,城墙的高度、厚度和坚固,起着举足轻重的作用。士蒍把图纸修改一番,交给监造官,一脸肃然郑重其事命令道:"照此采购原料和建造,不得有误,否则军法论处!"说罢,赶往屈城去了。

送别了上司，监造官打开图纸略一阅览，顿时下巴快惊掉了：城墙基础三尺以上，内墙和外墙砖是薄薄的土胚砖，中间是朽木、烂竹、杂草之类填充。这哪里是筑边塞重镇，分明与做一个偌大的鸟巢、鸡窝无异！从古到今，就没有过如此筑城的，即使百姓家做住房也不可能这样。百思不解之下，只得按命令行事，到时候天塌下来，有高个子顶着，管他呢。

上面的情景，在屈城重演了一遍。

不消说，筑城的进度异乎寻常地快。

两地的人们急坏了，因为"豆腐渣工程"将他们置于险境，外面攻进来，可以不费吹灰之力，于是不断地提意见甚至是责问以至破口大骂，士蒍一个耳朵进，一个耳朵出，根本不当回事，每次都是微微一笑而已。士蒍也很少去工地，每日饮酒、打猎、读书三件事逍遥着。听多了，心也烦，更重要的是，好好的日常生活被扰乱了。干脆耳不闻心不烦，跑回都城去。

驻守屈城夷吾的老师吕甥，与首席大臣郤芮的关系很好，就请他告到晋献公那里。

郤芮大喜，这可是扳倒士蒍的绝好素材，收拾这个"东漂"外来户的时刻，终于来到了！

晋献公一听，不以为然："有这样的事，搞错了吧？"就没有下文了。他猜测可能是有人眼红这块肥肉没吃到，以攻击士蒍出口恶气而已。

没多久，两个巨大的"豆腐渣工程"落成。从外面远处看去，城郭高大巍峨，里面怎么回事，人们都知道。

重耳与夷吾没法，只得日夜派精甲武士护卫着，不准任何人靠近城墙，出城或进城必须快速通过，不得停留。

四

两城约定，一起去都城告状，拿着真凭实据去，不由晋献公不相信。

重耳知道士蒍是有大智慧的，这么干所为何来，葫芦里卖的什么药，一般人猜不着，更猜不透。为慎重起见，请舅舅狐偃去告状前，先去外公狐突那里，外公一直在都城与曲沃两地，和晋献公与太子接触多，消息灵通，定有主见。

狐突是先有耳闻，不能确定，现在看到儿子载来的一车废弃杂物，相信确有其实。沉默半响，嘣出："回去!"

狐偃一楞："怎么可能？已经与屈城约定，不能失信于人……"并眼示一旁的哥哥狐毛，请他帮忙说话。

狐毛会意，刚欲张嘴，话未出口，狐突猛一扬手止住，用不容置疑的语气对狐偃道："把这些废物卸下来，晒干家里做柴火烧。回去告于公子，还没有到最后的时刻，如今的一切都扑朔迷离，难知分晓，就当什么也没有发生过，决不要趟这个浑水!"说罢，拉着狐毛掉头回转屋内，并紧闭大门，不给两个儿子任何机会。

屈城来告状的是夷吾的老师吕甥。郤芮见到眼前他载来的一车朽木、烂竹、杂草之类，如获至宝，忙不迭请晋献公亲临"观摩"，振振有辞道："非是微臣多事，实在看不下去此等欺君罔上的恶行，拿着精品工程的款，却造'豆腐渣工程'，瞒骗于天下，人皆可诛……"

"传监造官!"尽管实物摆在面前，铁证如山，晋献公仍然不

露声色，盼望出现奇迹。

蒲城和屈城的监造官，得到命令，非常为难，犹豫不定，向士蒍请示，额头冒汗不止。

士蒍正抚琴，弹的是《高山流水》，心里念叨着"吾谁与同"，这个时刻，哪个是知音呢？唯狐突老先生耳。风轻云淡般语气："紧张什么呀，去吧，例行公事嘛，实话实说而已。"

人们看到监造官快马加鞭驰向都城，皆以为这下士蒍完了，一辈子辛辛苦苦，一夜回到出仕前，甚至可能连性命都保不了。

从监造官口中得知"豆腐渣工程"属实，晋献公怒不可遏，传令士蒍前来领罪。郤芮乘机"补刀"："微臣去把后事准备一下。"他说的后事，是准备抓捕卫队与监狱。

远远看见士蒍和往常一样不紧不慢过来，郤芮诡笑不止，这个外来户跑红到头了，该去他该去的对方。吕甥在暗处一个劲窃笑。

士蒍刚进去朝宫，郤芮一挥手，抓捕卫队紧急集合，严阵以待。

未料，仅仅就现在吸一支烟的功夫，士蒍竟然悠哉悠哉地出来，对外面的郤芮及卫队轻蔑一笑，又游哉游哉地远去，直到没了身影。

郤芮一时僵了，怎么可能？吕甥不敢相信眼前发生的一切，迟迟缓不过神。

郤芮清醒过来后，一挥手，解散卫队。弄得卫队稀里糊涂，难不成兴师动众召唤他们这支全晋国最精锐之师，就为了这样召之即来、挥之即去而已？玩笑开大了！

郤芮恨恨立马奔进朝宫，情急之下，对晋献公几乎是吼声：

"士蒍——"

晋献公倒没有计较他的无礼，平静如常，不露声色，一脸肃然轻语道："还有其他事吗？"

郤芮如遭重击，全身瘫软下来，知道此事不了了之成定局，大势已去，转瞬之间，角色反转，自己反而成为"诬告"，其罪非轻，江湖险恶无比，夫复何言！此地已成是非之地，凶多吉少，走为上计，极力用正常的语调说："微臣身体不适，请恩准去屈城休养一段日子。"

"准了！"此人已经毫无价值，正经事做不来，馊主意一箩筐，其先父郤豹智勇双全的一点影子都没有，晋献公很干脆地答应。

郤芮不知道自己是怎么出的朝宫，只那么一会功夫，真搞不懂，士蒍究竟给晋献公灌了什么迷魂药；真搞不懂，晋献公难道不懂"豆腐渣工程"后患无穷吗？

吕甥看到郤芮一副失魂落魄的模样出来，知道情形不妙，又得到消息，狐偃已经回返蒲城，一车的废料也弄没了，可能听到什么风声，或突然获得了什么秘籍，那些"证据"成了烫手的山芋，全丢了。于是撒开双腿溜之大吉，不时还回头看看背后有人追捕否。

士蒍拿着精品工程的造价款，却造出"豆腐渣工程"，不仅没有追责，其中的"猫腻"也没追回来，在举国众目睽睽之下，油水捞得也太明目张胆。不仅郤芮不懂，朝臣们懂得的屈指可数，蒲城和屈城的人们都不懂。于是这件事成了人们茶余饭后的谈资，各种各样的议论、猜测、辩争层出不穷。然而，这一切无关紧要，只要高高在上的晋献公懂就行！士蒍这本事也太绝了，

试看天下谁能及?！

蒲城和屈城的人们忧心忡忡，不能改变现状，那就改变自己，于是，先是一家、接着是几家、又接着是一家家的，往外面迁移。城越来越空了！

三年后，晋国一代名臣士蒍重病去世。临终前，请求晋献公善待儿子。晋献公毫不犹豫答应封为大夫并重用。又对士缺、士縠两个儿子语重心长断断续续遗言，留下一辈子深刻悟得的人生"宝典"："晋公室几个公子，不知以后天命如何，事情的发展与结果没有明朗，千万不能莽撞行事……要稳，留得青山在，不怕没柴烧，山重水复，峰回路转，机会总是会有的，耐心很重要。为臣要忠，做人要活，不能一根筋，这是根本……"

骊姬姐妹施诡计陷害太子申生，设局诬告他谋反弑君夺位，晋献公深信不疑。申生拒绝逃亡，接过授剑，自杀了断。骊姬姐妹又挑唆说是三兄弟联手，晋献公以为然，派晋国第一杀手勃鞮去蒲城取重耳首级，期限两天；命信任的"七舆大夫"之一的贾华将军，去攻打屈城。

狐突早就布下眼线，重金收买了晋献公身边的侍奉官，第一时间得到消息，命狐毛火速赶到蒲城，通知重耳一刻也不要犹豫，逃往外婆家北翟国。

狐毛一时一脸疑问："赶嘛要逃，可以守呀！"

"'豆腐渣工程'，如何守？快去，要最快！"狐突大声喝道。

顿时，狐毛恍然大悟，原来偌大的"豆腐渣工程"写满一个"逃"字。即使城墙坚固，凭着侥幸心理守下去，极有可能人城俱焚，一丁点地方部队，根本不是正规精锐之师的对手。这就缩短了决策时间，为逃亡争取了更多、更大的机会。

勃鞮接到命令，也不等大部队集结，独自跑步往蒲城扑去。两天期限，他一天就赶到了，到城墙下已是夜深人静，奇怪没有人守护。城门紧闭，这不是问题。勃鞮跃起半空中，对着城墙狠劲一踢，一个洞窟窿出现，土胚渣纷纷，再者三，一个洞口敞开。勃鞮掏出内中的杂草朽木烂竹之类，穿洞越过，落地在城内，又往公子府扑去。

重耳刚好奔出门，和勃鞮打了个照面。勃鞮抓住重耳的袖子，要活捉他。重耳一急，抽剑砍断衣袖，翻墙而过，狂奔而去。

勃鞮是真打，贾华是半真半假打。这分明又是一出"祸起萧墙"。说到底，还是公室自个的家事，父子骨肉相连，外人其实是用不着认真的，但国君的命令不能违抗，理解不理解都得执行，还要执行得像模像样，不能让人落下口舌。于是对屈城围而不攻，派使者进城，劝说夷吾逃走。

使者回来报告说夷吾还在犹豫中。贾华想起这就是个"豆腐渣工程"，外面看似高大巍峨，里面塞满了杂草朽木烂竹之类，这分明是故意不能筑得太坚固，以免将来攻打时费事，也让城中人自行早早逃亡。高人料事如神，真是不佩服都不行。于是在夜深人静时，命人在城墙四边捣开口子，朝内里喷些麻油、黄硝等易燃物。天一亮，又命弓箭手将火箭射入。很快，城墙不少地方烧裂了，摇摇欲坠。

城破在即，呆不下去了，夷吾思前想后，也觉得只有逃走一条路，问题是去哪里？他想到的也是母亲故国北翟国，毕竟是血亲，一定会受到善待的。

郤芮与吕甥分析道："重耳也一定是去北翟国，你是弟弟，

可能只是陪客角色，又北翟国小力弱，日后帮不了什么大忙。去秦国最好，国大力强，就是路太远，最好是去梁国，梁国和秦国交好，又隔晋国近，可以方便掌握情况，依靠秦国大局定矣！"

夷吾深以为然。

贾华眼睁睁看着夷吾一路人马鱼贯而出，又鱼贯而去，喝令偃旗息鼓不得妄动。

后来人们才知道，士蒍给晋献公灌的迷魂药："三年内晋国必有战事，如果把城筑得太坚固，将来攻打时，那不是跟自己找麻烦吗？"

晋献公一怔，瞬间大彻大悟，极力平静自己，原来的怒火无影无踪，久久凝视着士蒍，无语呜咽，这个人何其聪明。蒲城和屈城不要呆了，让两个龟儿子走吧，一走一了百了，两下相安，毕竟亲生，也实在不忍看到太惨的结果。

士蒍离世已两千八百多年，不熟知历史的人，很少知道他，倒是"一国三公"的典故成语流传下来，历久弥新！

遗憾的是，后世有不肖子孙，把充满大智慧的"豆腐渣工程"用歪了！！

"欲加之罪何患无辞"的那些事

一

士蒍临终前，恳求照顾好两个儿子士缺和士縠。晋献公毫不犹豫答应，说龙生龙、凤生凤，令郎如父，必将为晋国的栋梁之臣，封与大夫并重用。士蒍欣慰地合上双眼。对整个士族而言，他做了"开山祖"式的大事和奠定了厚实的根基，可以无怨无悔含笑于九泉。晋献公难过不已，二儿子重耳跑外婆国去了，三儿子奔梁国去了，都有生路了，得益于他的"豆腐渣工程"；晋国内的公族没有了，得益于他杰出的操作，思念士蒍挥之不去，决定修建一座巨大的九层高台，这样，可以经常登台远望，看看士蒍修建的都城，还有临近他的封地，更要浏览山水田园开阔心情，驱散思念之苦。

真应验了一句话：江山代有才人出，你方唱罢我登台。这时，晋国又一个重量级人物出现了——大夫荀息！远祖姬姓，原氏，名黯、字息，人称原氏黯，是地地道道的晋国土著居民。依附"曲沃族"后，显露出不凡的才华，节节上升，至晋武公时期升到大夫的高位，后晋武公灭荀国（今山西襄汾县荀董村附近一

带）后，以荀国全部旧地赏赐原氏黯为封邑，原氏黯从此以封地荀为氏，史称荀息。他同士蒍一样足智多谋，只是没有他看得远，没有他那般"活络"黑白通吃，品性也更淳朴，为官大公无私，忠诚有加。晋武公走后，晋献公当朝士蒍在时，他很谦虚地待居一旁，不显山不显水，韬光养晦，现在举目四望，整个朝堂空空如也，不得不走到台前来。此时他劝谏收回修建九层高台的成命。

晋献公有些吃惊："难道先生不知道我要你主持这项工程吗？"意思是说士蒍不在了，我要重用你的，这里面油水很多、很大，是许多大臣梦寐以求的，只有傻瓜才不愿意呢。

"当然，臣下怎能不知君主的厚爱，但不敢以私废公。如此浩大的工程，又要耗空公室财力，并且君主花大量时间去欣赏山水田园城廓美景，去追思已经成为过去了的东西，沉浸在里面出不来，必然荒废眼前的朝政。这叫什么？实在是危如累卵啊！"

晋献公听闻一番肺腑之言，不由肃然起敬，过去的永远过去了，重要的是现在与将来，连声称是，立即下令停止进行所有为修建九层高台的准备事项。为人臣者，无私为公、忠心耿耿是第一位的，也是最重要的。他早朦朦胧胧感觉以前的士蒍，背地里有自己的小算盘，让人有些悬心与担心甚至是后怕，究竟是什么，一直没悟透，现在更强烈地感觉到，荀息比士蒍更值得信任与托付！从此，晋献公每天必见到荀息，有忠诚的臣子在身边，心里才踏实。而荀息常常以"文要安邦、武能定国"，提及里克大将军，不专宠毫无忌心并举荐他人，实属难得的美德，这更令晋献公感动。

一天，晋献公似乎漫不经心同荀息讨论起虢国的事来。

荀息早知道这是君主的心病，虢国多次来犯晋国，那里残留的公族一日不灭，君主心里一日就不能安宁，士蒍在时就制止过，那时他是对的。过了一些年，如果再制止，一定不会接受。其实也琢磨过，而且是许多次，办法不是没有。于是进言道："虢国与虞国是邻居，一个是周文王的后代国，一个是周太公的后代国，硬气得很，两国关系好，攻打其中一国，另一国必然来支援，打虢国又必须路经虞国，如果能离间两国关系，使他们互不相援，大事定矣！"

晋献公精神一震、眼前一亮："如何离间？说说看！"

"虞国的国君贪得无厌，正可以投其所好。晋国有两件天下闻名的宝贝，屈产良马和垂棘之璧，如果送给虞公，他一定会喜欢得不得了，什么事情都会答应的！"

"可是……"晋献公的眼神瞬间暗淡下来，一脸略显不快。

荀息胸有成竹："有言道：'必欲取之，须先与之'。君主尽可放心，只不过是暂时放在虞国，请他们保管一段时间，事成之后将物归原主回到晋国。剩下的事情，里克大将军可以搞定！"

舍不得孩子套不着狼，没有其他更好的办法，只好咬咬牙试试。

荀息夜访里克，告之以计策。里克闻之，赞叹不已，称荀大夫一席之言，赛过千军万马，不仅可以缩短战争时间，更是可以减少消耗，以最短的时间、最小的付出，获取最大的效果。

果然，虞公得到晋国献给的良马、美璧两种无价之宝，整天看不够，这恐怕连王室都没有，白天高兴得合不拢嘴，一连几个晚上搂着美璧睡，高兴得不愿进入梦乡。

晋国依计划开始行动了，故意在晋国与虢国的边境制造事端

生摩擦，越搞越激烈，规模越来越大，找到了攻伐虢国的借口。于是趁机向虞国请求借道让晋国攻伐虢国。

虞公知道这两国长时间不和，常有磕磕碰碰，如今又"来事"，比以前更加闹得凶，也是不能再这样折腾下去，必须有个了断。得了晋国的好处，拿了人家的口软、手软、心软，面子上抹不开，痛快答应，甚至表示虞国也可以助一臂之力，参加讨伐虢国。

虞国有个大臣宫之奇，也是个地地道道的土著居民，明于料事，具有远见卓识，忠心耿耿辅佐虞公，有时两人象好朋友一起玩耍，还推荐非常有才能的百里奚入朝为官，共同参与朝政，使得虞国国家虽小却强盛，百里奚因此封为井伯。对外他看得很清楚，各国攻伐不止，大鱼吃小鱼，小鱼吃虾子，晋国与虞国为邻，早就有吞并虞国之心，坚决主张虞虢联盟，采取了联虢拒晋的策略，使晋国无隙可乘。当听到虞公的决定，一时急坏了，顾不得许多，匆匆跑进宫劝说虞公，这件事办不得的，虞虢两国，唇齿相依，虢国一亡，唇亡齿寒，晋国是不会放过虞国的，那时虞国没有外援，只能任凭宰割。

"唇齿相依"和"唇亡齿寒"这两个成语，就是源自宫之奇的创造！

谁知虞公哈哈大笑，说："交虢国一个弱朋友，去得罪晋国一个强大的朋友，那才是傻瓜哩！"说罢，脸色一变，一拂长袖而去。

宫之奇仰天长呼："天灭虞国乎，是虞国自己灭了虞国！"于是毫不犹豫率领妻子族人逃往曹国。临走前，他知道百里奚是能干大事、成大事的人才，在虞国是身不由己，太屈才了，劝他一同走。可百里奚经历千苦万难，好不容易人生有个眉目，不愿离去，不到最后决不言弃。

里克率大军通过虞国道路，攻打虢国，并有虞国军队的帮助，很快就取得了胜利，把所有在虢国的公族，一个不留全部诛杀干净。虢公丑带着几个残兵败将，狼狈逃奔周朝京都洛邑，虢国不复存在。

晋军班师回国时，把劫夺虢国的财产大部分送给虞公，虞公更是大喜过望。晋军大将军里克这时装病，称不能带兵回国，暂时把部队驻扎在虞国京城附近。虞公毫不怀疑。几天之后，晋献公亲率大军前去，虞公出城相迎，约虞公前去打猎。不一会儿，只见京城中起火。虞公赶到城外时，京城已被晋军里应外合占领了，晋国又轻而易举地灭了虞国，俘虏虞公及其大夫井伯百里奚等。为了掩人之口，继续保持原先虞国山川宗庙的祭祀。

里克从虞国胜利班师回到晋国，随晋献公及荀息接受了人们的欢迎与庆贺后，未卸盔甲，只带身边一队亲兵，直奔曲沃，那里有他放不下的太子。

里克缓缓一步一步接近申生的陵墓，行罢三叩九拜礼，一直跪伏着呜咽不止。往事历历，始终萦绕在心中。

他从小看着太子长大。母亲是齐桓公之女齐姜，美丽异常，身不由己在民间申姓家生下太子，故取名申生；后来还生下一女，难产时母女只能保一人，齐姜决然要生下，自己含笑而逝。后来这个女儿长大成人，成为了史上赫赫有名的秦穆公的夫人。太子从小就具有贤名，有外公齐桓公做后盾，更有一大批贤臣才子追随，天生是君主之材。可惜，晋献公夺了他战场获得的骊姬姐妹据为己有，生下奚齐与卓子两个孽子，一切都改变了……他

冒死进谏过晋献公，刚开了头，就遭到一脸怒色拂袖而去的"礼遇"。也极力劝过太子，可无济于事，眼睁睁太子位岌岌可危，甚至命悬一线。也曾经闻得士蒍要申生学吴太伯"逃之夭夭"，如能这样最好不过，可这小子就是死脑筋不开窍。于是只能托病不出，拒绝上朝，以示抗议。最后，申生明明可以还自己清白，却担心自己清白了，骊姬就有罪，父亲离不开她，为了父亲，毅然选择自杀了断。二公子重耳和三公子夷吾遭到追杀，被迫逃亡。

恶有恶报，善有善报。现在，只有一个字：等！

尽管这很煎熬，但希望总还在，只要兵权在手，并暗中策反朝宫卫队，届时易如反掌！

二

终于，公元前651年，年迈的晋献公自知人生大限已至，在最后的时刻，召唤荀息于卧榻前，任命他为宰相，这是晋国历史上第一个宰相，遗言将晋侯之位传于公子奚齐，尊其母骊姬为国母，并对他进行"托孤"。问道："如何确保太子、卓子无恙？"

"全心全意，鞠躬尽瘁，臣在，太子、卓子就在。不然，臣唯有一死耳！"

对这个回答，晋献公非常满意，安祥地合上双眼离世。

晋献公不在了，里克再不惧怕任何人，他久久等待的时刻来到了，立即复出，震臂一呼，全军响应。

晋献公的葬礼还在准备中，太子奚齐还没有继位，却蹊跷地死去，骊姬哭得死去活来无休无止。

荀息悲痛欲绝，对晋献公的承诺言犹在耳，却是奚齐不保，并且死得不明不白，无从追究，先君遗体尚温，如何对得起?! 拔剑欲自刎，众人抢下，纷纷言道，奚齐不在卓子在，同样先君也会同意的。荀息一听有理，平息下来，扶卓子继位，率群臣参拜。

里克一刻也不愿意等，率大批武士冲进朝宫。

朝堂上，卓子刚刚继位，由骊姬妹扶坐于君位上。

里克赶到，一使眼色，身边的晋国第二杀手屠岸夷横刀一挑，将卓子划成两段，身首异处。骊姬妹一震，跌坐于地，木人一般。这一切来得太快，人们惊恐万状，四下逃散。

荀息不禁大放悲声，仰天长啸："臣不才，有辱先君重托，唯有一死相报！"说罢，挥剑自刎。

骊姬姐一直伏在奚齐遗体上痛泣不止，目睹这一切，万念俱灰，一跃而起，冲出宫外，投入湖中，旋即沉没。妹妹见此，也紧随姐姐而去。这也许就是"机关算尽太聪明，反误了卿卿性命"的最早版本！

晋献公一人的葬礼，变成了他和两个老婆、两个儿子的"集体葬礼"！不仅如此，还祸及无辜的太子申生和远在异国他乡的二公子、三公子。"三代通吃"没有好下场，前面就有卫宣公，这之后近百年后的楚平王，也抢儿媳妇，不仅造成几乎亡国，自己死了还被仇家掘开棺木鞭尸。千年之后的唐玄宗也抢儿媳妇，被迷得"君王从此不早朝"，酿成了"安史之乱"，唐王朝无可挽回地走向了衰微败亡。白居易据此写下了千古名诗《长恨歌》，是歌颂两人爱情的，后人却觉得没有什么不妥，因为杨贵妃比较起来还算自律，她自己不直接干预朝政，更不生育儿女，避免了

"祸由儿出"。

里克极力抑制内心的万千感受，朝着曲沃的方向，连磕三个响头，长呼道："太子！大仇得报，天堂安息矣！"

屠岸夷一挥手，旁人纷纷散去。

国不可一日无君，尤其经过这些年的折腾，晋国在走向衰弱，保不定在这个节骨眼上，有诸侯国会打晋国的主意。里克掌控着朝政，知道此刻最迫切的是做什么，令屠岸夷去召唤群臣，前往朝堂集合商议。

屠岸夷一动不动，欲言又止。屠岸夷先前是骊姬身边的护卫，虽是一介武夫，正义感满满，是非分得清，看不惯以至愤恨骊姬姐妹所作所为，在里克策反之下，晋献公一去世，毫不犹豫立即投奔里克。突然，他跪倒在里克面前。

"有话直说，所为何来？"里克不解他反常的举动。

屠岸夷未语泪先流："无须召集群臣商议！"

"关乎国运，此话怎讲？"

"大将军可……自立为君！"喷出心中所愿，屠岸夷叩头不止。

"反了！"里克怒喝道，很快镇定下来，一瞥四下无人，轻语道："我乃嬴姓，晋国是姬姓的江山，自'曲沃桓叔'始，晋国整整六十七年乱不能止，好不容易有个正果，不能再乱了！今日不为别的，是为太子复仇，是还晋国太平，是还天下正义，我决不可能做晋国的罪人！"里克扶起屠岸夷："就当你什么都没说过，我什么也没听到。去吧！"

屠岸夷呜咽道："谢大将军宽恕！"转身疾步而去。

朝臣们一个个往朝堂去，有的快步跑似，有的慢腾腾脚步铅重，甚至有抖动状，表情各异，更没有谁象往常那样相互招呼，都视他人如陌人。

朝堂上的气氛是从未有过的莫测，扑朔迷离中，两排大臣两种心理，一批人充满期待，一批人忐忑不已。每个人心里都非常清楚，也非常紧张，这是个决定晋国命运的时刻！

里克站在大臣们的中间，环视了一圈，然后指着君侯位子："请诸位来，无他，仅此而已，该当如何？"

没有谁吱声，两派大臣如两排木雕，唯恐出言不当，惹来后患。

"唯闻大将军高见！"狐突打破沉默，道出了所有在场者的心里话，里克掌控朝政，他想怎么干，别人阻止不了。此刻，也只有狐突出来说话才合时宜，他是晋献公的岳父大人，辈分与资历最高，且为人处事深浮众望，更得民心。

里克一脸肃然道："既如此，我就直言了。昔日士蔿大司空煞费苦心修建'豆腐渣工程'，为的是保全二公子重耳与三公子夷吾性命，天佑晋国，如今一人在北翟国，一个在梁国，我意接其中一位归国继君主位，诸位以为如何？"

瞬间，两排"木雕"如枯木逢春活过来，踊跃发声："大将军所言极是！"有的哽咽失声，有的竟泪如泉涌。此刻，他们眼中的里克，形象高大无比。但究竟接哪一位，拭目以待。

狐突微微一笑："大将军对两个公子了如指掌，大将军决定就是了！"

众臣纷纷附和，唯恐落后。

"不仅我对两个公子了如指掌，诸位莫不如此。重耳品行朝野称颂，又有一班贤才能人辅助，且为兄长，于理于情都应他

继位。"

"大将军英明之至！"狐突率先表态。

纷纷附和者众多，也有的缄口不言，有的欲言又止状。

里克当然明白，附和者是太子党、二公子党。其他皆是以前依附夷吾、郤芮的死党，他们以沉默表达"异议"。当断不断反受其乱，此刻没有犹豫的余地，也不可犹豫，立即宣布：接二公子重耳归国继君主位！

朝政逐渐正常起来，晋国百姓莫不为之欣慰鼓舞。

使臣马不停蹄地赶到北翟国。重耳离开晋国已十二年了，猛然得知父亲去世，尽管一直心底不满不去，毕竟亲生，一时禁不住嚎啕大哭起来，并穿戴孝服；当听到里克请他归国继位，全身不由一震，抽泣不能语。

重耳的舅舅狐偃召集一伙人商议，提出疑问："虽然这是个大好机会，家父却没有只言片语捎来，不可贸然行事。"

重耳的女婿赵衰也有疑虑："里克大将军是正义之臣，可钦可赞，但他是太子党之首，与太子情深意重，和公子没有过什么交集，因此缺乏合作的基础，加之如今晋国国内的情况不明，以后的变数未可知。"

对两人的意见，重耳以为然，并且经过十二年的磨难，无以言诉，一切与过去不同了，除了身边的团队和在晋国的外公狐突，谁也不可轻易相信，于是谢绝使者："先父不幸而逝，我悲不能止，无心其他，也无力其他，请转告大将军，谢其美意，另择贤者继位。"

使者回返，里克闻之，大失所望，不禁一阵悲怆："天不佑晋国乎?!"镇定下来后，仔细一想，设身处地，如果自己是重

耳，大有可能也是如此。事情搁在这里，总归得解决的，只能求其次，于是又遣使去梁国，请夷吾归国继国君位。

夷吾喜出望外，一时感动得不知所措，清醒过来，立即和郤芮、吕甥商量。

吕甥满腹疑虑："既然重耳不肯继位，国内还有其他公子，也有资格做君主的，如韩氏就是桓叔之后，没有谁会以为不当。为何舍近求远呢？"

郤芮久在官场沉浮，察言观色，看到主人一脸不快，知道此刻他的心早已飞翔，人在梁国，心已在晋国，不需要听到疑问，只愿尽快得到落实。于是提出可行性方案："请秦国派大军护送公子回晋国继位，许诺赠地酬谢；许诺给与里克以封地，作为接应继位的赏赐。这样双保险无误矣！"

又割地又封地的，这代价也太大了！吕甥不解，欲言又止。

郤芮轻扬手臂制止，意味深长道："只要公子国君位坐稳了，一切皆可从长计议！"

夷吾春风满面："郤大人所言极是！"只要能回国做国君，一切无所谓。再说，说过的话，可以收回成命。

吕甥听懂了，一脸释然。

夷吾于是派使者到秦国，请秦穆公发兵护送回国即位，许诺在事成之后，把晋国黄河以西五座城池之地割让给秦国。秦穆公乐坏了，不费吹灰之力，就可以得到五座城，并且这五座城的地理位置非常重要，可以作为挺进中原的桥头堡，简直天上掉馅饼；晋国又是自己的岳父国，夷吾是小舅子，取悦了夫人，同时恩惠于人，这个人情非常值得做的，大快人心，于公于私都是千载难逢的大好事，毫不犹豫答应下来。

大夫公孙枝提醒秦穆公，夷吾非君子之人，喜猜忌多疑、争强好胜、不守信用，在晋国声誉不佳，且身边之人，皆是不好对付之徒。

公孙枝原是晋国晋献公时期破落的公族后裔，秦穆公派公子絷去晋国敲定迎娶晋献公女儿穆姬时，返回途中带回晋国的，他成为秦国的第一个"外教"，把中原文化惠及于秦国，又举荐百里奚来秦国为相，秦穆公与儿子公子絷对他尊重、信任不已。但在这件事上，秦穆公以为做大事不可拘小节，夷吾到底是什么样的人、以后是什么样的国君，拭目以待吧。

夷吾又派密使给里克送信许愿，说只要回国做了国君，作为回报，把汾阳之邑封给他。可里克并不快乐，出手恢复国君位，是为了晋国，并非为了自己谋得私利。

太子申生是齐桓公的外孙，对申生的蒙难，一直记着这笔帐，听说晋国内乱，也派大军接应夷吾，并不提任何条件，会合秦军一同护送夷吾到晋都，立为国君，是为晋惠公。

晋惠公即位以后，忙不迭做了两件事：

背弃割地给秦国的许诺，派大臣邳郑为使者到秦国致歉，说："开始夷吾以河西地许于秦君，如今有幸继位。不料有大臣曰：'地者先君之地，君亡在外，何以得擅许秦者？'寡人争之弗能得，特此致歉不能许于秦。"婉转地表达了不能割地给秦的意思。

第二件事竟然是对里克下手，夺了他的兵权，不但不封给他原来许诺的汾阳之邑，还除掉了跟随他杀死奚齐、卓子另立国君的一班人。过后还不放心，恐怕里克故伎重演，迎立依然流亡在外的公子重耳，就下令让里克自杀。先是一副笑脸说："没有你

我做不了国君！" 瞬即一副恶相："可你杀死了两个公子，还有逼死大臣荀息，有你这样的人为臣在身边，我这个国君就没法当。如此罪行，天下怎么能容你呢？" 说罢，令赐毒酒。

从起事那一刻起，里克懂得弑君的罪名后患无穷，但心底无私，早将生死置于度外，做好了最坏的打算。他微微一笑道："若我不杀死两个公子，迎你回来，怎么轮得到你做国君？要杀我，还愁找不到借口吗？欲加之罪，何患无辞！不能在这里玷污了晋国的朝堂，请容我告别家人，在家自行了断！" 铿锵语罢，昂然步出朝堂。

晋惠公不放心，派郤芮带兵去包围里克的家。

郤芮还未到，里克已经自尽。留下遗言：晋国因为祖先周成王遵守信义才有的，又有了"成康之治"这样的盛世。自古来，失信于天下之君、之人，皆没有好下场，周幽王便是！

里克死后，人们自发前往吊唁，又自发为他举哀送葬，势如国葬。家人把他葬于曲沃城南的南吉村。每逢寒食节，来往凭吊的人群如流，香火不断。虽历经二千八百余年，历尽沧桑，风雨如磐，他的墓冢至今犹存。更有他创造的"欲加之罪何患无词"的典故成语，一直流传至今而不衰！

这还不算，晋惠公为了彻底清除晋献公的班底，又下令杀掉晋献公信任的"七舆大夫"，其中包括放他生路的贾华。

更令人匪夷所思的是，晋惠公竟命勃鞮赶往北翟国，追杀二哥重耳。两人曾经遭受同样的磨难，如今没有半点"猩猩相惜"，而且是重耳推辞里克的接应，才有了他做国君的机会，现在反而视为自己的威胁。这又让人大跌眼镜。

做完这些事，晋惠公解除了他的内忧外患，巩固了他的君主

位，可是，这种"翻脸比翻书还快"的行径，国内外人皆知晓，激起公愤，他的威信丧失殆尽，国内人心已经离散。

三

老天也似乎看不下去，有意要惩罚晋国。三年后，晋国发生大荒灾，哀鸿遍野，民不聊生。晋惠公问计宠幸的重臣郤芮，回答的都是一大把"打哈哈"之词。无奈之下，只得厚起脸皮向秦国求助，同时打亲情牌，求同父异母的姐姐秦穆公夫人穆姬周旋。

秦穆公对晋惠公失信拒绝割地大失所望，公孙枝果然识人如神，当初所言不假，这种人厚颜无耻，连一般百姓都不如，居然占着君位，一直记着这笔帐。当闻听此事，只是"哼、哼"两声了事，尽管夫人软磨硬泡，装聋作哑泰然处之。

公孙枝紧急来见秦穆公，主张运粮于晋，反复劝说，应不计前嫌，放长眼光，晋惠公可以不管不顾，可要体恤晋国的百姓，那里毕竟是国君的岳父国，况且秦国要挺进中原，晋国绕不过，应是"第一站"，获取那里的民心非常重要，而且是必须的基础。

秦穆公大为感动，每次发声皆一片公心，合于理入乎情，有如此人才，天佑秦国。明白过来后，决定同意支援大批粮食，帮晋国度过饥荒，干脆好人做到底，分文不取，派了大量的船只运载粮食，从秦国都城雍城至晋国都城绛城，运粮的船络绎不绝，蔚为壮观，史称"泛舟之役"。

未料到了次年，秦国也发生大灾荒，而晋国却获粮食大丰收。秦穆公想想，去年帮助了晋国，今年请晋国帮忙，你来我

往，"亲戚是把锯，扯来又扯去"，情理之中，于是派使者向晋惠公求助。

晋惠公尽管心里"有谱"，但仍装模作样与大臣商议此事。

大夫姬庆郑劝晋惠公以德报恩，因为秦国能不念前嫌给晋国运粮救灾，晋国理应回报，将晋国多余的粮食借予秦国，这种人情往来的简单道理，其实用不着商量，没有人认为不妥的。

晋惠公的舅舅大臣虢射说："去年上天把晋国赐给秦国，秦国不知道趁机夺取，竟还借粮食给我们，愚不可及也！今天上天把秦国赐给晋国，晋国岂能违逆天意？应该趁机攻打他们，事半功倍！"

晋惠公以为然，哈哈大笑了一阵："秦国有今日，活该！"并下令作好进攻秦国的各种准备。

使者空手而归，又蒙受了羞辱，秦穆公不由大怒，瞬而冷静下来，现在不是时候，过了这个难关再作计较。

又次年，秦国缓过气来，粮草充足，秦穆公决定发兵攻打忘恩负义的晋惠公。公孙枝、百里奚等重臣以沉默表示赞同，穆姬因弟弟失信和无礼在先，难以为计，只能在一旁干着急，暗暗祈祷弟弟无恙。

而晋国准备充分了，正中下怀。晋惠公又装模作样召集群臣商议："秦国大军已经进入晋国境内，该怎么办呢？"

姬庆郑再次发声说："秦国曾护送国君回国即位，国君却违背割地的诺言；晋国饥荒时秦国援助粮食，秦国饥荒时晋国却背弃恩义，反而想趁机进攻，秦军攻入国境奇怪吗？"

晋惠公并不理会："箭在弦上，不得不发！"说罢，拂袖而去。

会议一开始即结束。

晋惠公决定亲自挂帅出征，居中自掌旗鼓指挥三军，那么，驾驭战车的驭手非常重要，一般都是大夫级将军或深得信任之人。为慎重起见，召了太史，请他占卜谁可为车乘驭手，方能保平安。

太史一连占卜者三，皆是庆郑驾车和护卫得吉卦。

晋惠公一脸惆怅，恨恨说："庆郑对我不恭顺，况且还为秦国说话。"挥退了太史，想了想，命由郤芮的侄子步阳驾御战车，一个名叫徒的家臣，平时很得欢心，要他担任车右护卫。

秦、晋两军在韩原（今山西河津）相遇，双方展开殊死决战。

战役进行中，晋惠公得意非凡，到处驰骋纵横，将军们纷纷劝谏，有的甚至大声呼喊，他哪里听得进去？却不知怎么马车陷进泥淖，动弹不得，努力几番，毫无效果，没料到选定的步阳与徒如此不堪重用，窘迫不已，想起来占卜预言，不得不大喊庆郑过来。

庆郑策马近来，冷冷说道："不听占卜，恩将仇报，失信失义，打败仗不是活该吗！"说完便调转车头离去，尽管他知道战场违抗君令，后果是什么！

慌乱中，晋惠公又命梁由靡驾车，虢射担任车右护卫。但一切来不及，秦军奋力冲杀过来，晋军四下败逃，晋惠公被秦军大将公孙枝所抓获，身边的大夫姬虢射、步阳、家仆徒等一齐就缚，被押归秦军大营。梁由靡血战冲出重围。姬庆郑突围时负伤倒地，恰遇上大夫姬蛾晰将军，将他扶之登车，同回晋国。

公子絷向父亲谏议处死晋惠公，不能把这种人留在世间，以

免再行祸害。众臣纷纷附议皆然。

秦穆公一想起以前的遭遇，牙齿咬得咯咯响，准备杀了他来祭祀秦国宗庙。

穆姬得知消息，如闻晴天霹雳，知道此刻众怒难平，说什么都于事无补，只得使出最后的绝招，命人搭起楼台，下面堆满柴火，喷满易燃的麻油、黄硝之类，自己穿着丧服，一边哭泣一边手持烛火登上楼台，向人们展示：准备烛火丢下，燃柴自焚。

秦穆公急急赶来，一看场面不得了，忙说软话："我听说占卜宗师箕子看到唐叔虞刚刚被分封时，就说过'他的后代定会繁荣昌盛'，晋国岂可就此灭了呢？"下令把晋惠公放出牢狱，住最好的驿馆，以国君之礼待遇，一定放回晋国继续为君，并且两国结盟。信誓旦旦君无戏言。

一场"危机"化解了。

两个月后，秦、晋两国媾和，双方盟于王城（今陕西大荔），晋国割让其河西之地予秦国，秦国的地盘向东扩展到黄河。晋惠公与被俘诸臣一同归国。

晋国上大夫姬蛾晰既高兴又着急，高兴的是国君回国，晋国可以恢复社稷与正常朝政，着急的是姬庆郑的安危，在战场见国君处于危险之中，近在咫尺却袖手旁观，其罪无可恕。他的伤也已近痊愈，行动不成问题。道于姬庆郑："国君被秦军俘获，是你的罪过。如今国君就要回来了，你快跑吧，还等待什么？！"他欣赏姬庆郑的正直，有意放他生路。晋惠公的被俘，归根到底是失道寡助；而秦穆公也在战场陷入死局，却被他曾经施恩的五百乡野之人拼命救走，是得道多助！

姬庆郑沉默片刻，一脸肃然道："军队溃败了，应该为之而

死。主将被俘，也应为之而死。这两样我没有做到，又加上误了救国君的机会，致使国君被俘，有这样三条大罪，还能逃到哪？"顿了顿，又缓缓道："昔日里克大将军接回国君，却被毋须有加其罪赐自尽，贾华将军在蒲城放他生路，却遭杀戮，失信于外，作恶于内，在这样的治下，生不如死。国君如果回不来，我将率兵讨伐秦国，不救回国君，便把命豁上。这就是我等待的原因。如今国君回来，我等待受死！"说罢，命人把自己捆缚，送进牢狱。

晋惠公到了国都郊外，太子圉率领狐突、郤芮、庆郑、蛾晰、司马说、勃鞮等出郊迎接。晋惠公在车中望见庆郑，怒从心起，使家臣徒召之来前，问道："你使我被俘，大罪通天，还留在都城干什么？"

姬庆郑微微一笑说："我怨恨国君！当初你要是回国时就报答秦国的恩德，就不至于使国势下降；国势下降后要是能听取劝谏，也不至于发生战争；战争发生后要是能选用良将，也不至于失败。已经战败就要处死有罪的人，如对有罪的人不能伏法，还怎么守卫国家疆土？我因此等待就刑，以成全国君的政令。"

晋惠公当即下令说："杀了他！"

姬庆郑回答："臣下直言劝谏，是臣子的行为准则；君上刑杀得当，是国君的圣明表现。臣子尽责而国君圣明，是国家的利益所在。国君即使不杀我，我也一定要自杀的。"

"我听说对主动认罪接受刑罚的臣子，不如赦免他，用他来报仇。国君何不赦免庆郑，让他去报秦的仇呢？"姬蛾晰在一旁力劝。

梁由靡则反对："不可以！失去刑法乱了国政，对外则不能

胜敌，对内则不能治国，将会败坏国家的，庆郑必须杀。"

"而且不能让他自杀！"晋惠公愤怒不止。

公元前 645 年农历 11 月 14 日这天，姬庆郑被斩首，姬蛾晰请自葬其尸。晋惠公得意笑了笑，驱车进入国都绛城。瞬时，天昏地惨，日色无光，诸大夫惊愕不已，凄然涕泗长流。

姬蛾晰望着晋惠公的背影长叹道："此君非民心之君也！"

两年后，晋惠公将太子圉送往秦国作人质。秦穆公也不含糊，把河东土地归还给晋国，并把自己的爱女文嬴嫁给太子圉。

五年后，晋惠公患病，有好几个儿子在国内可立为继承人。太子圉为了争夺国君位，抛下发妻文嬴，潜逃回国，夺得君位，是为晋怀公。

"有其父，必有其子，又一个无情无义的家伙！"秦穆公骂道，他心疼自己的爱女，年纪轻轻独守空房，对圉愤恨不止。

晋怀公如父亲一样忌惮重耳，一即位，就下令重耳及跟随他的大夫们回国，规定了期限，不按期回来的将受到严厉惩罚，并派人逼迫狐突亲刻书信要重耳回来。遭到狐突的拒绝后，毫不手软杀了狐突。狐突是他的亲曾外公，连亲曾外公都杀，引起晋国朝野的一致反感，民心尽失！

秦穆公乘机从楚国接来甚得晋国民心的重耳，晋国大夫栾枝、士会等人听说重耳已在邻居的秦国，就暗中派心腹来劝说重耳等人回晋国，并表示愿为内应。

秦国大军护送重耳渡过黄河靠近晋国，很快晋国的军队倒戈归顺重耳，民众一听说姬重耳要来了，纷纷响应。晋怀公慌忙逃到高梁（今山西临汾），为那里民众所杀。

三个女人一台戏

一

公元前 655 年的一天。

逃亡中的重耳一行，终于到达了目的地。

狐偃不禁长呼："故乡——我回来了!"呼罢，双泪盈满脸颊，因为这是他时隔许多年后，"少小离家老大回"，又踏上梦牵魂绕的故乡土地! 大伙如释重负，他们为他高兴，为主人高兴，也为自己有救高兴。

"故乡"就是这里的北翟国，主人就是落难中的晋国公子重耳，其他几个是狐毛、赵衰、先轸、颠颉、魏犫、胥臣、介子推等，他们是重耳十七岁时就紧紧围绕在身边的人，已经整整十五年了。个个品格优秀且各种人才济济，钦佩主人的人格，当主人蒙难时，他们毫不犹豫跟随主人风雨同舟生死相随，也决心一生追随主人，无论前面的路有多远、有多难、有多险!

重耳是这里的外甥，当蒙难生死攸关时，首先想到的是逃亡到外公家。他这时是幸运的，来得正是时候，因为狄国刚刚大破附近的一个小国廧咎如，国君为了求和，献上他两个如花似玉的女儿，双喜临门。狐突曾是北翟国的王子，重耳是狐突的外孙，狄国以隆重的礼节欢迎他的到来。人们纷纷举家出来，北翟国地处北陲，很少有中原的人到这边来，偶尔来几个做买卖的，今天看到一伙气势不凡的人，很是好奇。狐毛、狐偃兄弟更是整日兴奋不已，像主人一样招呼着同行的一帮人。

这两个如花似玉的姑娘是唤作季隗与叔隗的两姐妹，当时此地人们就流传：前叔隗，后季隗，如珠比玉生光辉。可以想见季隗与叔隗之美。在欢迎大会上，这两姐妹成了明星，以前仅仅是听说传言，现在真实的人就在身边了，人们的目光纷纷投向她俩，不时有人壮着胆子蹭上前去一睹风采，惊叹天下竟有如此美人儿。

北翟国国王高兴之余，为了表示盛情，当众宣布将两姐妹送给家乡的外甥重耳做妻子，并将重耳及一干人安排在川涧峪岔镇安家定居下来。话音刚落，迎来一片欢叫！

到家了，大家久悬的心落地下来，刚到此地就得了两个美人，都暗暗为主人高兴。可重耳却高兴不起来。这么多兄弟跟着自己生死患难，只有两个美人，难道自己全都收下一个人享受，怎么行？有狄王之命，全狄国的人都知道了，自己至少必须娶一个为妻，才说得过去，那另一个给谁呢？思忖了半天，将一帮生死兄弟一个一个过了遍筛子，最后觉得应该是赵衰。他在这次逃亡中，负责掌管队伍的食物，途中多次走散，虽然他自己也很饥饿，也迫切需要吃东西，但还是忍着一口都没吃，留存的食物一点都没有动，等到大伙都找齐了，才把食物分给众人吃；更重要的是，赵衰文韬武略俱全，是难得的政治与军事人才，现在困难时期，离不了他的筹谋，将来回晋国治国治军治民更需要他；他

在晋国的原配妻子已生了赵同、赵括、赵婴齐三个儿子，个个都很优秀，看得出是有大出息的，比自己的原配妻子逼姞生的姬驩要强出很多，如果在这里再生养后代，也一定会是大人才的。想到这里，决定把姐姐叔隗嫁给赵衰。其他兄弟再想办法。

新婚之日，双喜临门，重耳和赵衰同时大喜，喜庆暂时洗去了奔波的风尘，冲淡了蒙难的阴影，大伙都尽情地喝，放开来吃，一直闹到深夜方休。

新房里，红纱盖巾下，季隗却暗自忧伤不已。多少次憧憬美好的爱情婚恋，多少个魁梧健壮的小伙，曾经为她脸红躁动，当听到狄王宣布把她许配给重耳，当看到重耳像是个四十多岁的中年汉子，与父亲年龄一般大，而不是想象中的白马王子，心一下子掉入冰窖里；为了国家自己做了牺牲品，明知一生祸福难料，又别无选择，这辈子算是命苦到底了。一整夜，不停地拭着盈出的泪珠。终于，寂静的门外响起了脚步声，她的心紧缩起来，呼吸也变得困难。

重耳进来了，一步一步悄悄靠近，轻轻揭开盖头，一张天使般的脸庞出现在眼前，暗暗惊讶在这风沙连天的漠荒之地，竟有如此美丽的女子，即使在风和日丽的中原都市，也是难以寻觅见到的。看到新娘有些惶恐不安，为了缓和气氛，便轻声问道："夫人今年多大？"

季隗一听"夫人"二字，全身一颤，半响回道："十三。"

"怎么看都像十六、七，"重耳兴奋起来："难得，难得！我一生至今就没有看到过几个像你这样美貌的女子！"

听到夸赞自己的美丽，季隗还是不由脸红起来。

随即，重耳坐在季隗身边，拉起家常来。像平时的父亲那样亲切，像邻里乡亲们那样随和，像姐妹们那样无邪，像朋友们那样真挚。这是她平生第一次和一个成熟的男人紧挨着一起，长时间的交谈与情感交流。渐渐地，季隗被感染了，她越来越被重耳的礼貌、成熟、聪慧所吸引，和以前碰到的毛头小伙"猴急猴急的"完全不同。这是一个全新的世界！她不知不觉中接纳了这个世界，融入了这个世界！

一个逃亡公子，一个落难公主，同是天涯沦落人，便相依为命，一起生活在狄国的黑水湖畔了。四十三岁的重耳自然懂得怜香惜玉，又是从刀下逃得残生，所以倍加珍惜人生，对季隗便施以慈父般的呵护和丈夫的体贴；而季隗对婚后的生活也颇为满意，对重耳的爱与日俱增，给予无微不至的温情体贴，心甘情愿和重耳过着平静安宁的日子；并接连生下了伯鲦和叔刘两个儿子，有了做母亲的喜悦与慰藉，更铁了心"嫁鸡随鸡嫁狗随狗"，以为就是这样下去，直到和重耳一起慢慢变老。

随后，其他跟随重耳的人，都一个一个先后在这里娶妻成家生儿育女，融入了这块土地，和这里的人们没什么区别。开始，重耳还时常心有余悸夜有噩梦，毕竟"祸起萧墙"的残酷、路途颠沛流离的艰难图景还历历在目。随着岁月的流逝，一切悄悄淡退了。除了偶尔随北翟国国王一起征战，重耳一干人多是在黑水河畔逐狐射鸟，狩兔猎鹰，好不逍遥自在。

这一晃就是十二年，这种宁静终于被打破了！

有一天，重耳一伙在黑水湖边围猎，正当兴致浓酣之际，忽然有人冲破拦阻，不顾一切冲进围场，高声喊叫着要见狐偃。狐偃认得正是父亲府中的家臣，只见来人解开内层贴身衣服，掏出一卷书简，递给狐偃："主人密信！"说罢，叩了个头又急急地

走了。

狐偃深为奇怪，拆开一看，原来是父亲狐突的家书：晋献公病逝，大臣里克杀了奚齐与卓子，重耳的弟弟夷吾归国，当了国君，是为晋惠公；夷吾知道自己的德行远不及重耳，晋国人都拥戴重耳，因此害怕重耳归国夺他的君位，已派勃鞮来北翟国追杀。

重耳不由紧张起来，他深知勃鞮的办事效率非常高，十二年前晋献公命他两天赶到蒲城杀我，他一天就赶到了，这次也一定会来得很快的。如果不尽早动身离开，恐怕来不及，但又舍不下季隗和两个儿子；再说匆忙之间，一时又不知往何处去。

此时，狐偃深情地望着伴随了四十余年的外甥，提醒他："不要忘了，我们来这里不是为了娶妻生子漫度时光，而是为了国家大事，我们只是暂时在这里落脚，是为了等待时机，做更大、更重要的事情。"

赵衰献计道："北翟国是小国，这些年来国力又衰退，不能阻挡晋国的进攻。我们必须走，留下来会给这里带来战争的。现在应到一个强大的国家去，使晋国不敢贸然行事。"

"齐国比较稳妥，国家强大，离我们路又近。齐桓公几会诸侯，成为中原霸主，现在虽年已垂暮，但雄心犹在，欲借晋国为助，与秦楚两个大国抗衡，维持霸主地位，并且他的得力助手管仲已经不在人世了，急需人才辅助；即使我们以后回到晋国，齐国也会用得着我们。并且齐国一定会收留我们一行的。"狐偃一锤定音，大伙一致赞同。

重耳来到家中，见到季隗和两个儿子，一改往日欢欣的神情，严肃得令人可怕，心事重重，一直沉默着，不知如何开口。

时间在一分一秒过去，空气异常凝重。

在季隗心目中，夫君虽然年龄大了点，但十二年的相濡以沫，已经没有了年代隔阂，并为自己有了个有能耐、有出息、有情有义的不凡之人，作为终身依托而庆幸。头一回看到夫君如此，知道一定有很为难的事："夫君有话尽管说，我既嫁与君，当与君共患难！"

"有人来这里追杀我，我必须马上走。留在这里你也会遭不测，还会连累甚至祸及这里的百姓。"重耳沉重地低着头，不忍看妻子："等着我！"

季隗如遭晴天霹雳，但很快冷静下来，她明白不凡之人必有不凡之遭遇，现在夫君的安危最重要："等你要等多久？"

"你今年二十五岁，那就再等二十五年。"重耳的头更低了："如果那时我没有来接你，你就再嫁人吧。"

季隗苦笑着说："再等二十五年，我恐怕都老死了，还能嫁给谁呀？尽管这样，我还是会等你的，一直等你到天荒地老，你放心地走吧，不要惦记儿子，我会带大，日后把他们完好地交给你，跟着你做大事、成大业！"说罢，拭去泪水，匆匆准备行装。

门外有车马声了，重耳突然在季隗面前跪下："替我向国王辞行！"起身接过行装出门而去。

十二年相依为命的夫君突然走了，更不知道何日相见，季隗忍不住放声大哭。一会儿，止住哭，扑出门去。

门外，整装待发的马车前，围绕着一群恋恋不舍送别的妻儿老小。赵衰牵过叔隗手中的儿子赵盾，没命地搂着亲着，当时谁也没有料到，这个赵盾长大后，成为一代名臣，主政长达二十年，对晋国的历史产生了重大而深刻的影响，诸侯各国无不

敬畏。

重耳一干爷们对难舍难分的亲人们深深一叩，登车扬鞭而去，腾起的风尘遮蔽了一切。

忽然，季隗追奔过去，远远看见夫君乘坐的马车疾驰着。她一路追，马车的影子越来越小，她就往山上一边跑一边望，一直追到山顶上，一直到看不见马车的踪影，但只看见白云悠悠，草原空旷，那散落在草原上星星点点的牛羊依旧，又放声大哭起来……

在天长日久的等待中，季隗想夫君实在想得不行，便躲到黑水湖畔的山坳里哭泣，久而久之，泪水落下之处便形成了两汪泉水，汩汩地流入黑水湖中。这化作了一个美丽的传说。由于这两眼水泉流的是季隗思念重耳的泪水，所以人们都唤作"相思泉"。泉水清澈晶莹，无论春夏秋冬都不停歇，即使在五黄六月，陕北干旱，河水都干了，这眼泉水仍然汩汩地流着，似乎劲头更足了，村民便把这股水引到自己的田里，灌溉着百亩良田！

二

终于，重耳一干人又历尽颠沛流离之苦，来到了强大的齐国。

这之前经过卫国境内，卫文公一生英明，没想到一时糊涂，对重耳没有兴趣，更没有接待并给予救济，重耳只得再度出发。途中，因饥饿重耳昏迷过去。介子推到山沟里一个村子，把腿上的肉割了一块，与采摘来的野菜同煮成汤给重耳。重耳吃后知道是介子推腿上的肉时，大受感动。晋文公归国为君侯，介子推

不愿夸功争宠，携老母隐居于绵山，晋文公亲自到绵山恭请介子推，介子推不愿为官，躲避深山，怎么也找不着。晋文公手下放火焚山，想把介子推逼出来。结果介子推抱着母亲被烧死在一棵大柳树下。为了纪念他，晋文公下令：介子推死难之日不能生火做饭，要吃冷食，称为寒食节。此是后话。

果然，齐桓公见到他们，高兴不已。他是非常爱惜人才并善用人才的明君，当年还是落难公子时，在归国争夺国君位子的路上，曾经被管仲一箭射中勾带，差点被射死，可他放下"一箭之仇"，不仅没有追究管仲，反而重用为相国，使齐国富强起来，他因此会盟天下诸侯，成了春秋时期第一个霸主。齐桓公知道重耳不仅是当下需要的人，更是齐国未来需要的人，凭其品德智才，必是未来晋国之君，如果拥立他返国为君，则齐国受益无穷。齐国远比北翟国强大富有，于是齐桓公不惜厚礼相待，为重耳安排了华丽的馆邸，拨给骏马二十四和一些车辆，并精心挑选自己宗室中最为年轻美貌的女子齐姜，嫁给重耳做妻子。从此，重耳又在这里过上了比北翟国还要称心如意、悠然自得、富足美满的日子。

齐姜美丽无双又知书达理，面对几乎近似于爷爷辈的丈夫，心里是一百个不情愿，可理智告诉她，国家的利益事大，自己一个小女子算得了什么，曾经早一个齐姜，也是嫁给爷爷辈的晋武公，与太子晋献公生下申生与一个女儿，申生已逝，他妹妹嫁与秦穆公，齐国宗室女儿承载着国君的使命，不能马虎甚至要尽职尽责。又转而一想：有朝一日，如若丈夫真的有机会回国做国君，那自己就是国君夫人了，这是多少女人梦寐以求的啊，并且两国成了亲戚，还可以为齐国尽点力的。想通了，也就放开了，

给予了重耳一个女人能够给予的所有温柔与快乐。

这时重耳已经五十五岁了，许多年在异国他乡流亡挣扎，没承想在这里住有豪宅楼院亭阁、吃有美味佳肴美酒、出有车马、家有娇妻，日子过得很是滋润，尤其是沉浸在齐姜温馨的怀抱里，感到人生苦短，自己是世界上最幸运的人，一切都不重要了。慢慢地，总是与齐姜泡在一起，须臾也不愿分开，和其他跟随者见面与交流，也越来越少了，当年的雄心壮志，犹如青烟一般消逝得无影无踪。

转眼就是五年，看着"乐不思晋"的重耳，这样自甘堕落初心全失，这怎么能行！可把狐偃一伙人急坏了，生死相随的主人竟然长时间不见他们了，也必然是忘记了自己的使命，这可能全是那个女人害的。于是设了个计，一天一伙人冲进重耳家中，强行把他拉去打猎，说好不超过一个时辰。

赵衰留下来了，他跪倒在齐姜面前："多谢夫人侍候公子！"

"言重了。大人不必行此大礼！"齐姜见到了刚才的一番情景，早心中生出愧意："是妾身做得不好，曾多次要公子多与诸贤聚谈交流，只是皆成耳边风，没有什么效果。"

赵衰仍然跪着不起来，一脸严肃："如今有大事，不知当讲不当讲？"

"一定请起来说话。"齐姜也严肃起来："我既嫁与公子，当与公子共进退同生死。"

赵衰仍然低着头，不敢看齐姜："如今晋国新继国君遗弃秦国妻子，引起秦国愤恨；又滥杀异己，朝廷动荡，人心不稳，正是公子归国的大好时机。"

"明白了！"齐姜异常坚定："我立即进宫向国君禀报，家中也会劝明夫君的。请诸贤更力劝公子早赴晋国，作好准备接走他。"

赵衰大喜过望："公子有夫人，乃公子之福、晋国之福，大恩不言谢！"再叩而去。

齐姜在回家的马车上，一路上心情沉重，因为前几次曾悄悄进宫，请求齐桓公派遣大军护送重耳归国，却被齐桓公以各种理由婉言拒绝，并且齐桓公年老力衰了，面容一次比一次焦悴，这次连面都见不着，被告之国君病入膏肓不能见客；又有传闻齐桓公被围困在寝宫内，外人一概见不着，五个儿子都在摩拳擦掌准备争夺国君位，管仲之后任用的易牙、竖刁、开方等小人又兴风作浪，朝政混乱，诸侯国趁机离叛齐国，霸主地位难保。这种情形下，夫君一行人再待在齐国，已然无益；更何况一朝天子一朝臣，若新君继位，还不知道会怎么对待夫君他们和自己。她一时心乱如麻，到家了才理出一个头绪，齐国如今依靠不了，自己未来的一切，只能是全部寄托在夫君这边了。

重耳心不在焉与狐偃等人敷衍了一个时辰，急急赶回家中，没有看到夫人，像丢了魂似地，坐不是、站不是，日子没法过了。一见到美不胜收的妻子，立即兴奋起来，哈哈大笑："终于又和夫人在一起了！"

其他一伙人把重耳送到家，并没有离去，其实也都在等待着齐姜归来，一个个都是忧心忡忡的模样，他们对着齐姜别有深意地目示一下，告辞而去，齐姜当然会意。

"我被这帮家伙折腾累得不行。"重耳叹了口气。

"怎么会不累呢？夫君很久没有外出狩猎了，身子板也僵硬了。经常与诸贤们多聚多交流，就会好起来的。"齐姜温柔一笑：

"歇息一下吧。"齐姜侍候重耳睡下后，久久无法平静，心潮翻滚思绪万千，怎么办？

突然，侍女慌慌张张跑来，一脸的惶恐，语不成声。

从未见过侍女有过如此的反常，齐姜也有些紧张，但在下人面前强行镇定："出了何事，慢慢讲来。"

原来是狐偃与赵衰等人在一棵桑树下商议，无论如何要尽快将重耳一起弄走，离开齐国去晋国。侍女恰巧在桑树上面采桑，桑叶茂密，没有被发现。侍女感到事情紧急，出于对主人的忠心，待树下无人迫不及待溜下树，一路奔跑来报告。末了，侍女说："他们走了，夫人怎么办？赶快想法子阻止呀！"

齐姜明白了，似乎漫不经心问道："你还告诉谁啦？"

"没有，"侍女觉得自己还是聪明的："我下树后直接来的，一路上没有和谁说过话的。"

这么秘密重要的事被下人知道了，如何了得？万一泄露了后果难测，不仅走不成，甚至还有生命之忧！齐姜看着忠心耿耿的侍女，心一横，取下头上的金钗："你做得很好，这是对你的犒赏！"

刚平静下来的侍女又有些慌了："我只是尽一个下人的本分，没想过要犒赏的。"

齐姜安慰道："没事。这个东西我多着呢，不少这一个。你将来出嫁插在头上，就更好看了。"侍女满心喜欢地捧过来。齐姜又说："还有国君赐给我的美酒，一直没舍得喝，可能是你这辈子都没喝过的，今天我们喝一杯尝尝。"

齐姜转入内室，一会儿端出两杯酒，与侍女同饮而尽。侍女很受感动："小人卑微无以报，只有以后更加尽心尽力了。"

"今天采桑辛苦了，好好歇息睡一觉吧。"齐姜望着侍女离去的背影，泪珠不禁掉落下来。

重耳出来了，上前一把拥着齐姜，哈哈大笑心花怒放，像隔了几万年没见着似的。他看见两个酒杯，心生疑惑："夫人与谁同饮？"

"是侍女！"齐姜难过得背转身去。

重耳不解："夫人怎么与下人一起饮酒，这成何规矩？"

"这是给她的送别酒！"望着疑惑中的重耳，齐姜便把刚才的事和盘托出，最后说："夫君有远行返回晋国的安排，妾身不会不支持的。"

"有这事吗？不要听狐偃与赵衰他们乱说一气。人生苦短，就是为了寻求安逸享乐的，管其他的事干嘛，我是不会走的，有夫人相伴，如履仙界，在这里就是死也死得其所！"

齐姜实在恨夫君不争气，但极力压抑着使语气恳切："夫君不是凡人，乃是一国的公子，走投无路才来到这里，您的这些随从，把您当作他们的全部寄托甚至当作他们的生命，生死相随，您不赶快回国建功立业，报答这些十几年劳苦功高的臣子们，对得起他们吗？若天不亡晋国，则舍了夫君您还有谁呢？怎么忍心辜负天意，将来一定会后悔莫及的。贪恋女色与享受，这会毁掉你的功业与名声的。妾身为夫君感到羞耻！"

重耳好像什么都没有听到似的，酒瘾上来了："喝酒，喝酒，今日要与夫人饮个痛快！"

齐姜正求之不得，迅速换了一对大酒杯："好哇，妾身也有此意，今日一醉方休！"

几巡过后，齐姜知道重耳酒量大，一般人是莫可奈何的。瞬

间又想出个主意，她每跳一段舞，重耳就喝一杯酒。重耳开心大笑，连声嚷嚷："好，好！美哉，美哉！"

这样十几段舞过去了，十几杯酒过去了，重耳也终于瘫倒了，齐姜怎么都唤不醒。她急奔大门外，狐偃一帮人正在外面候着，齐姜招呼他们进来，七手八脚把重耳抬出去，结结实实绑缚在车中，然后，一字儿排叩谢齐姜，随即跃上马车疾驰而去。

齐姜返身进屋急步登上楼阁，目送着马车一路远去，她的心也越来越空荡荡起来，这一去不知何时能再见到，路途漫漫又凶吉难测，暗暗许愿夫君一行平安如意！

马车颠簸了一百多里路，重耳渐渐清醒过来，发觉晃荡晃荡地不对劲，在家里就没有过这种感觉的，像往常一样高声呼喊："夫人，夫人！这是怎么啦？"欲起身却动弹不得。

马车停顿下来，一伙人看到主人醒了，忙解开了他身上的绳索，然后字斟句酌，一五一十报告了事情的来龙去脉。

重耳听罢，禁不住怒气冲冲："天啦！你们这帮家伙简直坏透了，我再也看不到夫人啊，以后的日子怎么过！"说罢，看见马车上有一支长矛，就猛地抓过来紧握手中，环顾一下众人，别人没这个胆，只有舅舅敢作主这么做的。于是手持长矛恶狠狠地刺向狐偃。

狐偃急忙跑开，可重耳此时怒火难消，操着长矛追过去，一边叫嚷着："哪有你这样做舅舅的，一点儿也不管亲外甥的死活，我要剥你的皮，抽你的筋，吃你的肉！"

狐偃没奈何一边跑一边说："我姓狐的，狐狸的肉又腥又燥的，不好吃的，你是咽不下去的。"

众人一齐求情："请公子饶过狐大人，狐大人是一片好心、

忠心，这是我们大家商议决定的，要怨就怨我们大伙吧。"

重耳渐渐冷静下来，事已至此，也无办法，把矛丢于一旁，狠狠说道："如果事情成了，那这笔账就一笔勾销；如果不成，我就要杀了你们，方泄心头之恨！我不辞而别，如何对得起夫人啊！"说罢，号啕不止。

赵衰上前解释道："齐国内忧外患霸权已经不在，齐桓公已身不由己，他的公子们争斗得你死我活，各诸侯国的军队多次来挑事侵犯，风险诸多，并非久留之地。此行更是夫人的心愿与安排，盼望公子早日归国建功立业！"

一行人中，重耳最看重也最相信赵衰，回忆最后与齐姜在一起的情景，彻底明白了一切，缓缓弯下身子，向着齐国都城临淄的方向叩头，众人也随着主人一起叩头。随即，他们又开始踏上艰难的行程！

三

经过曹国时，虽然被接待了，但重耳在洗澡时，遭到了曹国国君曹共公的无礼偷窥，重耳气愤不已又无可奈何，不得不又踏上流浪之路，辗转来到宋国。

宋襄公刚刚被楚军打败，在"泓水之战"中负伤，至今还在养伤中，早就听说重耳贤明，就按国礼接待了他。宋国大司马公孙固原来就与狐偃关系很好，他诚恳又无奈地对重耳他们说："宋国是小国，又刚吃败仗，元气大伤，根本不足以帮你们回国，你们还是去大国寻求帮助吧。"重耳一行人知道这是大实话，呆下去确实没有结果的，迫不得已只得离开了宋国。临行前，宋襄

公倒是很慷慨大方地向重耳赠送了八十匹马，顿时使重耳很是感动与慰藉。

重耳一行人一路风尘仆仆，路过郑国时，郑国大夫叔詹出来相迎，把一行人安顿下来。他劝国君郑文公以礼相待重耳，郑文公却不听劝告，避而不见。重耳等人知道是怎么回事，别人不尊重自己，那就自己尊重自己，谢过叔詹后，继续着流亡的路程。一路上，重耳历历回顾着盘算着，暗暗下定决心，要好好经营自己，对在艰难中帮助过自己的，一定要加倍回报；对落井下石者，一定要加倍惩罚！

重耳来到了楚国，楚成王用国君的礼节隆重地欢迎他们，并吃穿住等日常生活照顾得无微不至。一天，在宴席上，楚成王半开玩笑半认真地问重耳："如若公子回到晋国，如何报答我呢？"

重耳笑着说："大王的恩惠是无法用金银财宝报答的。托大王的福，如若我回到晋国执政，我要让两国和睦相处天长地久；一旦两国发生意外，为各自利益争斗不止，我晋国将退避三舍（三舍即九十里），以报答大王的恩德。"

这就是"退避三舍"成语的由来。

重耳在楚国住了几个月后，秦国国君秦穆公派人来邀请并接重耳去秦国。

楚成王也觉得重耳去秦国比待在楚国强，并且是一个乐得做好人的机会，就对重耳说实话："楚国距离晋国太远了，要经过好几个国家才能到达。秦国与晋国交界，跨过黄河便是，秦国国君也非常贤明，完全可以把您护送回晋国的。好好保重吧！"随即赠送很多了名贵礼物，顺水推舟地送重耳一行人去了秦国。

开始重耳很是纳闷，秦国突然一下子对自己这么客气和重视，肯定有什么缘故，向秦国使者一打听，才知道了事情的来龙去脉。

原来晋怀公（晋公子圉）还在当太子时，大约只有十岁，就被晋惠公当成人质送到秦国去，这在当时各国之间，是彼此间常有的事。在秦国长期的生活中，晋太子圉同秦穆公的女儿文嬴一起长大，经常在渭水河畔游玩，年龄相当又门当户对，在平日交往中，逐渐产生了感情。文嬴是秦穆公所有女儿中最美丽的，周岁的时候，秦穆公在盘子中放满宝物让她自己挑选，文嬴独独挑中一块碧色美玉，而且爱不释手地玩耍，因此小名又称弄玉。

弄玉从小就姿容绝世，又聪明无比，她善于吹笙，不必乐师培训，自成音调，声如凤鸣，余音绕梁袅袅不断。秦穆公就作主把文嬴嫁给晋太子圉，为此操办了盛大的婚礼，全秦国的人都知道秦晋两个大国联姻了，这对国家是有好处的。可不久，晋国国君晋惠公病重，来日无多了。晋太子圉得知消息，坐不住了，决定逃回晋国去争夺国君位，可又难舍美丽异常、知书达理的妻子文嬴，便把自己的决定提出来商量。

"我母亲是梁国人，现在梁国被秦国灭了，我在国外被秦国轻视，在国内又无援助。我被当作人质留在秦国，却对自己的国家没有一点帮助。现在我父亲大人一病不起，如果我不能及时回去，恐怕大夫们会另外立别的公子继位。你就跟我一起回晋国吧，那里才是你永远的家呀！"他轻轻握着文嬴的手，眼睛里满是期待，想用儿女柔情打动她。

文嬴出身王室，是个不凡的女子，但作为新婚不久的女人，这时心里矛盾极了，一边是丈夫，一边是祖国，抉择两难。不知过了多久，才缓缓回答："夫君是晋国的太子，却一直在秦国受

委屈，夫君终究是不能在这里待一辈子的，现在终于可以回去做国君了，这不是非常好吗？妾身为你感到高兴。我们国君派臣妾来照顾您，只是为了要把您留在这里而已，如果妾身跟您回到晋国，这就违背国君给臣妾的使命了，所以妾身不能也不敢跟您一起离开。但请放心，妾身也绝不会向外泄露任何一个字。"

于是太子圉在文嬴的掩护下，化装成羊皮贩子，连夜搭了个夜班船，神不知鬼不觉地逃回晋国，赶上了葬礼，顺利地当上了晋国国君，是为晋怀公。他的不辞而别，使秦穆公非常恼火，这既对自己极不礼貌，更使自己心爱的女儿成了弃妇，便暗下决定一定要严厉惩罚太子圉，那怕他成了晋国国君，首先是把在楚国的重耳接到秦国来，以后用重耳取代他。因此非常热情地接待了重耳一行，并送给重耳五个宗室女子，以文嬴为首，让重耳娶她为妻，改名怀嬴。

重耳开始一段时间对怀嬴不冷不热，因为原来的太子圉是他的侄儿，怀嬴也就是自己的侄儿媳妇，觉得这是破坏人伦的行为，不用说心里多别扭，可现在是寄人篱下，碍于秦穆公的面子，不便发作，只好隐忍。而怀嬴更有苦衷，心里委屈得很，夫君由帅哥俊男变为比自己父亲年龄还要大十四岁的老头，以前的恩爱与幸福甜蜜还历历在目，一时也是难以接受；但作为一个弱女子，以前的"嫁"是为国家，现在的"嫁"也是为了国家，牺牲也好，付出也好，都是值得的，不枉人生一场；又听闻太子圉人品极差，纵为国君也不能长久，重耳却被认为德高望重，有父亲支持，他日必为国君，自己终身有靠。想清楚了想明白了，情绪渐渐稳定下来，琢磨着如何对付夫君的冷漠。

一天早上，怀嬴侍候重耳起床，拿水盆给重耳盥洗时，重耳洗完手，还没等怀嬴把毛巾递来，就随便把手上的水甩干，不情愿再接受怀嬴的侍候，习惯性地把手一挥，意思是"行了，你退下吧"，这一挥手，就把一些水珠儿飞溅到怀嬴的脸上。

这随便应付的态度让怀嬴气不打一处来，她把盆子往地下猛一掼，抓住机会出言大骂："你以为我愿意侍候你吗？不过是父亲看得起你，要不是父亲请你到我们秦国来，你现在什么都不是！现在你吃我们秦国的粮食，住我们秦国的宫殿，用我们秦国的女人。我们不计较罢了，你竟然还要耍威风，甩脸子给谁看？秦国与晋国本是对等的国家，你为何这样瞧不起我？"

重耳闻言一时慌了，结结巴巴地说："不是这样的……"

怀嬴不依不饶："你是公子没错，可我也是公主，谁比谁矮一截？我是二婚没错，可你也不是什么纯情少男！你算算自己都几婚了呀？再说我二婚，我有错吗？还不是你那没良心的侄儿害的！"

重耳极力解释："我没有这方面的意思……"

怀嬴要彻底征服重耳："你不愿意娶，我还不愿意嫁哩！谁稀罕嫁你呀？我父王真是大好人，被你们姬家骗了一次又一次，我这就去回禀父亲，说你们姬家没有一个好东西，趁早把你们赶出秦国去。"说罢，甩门而出。

外面重耳的随从们，早就听见了里面的吵闹，吓得不敢吱声，又不知如何才好，深怕于事无补反而弄得更糟。见怀嬴怒气冲冲地出来，害怕事情闹到秦穆公那里去，赶紧劝住她。随从中叫胥臣的，是重耳的老师，他急忙窜到内屋，轻声对重耳说："太子圉的国家我们都要去攻打了，何况他的妻子呢！而且您接受此女为的是与秦国结成姻亲以便返回晋国，您这样岂不是拘泥

于小礼节，而忘了大的羞耻吗?!"说罢，把重耳拉出门外。

一伙人七手八脚地帮重耳把衣服扒掉，又帮他用绳子反绑，跪在搓衣板上向怀嬴请罪。就这样，重耳忍辱负重不吃不喝跪了一天一夜。

这就是后来"跪搓衣板"谢罪认错方式的由来。

见此，怀嬴慢慢消了气："父亲看中你一定能够成就大业，妾身既然嫁与你，肯定会全力帮扶你的。""洗脸盆风波"怀嬴取得完胜，让重耳睁大眼睛看清楚，自己是两国关系中举足轻重的人物，从而使自己从身价暴跌的弃妇，变成重耳不得不小心对待的贵人。

重耳全心全意接受了怀嬴，两口子很是恩爱，秦穆公十分高兴，亲自与重耳宴饮，并吟诵了《六月》一诗，讲到辅佐天子的事，以此勉励重耳称霸诸侯。接着，秦穆公派大军护送重耳回晋国。

一进入到晋国地界，形势马上就转变了，晋国大夫栾枝、士会等人纷纷响应，很多城邑很快就投奔了重耳。晋怀公听说秦军来了就派出军队抵抗，可是将士们知道了重耳要回来，都不愿意抵抗。晋怀公的死党害怕重耳后面的秦国军队，只好率着晋国的部队出来迎接新的君主，狐偃代表重耳跟军队盟约，表示接收军队。晋怀公继位没多久，屁股还没坐热乎，一看大事不好，就赶紧溜了，一直向北跑到高粱地界去了。待重耳派来的追兵赶到，晋怀公已被当地民众杀死。

重耳回到了都城，朝拜了祖庙，被拥立为国君。至此，重耳在国外颠沛流离了十九年，辗转了八个诸侯国，到处逃难，经常是食不果腹衣不蔽体，历尽千辛万苦，终于直至六十二岁才登基坐上国君之位，成为春秋时期赫赫有名的晋文公！

四

晋文公得以归国掌政，饮水思源，感慨万千，便大力赏赐随从自己逃亡的人员和各位有功之臣，功大的封给城邑，功小的授予爵位。

这时，秦穆公派出三千精兵为卫队，护送怀嬴及豪华嫁妆到达晋国，随行还带了七十位穿着锦绣衣服的美女陪嫁过去作妾媵。重耳本人亲自到黄河边迎接，这是接新娘子的最高礼仪。本来按惯例只是由礼仪官去迎，然后送到王公房里；二婚改嫁的，连迎接都可以不用的，新娘自己从后门闪进去就是了。重耳亲自去迎接，是将怀嬴当作正妻对待，尽管逃亡之前就有了正妻，这使怀嬴喜出望外，赚足了面子，更觉得嫁对了人。

重耳和阔别十九年的原配妻子逼姞、长子欢重逢，他一手搂着妻子，一手拥着儿子，万千感受难以诉说。他这些年在外面漂泊流浪，不知吃了多少苦，但身边毕竟有一批能人志士相扶相帮，母子俩孤孤零零势单力薄，可想而知过得更不容易，他发誓要补偿他们，毫不犹豫立长子欢为太子，并改名"驩"，即喜乐、欢心的意思，要他们母子俩从此高高兴兴、欢欢喜喜过日子，一家人从此不分开，其乐融融！

赵衰来告假，要去北翟国接回在那里娶的女人叔隗和儿子赵盾，说尤其想赵盾儿，精心教导了十一年，其睿智聪慧远非一般孩子可比，赵家将来的希望，全部寄托在这个儿子身上，其心情迫切渴望溢于言表。并称原没有这个打算，是夫人坚持所致。赵

衰的夫人是重耳的女儿。

重耳连想都不用想，一口应允。

赵衰却迟迟站着不动，满脸写着疑问。

"还有事吗？"重耳一时不解。

"哦、哦！没事、没事！"赵衰似乎从梦里转回来，缓慢地转过身子离去，脚步如铅重！

蓦地，重耳明白赵衰刚才言行由来，自己也在北翟国娶了季隗，生下了姬伯鯈、姬叔刘两个儿子，赵衰其实是来邀自己一起去北翟国接妻儿的，可刚继国君位，忙得昏天黑地的，又要和久别的结发妻与太子促膝言欢，一时顾不及，太不应该了，赵衰何以看我？

毋庸置疑，季隗一定要接回来。她从十三岁就嫁过来，到二十五岁，把一个女人最美好的青春，无怨无悔给予了我，还为我生下两个儿子；突然事发分别时，又表示会无怨无悔等着我，这样的女人天下少有，"打着灯笼都难找"，是决不可放弃的。赵衰是非常想儿子，哪个父亲不想儿子？赵衰可以接回儿子，我可以吗？从"曲沃桓叔"以来至晋献公，公族之间的内耗内斗无休无止，我这一代就因为兄弟太多，"祸起萧墙"，受苦受难不算，兄弟五人如今只剩我一个了，自己这一代的悲剧，决不能重演。又一代霸主齐桓公就是和自己的兄弟纠争夺并逼死纠才继位的，十年前重病，他的五个儿子公子无亏、公子昭、公子潘、公子元、公子商人各率党羽争位不休，互相攻打对方，使齐国陷入混乱霸权不再，以致齐桓公死在床上六十七天，腐烂发臭都没人管，尸虫都从窗子里爬了出来，直到新立的齐君无亏才把齐桓公收殓。前车之鉴，触目惊心！

人人都羡慕国君，位高权重一言九鼎风光无比，我却羡慕赵衰，在晋国他已经有了三个儿子，如今又要接回第四个，这是多大的福气，人生在世图个什么，国君身不由己的难处大着呢，我和太子只能悲哀地做"孤家寡人"，命中注定福薄，还没有谁同情。姬伯儵、姬叔刘，对不住了，你俩只能留在北翟国，并且是一辈子，谁叫你俩是我的儿子！

后来，夫人杜祁生下公子姬雍，重耳不敢留在晋国，送往孩子母亲国秦国抚养；秦穆公送的怀嬴生下公子姬乐，重耳同样不敢留在晋国，派人送往弱小的陈国做人质，全不管怀嬴哭得死去活来；再后来，周王室送的美女生下儿子姬黑臀，同样重耳不敢留下，派人送往洛邑周王室抚养，其母亲不敢怒更不敢言，只能悄悄躲在一旁，暗自垂泪不止。

季隗和齐姜接来了，重耳却怎么都高兴不起来，反而犯愁得要命。没有团聚盼团聚，现在团聚了，未料问题也来了，麻烦更大了：四个夫人总得有个排序的，每一个都是自己生命中最重要的，每一个都有理由排在首位，如何排？如果顺序排得不满意，四个打起来了，如何办？重耳迟迟不能定下来，迟迟不能也不敢和四个夫人同时相聚。

一天，齐姜来了，一副很开心的样子，告诉重耳：今天四个夫人都很开心，一齐请他相聚，并笑盈盈上前过来挽起他。

重耳先是一愣，但很快冷静下来。该来的还是要来的，躲是躲不过去的，总归是要面对的，十九年的大风大浪都闯过来了，相比起来，这本就是芝麻点大的事。一路上，重耳慢腾腾往前挪，尽量拖延时间，心里盘算着如何安排四个夫人的名分排序与座次，无论怎么排和不这样排，都有充分的理由，要做到皆大欢

欢，那绝对是不可能的；以什么理由与方法来说服，争取把四个夫人的吵吵闹闹与矛盾，降到最低程度，千万不能让朝野看笑话的。但看到齐姜像什么事都没有的神情，还像以前在齐国时一般，可她又是聪明过人的，重耳还真的有些不解与疑惑。

终于到家了，只见布置一新，一派喜气洋洋，一张硕大的四方桌躺在庭中央，上面满是美食。就在重耳一下子如履薄冰不知怎么办时，怀嬴过来行礼，接着依次是逼姞、季隗，最后是齐姜。行礼完毕，齐姜又笑盈盈一手挽着重耳，一手拉着怀嬴，来到首座前，逼姞居于亚座，季隗居于季座，齐姜自己落于末座！

木偶中的重耳清醒过来，原来是夫人们知道自己的难处，便自行商定解决了名分排序，心中悬着的石头落地了。尤其，看着结发原配逼姞谦让居于亚座，最年轻美丽的齐姜主动让于末位，感动不已！他为自己以前的狭隘心理，感到羞愧难当，一个大老爷们，竟然不如小女子。在他的心目中，这四个人生中相交相遇相伴的女人，都是一样的美丽一样的重要，都要一样的敬爱！

重耳缓缓起身，下得座来，退到桌前，向四个夫人深深作叩：“人生难得好女人。我有今天，靠的是各位夫人深明大义；我之将后余生，也更要仰赖各位夫人！”

"儒将" 第一人

一

公元前 636 年春的一个夜晚，秦国朝宫，灯火辉煌，高朋满座。

秦穆公设下规模空前的宏大酒宴，隆重庆贺挚爱的女儿与晋国公子重耳的婚事，并宣布决定送新婚女婿回国继国君位，派自己的儿子公子絷率大军护送，无以复加了。此可谓双喜临门，既解决了女儿的终身大事，又盟结了一个强大的诸侯国。只是他没有料到，他亲手谱就了"秦晋之好"的历史佳话！

重耳一行抑住强烈的兴奋，经过十九年的流浪艰辛，踏过北翟、曹、卫、宋、楚到秦国，终于熬出头了，曙光就在明天。他们等这一天，等得太久、太苦，于是，放开了喝，撕开了喉咙唱……宾主不胜欢畅。

郤縠的座位空着，一直空着，秦穆公宣布大军护送那会，还在击掌鼓舞，细心的赵衰觉得蹊跷，一到秦国，他就去太史馆借阅书简，莫非这个"书简虫子"，书瘾又犯了，这时刻怎么可能？悄悄起身去找，只见郤縠在驿馆案桌前读简，是《武韬》，一旁

放置着父传的宝剑。当时六兄弟继承父亲遗产时，他放弃了值钱的财宝，只要了这把宝剑和全部藏简。从晋国出来时，他是"三十而立"的青壮汉子，岁月一晃，鬓角竟有丝丝白发，万千感慨油然而生。

"全胜不斗，大兵无创；生天下者，天下德之；杀天下者，天下贼之；天下者非一人之天下，与天下共其生，惟有道者处之。"

"说得好！"赵衰忍不住喊道。

郤縠忙起来行礼。

赵衰笑呵呵制止："至理名言啊！"

"现在正是时候！"郤縠话音低，但透着坚定自信。

"对回祖国有什么具体想法吗？"

"此事非轻，一起去见主公，如何？"

赵衰知道要"放大招"："如此，甚好！"郤縠平时沉默寡言，不鸣则已，一鸣则切中事弊与要害。

两人回到宴席，赵衰耳语一句，重耳眼睛一亮，身子微微一颤。晚宴一结束，重耳和秦穆公辞别，急不可耐回到驿馆，独唤郤縠入内。因为尽管外有秦国大军护送、内有栾枝、士会握有兵权的将军作内应，现在的晋公室人心丧尽，一切似乎垂手可得天助我也，非常顺利，但太顺了，心里边反而不踏实。到底是什么，一时悟不透，说不定郤縠能解开，这个"书简虫子"常有惊人之语。

赵衰挡在门外，郤縠跨入行礼。

重耳上前拉着对座并按住，一脸肃然："无他人，无妨！"

"谢公子！"

"郤兄何以教我?"重耳急于入正题。

郤縠顿了顿,平静一下自己:"此一去,上上策是不战而完胜!"

"当然,当然! 这也是我在想的。存在这个可能吧?"

"有三大难题是未知数。"

"愿闻其详!"重耳一副渴望的神情。

"一者:晋国目前衰落不堪,秦军必然所向无敌,但战事一开,定有伤亡,尤其晋国百姓无所适从,是保家卫国抵御'外敌',还是迎接公子?难免被人欺骗挑唆。其二:栾枝与士会手握兵权,虽已遣使表示迎接公子,可两人皆异常谨慎城府极深之人,肯定不会相互沟通联手起来。其三:圉比其父夷吾才能相差甚远,不足为虑,我兄郤芮执掌朝政,他的态度很关键,若能化敌为友,大事成矣!"

重耳击掌而赞:"郤兄之言,释我疑团也……如何破解?"

"需一得力之人,先行潜入,联通栾、士合为一股绳,晓喻百姓,转化郤芮,事半功倍!"

"此计甚好。"重耳来回踱步几趟:"只是这个人……一时难寻啊。"

郤縠拜倒在重耳面前:"小臣请命!"

"不可!"重耳一怔:"联通栾、士与晓喻百姓不难。但郤芮先是策动夷吾远赴翟国追杀我们,又以'欲加之罪何患无辞'杀死扶立他的里克大将军和放他生路的贾华,后又策动围杀死曾外祖父狐突,乃十恶不赦之徒,你尽管是他亲弟弟,凶多吉少!"

"正因为小臣是他的亲弟弟,才方便有机会接近,可以从容晓之以理,使他回头是岸。还有小弟郤溱,多次遣人过来。值得

一试！"

重耳扶起郤縠："十九年过去了，好日子长着呢，一定得弥补弥补，以后晋国还要仰仗郤兄这样的人才。前事难卜，不可冒险！"

"为了晋国和晋国的百姓，小臣一条小命何足挂齿?!" 郤縠言语铿锵。

重耳浑身一颤，紧拥郤縠，泪眼朦胧。当即写下两条书简，分别给栾、士与郤芮。最后慎重交代："要安排妥当，做到万无一失！"

"谢主公成全！时辰不等人，小臣即刻前往。" 郤縠拜别而去。

重耳和赵衰并肩目送着，尽管夜黑伸手不见五掌，仍然看到郤縠的形象，是无比地高大！

郤芮接到三弟郤縠的密简，带着郤称、郤溱、郤义、郤乞四个弟弟，急燎燎赶到封地，当然也是很想早一刻见到阔别十九年的亲人。

沁水——郤氏的大本营，这里是一块风水宝地，夏、商朝时就是帝都畿内，后又为郤国，西边就是晋国都城所在的翼城。今夜的郤氏庄园，与往日的灯火灿烂不同，沉浸在漆黑一片之中。不时有火把点点游动着，那是巡夜的亲兵穿梭来回。庄园外围四面，暗藏着伏兵。

说是一个庄园，其实面积庞大，宛若一座小城。

郤氏的强大是通过奋斗获得的。开山始祖名唤姬豹，晋献公时任大夫，地位并不显赫。但他敏于观察，勤于思考，敢于谏言，善于征战，通过晋献公最宠信的谋臣士蒍，建言征伐"君王

专谋私利而无所顾忌，臣下竞相谄言以亲媚于君"的翟柤国，并在战斗中一马当先，率先发起进攻，背负鸟羽作为旌旗，第一个登上城墙，打败了翟柤国，以此一战成名。晋献公因其战功，以郄地作为封地，并向周王室请得子爵，这是莫大的殊荣，一个大夫竟获得和楚国国君一样的爵位，不仅在晋国，甚至在整个诸侯国寥寥无几。姬豹觉察到晋献公对公族的"深仇大恨"，借机别出晋宗，远离公族，划清界线，以封地为氏，始建郄氏家族，修建了庞大的郄氏庄园，至如今，繁衍成一支极为庞大的宗族。郄豹去世，长子郄芮继为氏主，又成为了晋献公的老师与首席谋臣，一人之下万人之上，炙手可热；五个弟弟郄称、郄縠、郄溱、郄义、郄乞皆为大夫，在整个姬姓族群中，独占鳌头。晋献公后期，发生"骊姬之乱"，太子申生自杀，二儿子重耳和三儿子夷吾分别逃亡，晋公室风雨飘摇。郄氏家族开始分裂，兄弟几个审时度势，各择其主，"分道扬镳"，郄芮跟随夷吾而去，三弟郄縠追随重耳而去，其余几兄弟留在晋国待机而动。不久，大将军里克杀骊姬姐妹的儿子，迎回夷吾，郄芮扶立夷吾，是为晋惠公，再次重新执政，夷吾死后，又拥立夷吾的儿子圉继位，是为晋怀公，牢牢控制朝政。

　　郄氏大堂内，郄芮焦躁不安踱步不停，既想见到郄縠，但又怕见到，许多大风大浪都趟过去了，这次真的很难。晋惠公夷吾失信于朝野与秦国，晋怀公圉年轻历练少品行差，晋国已是暗流涌动风雨飘摇，人心都向着重耳，而秦国的大军护送重耳在归国途中。三弟郄縠今夜"拜访"，肯定负有使命的，是杀了他，还是驱逐他，抑或是抓捕交晋怀公处置……这些易如反掌，但大势所趋，似乎都不可以取。

"说说，郤縠来了，怎么个法子应对？"

"乱世重逢，人间难得，亲情第一！"郤溱环顾一下："有什么疑问吗？"

郤芮盯着郤溱："怕就怕这只是个幌子！"语气不容置疑。

"这个节骨眼上，肯定没安好心。"郤称顺着老大的思路。

郤乞目露凶光："杀了他！"

一片沉默。

"你就知道杀、杀、杀，没有别的，还没有长大！"郤芮叹口气。

郤义出点子："亲兄弟，当不至此。拒之千里，让他知趣，或许这事也就过去了。"

"既然是亲兄弟，没有不见拒而门外的道理，这要传出去，郤族脸面往哪搁？九泉之下的父亲都不会许可！"郤溱伺机力辩。

郤芮一怔，逼问道："见又如何？"

"其实没咋复杂的，看三哥说什么、做什么，若有道理则从之，若无道理则只论亲情而已。"郤溱风轻云淡般。

郤芮心里"咯噔"一下，这时刻"三哥"叫得挺甜的，什么"从之"、"论亲情"，早就扎出苗头，他总是在不经意间向着、护着甚至帮着郤縠，更有可能是一伙的，只是现在徒唤奈何。微微一笑："那就暂且这样吧！"

"得作两手准备！"郤义不含糊，目光莫测。

郤溱心头一震。

郤芮点点头："确有必要，你去安排吧……哦，把勃鞮唤来，有他在身边，我放心。"

郤溱露出不易察觉的一笑，从容转身奔去。勃鞮是晋国第一

武士，十九年前和七年前，曾两次奉命追杀重耳……面对晋国朝政一系列骚操作，如今，这个"粗人"幡然醒悟了！

郤縠紧握随身祖传宝剑，只身来到郤氏庄园，附近笼罩在黑暗之中，出奇地静，记得这里长期是整夜灯火通明，反常中的诡异不言而喻。害怕黑暗，就不会来了，他轻蔑一笑。

全副武装的勃鞮领命把郤縠引到一间密室，独守门外，全副武装的郤溱赶到，守在门外另一侧。两人会心一笑。

密室内只有郤芮和郤縠两人。

郤芮久久凝视郤縠，半响："三弟的鬓角白了！"

郤縠久久凝视郤芮：半响："大哥的脸上皱纹多了！"

"我们都老了！"

"青山不老道义常在！"

"三弟胆识过人，一人独闯晋国。可钦可敬！"

"何谓一人，胸中百万百姓！"

"亲情论过了，亮出你的'道义'吧。"郤芮不露声色。

郤縠缓缓道："十九年弹指一挥间，物是人非，天翻地覆。眼下局势，不可逆转，大哥比我清楚……"

"还早，尚未开战，难知分晓。"

"侥幸心理不可有，那会害人害己！"

"我走到今日……还有别的选择吗？"

"当然有！重耳公子遣我带话。"说罢，郤縠递上一片薄简。

上面一行字：回头是岸，既往不咎。郤芮久久无语。

突然，郤乞进来指着郤縠骂道："你没安好心，引来士会与栾枝大军把庄园围住！"

郤芮浑身一颤，瞬即平静："不得对三哥无礼。出去！"唤勃

鞮进来："传我的话：设下家宴，欢迎久违的三弟！"

"何不请栾枝与士会一同？"郤縠乘势而上。

"如此甚好！"说罢，同郤縠一起来到大堂，召聚兄弟，宣布：此刻起，郤氏归属重耳公子，明日开城迎接。

郤縠拜倒在郤芮面前："小弟为晋国百姓免遭战火，长谢大哥！"

"我亦为晋国人矣！请代我迎接栾枝、士会。"郤芮极力镇静。

郤縠一走，郤称凑近耳语："定了？"

"内忧外患，别无选择，走一步看一步吧。"

"这个老三，一人赛过十万大军呀，可惜不是一条道！"

"十九年，历练得更出息了。"

二

晋国都城整个是一片欢庆的海洋，店铺与住户门前张灯结彩，街上到处可闻欢快的锣鼓声，到处可见用各种方式表达喜庆的人们。自晋献公以来，发生"骊姬之乱"、晋惠公、晋怀公的暴政、庸政，长达十九年的动乱，经过一系列的磨难曲折，终于得以平息，晋国迎来了心仪的明主——重耳，是为晋文公。

晋文公大会群臣，行复国之赏，根据功勋赏分三等，任命赵衰为"卿"，即总理宰相级，执掌日常朝政，凡随同十九年流亡者，皆任为部长级大夫并封与土地。接着进行一系列改革，除弊兴利，晋国迅速走向大治。接着号召晋国广大官员前往田间与百姓一同劳作，日中为期。他的亲信侍卫长，自以为是国君身边的

红人，不当回事，姗姗来迟。晋文公挥泪命斩以正明法。朝野震动，晋国的政纪军令严明。

周王室也松了一口气，需要这个疆域面积最大、人口最多的嫡亲姬姓诸侯国的拱卫，教训不听话的诸侯国，征伐不属周王朝管辖的地区部族，并遏制楚国挺进中原咄咄逼人的势头。恰在此时，齐国的霸权不再，自齐桓公去世，诸子争权夺利互相残杀，齐国急剧衰落，晋国有望接替为霸主国。周制规定，诸侯国可以拥有一军至三军的正规军。晋国在晋武公时期，被周王室赋予拥有一军的规模，编制是一万两千五百人、五百辆战车，并把原来的侯爵提升为公爵。晋献公继位后扩充为两军：上军和下军。上军由晋献公亲自统帅，下军由太子申生统领。在周王室的默认下，晋文公抓住机遇，开始进行扩军备战，增设一军——"中军"。这就是"三军"最早的称谓。三军三万七千五百士兵，全是通过精心挑选出来的精锐，不惜成本武装到牙齿，还有投入巨资打造一千五百辆战车，是诸侯国拥有军队的最高标准与最大规模，经过三年的努力，三军筹建完毕。每一军用现在的话说，就是大军区或战区，是全晋国的全部精锐与家当。如果说，这些是晋国的命根子，没有人认为不恰当。

地方府衙与社会各界及百姓民众，是第一次看到晋国拥有如此强大的军队，欢庆鼓舞自不必说，自发组织劳军，这拨走了那拨又来，军民其乐融融。

晋文公对组建三军重视得无与伦比，把得力的大夫们都派到三军任职，平时理政，战时打仗。跟随他流亡的狐氏兄弟、先轸、魏犨、胥臣等，还有栾枝、士会等姬姓世居大族子弟，纷纷涌入，一时，三军人才济济蔚为大观。郤縠此时在上军任"参谋

长"。

晋文公确定新增设的中军为全军中枢，设中军将，除统领本部外，还统帅全部三军。自己行军打仗随中军行动。三军的领导班子人选如何安排？尤其是中军将人选，是为大元帅，除率领本部，还统帅全部三军，进入三军班子的人员，都应该是卿一级的最高级别的官阶，是晋国军政的顶梁柱。各诸侯国都是公室人员或由最近支的公族子弟担任，"曲沃桓叔"之前的晋国，长期都是这样，现在晋国的近支公族，都被晋献公诛杀殆尽，只能退而求其次，从老旧土著姬姓家族中、对复国有功的"流亡族"中挑选。自己困难之际，许多人追随不离不弃相扶相帮，可以说是把身家性命都押上了，当然赌注投资很大是应该得到回报的，有收益了必需分享，仅仅为大夫不够，僧多粥少，要摆平并非易事。既然有卿了，那就由卿"组阁"。晋文公召来赵衰，他是自己的女婿，在外婆家北翟国又成了连襟，十九年共患难不离不弃，经历过时间的严酷考验，把晋国的命根子交给他，放一百个心！于是提出要赵衰兼中军将，也就是晋国的兵马大元帅。

赵衰暗地里全身一颤，感动之余久久没有回应。拥有军权当然好，但有自知之明，治国理政与出谋划策是强项，对率军打仗并不擅长。沉思片刻后，推荐郤縠为中军将，强调理由："他不仅深得其父郤豹智勇双全的真传，还文武俱备。主公及我都看到，郤縠在外十九年，一旦有空隙便读简不止，已经五十岁知天命之年，还坚持学习，而且更加重视学习，不仅喜欢兵书，更喜爱礼乐《诗》、《书》。这些法规典籍，是道德信义的宝库；礼乐则是道德的表率；道德信义，是人民的根本、利益的基础。重视这些的人，是不会忘记社稷百姓的。"接着又推荐郤溱辅佐郤縠，两兄弟配合默契；狐偃为上军将，狐毛辅佐，也是兄弟非常默契；认为栾枝忠贞谨慎、先轸谋略大胆，推荐栾枝为下军将，先轸辅佐，一张一弛相得益彰。这样，三军领导班子搭建成形。

重耳深以为然，连连击掌赞叹。还因为这六个人的祖先都是姬姓，这可是要害。自唐叔虞始，晋国民族众多人群复杂，各种势力盘根错节，经过二十一代国君的努力经营，公室及公族的姬姓家族不断壮大，逐渐成为国家的政治支柱与基石，尤其郤族是晋国第一大族，祖上战功赫赫，"命根子"当然应当掌握在他们手中。并且狐偃、狐毛两兄弟和先轸、郤縠与自己共过十九年患难；栾枝、郤溱迎回自己继位立有大功；六卿中，四个是"流亡族"，两个是"土著贵族"，搭配合理得当，每个人的品行与才能都深浮众望，是自己心目中的人选，更可能没有谁不服气，很钦佩赵衰的智慧与眼力，更感动他的一片公心。

晋文公命人召来郤縠，自己在大殿不停地徘徊踱步，这是晋国历史性的时刻，极力平静。

郤縠奉命来到，和往常一样行礼："请主公训示！"

晋文公注视良久，一脸肃然，一字一句缓缓道："赵衰举荐郤兄之学问老成，道义为先，文采过人，韬略出众……故命为中军元帅！"

郤縠一愣，大大出乎意料，瞬而冷静："小臣才力不及也，难任此职，现任上军参谋，足矣。"一拜再拜。

"那是大材小用，寡人改过，勿要推辞，此事已决！请起！有什么疑难乎？"

"晋乱初定，主公以信义教民，民皆敬服。然民尚不知礼制规矩，兵不知军令如山"，郤縠立定："晋国历来与戎族混居，民

风剽悍，骁勇异常，但不懂战法军纪。'用兵之道，莫过于一'。今若令小臣为元帅，请以礼操军，使士兵沐浴战术军法，统一三军意志，使三军随主公和主将的号令意志行动，令行禁止，步调一致，则战无不胜攻无不克矣！"

"善哉，三军众多，宜在何处演练？"

郤縠略一思索："东部区域乌岭山、历山一带，有被芦之地，两面环山，中间地势平坦开阔，道路通畅，可使三军进出方便收放自如，乃练兵佳处。若许，请主公亲临检阅！"

"所需时日？"

"三军皆精兵强将，历经百战，只需强化练武习文、号令严明、协同一致。三日足矣。"

晋文公大喜："如此，寡人定当前往！"

"那小臣下去准备！"郤縠拜别而去。

赵衰瞅着郤縠迈着坚定的步伐远去，欣慰不已。

赵衰提议自己的日常用度不能超过元帅。晋文公欣然允诺。两人商议后决定：以打猎为名，集结并训练三军，行阅军和军事演习之实。正式宣布三军成立和三军将、佐人选。

去被庐的路上，前面三辆马车鱼贯而行，分别载着晋文公、赵衰和郤縠，后面是浩浩荡荡的三军。三个人的心情无法平静，因为这是去创造晋国的历史！队列中的郤溱、狐偃、狐毛、栾枝、先轸同样激动，他们为能成为三军的领袖人物，觉得无限荣光，觉得浑身有使不完的劲！

到达预定地点，赵衰陪同晋文公登上主将台，帅旗迎风猎猎高飘不止。郤縠指挥三军排列妥当。

只见方圆几里偌大的山坳平野上，战旗飞展、军列振奋、矛

戈闪亮、车马雄壮，其浩大的场面为晋国建国以来所没有，谁都
为之自豪、震撼！

阅兵大典开始，晋文公宣布：晋国三军成立！并宣布：郤縠
为中军将并统帅三军、郤溱为中军佐；狐偃为上军将，狐毛为上
军佐；栾枝为下军将，先轸为下军佐，其职权地位大小依宣布的
先后次序排列。赵衰为正卿，掌管军国事务，也就是总理大臣，
其他三军将与佐皆为卿共六卿，都是副总理级的"内阁成员"，
属于国家与军队领导人之列。

接着，赵衰宣读《被庐之法》，宣布晋国从此实行"三军六
卿制"，走国家大治、军队强大、天下称雄之路！

将士们无不感奋昂扬，欢呼声似乎要把大山掀翻、要把高天
冲破，军旗高舞、矛戈高扬，连战马也禁不住加入欢庆，跳跃不
停嘶鸣不止。因为晋国从此有了一个完善的治国理政统军的强大
集体组织！

下面的节目是大阅兵、大练兵。

郤縠强力抑制住无比激奋的心情，从容地信步登上主将台，
这是他第一次履行兵马大元帅的职责与使命。他平静地宣布大阅
兵开始，奋力擂鼓三通后，发出号令开始练兵。年少者在前，年
长者在后，不时变换操演阵形与方法，进退立卧坐，皆有成规。
看见有不当的，便走下将台，亲自演习教导，教导三遍还有不会
的，便撵出军队；有不听号令的，便动用刑罚，如上战场一般。
众卿与中层将校们，见郤縠要领得当宽严得体，都心悦诚服。一
连操演三日，奇正变化，运动自如，军容更加整齐，协同性更
强，战斗力大为提高。

达到甚至超出了预期效果，晋文公非常满意，在赵衰陪同下

离开返回都城。郤縠宣布大练兵结束。

忽然发生意想不到的怪事，主将台上猛地刮起一阵龙转风，久缠不去，越刮越猛，最后竟将帅旗掀倒在台上，"啪"地一声脆响，折为两段。下面的兵士不知发生了什么事，全体肃然，一旁的三军五卿尽皆失色，心理骤然暗淡，以为此时天降不吉，郤縠也是同样的感觉。

一阵惊异后，郤縠镇定地大声说："帅旗倒折，完全只属主将个人的事，和众位将军无关，更与三军无关。"顿了顿："我可能不能和诸位将军长期行军战场杀敌，但是首次三军出师必定成功，勿忧！勿疑！"语调铿锵。

场面迅速稳定平静下来。

接着，郤縠淡定地宣布练习项目，由各军自行安排操练，每日不止，不得懈怠，将巡视其间，赏优罚劣。

三

次年，三军首次出征，便是大仗、恶仗。

楚国曾经利用"桃花夫人"事件，击败蔡国俘虏蔡侯，迫使蔡国成为附庸国，又借陈国之乱占领陈国，加上以前的郑国和许国两个盟友，组成五国联军，当然是以楚军为主力，趁齐国衰落、晋国还未强大之际，大举挺进中原争夺霸权，进攻晋国的盟国宋国。宋襄公与楚国曾经在"泓水之战"中负过重伤，此时不治而亡，其子继位，是为宋成公。这更激起宋国上下一致的愤慨与反抗，但无奈国小力弱，便遣宋襄公的堂弟大司马公孙固来晋国求援。

三年前，晋文公流亡经过宋国，公孙固看到他身边之人，个个乃人中豪杰，且仁德信义文武智略"品种类型"齐全，又历经过长期的苦难，无形中成为一个能干大事、成大事的班底，日后的晋国属于他们无疑，就以国君之礼隆重接待。宋襄公慨然送与八十匹骏马，这对一个小国是"出大血"的。感念昔日之恩，必须一救，更可借机将中原诸侯纳入晋国的势力范围。但此举无疑与楚国宣战，流亡经过楚国时，也曾受到过厚待，还与楚王许下过"退避三舍"的承诺，楚国的军队又勇猛善战。晋文公一时拿不定主意，犹疑不决，于是召集六卿商讨对策。

人一到齐，晋文公没有例行客套，直接抛出话题，请无保留畅所欲言。

"报答宋国的恩惠，解救中原诸侯的危难，确立威望，成就霸业，一石二鸟，机遇难得，在此一举!"下军佐先轸第一个急切发声。

上军将狐偃年纪大，慢条斯理道："楚国新得曹国结盟，又于卫国通婚联亲'绑架'。若宋国被楚国攻下，中原几尽失矣!"

中军佐郤溱、上军佐狐毛、下军将栾枝纷纷表示赞许。

晋文公欣欣然。

接着是一阵寂静。人们等待中军将的意见。

郤縠环视了一下："救宋国是一定的，路途遥远，值得斟酌的是，如何一个救法？必须经过卫国或曹国，这两国已然是楚国的盟国，若就近攻两国之一，楚国必倾力救之，那么，宋国之危迎刃而解，事半功倍!"

有史家以为，后来的"围魏救赵"，就是从中悟得。

"妙哉!"晋文公击掌而赞："打曹国——"长呼道。因为流

亡经过卫国，卫国国君拒绝接纳，当时缺少食物，差点饿死，多亏了介子推割股熬菜汤，才度过一劫。曹国则更过分，曹共公居然偷看他洗澡，要窥视他身体有缺陷的隐私，这简直就是奇耻大辱！报仇的时候到了！但语调风轻云淡般："周游列国时，诸侯慢吾者多，唯曹尤甚。今先伐曹国，然后及于列国，郤元帅以为何如？"

"但凡对一个诸侯国大动干戈，非同小可，耗费巨大，必须胜卷在握。宜先礼后兵，有理有节，循序推进。齐桓公就是打着'尊王攘夷'旗号四处征伐，站在道义的高度，居高临下，天下没有谁敢不服的。这个文章做得好。"郤縠看到在场者都听进去了，继续道："主公此举，虽报怨酬德，然必先传送檄文，列布其非义之事告于诸侯。言明若知罪悔降者，则当以大义释之，若恃顽不服、迷途不返者，则率诸侯之兵以伐之。如此行事，则正义之军，师出有名，响应之处，所向披靡，霸业亦可图矣！"

众将军纷纷以为然。

晋文公大喜，即令起草檄文，快马飞传列国，并命郤縠尽早付诸实施。

次日，郤縠升元帅大帐。

晋文公带着车右魏犨，兴致勃勃亦驾到观瞻。

军政司鼓起，五卿立两旁。郤縠令各赋志一首，以表出师之决心。然后令狐偃为大军先锋，先轸佐之。

其他三卿都想做先锋，为三军成立并远征立下首功，名垂千古，无奈帅令如山，沉默不语。

魏犨乃周王室毕万的后裔，继承了祖先的基因，身躯强壮，勇猛过人，为晋国数一数二武士，只有勃鞮可以相较量，一开始

对堂堂元帅竟命人赋诗言志什么的，大感意外，这会儿见先锋印已属他人，怨愤顿生，不由大声嚷道："狐偃年高体弱，也无恶战经历，先锋破敌，必得有万夫莫当之勇，舍我其谁?"冲上前欲夺狐偃手中先锋印。

"放肆!"郤縠断喝："不得动手，先锋不仅仅是打打杀杀，你勇力有余而文才智谋不足，还是狐偃比你合适。"

魏犨憋不住，又在国君及众卿面前不能示弱："元帅义不服人，军队大帐是讲武之处，何论于文，他日与敌交锋对阵，赋文吟诗可以退敌吗?"

郤縠大怒："不可理喻!"喝令推出去斩之。

五卿一颤，急急目视主公。

晋文公会意："郤元帅谅其虽违军令，但用人之际、出师之时，不可自挫锐气，请暂赦其罪，允其战场冲锋陷阵，将功折罪。"

郤縠点点头："主公所言甚是!"令免去死罪，全力为战时国君护驾，不得有丝毫差池。

晋国大军出发，风驰电掣直扑曹国。

郤縠一马当先，五卿紧随其后，三军无不奋勇直前，其势如虹不可阻挡。

曹军惊讶晋军比以往凶猛异常，骤不防及，兵败如山倒，接连丢城失地，以至退过了漕河。便借漕河天险，筑起坚固防线，在河面上拦起道道铁链。

一时，战事陷入胶着，晋军过不去，曹军坚守不出。

入夜，郤縠从漕河岸边回来，一天踏遍上下游，都没有找到可供攻过河的缺口。他知道三军都在等着、看着，大军在这里久

滞不动、不战，每日的资费耗不起，也耽搁不起时间，楚军若赶来两面受敌，战况将急剧恶化。他在帐前挥舞祖传宝剑，排泄心中的焦灼，可挥剑断水水更流，焦灼更甚。于是回帐读兵书，进入书简的天地，顿时身心逐渐平静下来。

不知过了多久，当看到姜太公与周武王论火战，似有所悟，可惜没有战例，想起炎帝在阪泉之野交战时使用了火攻，在黄帝没有防范的情况下，先发制人，以火围攻，使得轩辕城外浓烟滚滚，遮天蔽日，很是震撼的战争场面，遗憾未能奏效。黄帝是斗智，派士兵日夜掘进，将洞穴挖到炎帝营地的后方，偷袭了炎帝大营，活捉了炎帝。突然，一个念头喷出，在水面上使用火攻，烧断锁河的铁链，大军过河畅通无阻！

邵毅喜上眉梢，急令人请栾枝将军过来。

这么晚召见，栾枝料想可能主帅有锦囊妙计，几乎是小跑般赶来："元帅尽管吩咐！"

"连夜集中战船八百只，每只船头装大火炬五根，尽护以易燃持久并高温的麻油、焰硝等，天一微亮便向对河冲去，出其不意烧断铁链，掩杀过河。"邵毅一口气道出。

栾枝不由叫道："如此，甚好！甚好！"

邵毅又道："将军只管从正面无情冲杀，我带一队人马悄悄从侧后包抄穿插，大局可定！"

栾枝一楞："元帅与我应该互换一下位置才好。"

邵毅象没有听到："记住：曹国覆亡在即，楚军必来救援，调虎离山，他来我走，卫国空虚，正好连卫国一窝端！"看到栾枝还要表达什么："去做你的事吧，不得有误！"邵毅手一摆，示意没有商量余地。

郤縠长吁一气，坐定片刻，便默默起身把自己的书简收集一起，刻下一行字：郤溱留读。然后包裹好。

晋文公闻得栾枝奏报，急忙赶来。

郤縠忙行礼："主公有何吩咐？"

"明日断不可独自行动！"

"栾将军多事！"

晋文公一脸肃然："可知被庐龙卷风之兆？"

"哦，人各有命，不可违天。我这趟出征，就没打算回去！"

"不可！三军不能没有元帅！"

"主公放心，五卿中个个皆可为元帅，只要予以信任，甚至没有进入六卿的，如士会等，稍加历练，都能比我强！"

"这不是理由！"

郤縠跪倒："主公！明日一战定乾坤，若主帅贪生怕死，何以激励三军，请成全微臣，为晋国而死，无怨无悔。"

"郤元帅……"晋文公呜咽不成声。

次日凌晨，如郤縠所料，八百战船齐发，船头烈焰熊熊，顷刻间拦河之锁一齐烧断，曹军还在懵懂之中，晋军已登陆卷杀过来。同时，郤縠率一队人马，迅猛从下游往曹军后路抄杀……

遗憾的是，郤縠身先士卒，冲得太猛、太快，不幸浴血战死，正应了被庐阅兵时帅旗折断之兆，但他的精神事迹，极大地激励鼓舞了晋军将士。

关键时刻，先轸在战场表现非凡，没有丝毫迟疑，率领所部继续奋勇进军，一举攻克曹国都城，俘虏了曹共公。

三军出征，旗开得胜！将士们在庆贺胜利的时刻，惋惜郤縠未能等到这一天。纷纷感叹"出师未捷身先死，长使英雄泪满

襟"！

晋文公主持为郤縠举行了隆重的葬礼。从此，他的英名载入晋国史册，深入千万人们的心中。每当寒食节来临，各个阶层的人们，一波又一波，自发地奔往他的陵墓前，凭吊思念，表达无比崇敬，年年香火不断！

郤縠是中国最早的儒将，为历代敬仰推崇。直至晚唐，诗人李频有诗："虽同郤縠举，郤縠不封侯"，寄寓了对英雄的悲悯之情。刘禹锡对郤縠更是赞颂备至，称"自从郤縠为元帅，大将归来尽把书"。

郤縠的儒将风范，对后世产生了深远的影响，甚至逐渐形成了"儒将文化"。从此，武将爱读书，成为一种普遍现象以至潮流。北宋开国皇帝赵匡胤虽是武将出身，却很喜爱读书，常手不释卷，好学不倦。曾经有人向周世宗告密说，他攻下城池，用几辆车运载自己的私物，可能都是财宝，要窃为己有。周世宗派人去检查，车中却只堆满几千卷书籍，并无其它。诧异问道："你是武将，要书有什么用！"赵匡胤回答说："我没有好的计谋贡献给陛下，只能多读些书，用以增加自己的见识智慧，如郤縠那般，文武双全，那不更好吗？"因为爱读书，赵匡胤重用并爱护读书人，开创了大宋文化繁荣鼎盛的新时代，这是在经历一段时期的曲折动乱后，中华史上又一次伟大的转折！受此激励，北宋名将曹彬及几个儿子皆为节度使级的高级将领，都嗜书如命，尤喜诵研《春秋》，极大影响了他们的人生，誉满朝野，更使得他们的后人行稳致远，人才辈出，几百年而不衰！

战神始祖

公元前 638 年的"泓水之战"名垂千古，常为后来的人们所提及或例举，都嘲笑宋襄公蠢得不可救药。事实上，宋襄公至死不悔，当时诸侯国也没有谁责怪他甚至嘲讽他，因为他战时"迂腐"的举动，完全符合"礼战"。

那时及以前一段时期，周礼统治着或曰约束着人们的言行，诸侯国之间打仗也是要讲礼仪规矩的，不能想怎么打就怎么打，模式象今天的体育比赛，程序固定，要发战书预先通知，说明开战理由，约定时间地点，双方列好队形准备就绪，左军对左军、右军对右军、中军对中军，光明正大堂堂正正，先擂鼓双方进入预备阶段，再举令旗，然后才可以开打。不可以不宣而战，不可以耍小聪明甚至阴谋诡计的。对方认输了，就应停手，不能穷追猛打，不能把人家消灭殆尽，更不能灭其国。将帅们的思路被禁锢着，手脚被"礼"绑架着，没有什么发挥空间，也就出不了名将，是一个难以孕育并产生军事天才的时代。

然而这一切，仅仅六年后，随着历史上著名的晋楚"城濮之战"，在中原大地上打响，被彻底打破，拉开了"兵者、诡道也"的序幕，战场开始出现变幻莫测，惊心动魄，异彩纷呈，战争从此进入新阶段！

一

公元前 632 年，晋国中军将郤縠去世，谁可接任，晋文公面对艰难抉择。按照被庐阅兵宣布的《被庐之法》和"长逝次补"原则，从排名顺序上，首先应由中军佐郤溱接任，再依次就是上军将、上军佐、下军将、下军佐，先轸当时是下军佐，六卿中排位最末。但他在攻曹之战中，表现最为突出，功劳最大，亲手俘虏了曹共公，迫使曹国成为晋国的盟国；祖上又是姬姓，和自己流亡共患难，十九年不离不弃，于是决定破格提拔任命先轸为中军将，使他一连升了五级。

一进入元帅大帐，瞬间，先轸心头升起一种从未有过的责任与光荣感，攻卫救宋的整个战役压在肩上，三军从山西出征而来，劳师以远，耗费巨大，时间拖不起，首次出征必须全胜，而且必须胜利得干脆又漂亮。他久久注视着卫国的地图，那里是周公旦弟弟康叔的封国，国虽小，但和晋国一样是公爵，在卫武公时期曾一度强大过。黄河天险横贯在眼前，大军从哪里渡过去？最后目光停留在南河，这里自古有一个很大的渡口，是姜太公的故乡、牧野大战发生地，曾经周武王连续七天七夜急行军，从陕西长途奔袭河南的商都城朝歌，并以精兵冲击商军前阵，然后大军趁势掩杀，一战定乾坤。那场立国之战，早已被人们淡忘，如今晋军可以再来一次"闪电战"，从山东的曹国，长途奔袭河南的卫国，强渡南河口，深入腹地，大局定矣！

次日，先轸率领精兵急行军，不停不休快马加鞭长途跋涉，直扑南河渡过黄河，以迅雷不及掩耳之势杀至五鹿城下。卫国守

军怎么也没有想到，千里之外的晋军，突然出现在面前，一时措手不及，陷入一片恐慌之中。先轸又命人在城下的山林中插满军旗，真真假假、虚虚实实，形成浩大的声势，随即"装模作样"向卫国提交战书，也不等其答复应战，接着展开一副大举攻城的模样。卫军早吓得魂飞胆丧，军心涣散，纷纷逃窜。先轸不费一兵一卒一刀一箭，轻轻松松地拿下了五鹿城，俘虏卫国大夫昭子，还顺手牵羊夺取了戚田。

卫国都城楚邱暴露在了晋军面前，岌岌可危，楚国视而不见，迟迟不发兵来救，仍然只顾紧围宋国不放，因为晋军速度太快，不按常理出牌，匪夷所思，远水救不了近火，楚成王也心惊肉跳，惊讶晋军的战斗力非比寻常，无奈只能继续重兵围困宋国，以观其变。

卫国没辙，只得开城投降，派出使者求和，表示与楚国决裂断交，甘愿做晋国的"盟国"。

如此战法与在如此短时间的辉煌战绩，在当时可谓是石破惊天，令各诸侯国目瞪口呆，哪有这么个打法，竟然交战不讲"礼"又不循理，从中悟出了"兵贵神速"对战争的重大意义，"礼战"之路不通！周王室惊喜不已，对晋国深感"有靠"了，但仍"心有余悸"。

晋国虽然连下两国，战果丰硕，但战略初衷并没有实现，即"围魏救赵"的计策没能奏效，宋国之围依旧。这个问题解决不了，就辜负了宋国，让人觉得晋国不可靠，宋国有可能投入楚国的怀抱，那晋国的日子就不好过了，在周王室和诸侯国面前，大跌脸面，霸业无从论及。

先轸感到形势严峻，晋楚必须正面决战，才能彻底解决问

题，完全遏制楚国问鼎中原的势头，但此时整个战争局面扑朔迷离。除了南面的楚国，西面的秦国一直不甘孤居西边一隅，对中原虎视眈眈。秦穆公雄才大略，曾经派使者从楚国接重耳去秦国，嫁与女儿，无疑是个"卧底"，只是时机未到，"好人做到底"，又派大军护送回晋国继国君位。"天下没有免费的午餐"，其目光与野心令人不寒而栗，是日后寻机对晋国及中原图谋"不轨"。现在正当其时，若晋楚相斗两败俱伤，秦国就可轻而易举"火中取栗"。而西边的齐国也不能省心，虽然齐桓公时代已经过去，可丰厚的家底犹在，常常与晋国争夺邻近的小国、弱国做盟国，只可惜国家太富裕了，人们不愿打仗，军队战斗力不强，与晋国单打独斗绝对没有胜算，若晋楚开战，保不齐会"借力发力"，从背后捅一刀，坐享渔利。

如何消除秦、齐这两个潜在的隐患，甚至与之联手共同对付楚国？这个可能性很大，因为楚国在中原做大，也是他们所不愿看到的，尤其是秦国。战争，需要强大的国力军力，同时也需要超人的智慧！"解铃还需系铃人"，先轸决定做一篇大文章。派人暗中指使宋国用重金贿赂齐国、秦国，让齐、秦为宋国求情，劝说楚国退兵；又明明白白公开宣布，将曹国、卫国的部分土地割划给宋国，增强宋国的信心，并答应曹、卫的"求和"，使其复国，然后逼迫这两国给楚国写绝交信，用尽刺耳难听的话和龌龊的字句，以此激怒楚国，使之乱中出错。

楚国果然中计，怎么可能使花了九牛二虎之力，牺牲了曹、卫而放弃紧围宋国的成果，一口拒绝了齐、秦的调停。这么一来，两国的颜面尽失，众目睽睽之下，大国的面子是丢不起的。于是齐、秦两国顺水推舟，决定与晋国合作，共同讨伐楚国。如

此一来，抗楚统一战线正式结成，战争形势陡然变化，形成了晋、齐、秦三个大国共同讨伐楚国的局面。先轸这一开创性的谋略，使得战争大幕拉开之前的外交战，翻云覆雨，诡秘多变，从此频繁出现在历史长河中！

楚成王猛然发现形势对楚国明显不利，知道上了晋国的当，悔之晚矣，心里发虚，以后还不知道有什么"幺蛾子"使出来，让人防不胜防，忙将军队撤回到楚国，并派人通知还在围攻宋国的令尹兼主师成得臣也尽快撤退。郑重其事警告："晋侯流亡在外十九年，尝尽人间苦难，有丰富的社会经验，又洞察民情；先轸有大将之才，智谋非一般人可及，也非楚所能敌，子宜且让之，切不可轻举妄动而获恶果！"

成得臣一听，哈哈大笑了半天。他是楚国第十四代国王若敖的孙子，若敖族繁衍横行上百年，对楚国的发展与强大作过突出的贡献，但同时在楚国盘根错节，势力最大，甚至左右着朝政，根本不把国王当回事。此时，他彻底感到这个国君位子坐得太久了，麻木不堪毫无斗志，做不得什么像样的事，让他一边凉快去吧。三国联军看起来唬人，其实外强中干。秦国是养马养出来的，没多大能耐，比楚国的"筚路蓝缕"远不在一个档次。对齐国更有骄傲的资本。本来这次出征，对宋国的缗邑围得紧紧的，看起来可以随时攻进宋国的都城，若真想这么做，宋民早已是楚民了，但围而不打，兴师动众组成五国联军，目的是要拿下齐国，很想看看一眼望不到边的大海是什么样子。曾经齐桓公死，他的七个儿子都逃来楚国，都封为大夫，他带着资质最佳、最有希望继位的公子雍东征，攻克齐国的谷邑，就把公子雍安置在那里，派大夫申公叔侯守在那里，留下一点军队，自己班师回国

了。诺大的齐国，竟对一个小小的谷邑无可奈何。在一个遥远的国度，搞一个"飞地"，扶植一个傀儡政权，维持一支卫戍部队，除了我，还有谁做得到呢？也的确，这在中国以前历史上还不曾有过。前几年重耳流亡至楚，就主张杀之以绝后患，这次他也在军中，正好"囊中取物"以遂前愿。至于那个先轸，曾和重耳一起来过楚国，看得清清楚楚，不过尔尔。

一切想明白了，成得臣派与楚王室有矛盾的大夫子斗椒，代他去向成王表示拒绝执行命令说："如遇晋之先轸，请允决一死战；若不能取胜，甘伏军法。"并移师北上，朝晋军正面迎上去。

"将在外君命有所不受"，楚成王动气了，料定他必败无疑，但不露声色，没有坚持撤军的命令，反面给成得臣派去一些援军，唯天佑大楚，不要输得太惨、少折些将士就好了。

消息传到晋军，先轸笑开了。如此甚好，楚国君臣不睦，主帅成得臣又骄傲轻敌，晋楚决战的机遇成熟了！

成得臣毕竟是楚国第一名将，勇冠三军，智谋也是当时杰出之列的，派军师大夫宛春向晋文公提出了一个"晋许曹、卫复国，楚解宋国之围"的休战条件，同时积极备战。这样，既顾全了晋、楚两国的体面，又保全了宋、曹、卫三国的社稷。

先轸看穿了成得臣"一言而定三国"的阴谋，如果晋国不同意，那就得罪了三国，同时晋是以救宋的借口出兵，从而占了曹、卫，如果不答应提议而导致宋国被灭，那就于公理上不合，诸侯会责怪晋国，不利于晋国称霸。于是，一口拒绝并扣押宛春不放，再次刺激楚军。

成得臣怒不可遏，当即命令全军直奔晋师所在的卫国，加快速度追击晋师。

见楚军逼进，先轸按晋文公曾在楚国许诺的"退避三舍"，下令连退九十里，在城濮（今山东范县临濮集一带）方止。既是信守诺言，让楚军多跑九十里，不费什么功夫却可疲敌，挫其锋芒，又可占据这里的有利地形，以逸待劳，纵敌骄横，诱而歼之。

临近两军对垒，各自据险立营，大战一触即发。

次日，两军对阵，楚方联军有战车1200乘，晋方联军有战车1000乘。临阵时，成得臣大声叫喊："晋师一定不复存在！"

晋以中军对挡楚中军，以上军对挡楚左军，以下军对挡楚右军。先轸冷静分析，决定弃其精锐的中军于不顾，楚右军陈、蔡比较弱，又缺少战争历练，他们是作为附庸来帮忙的，以保全自己为天职，顺境下尚能装模作样冲锋陷阵一下子，逆境时战斗力全无，保命为要，只须首先击溃其薄弱部分，乱其阵脚，又夹击其左军，可大破敌军。

为了速战速决并取得最大效果，先轸命令晋下军为战车的马披上虎皮，猛烈冲击楚右军。陈、蔡的战马一见漫野的天敌老虎奔来，受惊不止，不顾一切四散逃生，驭手无法驾车，互相冲撞践踏。将士们见大势已去，争相逃散而去。

楚右军溃退之际，晋上军佯作后撤之状。楚左军追击过来，先轸便指挥中军由晋国贵族子弟组成的精锐部队，横击楚左军暴露的右翼。伪装撤退的晋上军也停止后退，配合中军夹击楚左军。楚军骤不防及，一时伤亡惨重，大部被歼，残部只能且战且退。

成得臣看到左右两军都已失败，率领的中军失去左右两翼的依托，担心被晋师包围而致使全军覆没，怅恨之下，只得急急鸣

金收军，悻悻退出战场。中华历史上，第一次千车对战、数十万将士厮杀的大战役，不过半天时间，就宣告结束。晋军完胜，楚军惨败。

成得臣率残部回楚国，行近都城时，只见城门紧闭，城头空空如也。

楚成王派使者来训斥："令尹要是进城去，怎么向祖国的百姓父老交待呢？"

成得臣到底是真英雄，此刻，四顾茫茫，仰天长呼："天亡吾乎?!"断然拔剑自尽。他成了史载第一个"骄兵必败"的典型。

这就是著名的城濮之战！

晋军得胜班师回朝，晋文公大宴群臣论功行赏。当时人们一致认为："城濮之事，先轸之谋也。"开战之前，谁也没有料到会胜利得如此之顺、如此之快，先轸因此一战成名，稳固了元帅之位，成为晋国人们心目中的战神！

城濮之战后结束不久，晋文公大会诸侯于践土（今河南省境内），参加会盟的有晋、鲁、齐、宋、蔡、郑、卫等国，晋被推为盟主。这是与齐桓公的"葵丘之盟"相距二十年后，标志着第二位新霸主产生的又一次盛会。周襄王也应邀参加，对晋文公赏赐多多，并命以"安抚四方诸侯，惩治不忠于王室的邪恶之人"的职责，认可了晋国的霸主地位。

二

在城濮之战中，秦国出力不少，却没有得到什么实际利益，好处都被晋国占尽了，甚至趁机搞了个会盟，取代齐国成为了新的霸主，还得到周王室的承认。秦穆公对此耿耿于怀，拒绝赴践土会盟，参加会盟的诸侯国都是周王室的嫡系姬姓国，秦国是嬴姓，不去凑那个热闹。当然还有一个因素，对晋文公成为霸主很不服气，那鸟人都是仰仗秦国才有今日，要不是秦国在他落难时收留并护送他回国，现在他都不知道在哪儿喝西北风。

秦穆公一直在暗暗等待机会，要把应该得到的霸权归于囊中。

四年后的公元前 628 年，一代霸主晋文公去世，年轻的晋太子骧即位，是为晋襄公，举国上下沉浸于一片深刻的悲痛之中。秦穆公料定晋国此时的主要精力，集中在丧事上，并且由于程序繁多，要持续一段时间，才能恢复正常，必然无暇顾及其它。有大臣知道秦穆公的心结，劝说秦穆公讨伐郑国，说："晋国国君重耳刚死去，还没举行丧礼，趁这个机会攻打郑国，晋国决不会插手。"

郑国是小国，地理位置西、北、南被秦、楚、晋三个大国围着，常常成为争夺对象，"弱国无外交"，因此是"墙头草"摇摆不定。曾经郑国虽然跟晋国订了盟约，但是因为害怕楚国，暗地里又跟楚国结了盟。晋文公知道这件事后，软硬兼施迫使郑国又回到晋国的怀抱。

恰在此时，郑国的国君郑文公也相继去世。城濮之战那时，秦国作为晋的盟国，也调遣了部队参战，至今还有将军杞子率领的一支部队两千人马驻扎在郑国，守卫都城北门。杞子深谙秦穆公把他留驻郑国的意图，以为机会来了，派密使奏报秦穆公，言道郑国先投楚今又归晋，熟不可忍，建议秦国派大军偷袭郑

国，他们可作内应，成功性很大。秦穆公深以为然，觉得条件成熟了，于是决定发兵远征，若得手可以藉此威胁晋国的家门口，后续可做的大文章多着呢。至于"秦晋之好"，就让她成为过去吧。

秦国宰相级大夫蹇叔坚决反对"劳师袭远"。因为郑国距离遥远，所经国家数量多，秦军从都城雍通过晋国南部一路向东，要跋涉 1500 里以上，且至少要经过晋国、滑国和周王室的土地，才能最终到达郑国。这中间，任何一点意外都可能泄露机密，尤其是经过先轸长途奔袭卫国的战例，人们对此很敏感，神经绷得紧紧的，无法确保隐秘性与突然性。如果不能达到预先设想的目的，将进退两难，后果难料。另一个宰相级大夫百里奚，与蹇叔是生死之交，也极力赞同他的观点。

秦穆公以雄才大略闻名于世，此时已被"大略"急火攻心，根本没有考虑这些细节问题，两个相国的的话如耳边风吹过，仍然决定年末发兵。任命孟明视为大将、西乞术与白乙丙为副将，率领三万大军、三百辆兵车，执行这次长途奔袭任务。

孟明视是百里奚之子，幼年时，父亲百里奚外出谋官，他靠母亲的辛勤劳动在虞国过日子。长大后，他不喜欢干活，整天和一些年轻人在一起使枪弄棒，仍然靠着母亲养活。后来随母亲流落到秦国，找到了失散四十多年的已经当了秦国相国的父亲百里奚。秦穆公见孟明视武艺高强，拜他做了大夫。西乞术、白乙丙是蹇叔的儿子。

出师当日，秦穆公亲率文武百官送别勉行，极大激励了出征将士。

一个意外出现了，蹇叔与百里奚穿着一身丧服，哭哭啼啼赶

来，非常刺眼、刺耳，现场气氛骤然降到冰点。秦穆公恼怒不已，拂袖而去。

蹇叔哭着送别秦军道："看到你们出征，恐怕再也看不到你们回来了。"他郑重其事地告诉儿子，晋军一定会在崤山伏击秦军，只怕到时候自己要去崤山收拾尸骨了。

孟明视总是看着父亲一副风轻云淡的模样长大的，从未见过父亲伤心成这样，震撼至极，悄声言道："我去向国君辞掉这档差事！"

"不可！"百里奚停止哭泣，一脸肃然："为人臣、食君禄，当赴汤蹈火而不辞！"

三个大将率军向东进发，悄悄摸往郑国而去，一路偃旗息鼓，倒也顺利。次年2月，大军通过崤山谷道进入滑国地界（在今河南省），未料突然有人拦住去路，说是郑国派来犒劳秦军的使臣，求见秦国主将，献上四张熟牛皮和十二头肥牛。并说道："我们的国君听到三位将军要到郑国来，特地派我来迎接，送上薄礼，慰劳贵军将士，以表心意。"

孟明视暗地一惊，原来打算在郑国毫无准备的时候，进行突然袭击，现在对方已经得知，变得不可能。于是，装模作样收下礼物，回复说："搞错了，我们并不是到贵国去的，何必这么费心。回去吧。"说罢，带军回师，大老远兴师动众也不能白跑一趟，顺途包围滑国，最后灭了这个小国，没有空手而回，好回去交差。

其实孟明视上了当，他的眼睛耳朵欺骗了他。这个"使臣"叫弦高，是郑国的一个商人，去周王室都城洛邑做买卖，正好碰到秦军。走南闯北见多识广的他，看出了秦军的来意，急中生

智，骗过了秦军，然后连夜赶回郑国向国君报告。

郑国的国君接到弦高的报告，惊得额头冒汗，急忙派人到北门去观察秦军的动静，果然发现秦军一派备战景象。于是，貌似客气地下达逐客令。杞子知道事情已经败露，只好连夜撤走，赶去和孟明视的大军会合。郑国本来在晋楚两个大国之间摇摆不定，这么一来，彻底倒向了晋国。

当时诸侯各国有一个通行的做法，就是派出谍报人员潜入其他国家，以做各种生意等为幌子，暗中收集情报。晋国同时得到谍报人员和郑国送出的消息，晋襄公刚继位就碰到如此重大的挑战，惊愕之下，忙召集群臣商议对策。

先轸认为秦军劳师远征，送来了战机，率先发声："秦国不纳蹇叔、百里奚两个老臣的谏言与忠诚，执意图谋中原，这是上天赐予的机会，不可辜负与丢失，敌人不能放走。否则就会留下祸患，违背天意，就不吉利。一定要攻灭来犯的秦国军队！"

"当年先君在世，有人提议消灭驻扎在郑国都城北门的秦军，先君就以秦国对晋国恩重如山，不去报答恩情，反而进攻秦国的军队，不能做这样的事。如果现在这么干，岂不是忘了先君的遗命吗？"栾枝提出不同意见。

先轸冷笑一声："秦穆公不为晋国的丧事悲伤，再怎么说，先君还是他的女婿，更不派使臣来吊唁，反而趁机攻打我们的同姓邻国，在晋国的家门口闹事。在人最脆弱、最困难、最需要安慰与帮助的时刻，却在人背后捅一刀，这叫什么？为人之恶，莫大于此，是他们无礼在先。不可纵敌，以绝数世之患，为子孙后代打算，正是先君所愿。恳请击之，休要迟疑！"

晋襄公不再犹豫，决定支持先轸："如何一个战法？"

"一战足矣!"先轸斩钉截铁。

"如此,晋国幸甚!"晋襄公并命先轸全权负责所有战役事宜。

但其他五卿有些担心,毕竟秦军和晋军一样,长年与戎狄交战,战争经验丰富,将士战斗力极强,加之拥有精兵三万、兵车三百,兵力超过了"两军"的编制,"一战足矣"怎么可能?

先轸发布命令,把服丧中的军队的孝服染成黑色,激励士气,以表哀兵必胜。他选定了一个地方作为战场,这就是崤山,并派出使者携带重金,急驰往那里,献于当地的姜戎首领,取得绝对支持支援,组成联军,并许诺分享战果,以期事半功倍。姜戎部落不仅熟悉崤山地形,而且其军队以步兵为主,更适合在险峻山地作战。

崤山,今河南省三门峡市境内,常与附近的函谷关并称崤函,是中国古代军事战略重地,以地势险峻、关隘坚固、易守难攻著称,为天下"九塞"之一。分东西两崤,延伸在黄河和洛河间,山体长一百六十公里,山高海拔多在 1500 米以上,山势自西南向东北逐渐低缓。崤山中有南、北二崤道,亦称南陵、北陵。南陵有夏后皋之墓,北陵有周文王避风雨台遗址。东、西两崤之间有窄窄的谷道,坂坡峻陡,人马勉强可以通行。

先轸登上崤山,北眺黄河,南望洛河,翼岸青峰插天,水深流急,山下谷道坎坷蜿蜒,这里是秦师回国的必经之路,如此长的谷道,容纳三万人马、三百兵车足足有余。这里是他们的坟墓!不由对蹇叔、百里奚生出无限钦敬,"英雄所见略同"!

先轸下令士兵多准备乱石、巨木;全军偃旗息鼓,隐蔽稳妥,以逸待劳;派出精兵强将埋伏于谷道两边,只等秦军一进

入，立即封锁，紧闭口袋。

公元前 627 年四月十三日，秦军终于来到崤山，一进入谷道，孟明视猛然想起父亲的嘱咐，命令加快速度闯过，无奈一路长途跋涉，疲惫不堪，又携带了许多灭滑国的战利品，辎重太多，路窄坎坷，怎么也快不起来。

先轸令旗一挥，霎那，号角齐鸣战鼓震天，两边的谷口被堵死，从山上滚下数不清的乱石与巨木。秦军大惊，全军陷入混乱，看不见敌人，更碰不上对手，有劲无处使，呼天天不应，叫地地不灵，只有任人屠杀。不过一顿饭的功夫，三万精兵全军覆没，无一人逃脱，孟明视、西乞术、白乙丙被俘虏。

这就是历史上著名的"崤之战"！是中华历史上第一次伏击战，而且是非常完美、漂亮的伏击战，以最短的时间、最小的消耗与代价，获取了最大、最佳的战果，对后世产生了深远的影响！

从此，先轸成为秦国最忌惮的晋国战将，秦穆公不得已放弃东进的战略，将目光投向西方，在西边大作文章。

从此，先轸成为中华史上第一个既有元帅头衔又战功赫赫的战神！

从此，"礼战"彻底一去不返！

从此，战争除了讲民心、拼国力、凭军力外，具体的战役中，地理地形地貌成为是否取胜的重要因素。

从此，对在远道行动的敌军，或前进中或返途中，选择有利地形地势，集中优势兵力，做好各种准备，布下口袋阵，潜伏于此，以逸待劳，击败甚至全歼前来的骄横或疲惫之师，就成为层出不穷的经典战例！

百余年后被誉为"百世兵家之师"的孙武，从中"悟思想"，总结出"击其惰归"之理，并在《孙子兵法》中专撰《九地》篇，详细介绍了各种地形的分类及其对战争策略选择的影响，指出当军队身处山林、险阻等"圮地"和难以通行的"围地"时，必须格外警惕，避免停留。他的后代孙膑，就使计诱敌深入，于沟深林密道路狭窄地势险隘的马陵，设下口袋阵，重兵潜伏，大败魏军，名垂千古。三国时蜀国大将魏延建议，从子午谷出奇兵，可直下魏国首都，但诸葛亮否定了，因为子午谷是秦岭六条连接西南大道中最险峻的一条，其前途不可预测，为慎重起见，不得不放弃。

至今，崤之战的回声，仍然不时在人们耳边响起。电影电视剧中，常有这样的场景，谋划战役时，指挥员非常慎重考虑地理地形因素，甚至亲自到战场察看地形；战斗中偶遇突发情况，指挥员第一句话："抢占有利地形。"

三

晋国上下沉浸在"崤之战"大胜的喜悦之中，加上前些年"城濮之战"的胜利，晋国已是南挡楚国、西拒秦国两个大国、强国，更有先轸这样出神入化威慑诸侯的战神，晋国已然是天下无敌，谁不为之振奋雀跃？

先轸对于公室的赏赐和一波又一波百姓自发前来相送的礼品，全部捐献归公，以弥补战争的耗用。

晋国只有一人焦灼不已，她就是朝宫后院的怀嬴。秦国为嬴姓，公室之女名称皆含"嬴"。从嫁与重耳的那一刻起，就知道

父亲的用意，女儿不能象儿子那样在母国继承祖业，只能在婆家伺机而动，关键时刻出手帮娘家一把。此刻，她仿佛看到了父亲对"崤之战"的愤恨，自己该做点什么。于是以母亲身份找到晋襄公："那三个烫手的山芋，你打算怎么办？"

"先关着，看大臣们什么一个意见。"晋襄公明白指的是被俘的三个秦军将领。

怀嬴冷冷一笑："总不能关到老死吧，他们在晋国一天，两国的仇怨就愈深一天。你是国君，只有你对别人发号施令，凭啥要听别人的？"

"这个……"

"没有哪个诸侯国不视败军之将为耻辱的，楚国的成得臣只是败了，未到全军覆灭的地步，楚成王就逼他自杀。这三个将军罪孽深重，你又不能杀了，不如放他们回秦国去，让我父亲杀了他们，无须晋国动手。这样，你既报答了当年秦国之恩，又卸下了包袱，一举两得，岂不省心快哉?!"语气不容置疑，目光直射。

晋襄公一时觉得这是个好法子，不仅"一举两得"，还给了母亲面子，就传令释放三个俘虏。

孟明视三人一出狱，连囚服都不脱，更没有去谢恩，几乎是同时仰天看了看日头，辨别方向，又几乎是同时，朝着秦国方向狂奔而去。

先轸正在家中用餐，自斟自饮，难得有这样闲暇的时光。

忽然，典狱长来访，门卫阻拦不让进。开始小声交涉，接着声音越来越大，吵架似的，言语粗鲁，以至典狱长猛地推倒门卫，大步冲到先轸面前，未及行礼，急切报告了释放囚将之事。

先轸一听，神色大变，嘴里的食物喷得满桌都是，一脸怒气冲出家门。

一路上，人们看见心目中的战神与大功臣，纷纷欲上前行礼问好，先轸却旁若无人般自顾疾走。一反常态，究竟发生了什么？人们聚在一起窃窃猜议。

先轸一到朝堂，直奔晋襄公，喝问："秦囚何在？"

襄公一怔，随即平静道："母亲请释，言辞恳切，道理充分，寡人以为然，已从之矣。"

借着酒醉，先轸控制不住，勃然喷吐晋襄公一面唾沫："怪事！小小年纪如此不懂事，将士们千辛万苦舍生忘死，方获此囚，却坏于妇人的只言片语。当初秦国嫁与，就是为了今日。放虎归山，毁自家之战果，长敌人之志气，此祸非小，如此下去，要不了多久，晋国不存，必有悔之不及矣！"

晋襄公震撼至极，如梦方醒，一边拭去唾沫，一边道歉："寡人之过也！"

先轸拂袖而去。

果然，先轸不幸言中，三年后的"王官之战"，这三人率领秦军精兵和五百辆兵车，最终战胜了晋军，并占领了几座城市。秦穆公率军进入崤山，掩埋了三年前阵亡将士的骨骸，祭祀了三日返回国都。此是后话。

先轸离去后，晋襄公急派他的老师、最信任的阳处父率兵追赶："要快！最快！"郑重无以复加。

史臣有诗赞晋襄公能容先轸：妇人轻丧武夫功，先轸当时怒气冲。拭面容言无愠意，方知嗣伯属襄公。

阳处父一直追到晋秦交界的黄河边，才看到孟明视三人，不

过对方已经在船上了。阳处父没有船，想把他们骗回来，便大声对他们说："秦军兄弟，我们国君打算搞个宴会，为你们隆重送行，为何如此急着走呢？"

好不容易侥幸逃脱，巴不得早一刻回到秦国的土地上，孟明视看穿了阳处父的套路："敝国国君没因我的战败而杀我，我一定会来晋国报答不杀之恩的。等着吧！"

奋力划桨的"船夫"吼了声"底舱！"三人揭开船板，取出弓箭，张弓搭箭，瞄准船后。

阳处父无奈地望着小船箭似射向对岸，迅即驰来一辆四乘马车，载着船上之人狂飙而去，粉尘滚滚，很快淹没了一切。他长叹一声，掉转马头回返。

如此之巧，是高人的精心安排。蹇叔与百里奚两位老臣，知道儿子们这一去凶多吉少，仍然怀着最后一线希望，在国界边准备了一条船和一辆马车，日夜派人暗中守护，以候万一。终于天遂人愿！

闻得阳处父空着手回来，先轸并不感到意外，从晋襄公那里出来，就料定既然蹇叔与百里奚断定要去崤山收儿子的尸骨，也一定会"死马当作活马医"，使尽一切办法与途径，接应儿子回去。

此后，先轸象换了一个人，心里如铅块压着似的，变得沉默寡言，很少在公众场合露面，日常军政公务完成后即行回家。一个人锁在房内，回顾以往，总结历次战争经验，刻撰成兵书《孙轸》五篇，并制成图形二卷，留给以后的将军们。他长长呼了一口气，满脸无限欣慰，完成了一件大事，了却夙愿，人生已是别无遗憾。

在晋国与楚、秦博弈的时段间，箕地的白狄部落趁机往西北扩张发展，势力迅速强大起来，"崤之战"后的第四个月，开始往东南方向的晋国进攻。一时，晋国西北边境频频告急。

晋襄公召集群臣商议。五卿争先恐后纷纷发言，自告奋勇率军前去平定，若无功而返，甘愿受军法处置。唯独先轸一言不发。人们的理解是杀鸡何须牛刀，元帅不屑于与地处一隅的戎狄部落交手，和秦、楚这样的大国较量才过瘾。

为保万无一失，晋襄公仍然命先轸挂帅出征。

"诺！"先轸只有一个字，一字千钧！此刻他心中无限感动，也无限愧疚，自己莽撞对国君无礼至极，可以说是令人发指，还骂国母为"妇人"，却没有受到责罚，事后也没有听谁有过片言只语。当时国君反而连连道歉，如今又不计前嫌，委以重任。如何报答，唯有速战速决，以最短的时间、最小的消耗，取得胜利，奉与晋国！

先轸率军直插箕地，针对戎狄的特点，选择战场设下伏兵，决定正面伏击迎敌，在吸引敌方注意力的同时，派遣一支精兵，从侧后出其不意突袭大本营，"擒贼先擒王"，这样，敌方不战自乱。这是一种从未有过的战法，风险极大。谁可堪此重任？尽管五卿纷纷愿当此行，先轸考虑再三，定不下来，因为快、猛、奇、稳皆须齐备。

外面一阵吵闹声过后，一个高大英武的魁汉闯进元帅大帐，倒地便拜叩。先轸扶起，眼前豁然一亮："郤将军所为何来？"

他是郤縠的侄子郤缺，父亲郤芮先迎重耳回国，后担心被"秋后算账"，阴谋火烧朝宫刺杀晋文公，遭勃鞮知晓揭发，败露后逃往秦国，那时秦晋正是"蜜月期"，为秦所杀。郤缺因是罪

臣之子，不得入仕，在封地耕作。重耳的老师、跟随十九年流亡的胥臣出外视察，看见郤缺在田里锄草，其妻送饭到田间，二人相敬如宾，很受感动。回去以后对晋文公说，郤族人才辈出，他看出郤缺是有德君子，可以统军治民，不能因为他父亲有罪就摒弃他，应该充分利用他的德才为晋国服务。晋文公深以为然，任命郤缺为部长级大夫，并进入下军为中层将军。

一听郤缺所请，四目相对，先轸心里简直有乐开花的感觉。郤族是晋国最大的家族，根深叶茂，族中人才辈出，自晋献公以来，一直是晋国朝政军事的重要支柱之一。郤毂自不必说，郤溱曾为副元帅中军佐。这个郤缺同样是个能干大事、成大事的人才，家族红火时，不见其得意张扬；家族落败直至与普通农人一般，没有自暴自弃怨天尤人，安于自耕自种；进入下军后勤奋努力，无论什么境地都淡定如初一往无前。他是最佳人选，在最后的时光里，把他培养出来，给予展示的机会，成为晋国栋梁的后起之秀，也是人生快事一桩。但不露声色道："可知否？前面的设伏阻击只是牵制佯攻，侧后的突袭才是主攻，担重千斤！"

"粉身碎骨，在所不惜！"郤缺肃然的表情，坚定的语气。

先轸大喜："准了！祝郤将军成功！"

战役打响不到一个时辰，果然，郤缺不负众望，率领奇兵悄悄摸往敌军侧后，突然发起攻击，白狄大本营还蒙在鼓里，不知哪里天降神兵，就亲手俘虏了部落首领。前方闻得首领成了俘虏，阵脚大乱，不战自溃，慌乱逃遁。

这一战，史称"箕之战"。

郤缺前来复命，先轸久久凝望着他，他成功了，一战成名，前途无量！轻轻的声音、郑重的语调道："忘却今日，不懈努力，

未来的元帅!"然后高声向五卿下达命令:班师回朝!

反常的是,本当班师时,按惯例主帅应该走在最前面,进城时最先得到人们的瞻仰与祝贺、欢呼,这次先轸却走在最后面,不容置疑命令道:"你们先去,我再看看战场,告别这里!"

当大军没了身影,先轸朝着晋国都城方向缓缓跪下,连叩三个响头,起身脱下头盔铠甲与内衣,赤着上身跨上战车,手持矛抢,拍马向着溃败的敌军迅猛追去。

溃军惊慌了一阵,瞥见背后只有一人单骑,后面并没有大军跟随,很快镇定下来,纷纷张弓搭箭。先轸毫不理会,单车赤膊,冲进溃军奋力厮杀,往来驰骋,勇不可当。最终,不幸的场面发生了,百箭齐发,先轸中箭无数。之后白狄将先轸的首级送还给了晋国,其面色如同活人一般。

三军痛泣不止,明白了先轸是以死明志!对国君的无礼,他心中始终没有放下,一直愧疚于心,以高尚的精神与行动,维护一个将军的尊严!

晋襄公大恸过后,任命当时领下军的先且居代父亲先轸为元帅,并按先轸遗愿重赏郤缺,视为提拔进入六卿的对象。

此后,先轸的事迹一直在晋国传颂,成为战神始祖偶像,为以后的六卿榜样。诸侯各国都以能得到先轸那样的战神为荣。

历代颂挽先轸的诗文不断,直到元朝,学者陆文圭诗曰:烯草原头十七户,宛丘改卜日辰良。可耿先轸如生面,疑住灵均不死乡。抔土岂能埋宿愤,遗民聊舆发幽光。良开诸子皆称孝,万室他年置墓傍!

小人物的大世界

　　鉏麑兴高采烈，手提、怀揣、肩背一大串东西，几乎是一路小跑十里到家。

　　他一直在穷乡僻壤的大山里生活并长大，从小跟着父亲打猎，常与各种猛兽相遇搏斗，练就了一身的蛮力与勇气。父亲经常给他讲，打猎虽是粗活，但心不能粗，要善恶分明，有许多讲究的，不是见什么打什么，要专打危害人畜、糟蹋田地里庄稼的野兽；还在吃奶的小畜不能打，它们刚出生不久，没有犯过错。没有碰到该猎杀的，就是饿死了，也不能动猎心。待到快成年了，父亲想自己一辈子转悠在山沟里，没什么大出息，天天为三餐发愁，不能要儿子走自己的老路，得走出大山去外面开阔眼界长本事。想起来年轻时曾救过一位负伤的将军，他武功高强，厌倦晋国人杀晋国人，伤痊愈后隐居起来，就送他到这个朋友那里去学武功。师傅见他本性异常忠厚朴实，到这个程度的见得很少，于是毫无保留把全部功夫传授给他，当然还有武德。由于心无旁骛勤学苦练，加上勇力过人、登山如履平地、越墙过屋轻而易举，学成之后，鉏麑甚至超过师傅许多，并得到师傅指点帮助，在都城附近的一个小镇开了间"扬善武堂"，收徒教艺，武功、武德同时教授，但越墙过屋的绝技是从不宣示的。武堂发展得挺不错，声誉鹊起，不时有四面八方来拜师学艺者，收入也不少。他把父亲接来一起住。恰好镇子三面环山，父亲很满意，他一辈子离不开山，有事没事就进山溜达溜达，常常是一去就是大半天。

"扬善武堂"这事很快传到都城，军队里一些闲不住的校尉们不以为意，相邀去见识见识、比试比试，却一个个纷纷败下阵来，甚至几个人一起上，也好不到哪里去。有的将军知道了，憋不下这口气，堂堂正规军的领兵爷们，竟在乡土武人那里一败涂地，老百姓也会笑掉大牙，于是不顾劝阻，奔去"见识见识、比试比试"，也是同样下场，在人们的哄笑声中抱头鼠窜而去。

一次，屠岸贾去外面搜罗奇花异草、奇禽异兽和各色美女，来到小镇，早听到传闻，又亲眼看到狼狈而去的将军，也起了好奇心，这是一个怎样的民间高人？待见到钼麑，比自己矮一个头，知道凭力气对方不是对手，但灵活性可能比对方差得远，可能有"飞檐走壁"的本领，不敢掉以轻心。

钼麑是第一次看到这样隆重的仪仗场面，得知是国君派来的，心里不免紧张起来，无论如何，国君的面子是丢不得的，不想比武，更不敢赢，言称服输。可屠岸贾不许，没有经过正式比试，这要传扬出去，赢了也是不光彩的，坚持要比三局。

镇上的人们尽管喜欢看热闹，但全副武装林立的军士使他们害怕，避得远远的。比武要开始了，一个胆大些凑过来，军士上前拦阻，屠岸贾挥手制止，人们见状纷纷涌过来，一时里三层、外三层，把比武场围得水泄不通。

第一回合，面对凶猛的招式，钼麑认真地应付几下，就装作败下阵来，不是连连退却，就是在地上东滚西翻的，在人们的

"啊、啊……"的惊叫声中，屠岸贾的雷霆之拳、之脚，总也砸不准、踢不着。不知怎么变成的，鉏麑忽然全身立定拱手："我输了！"

第二回合，鉏麑也是左右避让，忽而风卷般闪至对手的两侧，忽而从他的头顶上、两边的肩上腾空跃过。几个来回后，在对手的怒吼之中，鉏麑又是全身立定拱礼："我服了！"接着宣布：三局官家两胜！

屠岸贾哈哈大笑开来，也随着合拳回礼："承让！承让！"其实他心里清楚得很，第一回合，对手翻滚在地上时，只要伺机大腿一扫，自己大有可能摔个八面朝天；第二回合对手在上方时，只要朝自己的后脑勺猛击一拳，十有八九会摔个口啃泥，这样的结局最好。此人不仅武艺超群，做人还懂得"识眼"。于是决定不惜重金，把鉏麑收入门下，将来可能派上大用场，除去自己的"眼中钉"，那是轻而易举的事，如果让别的人"捷足先登"，说不定以后自己会死于此人之手也未必可知。

鉏麑找到师傅问计，只得到四个字：忠君护国！回到家与老父亲商量，得到的回答是：我一辈子在山里，没见过大人物、大世面，没混出什么出息，也没有辜负谁，连无辜的野兽都不忍猎杀，一辈子心安自在，满足了！不管在哪里，不管做什么，做人最重要，宁可负自己，不可负别人！

告别了清苦的岁月，有了大把的收入，在都城有了宽敞的院居，鉏麑就把老父亲接来享福，可没过三天，老父亲不习惯都城的繁华，举目四望，除了房子街道，还是房子街道，看不见山，日子过不下去，执意要回清静的小镇。

一看到在都城国君身边当差的儿子回来，老父亲满脸的皱纹都快笑平了，当见到半桌子的财宝、钱币，还有美酒美食，转瞬间阴沉下来，一脸疑问地盯着儿子。

"我是谁呀？我是你儿子!"鉏麑解释道："这些个不是偷的，更不是抢的，是国君送的。"

"不对呀，国君已经给你俸禄了，而且俸禄很高的。凭啥呢?"

"国君请我喝酒尝美食，派给我一个大事。"

老父亲警觉起来："什么事值这么多，把整个镇子买下来还有多。"

"国君说了，如果干成了这件事，还要赐给我比十个镇子还要大的土地!"

"啊——"老父亲"嚯"地站起来："我的儿子我清楚，你除了会两下武功，还能做多大的事，除非……"

看着老父亲从未有过的严肃："就是……就是……"鉏麑支吾着。

"就是什么?!"几乎是断喝。

"为国除奸，为民除害!"

"若真是这样，倒值得去做。但要分清忠奸善恶，无论什么人，都有三六九等。完事了，回去交差时，把这些还回去，本分之外的东西，不能要!"

天三更时分，是最黑暗的时候，一个黑影无声无息翻过庭院墙屋，然后又无声无息落在卧室旁。鉏麑不明里面情况，恐内室有警卫，怕打草惊蛇，便悄悄候着，天亮时分赵盾必然从这里出来去上朝，那时再动手万无一失。不久，发现一个小间有亮光，蹑手蹑脚摸过去，借着微弱的烛光，眼前的景象是他想象不到

的——

赵盾穿戴整齐，坐于铜镜前，一脸正色，嘴中念念有词：禀告国君，当以天下为重，体谅苍生甘苦，养一头藏獒，得费多少百姓口粮，养这么多，还要那些奇禽怪兽，长此下去，国库也会空的。这样不行，还是换个说法更好……

鉏麑惊呆了，他多次远远地看见过赵盾，但没有机会直面接触，国君、屠岸大夫说他是奸臣害虫，可三更就已经起床，操心的是国家大事，念念不忘的是忠君、劝君之言，一遍不行，还要仔细反复琢磨，有这样的奸臣害虫吗？想起了曾经听闻过：国君放藏獒追逐扑咬看戏的百姓，其状惨烈；晋国现在可以没有国君，但不能没有赵盾与六卿。临行前父亲嘱咐过，要分清忠奸善恶，无论什么人，都有三六九等。很清楚了，真正的奸臣害虫，是国君、屠岸大夫，自己被蒙骗了。师傅的交代是"忠君护国"，如此之君是不能"忠"了，维护赵盾就是"护国"。鉏麑不再犹豫，鱼跃纵身房内。

赵盾突然感觉到了什么，"嚯"地起来转身，一个活生生的人跪伏在脚下。

鉏麑几乎哽咽着蹦出："大人当心，有人要加害于大人！"说罢，又腾身而出，三下两下便出了赵盾大院，迎面是一株巨大高耸的槐树，不知咋地，两脚不听使唤，迈不开步，动弹不得。

鉏麑感到前所未有的失落，全身似乎只是一个空壳，倒靠在槐树的躯干上，久久仰望着黑魆魆的天空。忠臣不可杀，否则就是晋国的罪人，辜负了全晋国的国人；但不杀赵盾，就是国君的罪人，受君之禄为君办事乃臣子的本份，又辜负了国君。父亲连无辜的山兽都不肯辜负，我的"辜负"大了去了，比天还大！怎

么办？只有一个法子，让这棵槐树证明自己！他顺着树干溜下身子，朝着父亲居住的小镇三叩头，然后缓缓起身，用尽力气，头朝着槐树猛地撞去……

鉏麑一去不回，未见归来复命，料到大事不好，屠岸贾紧张起来，担心赵盾"秋后算账"。晋灵公也非常着急，觉得夜长梦多，箭在弦上不得不发，只是如何下手才能成功的问题。见状，屠岸贾又上前耳语一番，晋灵公听得是频频点头："如若得手，你就是晋国的正卿！"

赵盾对鉏麑的自杀身死，深感沉痛与惋惜，悄悄派人予以厚葬，并安顿好他的老父亲，以武甲之士日夜护卫。到底是谁要置自己于死地，仇人有不少，狐氏还是箕郑父、先都、士縠、梁益耳、蒯得这"五将"的后裔，都有可能；还有就是国君、穆嬴，也有这个能力，可不至于此，哪有一国之君自毁长城自毁国家的？

正在一个个"过筛子"，忽然国君身边当差的侍奉官来报告，说不久前新来一个厨师，烧烤野味是一绝，国君一餐不吃都不行，念及正卿为国操劳呕心沥血，略备薄酒，邀请宴饮，同赏美食，共叙君臣之情。太阳从西边出了，这可是从来没有过的，或许是国君真正长大懂事了，也应该，不去没有理由。赵盾一时来不及多想，为防万一，便带武艺高强的车右提弥明前往赴宴。临行前，提弥明见赵盾穿戴一身整齐的朝服，很看重这次宴请，没有佩带任何防身武器，便谏道："鉏麑的事刚过去，背后的底细如何还未查清楚，大将军还是小心为要！"赵盾想想也是，防小人不防君子，于是佩剑上路。

　　侍奉官说的厨师叫灵辄，原是山里猎人，对各种野味烹调烧烤很有一手，前面一个厨师，因为烧制的熊掌不合晋灵公的口味，被砍掉胳膊回乡去了，他被"高薪"诱惑，要使老母亲过好日子，应聘接替专司制野味，尤其是烧烤，喷喷香的挺让人馋的，蓬松可口，很对晋灵公的胃口。做自己喜欢的事，又拿以前梦都梦不到的"高薪"，劲头更足了。渐渐地，他怀疑起自己这份活计，听到了原来那个厨师离开的原因，"伴君如伴虎"，说不定自己哪天也有可能出差错的，即使没有错，也难保证天天、事事会令国君满意，恐惧感与日俱增；费了不少力气工夫，好不容易做出来的野味，竟然每天大多被拿去喂藏獒和一些怪兽，看着那些家伙抢食后一副心满意足的模样，兽比人的命要金贵，这是什么道理、什么世道？心里很是不爽。天下不知还有多少饥寒交迫的人，以前自己常常挨饿，连粗菜淡饭都没得吃，有次在山里差点被饿死，幸亏遇到一个好心的大官，让自己吃饱肚子，还送了不少食给家里的老母亲吃。后悔来不及了，于是托人拆掉了原来的茅草房，在原地基上给老母亲翻盖了新砖瓦房，给足了养老的钱，订做了楠木寿材，还请了一个村妹专门服侍陪伴。后顾之忧没有了，自己处处小心当差就是，熬过一天是一天。还有一个心愿，就是看能不能遇到救自己的那个大官，得道一声谢，奉上自己的烧烤美食，以表不忘救命之恩。

　　灵辄觉得意外，今天做的烧烤野味，却"破例"接到命令，不用送去藏獒享用，他知道这些凶猛的家伙一定会不习惯，担心生出什么事来，就跑去圈中看看。别人犹恐躲不及，他不怕，肚子不饿时，老虎、山豹都斗过，从来没有居过下风。可一只也没在，侍奉的师傅说，国君还有屠岸大夫全领走了，看样子是要派

大用场的。灵辄不由紧张起来，藏獒除了撕咬人，还能派上什么大用场，饿极了，撕咬起人来更加凶狠无比，断无活下来的可能，这怎么得了！于是循着踪迹一路过去，非找着不可。

晋灵公满面春风迎接来客，一派国君风范，赵盾也被感染了，欣喜有了这么好的变化，"大器成"犹未晚也，或许是晋国的福分，原来的警戒褪去了，虔诚地端坐在晋灵公的对面，全身心附和着谈笑风生与饮酒、品尝美食。君臣开心的笑声，不时在桃园荡漾开来。

一旁，提弥明隔着丈把远，屏住呼吸一眼不眨盯着两人。他并没有因为这难得笑声而松懈自己，不相信一夜之间，一个恶魔突然会变成善人，静待且看真相如何。

酒过三巡后，晋灵公见赵盾喝得、吃得够多，有几分醉意，海夸赵盾南征北战功勋卓著，拔剑一指，秦国败北、齐国胆寒、楚国畏惧，似乎漫不经心提出要看赵盾所佩之剑，因为这是天下第一剑，看是否是黄金铸的。说罢，笑眯眯一副渴望模样，心里想的是只等对方拔剑来观，立马变脸大声吆喝，呼喊有人谋反，要剑弑国君，捉拿治罪杀无赦。此时，赵盾没有想那么多，根本不知是计，于是缓缓起身准备解下佩剑送予国君。

提弥明听得清清楚楚，看得明明白白，急忙高声呼叫："臣下侍奉国君，酒宴之上，礼不过三巡，何为酒后在君主面前拔剑？"一边跃奔过来，拉起赵盾跑开。赵盾猛然醒悟，加快了脚步。

晋灵公"嚯"地起立，大手一挥，旁近房壁内早埋伏的甲士纷纷跳出，握刀持矛扑来。

"大元帅快走！"提弥明停下来断后，与涌上来的甲士殊死拼

杀，争取给赵盾多点逃生的时间。

眼瞅赵盾的身影要消失，屠岸贾出现了，实施第二方案，他洞开大门，挥手一指，一群饿极了的藏獒，闪电般扑向赵盾，瞬即把赵盾围在圈内，一只只张开血盆大口，轮番进攻。赵盾拔剑出鞘，不屑疾呼："不用人而用狗，虽然凶猛，又有何用！"

突然，灵辄飞奔而至，一时拳挥脚扬，令人眼花缭乱，三下两下，刚才还嚣张疯狂的藏獒，不是被踢得摔出老远痛得嗷嗷叫，就是被重拳砸得趴在地上动弹不得出不了声。在饥饿相伴的时光里，重量级的庞然大物老虎、山豹都能斗赢，现在过了好一段好日子，养精蓄锐，满身的力气正憋得没地方使，对付这些比狗大丁点的小家伙，就跟玩家一样。

"恩人快跑！"灵辄猛喝一声，自己也迅速离开，秒间便遁去不见人影。

赵盾见眼前危机解除，回首一望，拼死搏斗的提弥明倒在血泊中，便抓住最后的机会奋力冲出桃园。

这一切发生的太快、太突然，晋灵公与屠岸贾来不及反应，面前已然是空荡荡的，只有地上倒卧的被杀死的一群甲士和一堆奄奄一息的藏獒。两人愣了半天醒悟过来。

屠岸贾献计道："已经打草惊蛇了，就必须把蛇打死，才能根绝后患！"

晋灵公感到事态的严重性，令他率宫中全部精锐追杀过去，活要见人死要见尸！

赵盾知道国君不杀掉自己决不会罢休，在都城待不下去了，以最快的速度奔到家中，带着儿子赵朔，快马疾驰出城。

在出城的路口，赵盾的堂弟赵穿恰好从西郊打猎回来。他在

八年前晋国对秦国的河曲之战中，因擅自行动破坏了整个作战计划，于三年前赵盾罚他去郑国做人质，刚回国不久。此时他远远看见两匹快马被主人不停地鞭催而来，是堂哥赵盾和侄子赵朔，完全是一副夺路逃命的状态，并且后面没有大队人马跟随与护卫，堂堂晋国正卿，这种场面是极为不正常的，断定出了异常情况。堂哥是决不能有事的，他肩上不仅载负着赵氏一族，更有整个晋国。便拍马拦在路中央，要问清是怎么一回事。

赵盾勒住马头，见是堂弟赵穿，脸色缓和下来，急速简要地说明了事情的过程。

轮到赵穿大吃一惊，他很快镇静下来，提议父子俩先去首阳山暂避，那里是私家猎苑，经过精心营造，机关重重，外人不知道其中蹊跷，难以破解，又有数百亲兵日夜守护，地势险要，易守难攻，坚持一段时间不成问题；自己则回都城掌控情况与局面，拖住晋灵公，伺机行事，一有结果，便来汇合。

赵盾点头称是，以为眼下只有这样，叮嘱赵穿千万小心，不能冒险。

赵盾父子在前面"逃窜"，赵穿率部属在后面一路"追杀"。

在一个分岔路口，赵穿停下来，望着远去、很快消失的两个骑影，松了口气，布置了一番，便带队朝另一个方向追去。

屠岸贾的人马到了，赵穿的部将上来见礼："赵将军已率军追杀过去，令我等在此迎候国君大队人马，共讨逆贼！"

屠岸贾略微踌躇了一下，一边是大山峭壁无路翻越，只有另一边"大路通天"："前面带路！"

一直追到狄戎边界，两支队伍汇合了。赵穿向屠岸贾行礼："末将得到消息已晚，迟来一步，未能取赵盾逆贼首级，此罪

非轻!"

"赵将军客气了!"屠岸贾媚笑一下后,瞬转一脸疑问:"没听说过赵将军对本族兄弟有深仇大恨?"语气是平和的,因为赵穿是晋灵公的大舅子,不能轻易得罪。

"这个……见到国君自会禀报!"

赵盾在首阳山休整了半天,精神恢复如常,带着一队亲兵在猎苑溜达散心,一边重新检查一下事关安全情况,非常时期不可掉以轻心,不知不觉来到桑树林。不觉一怔,有股新鲜香味丝丝入鼻,这么偏僻的地方,可以说是荒无人烟,怎么回事?于是大手一挥,亲兵们迅速跃入桑林。赵盾大步跟随过去,只见亲兵团团围住一个人,个个刀剑扬起,只待一声令下。这个人就是灵辄,他的身后柱有一簇即将燃尽的香,灰烬一地。

"啊——"赵盾和灵辄几乎同时大呼:"恩人!"

赵盾手一摆,亲兵们立即收起刀剑插回鞘。

两人又几乎同时行礼!

"使不得的,您是大元帅,我乃一山野草民!"灵辄叩头不止。

赵盾扶起灵辄,不解问:"恩人何故唤我为'恩人'?"

"大元帅两年前在这里救过我一命!"

想起来了。那时有次打猎经过这里,发现桑树下倒卧着一个破衣陋烂饿昏了的灵辄,形体消瘦,不像今天这般无比精神,一旁的卫兵为了保密要杀死这人,赵盾厉声制止,给了水喝,灵辄醒来后,赵盾又给食物吃。灵辄吃了一半便不吃:"我在深山打猎三年,常常一无所获,这次出门两月有余,不知老母亲是否还健在,剩下的一半要留给母亲!"赵盾感动他的孝心,请他全部

吃掉，另外又为他准备了一篮子饭和肉食带回去。

"我来这里烧香祈愿，一是感谢大元帅当年救命之恩，二是祈祷大将军逢凶化吉遇难呈祥。"

"壮士真仁义也！"赵盾略一思索，此人是个难得的人才，可堪大任，想请他在身边效力："壮士如何称呼？"

灵辄泪花闪烁，双手拱礼："老天也有情有义懂人世，大恩得报，心愿已了，就此别过！"说罢，一转身飞步而去。

赵盾无比怅憾地望着身影消失的远方，良久一动不动，像一尊雕塑。

一进都城朝宫，见到晋灵公，赵穿一声高呼后，便长跪不起嚎啕不休涕泗不止，一旁的人们都为之动容。

"将军何以至此？"待场面平静下来，晋灵公命人扶起，他也有三年多没见着姐夫。

赵穿坐定，开始了他的长篇控诉。说赵盾只知道疼赵同、赵括、赵婴齐三兄弟，就因为我是国君的姻亲，从不把我这个堂弟当回事，处处打压排挤，人前对我貌似关心，人后常常断喝辱骂；跟他一点关系都没有的家臣，都好得不得了，甚至任为卿大夫，我辛辛苦苦至今还是一个小将军；不仅如此，不把我置于死地不甘心，打仗时派我打头阵，巴不得让我死在战场，看着我侥幸活着回来，一脸不高兴，又狠心把我逐往郑国，过着人不人鬼不鬼的苦日子，连累夫人无端守了三年活寡；多次要见国君，可背后"尾巴"盯着，赵盾一手遮天，我是敢怒不敢言，唯恐落下把柄惹来不测。今日未能取得赵盾逆贼首级，特来领罪！

晋灵公碍着姐夫的情面，耐着性子听完，心爱的藏獒全死

了，又得到快骑禀报，赵盾遁往狄戎部落去了，本当心中烦死了、乱死了，想尽快结束这种无趣的场面："将军以后有何打算？"

似乎就在等着这句话，赵穿又起身跪伏在晋灵公面前："微臣从郑国回来已有数月，赵盾不闻不问，扔一个冷板凳给微臣坐。现在赵盾跑了，他的死党还在晋国，肯定会为他报仇的。微臣愿每日十二个时辰，守护在国君身边寸步不离，不让那些居心叵测之人有任何机会得逞。有微臣在，谁也奈何不了国君！"

这还像句话，也确实存在这个可能，晋灵公听着舒服，脸色松弛下来，没有一丝犹豫："准了！"

从此，赵穿日日"守护"在晋灵公身边，陪着喝酒与游乐。一个月后，发觉晋灵公戒备心理消除了，但精神不振，玩得兴致不高，趁屠岸贾不在，便进言道："微臣在，赵盾的死党不敢来送死，国君应该过以前快乐的日子！"

说到心坎上了，晋灵公似是漫不经心："有什么法子呢？"

"微臣追到狄戎边境时，看到草原上一群美女又歌又舞的，臣口水把胸前的衣服都弄湿了，突然懂了晋献公为何抢了狐氏姐妹，又抢骊姬姐妹。"

"是吗？"晋灵公来了兴趣："你也抢一回呀！"

"不想抢是假，可是几条藏獒蹲在那里，微臣同大力士斗上两个时辰没有问题，但斗不过这个凶物，狄戎的藏獒是天下最厉害的。微臣虽然想拥有草原美女，可得有命享受不是？"

晋灵公笑开了："没用的东西！"

"屠岸大夫对付藏獒很有一套，并且有家传秘诀，举国闻名，何不请他辛苦一趟，把美女和藏獒一起弄到这里来，对他来说，小事一桩，不费吹灰之力。"

"好主意！"晋灵公眼睛顿亮。

就在屠岸贾被迫去狄戎的第三天，赵穿把晋灵公灌得酩酊大醉，并率部属攻入朝宫，剩下的卫队甲士，要么被赵穿买通，要么耳闻目睹早就恨透了晋灵公荒淫无道，根本不愿为他卖命，纷纷站在赵穿一边，很快晋灵公被杀，赵盾被从首阳山接回，重新掌控着晋国的局势。

屠岸贾回来后，得知晋灵公已死，知道是赵穿干的，但是不敢声张，偷偷躲在家里不敢出来。赵穿要抓他治罪，赵盾不愿扩大事态，严厉制止。后来的形势发展，赵盾的这个"低级错误"，几乎使整个赵氏陷入灭顶之灾。

晋公室不可遏止、不可逆转地走向衰弱甚至深渊，就是从晋灵公"不成器"开始的！

国不可一日无君，赵盾派赵穿到洛邑迎接公子黑臀回晋国，拥立他继任国君，是为晋成公。他是晋文公之子、晋襄公异母弟、晋灵公的叔叔，母亲为周王室送给重耳的侍女。

公子黑臀已经是成年人，又长期在周王室生活，深谙宫闱内的是是非非，在体制内耳濡目染熏陶出一个好性情。此刻，他心情既非常激动又非常复杂，很高兴能结束寄人篱下的生活与环境，回到自己的家乡母国，可以和亲人们团聚在一起，晋国的老贵族们也一定会真心拥戴他，同时又惴惴不安。晋国太复杂了，太不可思议了，曾经潘父杀晋昭侯，武公连杀晋哀侯、晋侯缗、晋小子侯，现在又上演了杀侄儿灵公一出，并且居然还是这个"杀手"赵穿，代表晋公室来迎自己回国继位。他竟有这个资格，其中的玄妙，大着、深着呢！

公子黑臀一回到晋国，首先"认祖宗"，去晋武公庙祭拜祖先。因为现在的晋国，是在晋武公手里，成功实现了"以曲沃代翼、以旁支代正宗"，使分裂六十七年的晋国复归统一，并正式得到周王室承认的，此时要极力作出以"继文绍武"精神来勉励自己，带领晋国人民像晋文侯和晋武公那样胸怀大志、发愤图强、建立伟业。他并没有由于要做国君，表现出一丝毫兴奋的样子，一副不喜不怨、不骄不躁、中规中矩的神情，俨然一种长者之风。

新国君继位的仪式，并不浩大隆重，看不到那种原本应该有的热热闹闹的场景，甚至到场的人也不多，给人稀稀拉拉的感觉，因为是非常时期，没有人以为有什么不当，加之晋灵公的葬礼才刚刚过去不久，只有一些诸侯国领袖光临捧场，才使得有几分喜庆气氛，面子上说得过去。

即位仪式后，公子黑臀就是晋成公了，开始履行国君的使命与责任。面对眼前大名鼎鼎的六卿及一班颇有些激动的文武官员，知道他们此时心中的"结"，就是晋灵公再怎么昏庸荒淫无道，但毕竟是一国之君，就这样在光天化日之下被杀，得有个糊得过去的说法，得向晋国人民，还有周王室及诸侯国那里，有个满意的交代，必须处置得当。并且这是自己第一次临朝，很关键的，这可是一个大考题。怎么办？但心中有个谱，死者实在是死有余辜，大好年华"不成器"，还自不量力置人于死地在先，是自己找死，若不死，还不知会给晋国带来什么样的灾难，死者已矣，决不能累及生者，糊涂一些为好。

"晋灵公生前没做什么好事，不好的事倒是有一大箩筐，逝者已矣，不说也罢。"晋成公缓缓言道："他的离去，事发突然，谁也没有料到，赵卿当时在外地，远离都城，完全不知情，是事后才得知的，也是事后才赶回来的，与这事没关系，继续履行原职执政，统领晋国。至于赵穿嘛，以往战功卓著，今日又有拥立之勋，因一时激愤，铸成大错，有情可原，功过相抵，姑且免死，以期戴罪立功。此事到此为止，不得妄议!"最后一句话，语气很重。

没有谁出声表示任何意见，整个大殿静极了，人们的表情漠然难测。晋成公知道此时都惧怕赵盾的权势，沉默是金，不敢引火烧身，包括我这个所谓国君在内。于是见状宣布退朝，一个人进入晋君灵牌室，关门闭窗，在晋灵公牌位前久久伫立，长吁短叹!

由于晋灵公在位荒诞凶残，赵氏所为非但没受民众指责，还得到朝野暗地里不少赞誉。从此，再没有谁对晋灵公之死说过什么，又似乎忘了这个人或这个国君，像是从来没有过，一切风平浪静。

国君死了，怎么死的，别人可以高高挂起不闻不问，然而，这么大的事是一定要入晋史的，如何书写，史官是回避不了的。史官董狐却是个"另类"，先祖本姓辛，是西周王室的史官，子承父业，世袭晋国董史之职，遂以其职董为氏。他不管晋成公是如何表态的，也不管朝野什么舆论倾向，更不怕赵盾炙手可热的权势，毫不犹豫地在史简中直书刻下："赵盾弑其君夷皋"!

赵盾听闻后，极度震惊，自己辛辛苦苦为晋国打拼，却要在史上留下万世骂名，这从何说起，怎么可以接受? 急忙去找董狐，放下身段笑容满面解释道："太史误会了，当时我小命堪忧，你是知道的，又是甲士追杀，又是藏獒围咬，自顾不暇逃命犹恐

不及，一路狂奔到河东之地，距离都城已是二百余里，躲在山里不能见阳光，期间没有接触过任何人，怎知都城发生之事，更不可能插上翅膀飞到都城杀人，你却将弑君之罪安加于我，这与事实不合。我与你从未有过什么恩怨，为何要诬陷我呢？"

"何谈诬陷？"董狐一脸正色，分寸不让，反驳说："你身居相位，国君被杀时，虽一时远离都城，但并未走出国境，你还是晋国的正卿国相，仍然掌握着晋国朝政，当然要对晋国的一切负责，更何况这么大的事；并且国君被杀后，你也没有惩办凶手，还良苦用心派他去迎接新君，明明是以此洗刷他的罪行，凶手至今不可思议地安然无恙行走于朝野上下，谁都无可奈何，谁都紧缄其口，这如何解释？如此这般，事情明摆着，弑君罪名如果国相不承担，那么，由谁来承担、又承担得起呢？"

一番入情入理、无懈可击之言，赵盾顿然无词不能辩，全身如遭重击，一脸悲怆。的确，董狐没有错，他是个称职的史官，这个"弑君罪名"赖不掉、背定了！这之前，断然想不到自己纵横朝野的堂堂正卿，竟在一个区区史官面前狼狈至极！那就让这一段顺其自然过去吧，千秋功罪让后人评说。

孔子后来评论道："董狐，古之良史也，书法不隐。"后人将"董狐之笔"作为史家秉公直书的典范。这就是"董狐之笔"成语典故的来历。

一怒之下

一

今日的卿内阁会议，与往常大不同。在座的八个人都是新面孔，并且大多是年轻者，这是他们的第一次会议，每个人的心中都充满自豪，同时还有忐忑。

晋襄公在位仅七年，这是他第二次组的内阁：

狐偃之子狐射姑为中军将、赵衰之子赵盾为中军佐；先且居之子先克为上军将、老派土著箕郑父为上军佐；先轸之弟先蔑为下军将，荀林父为下军佐。栾枝之子栾盾、胥臣之子胥甲为候补入阁成员。

晋文公创建的"三军六卿制"，这种军政合一的领导体制，在统军治国理政方面，显示了强大的合理性与生命力。最早的一批六卿们，都属"德高望重"之辈的老臣，都无限忠于重耳和晋国，都以公为先，处处秉原则履职办事当差。如赵衰推辞做中军将并推荐忠良之士；如郤縠不惜为国战死方休；还有一位以死示忠的先轸，是中国历史上第一位名正言顺的元帅、第一位战争艺术大师！晋襄公接受了父亲的全部遗产，包括霸主的权威与地

位，用不着象父亲那样辛苦，更用不着从头开始，是守成之君，加之本性宽厚，不像其父手腕强硬，采用的是"垂拱而治"，也就是继续按父亲的那一套办，这是"萧规曹随"最早的源头，最根本的是继续实行"三军六卿制"。

中军将先轸去世，一动百动，并且还是主帅，就意味着要组成新一届"三军六卿"，没有什么比这更重大、重要的了。当然公室人员最理想，有道是"打仗亲兄弟，上阵父子兵"，但自己的兄弟不在身边，两个在北翟、一个在秦国、一个在洛邑王室、一个在陈国，父亲生前送走他们，就是不让他们在晋国任职，甚至不能在晋国立足安身，公族又几乎在爷爷手里斩尽杀绝。晋襄公思虑再三，启用先轸之子先且居接任中军将，赵衰为中将佐（兼）；栾枝为上军将，胥臣为上军佐；箕郑父为下军将，胥臣的弟弟胥婴为下军佐。这是他第一次组阁。箕郑父是姬姓旧族，其父亲生前曾为下军佐的，只是提拔了半格。但这么一来，原来郤縠与郤溱、狐毛与狐偃兄弟同时进入六卿，现在是胥臣与胥婴兄弟同时进入六卿，先且居接替父亲先轸任中军将，这就开了六卿"世袭"的先河！并且，"三军六卿制"实行近十年，坐实了卿的权力，地位远高于一般的大夫，其家族势力急剧扩张，炙手可热，甚至连国君也莫可奈何，已成"尾大不掉"之势。在新旧贵族中，涌动着渴求进入卿内阁的暗流。

平静的日子还没有过上一年，噩耗不断，狐毛、狐偃、赵衰、先且居、栾枝、胥臣等或因病或老衰相继自然死亡。晋国六卿人员大面积损失，"内阁"急需重组，并且工作量很大，牵涉的面很广，很容易出现各种意想不到的变数，直接影响朝政的稳定。由于事出超乎想象，晋襄公倍受打击，根本没有心理准备，

整日郁郁寡欢，心事重重，迟迟没有将重组"内阁"提到日程上来，突然感到这事非常棘手，"牵一发动全身"！

其实，从晋文公组成"三军六卿"那一刻起，士兵们与中低层将军倒是很拥护振奋，因为指挥系统健全了，更有利于打仗，治理国家和战争战场，也需要一批出类拔萃的能臣大将。而那些显赫的新老贵族们，表面上跟着欢呼雀跃，一副感动唏嘘的模样，心里却是一肚子牢骚，那几个"卿"们有什么了不起，自己比他们差不了多少，甚至比他们有些方面更强，只是国君没看上，只是赵衰没有推荐自己，若自己成为"卿"，一定比他们干得漂亮。在言行举止上，摄于重耳的威望和手腕，不敢公开有所表示，担心招惹不是，尤其是颠颉仅以战时抗命，就处以极刑，连十九年的陪同流浪的功勋，都不能免，更加噤若寒蝉。

其时，争夺卿位的分成两大阵营：

以姬姓为主的"土著贵族派"：是从晋献公时代甚至更早就已发达的家族，在晋国根深蒂固，长期以来，是除公族以外晋国最重要的支柱和政治力量。如姬姓箕郑父、士蒍的儿子士缺与士縠、老牌嬴姓梁益耳、先都、荀息的孙子荀林父。其中荀林父是重耳任命的大夫中行将与御驾，箕郑父则是两朝"内阁"元老，梁益耳是父亲时代的"东漂族"。

以追随重耳十九年为主的"流亡族"：是晋文公、晋襄公时代发达起来的贤臣之后。凭父辈的功勋光环脱颖而出，如狐偃的儿子狐射姑、赵衰的儿子赵盾、先轸的弟弟先蔑、先且居的儿子先克、栾枝的儿子栾盾、胥臣的儿子胥甲，还有老臣魏犨等。本来还有颠颉，是重耳流亡十九年的追随者，可惜在攻打曹国的战争中，这是重耳继位后的第一次战争，必须严肃战场纪律，魏犨

与颠颉违抗重耳的命令，颠颉被处以断颈椎毙命，魏犨因勇气、勇力过人，战争中可能还需要他，留了一条命"以观后效"，一直闲置没有得到重用。

父亲那时的决定与做法，今日依然继续有效。晋襄公思前想后，初步有了一个方案：晋国的"根本"不能丢，应该重用老贵族，为平衡诸卿之间利益，实行以老带新，由士縠为中军将，梁益耳为中军佐；箕郑父为上军将，先都为上军佐；下军的将与佐就留给"流亡族"。先氏内部一直不和，分成先蔑与其父先丹木两派，先都为后一派，属"土著贵族派"。

未料，不知是晋公室的保密工作做得太差，还是都有卧底在晋襄公身边，或是潜规则买通，大家从各个途径渠道，都打听到了晋襄公的方案，一家欢喜一家愁，"土著贵族派"欣欣然踌躇满志得意忘形，"流亡族"戚戚然坐立不安忧愤不屈，为自己的前途担忧，深感对不起父辈。

此年一开春，晋襄公觉得不能再拖了，再拖下去，大家的心都凉了，还可能生出意外。于是，学着父亲在被庐阅兵的做法，选择在一个叫"夷"的地方举行大阅兵，并在阅兵后进行"内阁"重组。这次阅兵比上次的效果差远了，不仅两派的巨头们敷衍了事，连中下层将军们也心不在焉。

阅兵刚刚结束，还没有开始组阁的程序，最年轻的先且居的儿子先克不顾一切冲到晋襄公面前，一脸悲怆，几乎是充满无限深情地哽咽道："狐偃与赵衰们之功不可忘啊！"先克的话道出了新贵族派的共同心声，这时刻岂能让他一个人"孤军奋战"，赵盾、狐射姑、先蔑、胥甲、栾盾等纷纷涌上前附和，表演得愈加感人肺腑，甚至有的竟呜咽不能出声，有的激动地涕泗横流。

面对这突如其来的场面，晋襄公不得不冷静下来，仔细一想，先克的话很有道理，确实如此。如今晋国如日中天的强盛，都是这些孩子的先辈们，当年历经千辛万苦舍生忘死追随父亲创造出来的，实属不易，是完完全全的"大公无私派"；而那些老旧贵族们，许多是只吃老本，不思立新功，是见风使舵的墙头草，曾经归附晋惠公、晋怀公，后来见机不妙，又"反水"紧跟父亲，是不折不扣的"风派"。如果立下赫赫功勋贤臣的后代们，不能得到应有的重用与富贵，那么谁还会为晋国拼死拼活呢？当然老旧贵族在晋国叶茂根深，长期以来就是晋国的支撑，也是不能得罪的。

终于，晋襄公下定决心，按照前辈功勋大小，来安排他们的职位等级，同时兼顾老贵族。本来先轸是晋国的战神，军功最多、最高，应该是他的后人做中军将，但此时先克刚成年不久，未经历多少历练，于是宣布：狐射姑为中军将、赵盾为中军佐；先克为上军将、箕郑父为上军佐；先蔑为下军将，荀林父为下军佐。栾盾、胥甲作为"内阁"候补。赵盾兼任其父赵衰留下的执政大夫一职，完成了对父亲的"世袭"！陡然之间局面反转，新贵族完胜，主宰"内阁"；老贵族居于下风，心有不甘，咬碎牙吞入肚子里。

一个插曲出现了。

晋襄公的老师阳处父从国外出差回来，听说此事后，急急来见。力陈赵盾才能过人遇事果断举重若轻，又在北翟长大，一身彪悍阳刚之气，作为元帅是最合适不过了，重用赵盾对国家有利，当然他曾是赵盾之父赵衰的部下，受到过许多照顾，又被推荐做了太子的老师，心里偏袒赵盾，借机报恩，这个是不能

说的。

晋襄公一怔，中军将人选此事非同小可，又转而一想，两人的父辈亲如兄弟，一起追随父亲在外十九年，执政后又默契无间，谁跟谁呀，两人无论哪个做中军将，没有什么差别。也不便驳老师的面子，便点点头默认。

阳处父便以晋襄公名义，重新任命赵盾为中军将，狐射姑为中军佐。如此一来，加上世袭为执政卿，赵盾就彻彻底底是晋国军政一把手了。

赵盾作为主帅兼卿执政，理所当然坐于主席位；狐姑射作为副统帅坐于对面的副席位，这是两个刚过而立之年、承袭父职的年轻人，都没有太多从政处理国家大事的经验；先克与箕郑父、先蔑与荀林父为左右席；栾盾与胥甲为下席。这八个人的肩上，承载着晋国的命运，大家的心情都有一点激动又紧张，因为他们要创造以前晋国没有过的历史。尤其在晋襄公刚刚去世、新国君未立的非常特殊而又敏感的时刻，他们的决定无须经过谁批准。

赵盾其时才三十岁出头。小时候在北翟国受到父亲良好的教育，十一岁后，赵衰随重耳逃亡去了，他随母亲生活到十八岁，在人生这个成长的关键期，在"马背民族"的北漠草原之地，养成了阳刚彪悍霸气的性格，与父亲判若两人。十余年跟随父亲出入朝政，耳闻目染，对军政事务得心应手。由于赵衰生前做人的成功，同时深得两派贵族拥护，朝野口碑极佳，为他留下了良好的政治生态环境和人际关系，加上晋襄公临终前，又对他象当年晋献公对荀息一样"托孤"："我死之后，扶立太子夷皋为晋国国君"，更使他风光至极！其实当时赵盾是看在国君的面子上答应的，对一个将逝之人，给予最大、最后的安慰，莫过于答应他的要求，实现他的遗愿。

国不可一日无君，晋襄公走后的第一次卿内阁会议，就是商讨迫在眉睫的为国立君嗣的问题。

此刻，赵盾心里却矛盾极了，是国君的遗愿重要，还是晋国重要，怎么办？一番深思熟虑之后，决定还是以晋国利益为重，尽管这有违于先君的心愿，也顾不得别人怎么看，后面会发生什么。在这个重大问题上，他是出于公心的，尽管可能遭到异议甚至有风险，也显示出与他刚"出道"、年纪轻轻不相称的成熟。

赵盾逐一环视了大家，宣布会议开始与议题。用异常郑重、坚定的语气说道："虽然我受托孤之重，先君之心可以理解，但乱世之际当立年长者为君，太子夷皋年幼仅四岁，完全还是个在母亲怀抱中的孩子，日常生活都不能自理，断无法治国理政，这不利于晋国，不如拥立晋文公的儿子、先王的弟弟公子雍。公子雍年富力强，深受文公喜爱，又有才学，在秦国孤零零一个人，凭自己的本事，做到了大夫亚卿，有治国理政的经验，如果立他做国君的话，晋国的前途与霸业可以得到延续。"

这完全出乎与会者的意料，因为这是违背先君遗愿的，又是"托孤"卿相嘴里蹦出来的，但仔细一想，此时的赵盾如果立年幼的太子，他更可以长时间掌执朝政，大权独揽，他这是一心一意为国家前途命运着想，失小节而守大义，确实是忠心可嘉。一千多年后北宋第一个太后杜氏，在临死前也提出要传位给年长者，以利江山代代相传。也只有他敢于提出这样的立君嗣方案。大家都没有这个思想准备，表情各一，心情复杂，会议一时陷入冷场。

良久，副统帅中军佐狐射姑提出自己的意见："我赞成不立

年幼者为继君，但具体人选，还是立在陈国的公子乐为好！他的母亲被晋怀公与晋文公所宠爱，我们立她的儿子，晋国上下必然拥护！"

"不可！"赵盾断然拒绝据理力争："怀嬴的地位不高，一个妇人侍奉过两个国君，并且还是叔侄，立他的儿子名不正言不顺。再说，怀嬴的地位在文公九个夫人中，排名一挪再挪直到最后，可见文公生前不待见她，这样的人，她的儿子能有什么威望呢？作为先君的公子，公子乐不能去大国得到庇护，而呆在陈国这样一个小国，说明他很没出息，晋文公也没有看好他，陈国小离我们又远，一旦晋国有事情帮不上忙，对晋国的霸业没有意义。而公子雍的母亲杜祁，高风亮节，因为襄公当了国君，就主动让他的母亲逼姞排名在自己的前面；因为北翟人是我们的强邻，就让季隗也排在自己前面；纵如此，杜祁在文公的夫人中还是排第四名呢！正因为杜祁的谦让，文公就喜欢她的儿子，让公子雍到强邻秦国去做官。秦国强大离我们又近，足以成为他的外援；母亲深明大义，儿子受到宠爱，足以在老百姓中树立崇高的威信，立他是非常合适的！"

会议默认赵盾的意见，理由太充分了，并且都是国家利益，没有私利。狐射姑发现自己的提议没人附和，象放个响屁一样，脸色铁青，堂堂副统帅，竟然是多余的人，一怒之下，愤然退出会场。

群皆愕然，因为现在是非常时期，一、二把手分歧公开化了，并且是在立君嗣的重大问题上，为以后可能出现的情形担忧。

赵盾没理会这些，派遣下军将先蔑、重量级大夫士蔿之孙士会，带着重金及华贵礼品，前往秦国迎立公子雍。

<h1 style="text-align:center">二</h1>

朝中一些老臣得到狐姑射散布的消息，也对改变先君遗嘱心有不满，但摄于赵盾的权势，不敢公开有所表示，甚至其中就有六卿之一的荀林父。他出道比赵盾早，资格也比赵盾老，既不讨好也不得罪赵盾，只忠诚于晋公室，平时很少说话。先蔑临行前，他劝阻先蔑："夫人和太子都在，抛开他们反而到外边去求取国君，这一定是行不通的。您何不以生病做借口，派一个代理人前去装装样子就可以了，不然，祸患将会惹到您身上。我们是同僚，岂敢不尽我的心意呢？"为打动先蔑，还赋《板》诗相赠。但先蔑听不进，坚持要去秦国，曾经荀林父是中行将，他是左行将，三年后他失去了职位，现在好不容易挤进"内阁"，这时刻他不敢得罪赵盾。

狐射姑本来对屈居赵盾之下满怀怨恨，曾经两人的父亲都是晋文公麾下，并且两人的贡献与职级是一样的，此时更不愿、不甘示弱，同时也暗地里派人前往陈国迎立公子乐回晋国，想演一出"先到为君、后到为臣"，只要自己振臂一呼，响应者必众，那样一来，凭拥戴之功，就可以高居赵盾一头，把晋国的军政大权抓在自己手里。

赵盾得知消息，也不顾领导班子团结的问题，没有任何迟疑，立即派自己忠心耿耿的门客公孙杵臼等人，率一批顶级杀手，埋伏在半路上，将公子乐一行诛杀殆尽，以绝后患。尽管也是晋文公的儿子，为了晋国，只能对不起了，必须牺牲，这没有

什么客气可讲的。记住公孙杵臼这个人，他是故事《赵氏孤儿》的主角，后来赵氏遭难，他和程婴合谋，藏匿赵氏孤儿赵武，自己献出了生命。后世广为传颂，并且编成戏剧，出现在舞台上，甚至流传到海外异邦。至今都有电影、电视剧演绎这段历史。

秦国此时，一代巨人秦穆公已经去世，他的儿子嬴罃继位，是为秦康公。先蔑与士会不负使命，使秦康公接受了晋国的请求。曾经晋文公刚去世时，秦国趁机攻打晋国的盟国郑国，被晋国元帅先轸在地势险要的崤山设伏，遭遇全军覆没，后来发奋图强大败晋军，挽回了脸面，但两国关系跌入低谷。秦康公想借此机会，以公子雍为纽带，修补两国关系，延续自晋文公、秦穆公时期以来"秦晋之好"的传统友谊，象当年秦穆公派大军送重耳回国继位一样，秦康公派最强悍的将军白乙丙率车驾四百乘、兵士万人护送公子雍，相当于"三军"中一军的兵力，一路浩浩荡荡，号角鸣天、敲锣打鼓向晋国都城开进。

狐射姑得到公子乐一行遇难的恶耗，身心觉得被掏空了，没有退路了，一怒之下，一计不行又生一计，潜到后宫太子夷皋的母亲穆嬴那里，添油加醋大力渲染煽动一番，并表示誓与太子母子共进退。

穆嬴足不出宫，原本蒙在鼓里，这一来如大梦初醒，整个人躁动不止，无法平静，天底下还有什么事，比儿子做国君更重要呢！也顾不得招待客人，一阵风似地卷到朝堂，冲到赵盾面前，几乎是歇斯底里地嚎吼："先君视你如同股肱，临终前托孤遗嘱要你立太子夷皋。今太子就在国都，你却跑到秦国去拥立他人，先君在九泉之下何以瞑目啊？先君有什么罪？他的后嗣又有什么罪？舍弃嫡子而到外面寻找国君，把先君、太子置于何地？"

众人一见这个场面，也确实觉得穆嬴说得有理，不知如何处理自己，便悄悄躲走了。赵盾一时下不台来，平时就怕这个夫人，知道现在说什么都没有用，又不能制止，就静静地坐着一语不发，任凭对方如何发泄。可穆嬴一见赵盾这样，越发没个完。

一点都不好玩，好男不跟女斗，赵盾烦了、腻了，干脆走为上，跑回家躲清静。未料穆嬴又抱着儿子追到家里，哭个不停，又拉着四岁的儿子，不住地叩头，说新立的国君断不会放过我母子，说宁愿死在卿相手里，也不愿死在新立的国君手里……就这样，一天又一天！

如此闹个无休无止，好男难与女斗，赵盾渐渐冷静下来，"新立的国君断不会放过我母子"，这个可能性有，并非不可能成为事实，并有些担心。因为有太子，必有太子党，那些在太子身边负责教育、抚养、护卫等人，都朝思暮想太子做国君，他们好趁势狐借虎威飞黄腾达。还有这个夫人也不简单，晋襄公在世时，身边就围绕着一批人，捞了不少好处，此时还在等待捞取更多、更大的好处。这两批人合为一处，是一股可怕的力量，加之狐射姑暗中使坏，保不齐会弄出什么动静甚至大事来。他知道，卿内阁其他人、满朝大夫及各级官员，都害怕这两批人。还有不少朝中老臣，都是晋襄公的爱臣、爱将，心里肯定是向着太子的，对改立他人，一时难以接受，甚至都根本没有朝其他方面想过。好汉不吃眼前亏，赵盾决定让步，把立公子雍改为拥立太子继位，卿内阁不会有什么问题，因为这是先君的遗愿。

于是匆忙举行了新君继位仪式。穆嬴抱着四岁的皋夷，放在君位上，是为晋灵公，自己侍在一旁，一手搂得紧紧的。赵盾领着五卿行三跪九拜之礼，接着是大夫级的官员行礼。君位上小国

君一双小手乱晃不止、一对小脚胡踢个不停，一副觉得新奇好玩的模样，喝都喝不住，一看就知道是个被惯坏的种。而一旁的穆嬴满脸横笑，一副终于熬出头、志得意满的模样。一个泼妇加一个小顽童，会把晋国折腾成什么样，大家心里都没有底。大夫不多，士会、先蔑又走了，很快简简单单的仪式完成全部程序。

但问题是，秦国及士会、先蔑还不知道晋国发生的变故，护送公子雍的队伍已经抵达令狐，正等待晋国的接应。这可是一个大难题，还牵扯到两个大国的关系。谁都明白一个道理，失信于人，无论怎么解释都是徒劳，越描越黑。怎么办？大家把目光投向赵盾。

当时只是被那个泼妇吵烦了、吵怕了，担心各种因素的叠加，可能生出不测，现在事情发展到难以收拾，别无选择，赵盾一咬牙，杀了一个公子乐，只有再杀一个公子雍，才能稳定局面彻底根除后患，并且必须先与秦军开打，打败了秦军，才有机会。当然得先礼后兵，"先礼"能解决问题最好。

赵盾命上军佐箕郑父留守晋国与都城，率其余四卿全部出征。这是赵盾第一次出征驾驭战场，部队浩浩荡荡一直开到离令狐不远的堇阴驻扎，这里是老旧贵族蒯得的封地。蒯得的祖先因曾封于蒯地，遂以此为氏。

先蔑接到赵盾的口信，来到晋营接洽。当听到赵盾告知已立太子，要他回秦营请秦军带公子雍回秦国，立即回想起荀林父的告诫，神色大变，怒火中烧，顾不得什么，指着赵盾鼻子大骂："当初说立公子雍的是你，派我到秦国接人的是你；现在立太子的是你，要我把公子雍送回秦国的还是你！你一手遮天想怎么干就怎么干，晋国就是因为周成王的信义才有的，我不能做背信弃义之人，这辈子我只认公子雍是晋国国君，并且还是包括你在内的六卿会议决定的！"说罢，不再搭理赵盾，拂袖而去。

"先礼"解决问题已无可能，赵盾立即组织召开紧急会议，斩钉截铁说明了先蔑的态度和秦国必不肯干休，而秦国大将白乙丙率军队万人、战车四百近在眼前，晋秦必有一战。只有不按常理出牌，不打招呼更不下战书，速战速决，冲入秦军大营，杀死公子雍。这样，秦国就再没有闹下去的底气与筹码，其他的都不重要。

事实摆在面前，形势迫使只能如此。一致通过！

于是，在半夜时分，赵盾同诸卿率全部晋军出动，猛烈袭击秦军。秦师以为自己是为晋国做好事，所以没有戒心，更没料到会有这么一出，骤不防及，全军大败，白乙丙力战得脱，公子雍则死于乱军之中。晋军一直追到刳首方回。先蔑、士会见状，不敢返回晋国，不得已随溃退的秦师去秦国。

秦康公大怒，历数晋惠公、晋怀公、赵盾失信之恶，发誓要报崤山、令狐之耻，任命先蔑、士会为秦国大夫，两人熟悉晋国情况，可以为打败晋国献计献策。而赵盾也"不含糊"，干脆把先蔑、士会的家人、能拿得动的财产，全部车载送往秦国，让两人安安心心在秦国呆着。

赵盾出征首战告捷，但这个"开门红"的代价太大了。自崤山之战以来，秦晋关系一直紧张，好不容易有个公子雍，本可以用来改善一下两个大国的关系。令狐一战，使秦穆公、晋文公共同缔造的"秦晋之好"，永远成为历史，甚至两国彻底决裂，成为不可分解的冤家世仇。

潜在的问题是，在立新国君过程中，晋文公两个儿子公子

乐、公子雍先后被杀，这可不是小事，却没有谁对此事负责，甚至以后也没有谁再提起过，人们忘得干干净净，似乎这事没有发生过，都闷在肚子里直到烂掉，或者一直将装糊涂进行到底。

晋灵公此时只有四岁，朝政完全是赵盾一个人说了算。外交方面暂时没什么大事，国内也安定了，他将主要精力放在内政，把以前呈报给晋襄公并得到同意的晋国治理方案，付之实施。晋国并没有因为晋襄公去世、新继位的国君幼小而陷入混乱，反而维护了晋文公、晋襄公以来的中原盟主地位，并且大会诸侯，把晋国的霸业推向一个新的高峰。作为一个国卿来说，他对晋国确实居功甚伟，晋国又进入一个新时期！

三

狐射姑在拥立国君这个事情上，在赵盾面前输得一塌糊涂，一个副统帅，竟然成为一个摆设，什么也决定不了，甚至什么也做不了，被视为不存在，咽不下这口气，对赵盾无可奈何，就把怒火倾泻到阳处父头上。自己之所以窝囊至极，全是这个阳处父招惹来的祸，就欲除去而后快。

派谁去呢？这种绝对机密的事，一定要是个武艺过人的勇士，并且必须绝对可靠，同时对赵氏一族充满仇恨。他把族人过了遍筛子，最后确定应该非族人狐鞫居莫属。狐鞫居也是大夫级，还有封地续邑一块地方，曾经先轸就任命他为车右，两年后，到先轸儿子先且居仍要他做车右，可见深得信任，而先氏与赵氏关系好，容易接近并找机会下手，现在晋襄公去世与新国君继位不久，朝政还处于混乱之中，更易得手。

　　狐射姑找来狐鞫居，在密室用毋庸置疑的语气下达命令，同时又安慰他，连晋文公的儿子公子乐、公子雍被杀都没事，一个区区大夫死了，更没有谁关心，再说，有什么事，我这个中军佐可以出来摆平的，把心放到肚子里。

　　狐鞫居极力装出顺从的样子，满口答应下来，内心却非常矛盾，并且充满恐惧。

　　他知道阳处父只是肚子里有点文章，可以充作国君的老师，其实朝野评价并不咋的。曾经阳处父出使到卫国去，回来路过宁邑，住在一家客店里。店主嬴老板看见阳处父相貌堂堂，举止不凡，又是晋国大夫，非常仰慕，想弃商从政，也尝尝做官的味道，那就一辈子没白活。他悄悄对妻子说："我早想投奔一位品德高尚的大官，可是多少年来，都没等到、找到一个合意的。今天我看阳处父这个人不错，又是国君的老师，我决心跟他去了。"得到同意后，嬴老板离别妻子，跟着他走了。一路上，阳处父同店主东拉西扯，不知谈些什么。嬴老板一边走，一边听。刚刚走出宁邑县境，店主忽然改变主意，找个借口和阳处父分手了。嬴老板的妻子见丈夫突然折回，心中不解，问道："你好不容易遇到这么个人，我为你高兴，以后儿子也可以沾光的。怎么不随他去，这是你盼了许多年的机会，家里的事你尽管放心好了，也用不着挂念我！"嬴老板连连摇头："我看到他一表人才，以为他可以信赖，谁知听了他的言论，感到夸夸其谈华而不实，很讨厌这种人，怕跟他一去，没有得到发展做不了官，反倒遭祸害牵连家里，所以回来了，不属于自己的东西不要也罢，还是踏踏实实做生意过日子为好。"阳处父曾经受命追回放走的秦国三个被俘将军，人就在附近，他楞是没办法，眼睁睁看着人跑了，大事当

前，窝囊废一个。

晋襄公走了，晋国有没有这个阳处父，干系不大，他只能做些浮在面上的事情，没什么真本事、大本事，杀掉他也易如反掌，没有多少人关心深究，问题是他是赵盾的人，并且使计让赵盾做了中军将，背后的人可怕，自己肯定是没有活路的。至于公子乐、公子雍被杀，那是通过了卿内阁会议决定的，而杀阳处父仅是狐射姑个人的决定，现在他狐某人都是"泥菩萨过河自身难保"，他没有父亲狐偃那样的资格和本事，事后要摆平是不可能的。不干吧，他现在是狐氏一族当家人，自己同样没有活路。踌躇中不觉来到祖庙，在祖先面前痛哭了一场，怨恨自己命薄。反正是个死，只能冒险拼一把。

阳处父死了，堂堂一个晋国大夫，说没了就没了，赵盾大怒，下令严查，抓获了狐鞫居，取得了口供和证据。没有一丝犹豫，赵盾杀了狐鞫居，又下令追查处置幕后主使人，不管牵涉到谁，严惩不贷！

狐射姑得到消息，知道情况不妙大势已去，自己已然在晋国难以立足，慌乱中丢下家庭甚至整个狐氏一族，忙不迭逃亡到北翟，寻求母国庇护。

出乎人们意料的是，赵盾对此事没有深究，反而是派遣心腹家臣臾骈为使者，将狐射姑的家人、家产全部送到北翟国去。表达的意思很清楚，晋国和我并不愿意与你为敌，但是你也永远不要再回晋国了！

臾骈率一队铁血卫士护送时，有人愤愤不平，提出须把狐射姑妻室家人尤其是男丁全部诛杀，避免死灰复燃报今日之仇，以致后患无穷。臾骈极力制止道："上层之间的恩怨，其报应在本

人身上就足够了，如果发泄到后人与其他人，就不是忠义之道。卿相对狐射姑留足了脸面，应该说是有礼有节适可而止，朝野钦佩之至。我们不能凭自己的意气用事，莽然介入是非恩怨之中，以私害公，添加仇恨。不仅不能，反而要拼尽全力保护好，使所有人员与财物，丝毫不差送到北翟国，方不辱使命！"众人醒悟无不诚服。

后来晋国各卿都养有大批家臣，其中有的才华不凡，能成就大事，直至战国时的信陵君延揽门客，养士数千人，自成势力，是自臾骈这个时期"自觉"开始的。

狐射姑在北翟住了一段时间，原来旁若无人惯了，感到很不自在，更令他煎熬的是，赵盾的父亲赵衰在这里生活过十二年，影响很大，余威尚存，赵盾年幼时给这里的人们印象非常好，人们常常传诵不已，赵盾的母亲叔隗也是北翟人，这里还有晋文公的两个儿子姬伯儵、姬叔刘，再说，还有当年伯父、父亲的故人，现在落魄如此，抬头不见低头见，对方远远看见就拐道而去，怪不好意思的。度日如年，就又带着家人逃亡到潞国。

潞国的首席大夫酆舒接待了他，因为都是姬姓，同宗同源的，加上晋国并没有追究，就安顿妥当。一次闲谈时，酆舒很好奇问狐射姑说："赵盾、赵衰两个人，似乎差异挺大的，你认为哪一个更好相处？"

狐射姑沉默一会，缓缓说道："赵衰乃冬日之阳，温馨暖人，人皆爱之；赵盾乃夏日之阳，炙热灼人，人皆畏之。"

"狐卿乃晋国宿将，怎么也惧怕赵盾？"酆舒笑开了。

狐射姑羞愧地扭头别处方向。

突然之间，因一气之忿、一怒之下、一时之错，还没容喘口

气，就从天上坠入谷底，从一个人人景仰的副统帅，变成一介人人喊打的惴惴逃犯，并且一逃再逃，悔不当初啊！该珍惜的没有珍惜，该等待的没有等待，晋文公和父亲就等待与煎熬了整整十九年！人生中，有的事、有的时刻是不能犯错的，一错就没有回头路，甚至万劫不复。瞬间明白了，父亲并没有因为位极人臣功勋赫赫，而沾沾自喜甚至放纵自己，反而总是一副如履薄冰、谨慎得无以复加的模样，这使得他善始善终，真的是"小心使得万年船"。过去了的永远过去了，人生不能重来，无论多么沉重深刻的反思反省，都于事无补，唯一能做的，只有接受现实与自食其果。

不久，悲愤交加与孤寂中的狐射姑在潞国死去。随之，在晋国赫赫有名的狐氏一族，象雪崩似地垮塌不止，从此彻底退出了晋国政坛！狐氏在经历狐突的精心布局、狐毛与狐偃的辉煌绽放之后，在狐射姑手里骤然凋谢，真应验了"富不过三代"那句话。狐射姑为他的不成熟、为他的意气用事，牺牲了荣誉，付出了生命，使前两代先辈舍生忘死拼打获得的丰硕成果，全部归结于零，更使整个狐氏付出了天价，遭受灭顶之灾！

更令人们不可思议的是，狐鞫居死后，一个死刑犯居然得到一个谥号：简。又因为他有封地在"续"这个地方，竟然被尊称为"续简伯"！尽管这只是一个"平谥"，须知，狐氏三代都是晋国元老，尤其是狐毛、狐偃居功甚伟，以前甚至整个狐氏没有一个人获得谥号。人们的猜测是：其中表达的内涵，说到底狐鞫居是晋国的大夫，在先轸和后来的先且居身边为"车右"。这个职位很显贵，曾经的赵氏之祖赵夙就做过晋献公的车右，现在的卿内阁之一荀林父，也做过晋文公的车右。狐鞫居立有功绩，功过

相抵，不表其功，但隐其过，奥妙极了。至于阳处父的死，象公子乐、公子雍的死一样，不需要谁去承担罪名，不需要去深究谁的责任，忘了这事吧，忘得越干净彻底越好。阳处父的牺牲，引爆了卿内阁，导致整个狐氏在晋国政坛"玩完"，"死得其所"。

主宰晋国朝政的十一个卿族中，狐氏最早出局，为其他卿族敲响了警钟。然而，大幕一经拉开，就将不可遏止的演下去，因为晋国再大，也容不下这么多赫赫卿族，"高处不胜寒"，权令神迷，利令智昏，你死我活，不到最后长时期谁也奈何不了谁的剧终，无法落幕！

一念之差

一

狐射姑一走，中军佐副统帅的位子空出来了。赵盾召开内阁会议，毫不犹豫宣布：先克接替为中军佐，并把中层大夫将军郤缺拉进卿内阁。这会儿没有谁发声表示意见，有不同意见者，也只能闷在肚子里。于是会议一致通过。

散会后，消息很快传开了，中底层将军校尉没什么反应与异常，无论谁在上头，他们只是干自己的活，老百姓更是"无动于衷"，他们只需要天下太平，能有平静稳定的日常环境，并有活路、致富路就行。上层却暗流涌动汹汹，新老贵族的矛盾公开化了。

老旧贵族原来就恨先克。晋国早在赵盾与狐射姑争夺中军将之前，晋襄公考虑六卿班子时期，开始想提拔士縠、箕郑父、梁益耳、先都进入六卿，却因先克奔到晋襄公面前说"狐偃、赵衰的功勋不可没"，致使梁益耳、先都、士縠都没能进入六卿。

最恨先克的是士蒍的儿子士縠。晋献公时就答应要重用的，千等万盼好不容易晋襄公内定为中军将，一步登天，到家庙祖先

灵前献香九柱，叩头不止。后来竟连卿内阁都进不了，机会一失难再有，以后更是希望渺茫，又到祖先灵前痛哭不止，全是这个先克害的，发誓雪恨，此仇不报非君子。在秦国的士会，深知叔叔的苦衷与脾气，派心腹送书简，以爷爷士蒍的临终遗言劝导，可这会儿士縠根本入不去心。

士縠去找荀林父，因为现在他的资格最老，比赵盾出道都早，如今却居小子辈先克的后面，还是卿内阁的末位，心里一定憋屈得很，又曾劝阻先蔑出使秦国，可见与赵盾面和心不和。未料几次"碰壁"，不是告知外出打猎，就是在家烂醉不醒，闯进家中近前长呼毫无反应。偶然之中有必然，明白了此人非一条船上之人，"明哲保身"是其为卿为人要诀。

士縠找到梁益耳和先都，一拍即合。从晋文公确立三军六卿制，进入卿内阁就成为两人的追求与理想，曾经晋襄公定梁益耳做中军佐副统帅、先都为上军佐，后来一败涂地什么都没有了，对先克恨之入骨。三人一致认为要把箕郑父拉进来。因为箕郑父原本定的是上军将，后来位在先克之下为上军佐，两朝元老怎么可能容忍一个茹毛未干的孩子，竟成为自己的直接上峰，很多次他们看到箕郑父瞅着先克的背影目露凶光。

现在的赵盾权势如日中天，可以决定国君的废立，可以随意杀死先君的公子，狐射姑被整跑了、整死了，又把一个罪臣之子郤缺提拔进卿内阁，而对老旧贵族置之一旁，先蔑、士会被"出卖"在秦国，这些都无人过问，象没有过一样。下一步说不定有更糟糕的事情出现。

果然，令狐一战虽然取得"大捷"，但因是对秦军突然袭击，而对方又根本没有防备，若两军对垒真枪真刀对着干，保不定结

局如何。为了以后准备进行更大、更残酷的战争，赵盾决定针对令狐之战中暴露出来的问题，进行全面整顿。士縠、梁益耳、先都是中层大夫将军，因无战绩被免除军权，箕郑父因留守都城无功无过，暂时不动，处于"坐冷板凳"。四人感到危机正在逼近，聚在一起商议对策，一致认为只有除去赵盾，重新夺回卿内阁的控制权，才能峰回路转。从哪里下手呢？难倒了他们。

此时，蒯得来了，他是先克的部将，左边耳朵不知在不在，那个位置被包裹着。他一脸沮丧，全身紧张不堪，如一个丧家犬般，话不成句，好半天四人才听懂了他的诉说。

原来在令狐之战中，从深夜战至天明，局势逐渐明朗，晋军胜利在握，他受先克之命包围了秦将白乙丙残部，双方力战后，白乙丙率所剩几十人逃脱，他率军追赶，却被打得丢盔弃甲，左边耳朵也被对手削去了，差点丢了性命，还损失了五辆战车。这事非同小可，白乙丙乃秦国第一猛将，他的后人白起又成为秦国第一猛将，使晋国（韩、魏、赵）吃尽了苦头，此是后话。打扫战场时，也没有发现先蔑和士会的遗体或踪迹，估计是随败退的秦军去秦国了。荀林父念及同僚情谊，又都是土著贵族，报告赵盾说，既留不住人，不如做个人情，将他们二人的家眷与财产送往秦国。赵盾微微一笑："荀伯重义，正合我意。"因荀林父资历老，赵盾一向尊称为"伯"，也确实，荀林父总是一副中规中矩遇事不惊宁静致远的模样，颇有"伯"的风度与雅量，让人猜不透摸不着，他也因此是晋国政坛的常青树，人们想学就是学不来。后来就有了把两人的家眷和财产送往秦国的一幕。

整军之中，先克对此事大为恼火。大好形势下，放跑了敌军主将，还无端损失了兵员与宝贵的战车，觉得丢了晋军的面子，

使这次战役的成果大打折扣，命人绑了蒯得，欲按军法斩之。蒯得以往的确是员勇将，更有过战功，许多将领与他交情不浅，又常常在他的封地潇洒行乐，此时该回报的，纷纷出来为他求情。先克一时犹豫不定，就报请赵盾定夺。赵盾下令剥夺蒯得的田产与俸禄。先克因此借机名正言顺地没收了他的封地，夺取了其中所有而据为己有。蒯得已是沦落到无家可归的流浪汉一般。

商代就有蒯国，后来蒯地成为晋国大夫"得"的封邑，他的子孙即以蒯为氏，居于此地国人多以国名为姓，称为蒯氏。这么一个老牌诸侯国，说没了就没了，蒯得的遭遇令四人唏嘘不止，他的今天就是自己的明天，不能再等下去了，如果再延误下去，恐怕连流浪汉都做不了！

士縠"眉头一皱计上心来"，先克为中军佐副统帅，从爷爷先轸起，就是铁杆流亡族，是赵盾的左膀右臂，没有了他，就等于对赵盾是致命一击，而除掉他比除掉赵盾容易得多。

都认为这个主意不错，然而，如何下手，谁去执行呢？一时陷入沉默。尔后，四人的目光不由自主聚向先都。

先都知道自己最适合担此风险。因为他和先克同属先氏，只是由于政见不同而分道扬镳各归一派，但两边互为熟悉，家臣常有来往，相对警惕性低得多；又长先克一辈，看着他长大，深知他的秉性脾气和生活规律，接近机会多，也对先克的行踪便于掌握，四人八目睽睽之下，只得硬着头皮"挺身而出"，"自告奋勇"完成刺杀先克的任务。

其他四人一致表示，若事成，拥立他为中军将，所有先克一族的封地和财产，皆归于他！

先都大喜，这个险只得冒，凡事有多大风险，就有多大利

益，更坚定了一定要将先克置于死地的决心与信心。

此时，为公元前618年。

二

箕城，是今山西省榆社县中部的一个镇，"箕城"得名于箕子，名胥余，是商纣王的叔父，曾任太师之职。箕，是指曾其封于此邑；子，是爵位，故后人称之为"箕子"，史上大名鼎鼎。先克一族的祖祠设在此地。每逢冬季过去、新春来临，先克都要去箕城祖祠祭拜祖先。先都明白这是刺杀先克的最好时机，因为他离开了大本营，每次去祭拜祖先，都是带为数不多的亲兵卫队。

先都为此作了精心准备。挑选精壮又信任的亲兵，进行有针对性的训练，多次以实地为原型进行模拟刺杀，预备了多种应付突发情况的预案，达到无论出现什么意外，都能刺杀成功。头天晚上，就率领参加行动的全部人员，身着便衣，秘密潜到箕城，埋伏在箕城内外。天未亮，先都亲自带人悄悄摸进祖祠，将毫无察觉的先氏祖祠护卫者，麻利干掉剥掉衣服后藏匿起来，让自己的人穿着祖祠卫士的衣服接替他们。

天近晌午，先克到了箕城，直奔祖祠，令卫队在祠外戒严，无召唤任何人不得入内，自己进去拜谒祖先。首先来到祖父先轸灵像前，行上香叩首跪拜礼。

按预先规定，三个兵士在先克左右，三个站在他身后，六个人在暗处拉开弓搭上箭。先克刚一起身站定，刹那六箭齐发，前胸和后背同时中箭。

先克顿然明白遭到暗算，大吼一声，张开两臂死死抓住两边的杀手不放，三人一同倒伏于地。

先克反常的吼声，惊动了外面的卫队，迅即一起冲进祠内，双方殊死搏斗。先都一看情况不妙，迅即蒙面遁去。两个倒地的杀手被擒获。

杀手被抓，供认不讳，真相大白。赵盾在第一时间闻报，强行压抑怒火冷静下来，立即封锁消息与现场，以召集卿内阁会议商议军国大事为名，诱使箕郑父、先都到场，没有片刻停顿，以晋国国君名义，宣布解除一切职务。箕、先两人还没有反应过来，就被逮捕下狱，封锁起来，断绝了外界的一切联系，想"扳回"毫无机会。赵盾又迅速派高手潜至士縠、梁益耳两家和蒯得的住所，将三人拿获下狱，命有司以最快速度审理结案定罪。史称"五将之乱"。

五人分别关在五个牢狱，根本没料到瞬间竟发生如此天翻地覆的变化，不得不冷静下来。一致想到的是，狐射姑是幸运的，还可以不面对审讯，还有自由身，还可以自然死，并且他走了、死了，晋国却没有多少人仇恨他，六卿之一的荀林父甚至曾提议要接回他，只是被郤缺否认并得到赵盾默认。这些对他们来说，成了可望而不可及的奢侈，甚至将在晋国遗臭万年；狐射姑的反省，无论多么沉重深刻，于事无补，同样，他们的后悔药也是没有的。

最懊恨的是士縠。从当初晋襄公预定的中军将元帅，直沦到阶下囚，这个落差与打击实在太大了，几欲崩溃。侄子士会曾专门极力劝导，他是对的，自己一大把年纪，反不如年纪轻轻的侄子，他深得爷爷的真传，相信他一定有办法回到晋国，记得郤縠

曾说过，士会等人稍加历练，也个个是帅才，士氏一族的未来，以后全寄托在他身上了。

先都疯了，眼前总是闪烁着先轸怒不可遏的面孔，连我的后人你都杀，你配为先氏族人吗？九泉之下相逢，决不会放过你！

箕郑父、梁益耳、蒯得平静如常，不放手一搏，也可能是个死，默默等待着那个时刻的到来。

这五家的家人如遭晴天霹雳，相约一起紧急求见赵盾，被拒之门外。没有办法，于是相邀一起进宫。晋灵公只有七岁，当然搞不懂大人的事，他们跑到国君的母亲穆嬴面前，齐刷刷长跪不起，声泪俱下诉说冤枉，求国母大仁大义救人，下辈子做牛做马还！

穆嬴一听，又惊又恨又恼，这个赵盾也太狂了，三年前曾抱着儿子在他面前又哭又跪又拜，求他立太子继位。现在此一时彼一时也，一连竟抓了五个国之栋梁，还要处死，还冒充国君的名义，这些都是晋国的世居大族，连晋文公、晋襄公都敬三分、让三分，对我母子也尊重，常来问寒问暖、送这送那。他倒好，平时对我母子不闻不问，又这么大的事，一个人专横霸道，国君都不禀报，太不把我母子放眼里，就急匆匆去找赵盾，现在是以国母的身份，谅他也不敢咋的，多少总得买点面子，不看僧面看佛面。

穆嬴诉说着这些人不过就是为了争权夺利，杀一个卿而已，又没有背叛晋国或弑君，罪不当死……最后，下结论说，国君没有发话，擅自杀卿与大夫，成何体统？

赵盾一脸铁青，他对这个女人心中充满怒火，就因为她的撒泼胡闹，不得已杀了公子雍、又辜负了先蔑、士会，至今没有个了结，"秦晋之好"不复存在，已然互为仇敌，这些对晋国不知造成多大损失，到现在还没有完。也该用这个机会教训一下。待穆赢没声，赵盾哈哈大笑一顿，看到面前的女人被笑得发毛，他很开心，字字铿锵道："现在的国君，吃饭都要人喂，国人有理由怀疑这样一个孩子，能承载起一个国家吗？如国母所言，'国君没有发话，擅自杀卿与大夫，成何体统？'他们杀先克，国君发话了吗？今日杀了先克，明日就会杀我，接下来就会杀国君、国母，晋国将陷入大乱，晋昭侯就是被大夫潘父设计杀死的，难道国母不知道吗？"说罢，背转身去，几乎断喝："送客！"

穆赢不知道是如何回到宫里的，又丢了一回面子，以后来看望、送这送那的人更少了，她恨死了赵盾，可又没法。于是牵着儿子的小手，教唆道："天下最坏的人、最可恨的人叫赵盾，没有你爷爷、父亲，他什么都不是，你长大了，一定要杀了他，为娘出恶气，为自己争口气，把权力夺回来，把晋国握在自己手中！"

审讯完毕，案情一清二楚，赵盾阅罢，立即下令处死箕郑父、先都、士縠、梁益耳、蒯得。

行刑这一天，刑场人山人海，看热闹的人们兴致勃勃交流不断。有以为什么贵族，没什么了不起，看似风光，实际上是在刀尖上舔日子，一犯事小命都保不住，还连累整个家族也没有好日子过；有以为本当保住荣华富贵就不错，偏要争权夺利你死我活，这些贵族完全是吃饱了撑的，活该；更多的人以为还是做一个"吃一份做一份"的平头百姓自在，与人无争与世无怨，犯不着争这抢那，苦是苦点，只要铆足劲发家致富就万事太吉……

新老贵族们心理非常复杂，恐惧者居多。这五个死刑犯都是

晋国重量级人物，箕郑父与梁益耳两大家族，彻底退出晋国高层政坛，前辈与自己拼打出来的世界，全部归结为零，"土著贵族派"受到重创，加上狐射姑的下场，两派都惧怕赵盾的"夏日之阳"，以后得循规蹈矩，不能有非份的念头，否则重蹈覆辙一样下场。

行刑完毕，赵盾带着先克还在蹒跚学步的儿子先縠去箕城，在先氏祖祠中，加上先克的灵位，领着先縠祭拜父亲与先祖，并在先克灵位前发誓，一定会照顾好先縠，因为你是替我死的，那伙人的矛头分明是冲着我来的。

这当会儿，穆嬴上窜下跳，逢人就煽风点火，别人怕赵盾，她有国母的身份，用不着怕。说人皆有私心杂念，他赵盾也是人，不信就没有，谁要是发现他有错，尽管告到我这里来，一定作主唤起国人而共诛之，让他比这五个人死得还要惨。她找到谁，谁都害怕别人看见，一副欲逃之夭夭的模样。

从箕城回来，赵盾第一次在晋国史上，以正卿身份对卿内阁大洗牌，随自己的心愿，主持组成新一届领导班子。当然，表面上还是"公允"的，"流亡族"与"土著贵族"各三人。他自己兼中军将，荀林父佐之；上军将为郤缺，臾骈佐之；下军将为栾盾，胥甲佐之。这其中，赵盾、胥甲、臾骈属"流亡族"，胥甲是胥臣的儿子，臾骈是赵盾的家臣，有替代性质，让他占着卿位，先縠成年再接上，如果空在这里，会有人打主意。郤缺虽然是"土著"，但在落魄之时，是"流亡族"胥臣推荐上来的，又是先轸重用并看好的人才，并且断定是元帅之才，郤缺因而感恩，一直与赵盾这边关系密切；栾盾也是"土著"，但不拉帮结派，亦不善言辞，行动上很听赵盾的，他的父亲栾枝对迎回晋文公有功，当报答的；荀林父在六人中资历最深，虽不满赵盾的独断专行，但没有表示出来，深谙祖父荀息的真传，赵盾自信可以驾驭他。不久，赵盾找借口驱逐胥甲出使他国，因为两人的父亲同辈，资历相当，指挥起来碍手碍脚，又把他的儿子胥克拉进"内阁"，算是"补偿"，比自己小一辈，年轻人资历浅，使唤起来方便，至少不会威胁到自己的地位。

穆赢得知臾骈一个家臣竟然入阁为卿，到处大作文章。但老旧贵族认为，这个理由扳倒赵盾差得甚远，因为臾骈是暂代先縠，照顾晋国大功臣先轸的后人，这无可非议，赵盾的私心中有公心，况臾骈确有卿才，只是他出身低微，不仅为人处世很谨慎老道，而且多次在战场出谋划策转危为安，一般的大夫难以做到他那般。

赵盾在风头正盛之时，有一次"低头"认错道歉。

晋国在河曲之战中，与秦国交战没有占到便宜，是还呆在秦国的士会坏的事，他是士蒍的后代，非常聪明有本事，曾迎回晋文公，流落到诸侯国对晋国不利，就召集"内阁"会议进行讨论。

郤缺懂，献言道："最好把士会接回来，他德才兼备，高风亮节，能进能退。"

这很对赵盾的胃口，觉得士会象荀林父一样，很得其父的真传，曾传书劝导过叔叔士縠，可惜枉费了一片好心，他如郤缺一样也是个元帅之才，在秦国对晋国后患无穷。

于是散会后没几天，赵盾突然派人抓捕魏犨的儿子魏寿余的妻子儿女，却让魏寿余只身逃脱，去秦国投奔做卧底，因为他的封地芮城一带，与秦国隔河相望，向秦康公提出愿把封地献给秦

国，如果不信，可以派熟悉晋国的人一同去。秦康公是用人不疑，派士会去。一些日子来，发现他非一般人，才智过人，比那个先蔑强许多，却不解两人曾为同僚，在秦国总是避而不见如陌人。

士会一眼就看穿是赵盾的鬼把戏，但自己的根基在晋国，在秦国只不过是权宜之计，不便道破。想起祖父士蒍"为臣要忠、做人要活"的临终遗言，既然君臣一场，应当不负于人，也不使自己留遗憾，就毫无保留地向秦康公奏明："有两种结果：或真的有这回事，魏寿余的封地归秦国所有，那里对秦国确实重要，可以作为挺进中原的'桥头堡'或'滩头阵地'；或是晋国设的圈套，我在那里被晋国抓回去治罪，落得个人地两空。"

秦康公很欣赏这种忠诚坦白的为臣为人品格，微微一笑，爽快道："得到土地，你大功一件；你若回晋国，寡人把你全家送过去。"

士会呜咽不止，对秦康公连连叩头，以至血流满额。

见到士会，荀林父和郤缺象什么事都没有发生过似的，高高兴兴拥着他到达都城。赵盾赶来了，向士会"低头"检讨自己年轻经验少、办事莽撞不周，请多加原谅，我们还是同僚，你是大人才，晋国不能没有你……

士会默认，不接受又能如何？但认为自己没有错，不愿对赵盾表示什么，于是赶去见国君，承认错误，表示将为晋国尽心尽力，以弥补过去。这可把小君主乐坏了，赫赫大臣居然来朝见，礼节有加，还一个劲检讨自己，这是从未有过的。于是设宴款待，君臣释然。穆姬在帘后目睹一切，脸上笑成一朵花。

秦康公得知真相后，平静如常，也没有食言，把士会全家老小送来晋国。士会感动秦康公之义，致书称谢，并劝以息兵养民，各保四境平安。秦康公以为然。从此，秦、晋间互不加兵者二十年之久。

高手过招，不拘小节，各取大义，英雄惜英雄！

三

继狐氏、箕氏、梁氏倒塌后，先氏步其后走向深渊。这大大出乎人们的意料，因为赵盾对先氏优宠有加。

臾骈不幸猝死，不得已赵盾将年纪轻轻的先縠拉入六卿，佐郤缺为上军佐，卿内阁中排名第四。这对从军从政一张白纸甚至涉世不深的先谷，说是一步登天也不为过，一出道地位便非常高，不少宿将老臣奋斗了一辈子，都到不了这个位置。赵盾临终前，越过荀林父任命郤缺接替中将军，至此，先轸生前断言的"元帅之才"得以实现，经过整整三十七年不懈的努力与拼打，郤缺完成了从一个罪臣之子、一个农夫到元帅的人生大跨越！

郤缺一如赵盾那样呵护先縠，先氏又顺风顺水蓬勃发展起来，致使一直在家族光环照耀下成长、没有尝过底层艰辛、没有一路拼打的经历体验的先縠产生错觉，以为世界原本就是这样，一切都是为自己而存在。四年后郤缺去世，五卿中资历最深的荀林父接替为中军将，他经过二十九年中规中矩不急不躁稳扎稳打的生涯，终于"多年的媳妇熬成婆"，因曾在晋文公时任中行将，就以官为氏，别为中行氏，又称中行桓子、中行林父。先縠又"依序递进"升为中军佐副统帅。太顺了，更太快了，这一切来得太容易了，先縠变得愈加忘乎所以，刚愎自用，膨胀不已。

荀林父的能力比赵盾和郤缺有较大差距，但继承了祖父、父亲的基因，人品还算好，刚正、木讷、以忠厚待人，总是一副不温不火的模样。可先縠总看不顺眼，认为如此平庸之人，怎么可以做元帅，平日少不了磕磕碰碰。荀林父也不作计较，事过之后，象什么也没有发生过一样。

这段时期晋国平稳如常，南边的楚国却今非昔比，曾在赵盾时期被晋国压得苦，因为那时国内形势混乱。楚庄王经过一段时间的"花天酒地"之后，"一鸣惊人"，迅速翦灭若敖氏的势力，任用孙叔敖、伍参等贤良人才，楚国国力得以迅速提升。而晋国在赵盾、郤缺死后，一家独大的局面骤然减弱，荀林父作风不够强悍，甚至瞻前顾后，难以摄众，其他几个大家族相互之间又明争暗斗。晋楚此消彼长的局势非常明显，楚庄王决心抓住机会同晋国"决战"，从晋国手中夺取霸权。北上中原谋取霸权，是数代楚王的梦，楚庄王要圆这个梦。

从哪里撕开缺口呢？楚庄王思虑再三，决定讨伐戎狄，尽管要远征，但可以"一箭三雕"，周王室与之仇恨很深，曾因之被迫东迁；秦国与之争夺地盘激烈；晋国却与戎狄关系密切，不仅晋献公、晋文公都娶戎狄女子为妻，不少大夫甚至民间也与那里连姻。"讨好"了周王室与秦国，楚国的外部形势就改观了；打击了戎狄，就等于打击了晋国。戎狄的部落众多，分布很广，精心挑选处于陆浑地区的戎狄部落，为现在河南嵩县北部，靠近周王室都城洛邑又与晋国相邻。于是亲率大军长驱直入，并在周王畿地区进行大阅兵，用以展示军力。周天子不得不派人来"劳军"，楚庄王竟对使者问鼎大小轻重如何。九鼎乃大禹所造，象征天下九州和至高无上的权力，这让人们看到楚庄王觊觎天下的

野心或曰雄心。这就是"问鼎中原"的出处。

　　戎狄国小力弱不经打，并且楚庄王打戎狄只是个幌子，恰在此时晋国元帅郤缺去世，荀林父接替。楚庄王闻讯，趁丧北伐，转而进军征服郑国，可以封锁晋国南下之路，并控制中原。这触动了晋国的根本利益与神经，晋、楚双方围绕郑国展开了激烈的争夺。

　　相对晋、楚，郑国是小国、弱国，两个太上皇谁都得罪不起，在夹逢中生存，无奈做"墙头草"，谁强服谁，谁胜依附谁。可这非长久之计，最好尽早有个了断，就派使者去晋国行"激将法"，挑动两个大国决一雌雄。

　　由于事发突然，荀林父仓促间重组三军六卿，并召开卿内阁会议商讨对策。对郑国的态度，晋军将佐们看法不尽相同。

　　先縠坚决主战："打败楚国、威服郑国，就在此举，一定答应郑。"

　　赵衰的儿子大夫将军赵括、赵同支持先縠意见，两家关系本来就好。

　　荀林父犹豫未定。

　　楚庄王的宠臣伍参奏道："晋之主政者新，未能行令。其佐先縠刚愎不仁，未肯用命。其三帅者，专行不获。听而无上，众谁适从？此行也，晋师必败。"

　　楚庄王深以为然，于是亲率楚军再次围攻郑国。荀林父不得不亲率三军再次救郑，双方在今河南省的邲地展开争夺，会猎于黄河。晋、楚爆发了史上第二次大规模战争——"邲之战"。

　　楚军洞悉晋军将帅不和，故意派使者向晋求和，本为懈怠晋军。荀林父答应了"和"。但在约定了会盟日期以后，楚庄王又

采纳孙叔敖的意见，突遣奇兵向晋军挑战，逼近晋军，试探晋军虚实，并企图激化晋军内部矛盾。

面对严峻的形势，晋军诸卿建议撤退，不宜与楚军争锋，荀林父仍犹豫不决。上军将士会、郤缺的儿子上军佐郤克提出：大敌当前，一定要做好各种准备，否则必然失败。

副统帅中军佐先縠不以为然："郑人劝战，不敢从也；楚人求和，又行不通。师无成命，多备何为？"拒绝做有关准备。先縠因平日就与荀林父政见不合，对他不想打这一仗嗤之以鼻，这老东西占着中军将的位子，却没有主帅的勇气，一点不中用。于是，动了个念头，起了个主意，甩开这个绊脚石，自己"单干"，并率领所部抢渡黄河，至楚营挑战，恰中了楚军的圈套。

事前没有这个安排，更没有得到过报告，荀林父闻讯后大惊，众卿也一时无措，因为太突然、太匪夷所思。

见状，司马韩厥挺身而出，提议全军紧急出动支援，防止先氏被歼灭。因为韩氏一族，原来依附晋武公、晋献公、晋惠公、晋怀公，自晋文公以来，一直备受冷落衰落不止。到了韩厥这一代，连吃饭都成问题，韩厥便托养在赵氏。赵衰是个大好人，对韩厥视为己出，使他无忧无虑和赵同、赵括一起长大。他平时低调不显山不显水，"偶而露峥嵘"，很快就有了回报。赵盾从北翟回来后，对他更不薄，掌政后提拔他做了军队执法官的司马，也是大夫级的官员，韩氏慢慢缓过气来。先縠是赵盾生前最照顾、最放心不下的，先氏与赵氏的关系非常密切。看着先縠身陷险境，当然不能不管，有报恩的机会一定要抓住。

荀林父想想，如果折了先縠所部，这仗没法打，战后回晋国去也没法交代。无奈之下，只得率全军匆匆跟进，晋军被先縠的举动毫无准备的拖入战场。邲之战中，晋军兵败如山倒，中军、下军损失惨重，只有士会、郤克率领的上军准备充分，依托险要地形，多处设伏，士会、郤克又亲自引军殿后，军容整肃，楚军不敢逼近，使得三军从容安全撤离。

回国后，荀林父勇敢地承担全部责任，向国君晋景公坦然请罪求赐死，没有提及这是先縠擅自行动造成的恶果。

国家近半的精锐家当折了，晋国从来就没有过这样的败绩，从来就没有吃过这样的大亏，更严重的是，要重新补足原来的军队规模，建造损失的战车，不是短时能做到的，并且要耗费巨大的财力。明摆着的，晋国的霸权不再，经历了四代君主而不衰，竟在自己这一代，拱手让予楚国。晋景公盛怒之下，奋力一拂袖，示意卫兵把荀林父捆绑起来押下去杀掉。

这时，士会的侄子、大夫士渥浊急忙奔上前阻止道："君主息怒，此人杀不得、杀不得呀！"

晋景公在气头上怒怼说："如此大罪，为何杀不得？！"

士渥浊不慌不忙地说："三十多年前的城濮之战中，晋军大获全胜，举国上下一片欢腾，士兵们大吃三天楚军的粮食，但先君晋文公面无喜色，忧心忡忡，左右的人甚为不解，就问为什么。文公说：'楚军虽败，但主帅成得臣还在，我怎可就此放心呢？一头野兽被困住了尚要挣扎，更何况成得臣是一国之相、天下闻名的猛将呢？有朝一日，他恢复过来了，势必要来报仇雪恨的，你说，我们有什么可庆祝的？'后来，气急败坏的楚王逼迫战败的成得臣自杀，先君文公才露出笑脸，高兴地说：'太好了，成得臣死了，楚王帮我除了心头大患，从此我可以高枕无忧了，不必再担心成得臣会来害我了，晋国算是又胜了一次。'自楚王

杀了成得臣以后，楚国两代都兴旺不起来。如今，荀林父虽然在此次战场中失败了，但他是个难得的人才，算得上是国家的栋梁，祖父荀息是晋国的忠臣良相，杀了他，岂不是亲者痛仇者快、正中了楚国的下怀，帮了他们的忙吗？您说，荀林父能杀吗？"

晋景公听了士渥浊一番话话，如雷灌耳，霍然醒悟，不仅不能杀，甚至也不要给予惩罚，记得曾经秦穆公就赦免了"崤之战"三个主将的罪，使他们以后发愤戴罪立功以雪前耻，把晋军打得大败不敢应战。于是立即下令赦免了荀林父等人的死罪，官复原职，并令任何人不得妄议！

荀林父感动不已，反思自己的不足，接受教训，注意使全军坚决贯彻一个明确的军事意图，统一指挥与行动。他又指挥了一次伐郑战役，目的是威胁郑国脱离与楚国的同盟，与晋国重修旧好，晋国的军队很出色地完成了这个任务。随后，荀林父率师攻灭赤狄的潞氏，大获全胜，土地人口尽归晋国所有。

为此，晋景公赏赐荀林父狄人奴隶一千家；并赏士渥浊封地，对他说："寡人得到狄国的土地是你的功劳，要不是你的劝谏，寡人已失去荀林父了。"

至此，荀林父如释重负，觉得对"邲之战"的过失有所弥补，宣布"告老还乡"退出晋国政坛。他是第一个自行引退的晋国正卿，有一就有二，正卿不是终身制，有了更多的选择与腾挪空间，这对于完善卿内阁制度，意义不可低估。其子荀庚"世袭"进入六卿为下军将。士会在"邲之战"中表现出色，也曾耳有所闻他是元帅之才，晋景公令他接替为中军将。

此后，晋景公没有再过问"邲之战"之中的事情，六卿及中层大夫将军们，也没有谁提及此次战役，就象"邲之战"没有过一样。一切都过去了！

"君子坦荡荡，小人长戚戚"。躲过一劫的先縠，没有珍惜国君给予的机会和众卿的宽容及沉默，没有进行深刻反省，更没有着手象荀林父那样，去努力弥补"邲之战"中的过失，反而担心将来国君会找他算账。为防不测，竟又动了歪心思，想演一出"先下手为强"，中军将士会非常老道机智，为人处事滴水不漏，晋国的军队无法调动，就于次年暗中联络鲜虞、戎狄等外族部落偷袭晋国。

阴谋失败，真相大白，晋景公怒不可遏。已经不问其罪，众人假装糊涂忘了他的罪责，不图回报，竟变本加厉至于叛国，如何能容。于是下令捕杀先縠，族灭全家。尽管先縠的祖先先轸对晋国功莫大焉彪炳史册，赵盾和郤缺对他优宠有加，然而犯下如此大罪，无可赦免，都缄口难言。

至此，经历先轸、先且居、先克之后，显赫一时的先氏，骤然坠入深渊，彻底退出晋国政坛，命运比狐氏更悲惨，先縠乃罪魁祸首！一次错误可以原谅，但不思过并改革自新，反而一错再错，越错越大，罪不容恕，自食其果！

士会之"让"

一

晋国都城东边的大道风尘滚滚，一支望不到头的大军向西浩浩荡荡挺进，军列中的旗帜上，硕大的"郤"字若隐若现。从大军的规模人数与装备上看，和一个中等诸侯国两军对峙开战，很难料定鹿死谁手。最前面是晋国副统帅中军佐郤克的专用马车，此刻，他铁青着脸，低沉着头，本来背是驼的，从后面看去，背更驼了，隆起挺高。

父亲郤缺去世，他就"世袭"为卿任上军佐，登上了晋国的历史舞台。他不象先縠那样父亲去世早，郤缺对他的教育从未放松，平时要求很严，临终前以自己的经历经验谆谆告诫他：忘掉家世荣誉，忘了我这个父亲，这些都不重要，重要的是从头做起，凭自己的努力信服于人，要有大的出息与大的前程，最紧要的是任何时候和任何时刻，都要沉着冷静从容面对，出言与举动恰到好处地表现展示，把自己发挥到最大限度，日子一长，什么都有了……果然，"初出茅庐"在"邲之战"中，虽晋军大败，但他和直接上司上军将士会配合默契表现出色，不仅所率的上军

没什么损失，还阻挡了楚军的追击，掩护中军和下军安全撤退。荀林父自请"告老还乡"后，士会任中军将，他又紧随为中军佐副统帅。父子两代为晋国竭力拼打的同时，家族势力也急剧扩张，加上自晋献公时祖先郤豹及郤縠留下的雄厚基业，郤族又成为仅次于赵氏的赫赫大族，建立起的郤家军规模惊人，并且经历过战争的磨砺，战斗力强大。郤克自信战胜齐国不在话下，那里生活富裕，人们不愿打仗，曾经楚国的成得臣在齐国建立一个飞地，只有少量的军队驻扎，偌大的齐国硬是没有办法。

士会接替荀林父为中军将，摆在面前突出并最重要的问题是，自"邲之战"后，晋国的霸权被楚国夺去，楚庄王一战而定江山，一鸣惊人，一飞冲天，饮马黄河，成为了中原霸主，一雪当年城濮之战的耻辱，为祖父楚成王出了口恶气，晋国在中原瞬间销声匿迹。天下诸侯对晋国不再像以前那般俯首帖耳了，小国们大多背晋而向楚。楚庄王带兵曾一度包围晋国的铁杆盟友——宋，兵围长达八个月。宋国向晋国求救，晋国不敢发兵，这个时候的局势对晋国太不利了。秦、齐等大国皆乘虚蠢蠢欲动。

首先是晋国的宿敌——秦。当"秦晋之好"的蜜月期过后，两国关系就一直僵化，而且愈演愈烈。从崤之战到彭衙之战再到令狐之战，总是秦人受气，秦国发现和晋国单挑不是对手，就开始联络楚国，南北夹攻晋国。在"邲之战"后，硝烟未散，秦国原来三个猛将孟明视、白乙丙兄弟不在了，秦桓公派遣了秦国第一猛将杜回，带兵攻伐晋国。他是有名的大力士，生得牙张银凿，眼突金睛，虬须卷发，身长一丈有余，力举千钧，惯使一柄开山大斧，重一百二十斤，所向披靡，经过处无有生灵。又拳似铜钵，曾一日拳打五虎，剥皮抽筋以归。可见，秦桓公下了最大

的决心与赌注。

晋国得到消息，别无他法，只能硬着头皮应战，用最笨的办法，猛将对猛将。晋国最厉害的猛将当属魏颗、魏锜兄弟，两人是魏犨的儿子，继承了父亲高大威猛善战的特点，当时是上军中层大夫级将军。晋景公及士会派两人迎敌，郑重嘱咐以坚守为主，但不看好结果，作了最坏的打算，准备了后续预案。而魏氏兄弟也知道，猛将对猛将，你死我活，但这会儿全晋国都在看着他们，只有豁出去拼死一战，准备着"马革裹尸还"，把家中的后事一一安排妥当。

两军在晋国辅氏（今陕西省辅邑县）的地方扎营对垒，展开决战。

没过十来日，就在晋景公和士会焦灼不安的时候，魏颗派出的快骑突然前来报捷，晋军俘虏了秦将杜回，并已斩首，秦军退回秦国。这是大捷，并且来得太快了，令人不可思议！两人激动不已。次日，魏颗前来复命，献上杜回的首级，晋景公才相信千真万确，下令大摆庆功宴，当场嘉奖，把令狐（今山西临猗）之地赐与魏颗为封地。席间，人们迫不及待问起为何如此之快取得如此大捷。

魏颗抑住兴奋，平静地说："非魏某之功，乃神佑晋国！"接着缓缓叙述了整个过程。

交战时，两军排开阵势。杜回手执大斧，仅率三百兵勇，猛冲进入晋阵，下砍马足，上劈甲将。晋兵从未见过此凶狠战法，抵拦不住，大败而归。一连三日，不敢出战。魏颗秉烛闷坐，左思右想，没有良策。三更时分，朦胧睡去，耳边似有人言"青草坡"三字，醒来不解其意；再睡，仍复如前。就问魏锜，这是什

么意思。魏锜说，离此不远约十里，有个青草坡，或许秦军该败在那个地方。我先引一军在那里埋伏，兄长诱敌军而至，左右夹攻，可以取胜。来日，魏颗传令：拔寨而起，班师回朝。杜回果然来追。魏颗略斗数合，假装败走，渐渐引进青草坡。一声炮响，号角冲天，魏锜伏兵俱起。魏颗返身杀回，将杜回围在核心，两下夹击。杜回全不畏惧，抡着开山大斧横劈竖砍，一时死伤者众。当杀至青草坡中间，杜回忽然象个蹒跚学步的小孩儿，一步一跌，立脚不住，刚爬起又跌到，反反复复的，浑身使不上劲，开山大斧也拿不住，其状很是滑稽。魏颗、魏锜举目遥望，但见一庄稼老农人，布袍芒履，将青草一路挽结，以绊杜回之足。两兄弟暗暗称奇，立刻策马赶到二戟并举，把杜回搠倒在地，活捉过来。再一望，老人不见踪影。魏颗问杜回，你自称天下英雄第一，何以见擒？杜回无比沮丧说，我双足似有物绊住，不能展动，乃天绝我命，非力不及也。魏颗恐留于军中有变，即时将杜回斩首。

是夜，魏颗刚得安睡，梦见日间所遇老人，前来致揖："将军知杜回所以被获乎，是老汉结草以御之，因此颠踬被擒。"魏颗说："我们素不相识，乃蒙相助，何以奉酬？"老人说："我是祖姬之父，为报将军不用先人之乱命，善嫁我女，特效微力。"原来魏颗之父魏犨有一爱妾，名叫祖姬。魏犨每次出征，总要嘱咐魏颗，若我战死沙场，你要选择良配，善嫁此女，不要让她流离失所。后来病危时，又叫魏颗把祖姬殉葬，不使父亲在九泉之下孤独无伴。魏犨死后，魏颗并不用祖姬为殉。魏锜问，不记得父亲临终嘱托了吗？魏颗说，父亲平日吩咐必嫁此女是清醒之语，临终乃昏乱之言。孝子从治命，不从乱命。葬事完毕，魏颗

就将祖姬另嫁士人。这就是成语"结草衔环"的由来！

魏颗一说完，众人唏嘘不已，想起了秦穆公赦免五百乡野草民偷宰秦公室宝马而食，不仅不治罪，相反理解他们生活的窘境而厚待之，他在韩原大战身陷死局，被这五百乡民奋身拼命相救；赵盾曾救下素不相识快饿死的猎人灵辄，后在桃园遭晋灵公与屠岸贾暗算，将被一群凶猛的藏獒包围咬死的时刻，灵辄及时赶到相救。人行善事终有善报啊……

晋景公明白暂时遏制住了西北方向危机，还有东与南面的事要解决，散席后，晋景公留下元帅士会和副统帅郤克商讨下一步对策。

"西面暂时安定，今之奈何？"晋景公急不可耐直接抛出话题。

士会目示郤克，他会其意，风轻云淡道："秦国的反扑与报复随时会来，当然晋国不可能同时与三国交战，宜一一击破之。"

"此计甚好！"晋景公面露喜色："谁个首当其冲？"

士会献言："秦国虽遭重创，只是面临一将难求，仍然实力不可小觑。宜先易后难，三国中，齐国军队战斗力最末，并且历史上多次交锋，其败绩最多，对晋国尚存畏惧心理。"

"何以击之？"

"当然外交能解决问题最好，先礼后兵嘛，微臣愿出使齐国，陈以厉害，劝其'回头是岸'，各相安好，不战而屈人之兵乃上上策。"

"不可！"晋景公否决："'邲之战'中，中军与下军损失不小，补充与整训，需要元帅坐阵，不宜出使！"

郤克见机起身奏道："微臣去一趟齐国。"

"那就有劳郤将军!"

此时齐国是齐顷公为国君,他是父亲齐惠公的小妾萧同叔子生的儿子。因为她地位卑贱,所以不敢说出来。生产时,她拿了一些柴草把儿子生在田野中,又不敢抚养他,生下后忍痛离去。有野猫过来喂奶,鹞鹰过来掩护他,有人看见,以为"吉人自有天佑",就把他收养起来,因不知道是谁丢下的孩子,又在野外拾得,就给他取名叫"无野"。齐顷公依仗着祖父齐桓公留下来的雄厚国力,称雄于东方,想摆脱晋国的节制。楚国崛起后,齐国与楚国走得很近,大有联楚抗晋之势,又遣大军逼近鲁、卫两个小国,胁迫其成为附庸国。

郤克携带不菲的礼品,向齐国的都城临淄而去,一路奔驰,巴不得早点完成任务归国。在路途中,发现前面一辆极为普通的马车,却插着诸侯国通行的外交使节旗帜,"鲁"字随风飘扬。心里很高兴,因为路上有伴了,到了齐国也有伴,不会寂寞;同时又诧异,出使是代表国家的,应该气派的,不能太寒酸让人瞧不起,若是个级别低的官员,出使国会觉得被轻视,不当回事。抵近一瞥,原来里面坐着鲁国相国季孙行父。这个季孙行父可了不得,大权在握,如晋国的卿族一样,家族势力很大,执掌着鲁国朝政和财富,却克勤于邦,克俭于家。也只有他坐比百姓好不到哪里去的普通马车出使,对方也不会怠慢的。于是赶前几步停在路边,下车到路中央恭恭敬敬行礼。

普通马车戛然而止,季孙行父看到晋国的车在路边,又有晋国的副统帅持礼,连忙下得车来,他的腿不方便,一瘸一拐上前几步回礼。礼常寒暄过后,郤克热情邀请季孙行父乘自己的车,宣称可以一路聊天,其乐融融,时间也过得快。季孙行父一听,

是这么回事，欣然同意。郤克扶着他上了车。

无巧不成书，两人聊着聊着，又遇上卫国相国孙良夫。他是赫赫有名的卫武公的后人，是当时的大外交家，遗憾的是其貌不扬，天生"独眼龙"，这种可以忽略不计的概率，偏偏摊到他身上。他被郤克牵至车上，和季孙行父相见，两人笑开了、乐开了，两人有不菲的友谊。孙良夫三年前曾到鲁国，与季孙行父相聚，代表两国结盟。这次他也是去出使齐国。三人心照不宣，都是因为齐顷公的好战挑衅压迫，被迫去齐国修好关系。郤克提议，三人一起见齐顷公，一起进行外交活动，这样人家好安排，能省去两次重复的仪式，搞一次欢迎仪式就可以了。季孙行父和孙良夫几乎同时称"善哉"。三人都是姬姓，几百年前就是一家人，此行目标一致，一路天南地北侃侃而谈笑声不断，不亦乐乎！后面发生的事情，是他们压根想象不到的！

齐国朝堂上，郤克、季孙行父、孙良夫一字儿排开，代表各自的国家晋见齐顷公，递交国家文书，表达和平与修好愿望。

有"客"自远方来，并且是三个国家同时来，齐顷公欣欣然满面春风，猛然间，发现了什么，强忍住笑，即行宣布：三天后，举行大宴，盛迎贵宾，齐国全体中层以上大夫出席。说罢，忙不迭赶紧离开，怕再待片刻笑出声来失态坏事，也不管人们议论如何。

回到后宫，齐顷公首先想到的是"孝敬"母亲："三天后要举行盛大宴会，欢迎三个国家的重要人物来访，请母亲大人前去欣赏。"

萧同叔子满脸写着感动，她和儿子度过了人生最艰难的年代，现在的一切来之不易，非常珍惜眼前拥有的，她知足："我

儿的心意领了，这种事女眷是不宜介入的，这点小事，我儿一定会办得妥妥当当的!"

"有好事我当然要想到母亲，让母亲享受一生中难以得到的享受!"

"什么好事，娘非得去?"

"不去，母亲会后悔一辈子!"

"啊，先说说看。"

齐顷公一副神秘状:"无以言诉，只有现场观摩。日后，无论多久，只要想起这个场面，会把自己笑坏的!"

萧同叔子将信将疑，这辈子各种事见得多了，琢磨半天，也想不到什么事，会有如此神奇效果。

三天后，齐国朝宫灿烂辉煌，齐乐温馨悠扬，一团美女轻歌曼舞，大夫们济济一堂，开心极了，仿佛又回到齐桓公时代。

齐顷公驾到，他把母亲安排在自己君位侧边的帷幕后，宣布迎接贵宾的大典开始。霎时，音乐止、美女退，全场寂静无声，都在等待着!

春秋史上最滑稽的场面出现在人们面前——

一个有驼背的侍从，引导着本就驼背的郤克;一个拐子扶着略有瘸腿的季孙行父;一个独眼龙侍从，牵着只有一只眼睛的孙良夫，鱼贯而行出现在朝堂上。

一开始，人们被这个富有创意的场面惊呆了，接着纷纷以袖捂面，让笑喷在袖子里面。突然，发出一阵女人的痛笑声，循声望去，只见帷幕一角大开，萧同叔子笑得前仰后合东倒西歪，齐顷公过去搀着母亲，陪着大笑不止。见国君和国母笑开了，人们不再克制，齐国朝堂之上，各种各样的哄笑声此起彼伏，成了纵

情取笑的海洋！只有一个人不仅没有笑，反而紧绷着脸，一副忧心忡忡的模样，他是齐国大夫逄丑父，料定此举肯定会激怒使者和他们的国家，齐国将为之付出代价，甚至是沉重的代价！

郤克、季孙行父、孙良夫一时木然，很快反应过来，明白是在嘲笑自己，被齐国恶搞至极。郤克一怒之下，把引导者猛力掀倒在地，拂袖而去。季孙行父和孙良夫紧随离开。

逄丑父看得明白，愈加紧张，旋即追出去。

三人一刻也不想呆，巴不得插翅飞出齐国。郤克留下随从栾枝的孙子栾京庐处理事务，立即起程回国。在分手时，三人立誓，不报此人生大辱之仇，誓不为人！并相约归国后一定举兵联合攻伐齐国，活捉齐顷公！

听罢郤克满怀愤怒的奏报，晋景公及士会大吃一惊，深深被震撼了，对使节并且是出使国的重臣，哪有如此恶作剧的？使节是代表国家的，就不怕有报应、报复？现在的问题是，此行不仅没有修好关系，反而恶化了关系，晋国的外交形势与外部环境，变得更加严峻。

接着，郤克以急迫的态度与语气，提出立即发兵攻打齐国，鲁、卫两国必然响应并一起行动。

晋景公明白齐顷公侮辱了郤克，更侮辱了晋国，这个仇是一定要报的，但眼下时机不成熟，只能暂且忍耐。于是平静地和风悦耳劝导，可郤克倔强地昂着头，以至扭头别处。士会见他如此失礼，笑嘻嘻上前拉他坐下说话。突然，郤克甩开士会，几乎是似箭冲出朝宫。

完全出乎意外，君臣两人愕然。

士会很快反应过来：“国君切莫介意，郤将军失态，只是一

时气糊涂了，这阵子气过去，又会好起来的。他出道起，一直与微臣合作，了解他。"

"元帅都没有介意，寡人岂能?"晋景公顺坡下驴，悻悻而去。

萧同叔子回到后宫，走一路笑洒一路，果真是一生中难碰得着的，果真是一种无法言喻的享受，不住地夸儿子有孝心，有好事记着孝敬娘。平静下来后，好奇地问:"天下竟有这样的巧事，一对一的丑八怪凑在一起，哪里弄来的呀?"

齐顷公一一回答。

"啊——"萧同叔子神色陡变，半响，缓缓道:"可不得了!兔子急了还咬人，何况是这么大的人物，娘还以为是街头流浪汉呐……现在人呢?"

齐顷公醒悟过来，当时想的是好日子先过，没考虑后果。侍从来报:大夫逢丑父紧急求见!一想，逢丑父机智过人反应快，满朝大夫无人可敌，大有可能是为这事来的，忙奔出后宫。

闻得三个使者已经在归国的路上，逢丑父怎么劝都没用，反而增加了他们的愤怒，齐顷公一脸愁云: "事已至此，今之奈何?"

"能补救多少是多少。鲁、卫两个小国暂且不管，关键是晋国，郤克那里已无可挽回，他发誓若不报此仇，此生不过黄河。先派使者出访晋国，一定要见到晋景公与士会，深致歉疚，并表达愿两国长期友好之善意，使郤克在其国君与主帅面前话不好使!"

"有道理，甚好，你去安排吧!"

郤克实在无法忘记在齐国受到的奇耻大辱，这一幕不停地在

眼前出现，盘绕在心头，调遣自己的郤家军，在边境地区驻守，做好随时进攻齐国的准备。每天上朝时，向晋景公提出讨伐齐国。晋景公不认可也不否定。他便提出可以不用晋国的兵，他郤家军足够打败齐国。晋景公环顾左右而言他。郤克掉转身子便离去，全不管满朝反应。这样的场景日复一日重复着。

人们不时听闻郤克闹事，不是家臣无端被毒打，就是纵马冲闯街市，或霸占别人的田亩……原来那个郤克不见了，现在的郤克令人望而生畏，不报复齐国，也许晋国无宁日。别人无可奈何，士会出面多次劝阻，一点效果都没有。

季孙行父派人来告知，鲁国已准备发兵攻打齐国，问郤克如何行动；孙良夫也派人来询问履行诺言的具体计划。他决不能失约，焦灼不已度日如年。守卫边境的将军带来四个齐国使者，说要见晋景公和士会元帅。郤克怒不可遏，立即抽剑杀死四人。旁边一众人大惊，因为即使两国交战，也有不斩使者的规定，现在尚未交战，这就等于宣战，没有回头路了！

郤克不屑一顾轻蔑一笑，挥剑一指齐国方向，怒吼一长声，似欲刺破苍穹！

于是，出现了开头的一幕。

二

晋景公闻讯大惊，忍了很久了，出了这么大的事，闻所未闻，已是不能再忍，急召群臣商议。大夫们因为是副统帅所为，尽管篓子捅破了天，不知国君的底线是什么，都不便发表意见。他反常地没有端坐在君位上，来回反复踱步。

士会在楚晋边境视察防务，也得到消息，这么大的动作，要想不让人知道是不可能的，如何处理很棘手，这极大地考验着智慧与勇气。早料定会有一个总爆发，却没想到是如此过分，非常事情得用非常办法，总原则是：晋国不能乱，郤克必须保全。他能想象国君等得发急、同僚们束手无策莫衷一是的情景，一路纵马狂飙，一路各种方案依稀闪现。

一进都城朝堂，士会向国君及同僚行礼，过后，平静地说："若无其他事，可以散了。"

太出乎意料，晋国出了史无前例的大事，"散了"，象什么都没有发生，这么可能？元帅又是全晋国最杰出的人物，满朝大臣云里雾里，不知葫芦里卖的何药。大殿沉寂片刻，晋景公一挥手，只得纷纷"散了"离去。

"'散了'又如何？"晋景公知道士会是有大智慧的，迫切要知道答案。

突然，士会长跪于晋景公足下，叩头不止。

晋景公深感意外："元帅一直孜孜不倦为晋国奔波操劳，未有半点差池，何为行此大礼？"说罢，欲扶起他。

"主公答应微臣所请，微臣才敢起来。"

"元帅所请，寡人没有不许的！"

"郤克罪莫大焉，微臣恳请主公饶恕于他！"

晋景公一颤："这个……"

"主公能宽恕'邲之战'中之荀林父，也当能宽恕今日之郤克！"

"这可同日而语乎？当与先縠同罪！"

"郤克只是暂时被耻辱仇恨烧蒙了心，火头一过，极可能挽

回的，并且将造福于晋国。"

"怎么挽回、谁能挽回?!"

"微臣这就去'挽回'，若无成效，任凭主公如何处置他，微臣决无二话!"

"那——寡人拭目以待!"

士会连叩三个响头:"微臣替郤克长谢主公的大恩!"说罢，起来弓身退出去。

望着远去的背影，晋景公内心异常感动，有如此大臣，晋国幸甚! 同僚幸甚!

在一个大道拐弯处，突然，行进中的两匹马同时止步腾起长啸，马车骤停，郤克被惯性甩起，刚欲发作，只见前面一辆马车横在路上，士会挺立在路中央。

郤克一怔，很快反应过来，没办法，下车上前行礼:"求元帅让路!"

"当然，路是一定要让开的。听闻将军远行，士某是来尽同僚之谊，特为将军饯行。有这个面子吗?"

"元帅言重了，放眼全晋国，在下最佩服之人，莫过于元帅。恭敬不如从命!"郤克一扬手，令全军原地休息待命。

附近一块相对平整的草地上，两人进入一个临时搭建的帐篷，席地而坐，小桌上放着预备的酒盏与下酒的肉食及珍果。郤克闷头饮酒，一语不发，只盼着"饯行"早点结束。士会不紧不慢聊开了。

"晋国原有十一个大族，皆是祖先拼打出来的。士族是我曾祖杜爷、祖父士蒍的心血，郤族是将军的曾祖爷郤豹的心血，每一代当家人，都肩负着整个氏族行稳致远、发展繁荣的重任，稍

有差错，不仅自己不测，还连累整个氏族，狐族就因为狐射姑、先族就因为先縠、箕族就因为箕郑父的一时之忿而灰飞烟灭！"见郤克一副心不在焉的模样，只得单刀直入："将军真以为仅凭郤家军，就可胜卷在握？"

"战死沙场，也比屈辱地活着强！"

"大可不必，将军是何等人呀，承载着整个郤族，更承载着晋国的未来。若举全晋国之力，定能一战定乾坤！"

郤克一颤："这样的好事哪里有？"

"有！就看将军愿不愿意获得这样的机会，当然，机会不可能立即从天而降，半年之后一定有！昔日文公与将军的叔公郤縠，就等待与煎熬了整整十九年，难道将军连半年也等不及、撑不下去吗？"

郤克一脸狐疑。

"莫非将军不相信我？"

"怎么会？我宁可不相信自己，也决不会不相信元帅！"

士会立起身："那好，一言为定！现在与我一同回去，就当什么也没有发生过。半年内将军只做一件事，把'邲之战'中损失的中军、下军，补充整训好，达到能打大仗、恶仗的要求，其他什么都不要想。"

返回的路上，士会走在最前面，郤克及郤家军紧随其后。

许多百姓纷纷赶来，言道大军出征，也没听说，我们要劳军、送别，为大军壮行的。

士会一路拱手相礼以迎，回道是为了不久的出征打大仗，与郤将军率军演练，现在演练完成，没事了，大家请回吧。

从此，郤克再没有折腾，每天铁青着脸整训军队，每过一

天，都要费很大的劲。对于别人，半年一纵即逝，对于他，半年时间何其长！

晋景公及大臣们很诧异郤克的变化，不知士会使了什么魔法，终于使这位雄狮级人物冷静下来，可能全晋国没有第二个人有这种本事！但一瞅他的表情，知道他的心里仍然烧着仇恨的熊熊烈火，躲得远远的，不敢招惹他，更未知"半年"之后将发生什么。

恰在此时，自请辞去元帅的荀林父，在惊怒交加中去世。晋景公及士会等大臣们，为他举行隆重的葬礼。

"邲之战"使晋国受到重创，不仅外部形势严峻，国内又发生饥荒，这使得晋国雪上加霜，一些不法份子也乘机为非作歹，盗贼四起，百姓不胜其忧。荀林父虽然去职，但荀族势力依然强大，凭着几代人在晋国的积淀，觉得还可以为晋国做点有益的事，就将反盗贼的事情承应下来。一次在街市，遇到一个叫郤雍的人，他忽然指着一人大喊："此人是盗贼，快抓起来！"抓捕后审讯，果然是盗贼。荀林父很奇怪，问道："他脸上又没有刻着'盗贼'，你凭什么断定，就不怕冤枉好人？这可不是小事。"郤雍回道："他眉目之间，看见市摊上物品现一脸贪色，看见买卖之人有愧色；我发现他的异常，对我有惧色，这就错不了。"于是，荀林父赋之以专司捕盗贼之职。郤雍不负众望，每日捕获盗贼数十人，市井悚惧，可没想到的是，盗贼不是越来越少，反而越来越多。

晋室远支公族大夫羊舌职知道这种情况后，去找荀林父，郑重其事道："元帅任郤雍捕盗，盗未尽获，而郤雍之死期至矣。"荀林父不解问："何故？"羊舌职回答说："周谚有云，'察见渊鱼

者不祥，智料隐慝者有殃。仅凭郤雍一人之察、之力，不可能捕尽天下之盗；而群盗视他为眼中钉，必欲置之死地而后快，他们联合起来，反可以制住郤雍，不死何为？"果然，未及三日，郤雍偶行郊外，群盗数十人，合而攻之，割其头离去。郤雍死了，荀林父深感不仅未能捕灭盗贼，还连累郤雍致死，忧愤成疾而死。

葬礼过后，接下来缉盗捉贼的事务怎么搞，谁可担此重任？棘手的问题摆在人们面前。

羊舌职料事如神，也一定有办法应对。晋景公召见他咨询："爱卿知郤雍，后事胸有成竹乎？"

"用一个智谋去抵抗另一个智谋，就像用石头压草，草还是会从石头缝里长出来。用一种暴力禁止另一种暴力，就像用石头互相击打，石头一定都会碎掉。所以要彻底治理盗贼之患，为长久计，就要教化民心，让他们懂得礼义廉耻，不以拥有越多越好，这样釜底抽薪，盗贼无以立足，自然就没有了。"

这也许是"破心中贼"最早的版本。

晋景公眼前一亮，这的确是治本的办法，郤雍之法只是治标："何以操之？"

"选择品行高尚的人，一人足矣！士会为人讲究诚信忠义，温和而不谄媚，廉洁而不矫情，正直而不卑亢，威严而不凶猛。要论品格，没人能比得上。"

晋景公哈哈笑开了，深以为然，急召士会。

其实，士会一闻荀林父噩耗，痛感自己失职，注意力全集中在应对郤克与整顿完善军务，分身乏术，顾不上缉拿盗贼。现在必须全力解决这件事，以告慰荀林父的在天之灵。曾祖杜爷、祖

父士蒍都是法治的高手，幸得家传，一时捕灭盗贼不难，难的是长治久安！只有进行社会全面综合治理，铲除盗贼存在的土壤，才能事半功倍！

和以往的冷静沉着不同，士会誓言消灭盗贼，仅仅是为了前元帅荀林父，也是必须的。

"百姓日夜悬忧，多长时间？"

"半年！"士会礼别而去。

晋景公喜上眉梢，目送士会离去，相信他能做到，晋国大治，为期不远。突然，想起"半年"这个时间节点，与他许给郤克的一致，这肯定不是巧合，内有大文章，莫非是在下一盘大棋？

士会整理晋国的法律，将缉盗科条，尽行除削，增加诸多条法律教育、防盗御贼、纯洁社会风气、教化百姓、劝民向善为善的条文，并派人奔赴各地，声势浩大进行宣传讲解。百姓发动起来了，没出三个月，盗贼已无藏身之地，纷纷逃奔秦国，晋国大治。

晋景公召见羊舌职，赏赐他举荐士会之功。

"'大禹任用善人治国，不善之人就远离'，说的就是这种情形啊！《诗经》说：'战战兢兢，如临深渊，如履薄冰'，这就是善人执政的缘故。善人执政，则国中无侥幸之人。谚语说：'百姓多侥幸，就是国家的不幸。'这就是无善人执政的缘故！"羊舌职由衷地赞扬了士会一番，但拒绝接受赏赐，因为无功不受禄，功是士会立下的。

曾经荀林父灭掉了赤狄潞氏，将晋国领土向东扩张至山西长治附近，一举攻占了天下之脊。"邲之战"后，其残余甲氏、留

盱及留盱所属铎辰诸部，**蠢蠢欲动**。为了彻底告慰荀林父，士会向晋景公奏请将其全部剿灭，并令郤克为先锋作主攻，以检验整训军队的效果。

算算半年的时间快熬完了，郤克知道这是大举进攻齐国的前奏，于是一车当先率军奋勇厮杀，没费什么功夫，大获全胜。

结果出乎意料的好。晋国的内部问题全部解决了，半年约期也到了，士会知道自己该做什么、怎么做？

晋景公以士会之功，奏闻于周定王。周定王大喜，赐士会黻冕之服，将范邑赏赐为封地，让他兼任太傅之职，还想让他辅佐晋国的下一代国君，这可是连赫赫权臣赵盾都没有过的信任！于是，就按惯例以封地"范"为氏，人们又称士会为"范会"，去世谥为"武"，后人尊称他为"范武子"。

就在士会人生达到巅峰的时刻，他的一个举动使全国上下大为惊讶。

这一日是公元前 592 年秋季的一天，朝堂上一场对话扣人心弦。

士会一身普通装束，满脸写着庄重，双手捧着中军将的任命文简与帅服，一步一步走向晋景公，趋近长跪不起。

见此情景，晋景公不由暗地浑身一震，明白其意，大惑不解："举国上下以至王室，皆称元帅未及一年，却功高难及彪炳史册，何故至此？"

"微臣去意已决，恳求主公成全！"士会不敢抬头，使力嘣出。

"莫非寡人有薄待元帅乎？"

"主公恩泽，没齿难忘，为微臣个人所愿！"

"晋国不能没有元帅!"

"晋国第一个元帅郤縠早曾预见,六卿乃至出色的大夫中,有不少是可以胜任元帅的。言犹在耳!"

"放眼晋国,无有出元帅之右者!"

"虽然如今晋国安定,但还有更大的隐患没有去之。"

晋景公一时没懂:"愿闻其详。"

"人在大喜大怒之时,行为合乎礼法者少,离经叛道者多。郤克与郤族、郤家军,乃是晋国的一支重要有生力量,郤克已是忍耐近于极限,如不化解,晋国乱矣,后果不堪设想。《诗》云:君子的喜怒可以制止祸端,但如果不是君子,喜怒往往会制造祸端。当下郤克的愤怒有两种结果:发泄在国内,晋国就要遭殃;发泄在齐国,对打败齐国、夺回霸权,晋国受益无穷!"

"元帅的意思……"

"晋国大治,微臣所长不那么重要,对外夺回霸权,乃当务之急,此为郤克所长!"

"寡人不以为元帅这方面逊于郤将军!"

"人有所长,就有所短,全才者,世间罕有,尤其家风传承,熏陶后人,蔚然成形。自曾祖杜爷始,士族就有诉讼法科之长,也就成为微臣所长。若论战争征伐,郤族晋国第一,自郤豹始,郤縠郤溱兄弟、郤缺,以至今日的郤克,除先轸外,无人可敌!"

确有道理,晋景公怔怔地,等待下文。

"'邲之战'中,上军无损失,还阻挡楚军进攻并掩护中军、下军安全撤离,郤克为首功,微臣只是采纳了他的建议而已,功不在微臣。攻灭赤狄潞氏残部,郤克势如破竹,微臣也只是在一旁看着。他若为主帅,举晋国之力,定能击败齐、楚,还晋国

霸权!"

这真是把郤克的愤怒"化腐朽为神奇"!晋景公下座扶起士会:"元帅对郤克情深义重仁爱之至!"

"微臣只为晋国,没有私情!"

"准了!"晋景公顿了顿,无比感动之下:"令郎中,谁可堪大任?"

"长子士燮。"

晋景公回到君座,肃然宣布:"今日起,命士燮为上军佐!"

"谢主公厚爱!"

"寡人只为晋国,没有私情!"

君臣四目相对,火花绽放,哈哈大笑开了……

士会成了继荀林父后自行辞职的第二个元帅,在位仅仅一年余,用俗语说,屁股都还没有坐热!

三

士燮接到任命的文简,蓦地一惊,并没有为自己要进入炙手可热的卿内阁而兴奋,相反忧虑重重。因为按照惯例,晋国都是卿大夫父亲去世或离职,后人才替补进去,前个元帅荀林父辞职后,他儿子荀庚入阁为卿。可父亲身体好好的,也没有什么意外情况,怎么回事?急急赶到家中。但见一桌美味佳肴,两个酒盏相对而驻。

士会乐呵呵招呼:"庆贺我儿,爷俩放开喝几盅!"

"没口味,父亲,你呢?"

"忙忙碌碌几十载,终于有可以悠哉悠哉喝酒的日子,盼这

一天，很久了！"

"为什么呀？赵盾为帅达二十年，我早点晚点都无所谓的，不值得！"

士会一脸肃然："你祖爷士蒍的最后遗言是'为臣要忠'，这个'忠'是无条件的，是一辈子的，是任何情形、任何时刻都必须做到的。晋国第一个相国荀息，为'忠'毫不犹豫付出生命的代价，我比之差得远！你呀，得来全不费功夫，要珍惜哟，不能如先縠那样，以为获得的一切，皆理所当然，否然，祸将至矣。好好当差，为晋国、为国君尽忠，跟着众卿恭恭敬敬干！"

郤克成为了晋国的执政卿大夫兼中军元帅，却高兴不起来，反而心情十分沉重。从朝宫出来，一路上徒步而行，极力冷静自己，凡所遇之人，无论身份，都是满脸春风，发自内心热情洋溢地问好寒暄。

人们欣喜过望，以前的郤克回来了，晋国无忧！不由自主地聚拢在一起，目送着看不到背影。

刚到家，堂弟郤犨、儿子郤锜、侄儿郤至一起迎上来祝贺，被拥着在餐桌首席落座。

"这是干嘛，一家人用得着吗？"郤克盯着一旁一堆礼品。

郤犨回道："我准备的，是谢士元帅的，如此大恩大德，不能没有表示！"

"胡来，就怕连门都进不了，这会儿我也不便去。"

"士元帅不可能稀罕这个，如果占着帅位，什么没有？！"郤至小心插话。

郤克点点头："还是至侄聪明。你明儿起，去外务任职，专门对楚国下功夫，让他安分守己，不能对晋国多事。"

"不是要打齐国吗?"郤锜不解,很多次听到父亲对齐国咬牙切齿。

"我明白叔父的意思,关键时刻防着背后被捅刀子。"

郤克一脸肃然对着儿子:"长不大,一根筋,看不到幕后的东西,早晚要吃大亏的!"顿了顿,长吁一口气:"我、你们还有整个郤族,能有今日,全属侥幸。"看着三人一副不解的模样,缓缓道:"在朝中混,无论你多有本事,无论你多么家大业大,最重要的是和谁在一起、跟谁干,尤其是决定你前程甚至性命的那个人,跟对了,他就是你人生中的贵人,跟错了,他就是你人生中的克星!胥臣就是祖爷郤缺的贵人,郤族因他而再次兴起;狐偃就是荀林父的贵人,荀族也因他而兴起。对狐射姑而言,荀林父提出要接回他,为报其父举荐之恩,是他的贵人,赵盾要整死他,是他的克星,狐族败了。先縠的贵人是赵盾和祖爷郤缺,两人走了,他的气数也就尽了,先族也败了。我有幸和士会为同僚,他使我从罪臣一步登天为元帅,他就是我的贵人,想起来脊背发凉,若遇到别的什么人,难料今日我和整个郤族是如何的!"

四人长时间默然无语,这里有无限多的内容,需要回味消化。

几日后,士燮很晚才退朝回家。士会觉得奇怪,便问:"菜热了好几次,酒温了再温,为什么这么晚?"

士燮高兴地答道:"秦国客人完成外交事务后,兴致勃勃在朝堂中讲隐语,大夫们都答不上来,我却对答如流,人们都称赞我大有父亲之风!"

"什么?"士会不仅不为儿子高兴,反而大怒:"大夫们不是不能答,而是对元老重臣的谦让,把展示的机会让给别人。你一

个娃娃，却在朝中逞强争先，好表现自己，掩盖别人长处。如果不是我还在，你早就遭殃了！"说罢，操起手杖劈头便打，士燮东躲西闪，官帽两边的簪子被打断了。"记住！"士会厉声喝道。同时他明白，秦国使者来访，西北面短时期无战事，郤至又出使楚国，稳定南边的形势，攻打齐国的时机成熟了！

卫国的孙良夫和鲁国的季孙行父得知郤克为晋国元帅，兴奋异常，相约一起来到晋国。晋景公举行隆重仪式，三国结盟组成联军，命郤克为统帅，共同出兵攻伐齐国。晋国三军有一千五百辆战车，晋景公调出八百辆用于战事，也就是除去留下应对楚、秦与突发情况的外，几乎是倾巢而出。郤克、孙良夫、季孙行父誓言一战定乾坤！

公元前589年六月的一天，联军与齐军在鞌地相遇对垒。齐顷公年轻气盛，一大早就集合全军，号令说："我们姑且消灭了这些人再吃早饭。"也不等给马披上甲就驱马奔驰。这就是"灭此朝食"成语的由来。

这正中联军下怀，随即发起猛烈攻击。郤克被箭射伤，血流不止，连鞋子都泡在血水中，仍然擂鼓不断，激励全军向前。孙良夫和季孙行父同样憋足了劲，冲在最前头。他们等待这个时刻很久了！

战事一开，逢丑夫放心不下别人，自己亲自为齐顷公驾车。战斗正酣时，不料左右两边的马被荆条绊住，动弹不得。举目远望，晋军潮水般掩杀过来，齐军根本没见过这样的场面，四处溃散。明白今日之果，皆为昨日之因，报应终于来了。看着吓得又惊又怕的齐顷公，心生一计，与齐顷公从头到脚互换装束，并且互换位置。他成了国君！

晋国大夫将军韩厥杀至，见到国君专驾，往里一瞅，"齐顷公"赫然在坐，欣喜一笑，随即下车行礼："晋国国君邀请齐国国君前去'做客'！"

"齐顷公"镇定地说："恭敬不如从命，我口渴得要命，容喝点水再走。"说罢，对"驭手"使了个眼色，命去取水。

"驭手"迟迟不回，韩厥不再等，押着专驾回营。

三十六计中的"李代桃僵"，源取此也！

联军大获全胜，又闻得活捉了齐顷公，大仇得报，郤克、孙良夫和季孙行父笑逐颜开，命把俘虏带上来。当"齐顷公"出现在面前，三人呆了，半天无语。

"我是车右将军逢丑父，去取水的那位就是我的君主，他早已回到齐营了。曾经元帅出访齐国，国君无礼，全场笑声沸腾，我没有笑，知道他有报应，老天一定赐与，躲不过的，今特来代国君领罪！"

郤克勃然大怒，喝令将逢丑父斩首。

逢丑夫毫无惧色："铭谢元帅成全我千秋忠义大名！臣子代替君主赴难，至今还没有这样的人，我首先这样做了，反要被杀害，以后谁还敢这样舍命忠于君主呢？"

郤克闻言，冷静下来，杀一个对两国无重要关系的小臣，必然在晋国群臣中造成忠君者不得好死的恶劣影响。缓缓道："不杀你，用你去换萧同叔子！"

"萧同叔子是齐国的国母，岂可受辱？小臣既然舍命救国君，当然也能舍命保国母，小臣贱命一条，死不足惜，元帅还是杀了我吧！"

"你回齐国去吧。代君赴难的臣子，杀了不吉利。赦免你，

用来勉励尽忠国君的人！"

逄丑夫走了，韩厥进来："错把逄丑夫当国君，请元帅治末
将之罪！"

"将军有罪吗？我怎么不知道，不仅无罪，而且有功，还是
大功、首功！"郤克转对孙良夫和季孙行父："对不对？"

三人哈哈大笑开了。

元帅大帐内，将军们欣慰不已，今日的郤克有赵衰、士会之
风！不久，郤克还把韩厥拉入内阁为卿，此是后话。

齐国使者前来递交"求和书"，也就是承认战败。联军上下
欢欣沸腾，郤克下令班师。

晋军班师回朝，士燮第一次参战，因上军将荀林父的儿子荀
庚在南边主持防楚事务，就统帅上军与众卿合作大获全胜，士会
悄悄潜入欢迎的人群中，想早点看到儿子。可左等又等，腿都站
酸了，按惯例，是上、中、下三军依次进城的，可上军意外地是
最后进城，士燮又是最后一个！这时，欢迎的人群都散得差不多
了，场面很是冷清，最后只有士会一个人孤零零愣在那里。

士燮看到父亲，忙下车招呼致礼。

"却是何故？"大智慧者士会也有不解的时候。

士燮回道："军队胜利归来，国内的人们必然兴高采烈欢迎
庆贺，场面热闹非凡。走在前面，一定会特别引人注意，受到的
赞扬呼声最多最热烈。上军原是在回师军列最前面，我命令全军
原地休息，让中军、下军先行，让他们享受这份荣誉。故此！"

士会久久盯着儿子，象不认识似地，突然嘣出："停当后速
速回家，痛痛快快喝几盅，一醉方休！"

"喏！为了胜利干杯！"

"不！那是国事、公事。"士会摇摇头："家宴是私事，是为了我儿懂得'让'！是为了我儿你这辈子可以远离祸患矣！"

士燮懂了，请父亲上车。士会却示意儿子赶紧跟上队列，不要管他。

父子席间其乐融融。士燮言道明日朝堂大宴群臣论功行赏，还要"让"，有功不能居、无须谈，一切归功于元帅及其他同僚。士会更是欣慰不已。

酒罢，士燮扶着父亲散步解酒，猛然发现门口一摊鲜血，是新鲜血液，唤来管家询问，回答是郤克元帅刚刚来过，请不进门，也不让通报，只是跪在门前，一个劲猛叩头，然后洒泪而去。

士会感慨道："晋国霸权复归矣！"

郤克的下一代，郤锜、郤至与叔父郤犨三人都入卿内阁。一家三人入阁为卿，是晋国历史上从未有过的，郤族如日中天，横行晋国上下，不知何为"让"，就是对国君身边的宠臣红人也不"让"，甚至掠夺其所有，辱没其人与其家人，人皆侧目，唯恐避之不及。遗憾的是，晋景公去世了，士会去世了，"种瓜得瓜，种豆得豆"，我不"让"人，人也就不"让"我，因此他们难以遇上有谁"让"着。如郤克所言，看不到幕后的东西，跟错了人，没有贵人之助，却遭"克星"暗算，尽管功勋赫赫家大业大，瞬间轰然倒塌，"三郤"被杀，祖辈及自己这一代费尽力气拼打出来的世界，黯然消失，全部归结为零，郤族彻底退出了晋国的历史舞台！

半个世纪后的一天，经历了千磨百难的"赵氏孤儿"赵武，和晋国大学问家叔向同游九原，这里是晋国去世的卿大夫安息之

地。两人肃然，心心相契，不仅身游，而且神游，许久默默无语。忽然，赵武止住脚步，感慨道："死者若可起也，吾谁与归？"在晋国如此多顶天立地的英雄中，他在思考：谁是他心目中最敬仰的人！

叔向懂，举出一个，被否定；又举出一个，赵武摇摇头。长眠这里的卿大夫，每一个都有其杰出之处，都为晋国作出过非凡的贡献，都在朝野有着崇高的地位，每一个墓前，都贡品常换常新，香火不断，燃落的灰烬成堆。叔向干脆问道："那么，你最心仪谁？"

"唯范武子，纳谏不忘其师，言身不失其友，事君不援而追，忠君报国，大智大善，每遇难事，举重若轻，恰到好处，朝野莫不钦敬；又识大体、顾大局，不恋帅位，不慕荣华，不阿而退。独特而又全面，可谓之全才，超群拔萃，无可比拟，后人难以逾越！"赵武一口气道出所悟。

叔向连连点头，深以为然，懂了赵武。他没有把自己的曾祖赵衰和祖父赵盾作为最崇敬的人物，却把与自己毫无关系的士会奉为最尊，根本的一点，无论何时何地，也无论遇到什么情形，士会的为人处世极为高尚，从不与人结怨，更没有仇恨甚至置人于死地，反而处处善解人意，让人如浴春风，恰到好处，更懂进退，一生无怨无悔！

两人在士会墓前，久久驻足不去，心情激荡不止！

天才君主

一

姬周一下子应接不暇，来探望的人，这个刚走，那个又至。自始至终，他脸上洋溢着礼貌而又温和的笑容，从容不迫似是随心无意般询问一些人和事，使来者掏出他想要的东西，末了，回馈以礼品。

客人都是来周王室出差或专程悄悄来的官员或做生意的商贾。有的是曾受恩于晋襄公，特地看望恩人的后代；有的看在他是晋襄公曾孙的面子上，礼节性拜访一下，多个朋友多条路嘛，何况还是晋公室的血脉。有的同情他的遭遇，从晋文公开始，太子的兄弟不能留在晋国，以免出现"桓庄族"，姬周的爷爷桓叔捷，是晋襄公的次子，尽管很讨喜欢，可立了长子为太子，就不得不和当年的晋成公黑臀一样，从晋国"发配"到洛邑。有的是好奇心驱使，奔着欣赏他的风度来的，一个孩子家，言行举止竟如成人，甚至超出一般成人的成熟，天生是有大出息的料，比他们见过的晋灵公、晋成公、晋景公，以至如今的晋厉公，外在的形象与内在的气质迥然不同，高雅极致，让人如沐春风，赏心悦

目，同他接触，是一种难得的享受。

姬周察觉到情况有了很大变化。来客送的礼物骤然多起来且贵重，逗留的时间比以前长，态度更为恭敬，言语之间竟然有"归附""投奔"之意。他明白，这是因老师单襄公之故。上门拜师者，难计其数，他是唯一的幸运者。

姬周有个哥哥，先天性愚呆，四体笨拙，五谷不分。而他天资聪明，好学不倦，从懂事时起，就以振兴晋公室为追求，学习晋国的历史，对来访者打听了解晋国的一切。两年前，姬周十二岁，已是博文广识，谈吐不凡，在洛邑颇有名气，他并不满足，想寻求一位德高望重、学问渊博且富远见卓识的年长者为师，并且把远见卓识放在首位，因为只有具备远见卓识才能干大事、成大事。就遍访京都高官与名士，没有碰上如愿的。一次偶然遇到几个官宦聚在一起，谈论单襄公不是人而是神，就在一旁窃听，越听心里越暗喜不已。

单襄公是单国的国君。单国是西周时封的伯爵诸侯国，地域小，处在西周王畿内，开国君主单公就追随助周武王伐商，并且是一支不可小觑的重要力量。周取代商后，又随周王室东迁。历代单国国君一直在周王室担任卿士，对王室很忠诚，掌职权但不滥用，秉执政但不渎职，甚至影响东周历史的进程。单襄公经历过单国的朝政动荡，又频频参与周王室国政大事，有丰富的治国理政与人生经验。

早在二十六年前，单襄公奉周定王之命出使陈国。他不声张，到陈国四处私下察访，以窥当地民风民情。到了国都才亮明身份，却没有受到应有的接待与礼遇，更没有见到国君。一了解，陈灵公带着一班公卿大臣去了美寡妇夏姬府上吃喝淫乐，还

戴着"南冠","南冠"是指楚国人戴的帽子，当时陈国亲楚，陈国君臣以戴楚冠向楚王示好。单襄公听说后叹口气，回洛邑去了，对周定王断言说："陈国国君即使不遭凶杀，陈国也该灭亡。"当时人们将信将疑，有的甚至认为单襄公是说气话。他微微一笑，不以为意："身为王室效命，岂可以不实之辞禀告！"果然，没多久，陈国国君被夏姬的儿子射杀，陈国被楚国吞没。后来好些预言都成为事实。

姬周于是找上门去，自报家门，恭敬施礼，请求收留为徒。

单襄公心头一震，因事务繁忙，以前没有见过，真实的人在眼前，仪表与言行举止比耳闻的还要出色。不由喜欢上了，但不露声色，说要做我的学生没那么简单，得考考，于是"东扯西拉"开来。一个多时辰过去，眼前的姬周立如苍松，目不斜视，听不侧耳，言不高声；论敬必及上天，论忠必及心意，论信必及自身，论仁必及他人，论义必及利益，论智必及处事，论勇必及制约，论教连及明辨，论孝连及神灵，论惠连及和睦，论让连及同僚。当说到晋国有战乱，一脸悲戚；说到晋国有喜庆，满面灿烂。单襄公心里连连惊讶，孺子可教，堪可造就，毫不犹豫收下了他。

从此，单襄公不仅"言传"，而且处理朝政大事时，常常有意让姬周待在身边，让他自行领悟，这使得姬周学到了许多治国理政的本领。一年的时光很快过去。单襄公改变了方法，遇到大事、难事，先要姬周谈见解、拿主意，以至最后一次说："你可以放飞了，没有什么能难倒你！"便不再直接施以教，只有姬周发问，才有疏导。同时，一有机会，便大力宣传姬周的才德智勇仁皆备，举世难觅，非为君主、国相不可。

单襄公的预言，从没人置疑，传到了晋国，人们流传成：晋侯州蒲不似人君，唯周子才堪匹配。州蒲是晋厉公的名字，周子指在洛邑的姬周。于是，出现了开头的情景。见过之后，人们都是一样的感受，晋国就应该有这样的国君！

姬周感到浑身充满信心与力量，对未来深怀渴望。他朝着祖国的方向，举目远望，心情激荡不已，何时能归国大展身手。一个突出的问题摆在面前，从爷爷时起，一家就待在洛邑，有国不能归，尽管老师说"可以放飞"，也做过许多功课，遣信任的家臣潜往晋国打探与通报各种情况，把晋国的卿族、姬姓大族和随晋文公流亡的新贵族的重要官员，了解得清清楚楚，但一个都没有实际接触过，更没有深厚的交情，在祖国一点根基都没有，而这恰恰是必需的！如何切入？恳问老师，得到一句话：等！并且不会太久。

果然，单襄公料事如神，一些日子后，姬周收到晋国正卿栾书派人深夜送来密简，栾书也早就遣人对自己归国表示持欢迎态度。他抑制住内心的激动，屏息展开，令人振奋的内容跃入眼帘：郤至前途无量，他来洛邑面王献俘报捷，您一定要见见他。这对您返国大有裨益。这事不会有假，鄢陵之战中，晋军大败楚军，派重臣来王室禀报献捷，是应有之义。

姬周知道，郤族从郤豹始是晋国第一大族，前两代的郤缺、郤克都做过正卿，郤至是个外交天才，尤其是对楚国的事务中，居功甚伟。智首的儿子智罃在"泌之战"中被楚军俘虏，是他出使楚国时，匠心斡旋，用"换俘"的方式救回晋国。他的堂哥郤锜、叔父郤犨也是卿，现在晋国八卿中，郤族竟占三席，人称"三郤"，权势熏天炙手可热，人皆侧目，"其富半公室，其家半

三军"，是晋国最大的军政集团。能结交这样一位显赫人物，得到帮助，对实现自己的目标理想，无疑事半功倍！但事情有正就有反，有利就有弊，卿族之间的矛盾与争斗，在赵盾时期起就白热化，先后有狐族、箕族、先族、赵族、胥族等遭受灭顶之灾。毫无疑问，郤族有多火，灭其火之水就有多汹。栾书游说过郤犨废晋厉公，遭遇拒绝，"三郤"非常团结铁板一块，郤至大有可能也是这个态度。栾书突然送上这份"大礼"，意欲何为？可现在没有其他的路径，别无选择，只能走一步看一步，见机行事。

郤至完成差事，得意满满，因为在王室狠狠表现了一把，什么王、什么辅政大臣，不过尔尔。既然姬周有约，正好借机见见，把那个娃娃教训一顿，不知天高地厚，沸沸扬扬传说可以取代厉公，我却不信，一个十三岁的孩子，能干什么？当姬周出现在面前，他瞬即被惊艳倒了——走遍晋国，驰骋诸侯各国，从未见到过如此帅气的男孩，除了脸上略有少年稚嫩的印记，挑不出任何毛病。不由地以礼相迎。相谈甚欢，彼此敬仰。郤至告别后离开，又暗暗诧异，姬周的言谈举止，无一不当，俨然一个饱经世故宦海的老臣，一般人远非对手，长大后那还了得？但要归国为国君，只要我郤族在，是不可能的！

姬周欲告诉和郤至相见的情况，刚一开口，单襄公轻扬手臂止住："这事过去了就永远过去了，郤至的脖子上已被人架着刀！"看着姬周求解的表情，知道他得到这个机会不容易，叹口气说："他当着王叔简与一班大臣，非常自负，夸耀鄢陵之战全是他的功劳。君子不自我吹嘘，并非为了谦让，而是怕掩盖了别人的长处。大凡人的天性，总喜欢超过别人，但不能用无视别人长处的手段。所以圣人看重谦让。如今郤至的位置在晋国其他七

卿之下，却想超过他们，那也就会有七人的怨恨，郤至凭什么来应付呢？祸将至矣！"

"那么……必然产生更大、更好的机会！"姬周目光炯炯，信心满满。

单襄公欣慰地笑了笑，转身离开，代表王室奔赴郑国柯陵。晋国挟余威与齐、宋、卫、鲁、曹、邾等国联合，出兵攻打楚国的盟国郑国。郑国一个小国，不得不屈服归晋，诸侯国便在郑国的柯陵举行盟会，确立盟友关系。单襄公前去以王室名义予以确认。

姬周得到消息，晋国副统帅中军佐士燮积愤成疾，拒绝医治，竟在家中自我诅咒而死去。一时不禁痛泣不止，晋国需要士燮和他的父亲、祖父这样的忠臣、能臣啊！晋国发生了什么？

单襄公回来告诉姬周，他也没有看到士燮，看到的是，晋厉公走路时眼睛望远不望近，脚步抬得高高的，心不在焉，晋国的大臣说话很冲，又爱耍小聪明绕弯子，郤至还是那样自吹自擂，晋国很快就要发生内乱，国君和"三郤"恐怕都要大难临头了。士燮同祖父、父亲一样，对时局看得入目三分，又极其忠君爱国，不愿亲身经历祖国的灾难，"眼不见为尽"，自寻死去！

次年，单襄公病倒，一卧不起，对衣不解带护理他的姬周说："我老了，看不到你为国君的那一天，你能行的，没有什么可以难倒你。记住：重要的事情、重要的时刻，不能出错，还要做得恰到好处。如此，你定能无处不顺，无往不胜！"姬周退下后，又对儿子单顷公遗言："一定要厚待姬周，他睿智好学，威望日隆……晋成公之下公室单薄，晋侯形象猥琐，无威严而好高骛远，三年内必然败亡。论血统，姬周为至亲，其重文德，具经

天纬地之才，实在难能可贵，必为诸侯，不可慢怠……"

二

年末，单襄公预料的晋国内乱发生了，只是比想象中的来得更快、更猛烈。先是郤锜、郤犨、郤至被晋厉公宠臣所杀，接着不久晋厉公又被中行氏的程滑所杀。国不可一日无君，晋国下军佐智䓨、大夫将军士鲂奉命来洛邑拜访姬周，呈上晋国正卿栾书的信简，拜迎姬周归国，如三十年前姬黑臀继国君位。

这一天终于来到！姬周明白，晋国出现如此大的变故，正卿栾书"首当其冲"，没有他的精心策划运作，是不可能的，只是其中的细节还不尽知。同样，没有他的认可，自己归国也是不可能的。姬周很喜欢智䓨与士鲂这两个人。智䓨在楚国九年为囚徒，一直顽强不屈，意志坚定，临回国前，在楚共王面前不卑不亢不失气节，又不为"黑历史"所困，不在乎人们怎么看，实实在在做人处世，兢兢业业为臣当差。士鲂是士燮的同母弟弟，深得祖辈真传，德才兼备。属晋国少有的人才。两人都没有参与内乱，属晋国少有的正直年轻才俊，是可以造就并依靠的力量。记得当年赵盾派刺杀晋灵公的赵穿来接晋成公继位，让人不爽，疑窦丛生，而栾书精心挑选智䓨与士鲂为使前来，令人不得不敬服其处事能力。姬黑臀继位后，没有过上好日子，形同傀儡窝囊一生，晋厉公死于内乱，那么，前面等待我的又是什么呢？这也许是唯一的机会，不管前面的风多急、浪多汹，只能逆风而上，踏浪而行，使恩师"没有什么可以难倒"的预言成真！

姬周面见周简王、单顷公，行大礼辞别，在单襄公的灵位

前，长跪不起，无语呜咽。然后，毅然决然随着智罃与士魴出发。

出了王畿，就是晋国疆域的清源，一踏上梦牵魂绕的祖国热土，姬周不禁万千感受如波涛卷涌，瞬即被眼前的景象震撼倒了：遍野旌旗高飘，号角齐鸣，战马长啸，军列整齐。祖国用最隆重的仪式欢迎他！

正卿栾书率众卿拜见姬周，并请他登上准备好的高台，检阅军队，并发表"就职演说"。

姬周昂首起步，像一个饱经世故、久历沧桑者，一步一步从容拾级而上，实现从一个孩子到国君的跨越！他在高台上立定，极目祖国的天地，心驰神往。这个时刻，就是恩师说的重要时刻，不能出错！很快，他镇静下来，环视众卿，一字一句道："我为国君，本非所愿，也许是天意。我一直寄居洛邑，且不指望还乡，更没有想过能成为国君。国君者，在国度至高无上也，国政命令必出自国君。如若只给我国君名义，而不听我号令，我做这个国君有什么意思呢，不如回洛邑过我自由自在的日子。我不能坐拥空名，为成公、厉公之续，要行国君之实。行不行，听不听我的，只在今日，众卿一句话定夺！"

出乎意外，众人一怔。

最吃惊的是栾书，原以为他尽管聪明过人，但毕竟只是个十四岁的孩子，好拿捏的，方便自己长期把持朝政，不料刚开始，天算不如人算，事已至此，别无选择，只得俯首叩拜："唯君是从！"

众卿纷纷跪拜附和："这是下臣们的愿望，岂敢不唯命是听。"

"那好，请苍天为证，对天盟誓，寡人等着！"姬周毫不客气自称"寡人"。

事已至此，众卿率百官向天而誓：忠于国君，唯天可表！

姬周一颗心落下来，率众卿及军列进入国都，接受晋国人民的欢呼。

公元前573年2月初一，姬周在众卿、大臣们的拥戴中，走上朝堂，正式继国君之位，是为晋悼公。接着，姬周率群臣前往曲沃，朝拜武公庙，因为晋武公是现在晋国的开国者，这是必经程序，昔日成王也是如此。——完成了所有继位事宜。

万事开头难，尤其是在动乱过后为国君，极大地考验着继位者的智慧与勇气，姬周知道朝野都在看着"新君继位三把火"如何烧。这就是恩师说的"重要的事"，不能错的！

第一件事，摆在面前的，就是要追究刺杀晋厉公的弑君之罪和擅杀卿大夫"三郤"之罪，给晋国人民一个交代。当年成公迫不得已"赦免"赵穿弑灵公，还不如一个史官董狐，把账记到赵盾身上，这造成他以后无休止地被动窝囊，形同傀儡。这次一定要处理下去，并因时制宜恰如其分。

晋悼公第一次临朝，百官云集，济济一堂，人们充满希望，同时也有一批人忐忑不安，更多的是对年仅十四岁的国君抱有好奇心，从未有过从政的经历经验，甚至没有多少人生阅历，灵公、成公和厉公，都不是理想的国君，那么，他会是一个什么样的国君呢？奇怪的是，晋悼公没有迫不及待登坐其位，而是在群臣队列前来回徘徊几次，再从容就位。

姬晋悼公一坐定，铿锵言道："自赵盾起，以卿族公族大夫取代公室公族大夫，确有不少才学兼优者，充实到朝堂，为国为

民踔厉奋发，立下汗马功劳。但是……"百官屏息静候，姬周一口气点出七个名字，命到前面来。

朝堂中央，七个人表情各异，有的慌张、有的惊恐、有的茫然……

"从清源起，这七人坐无坐相、站无站相，两眼空空，衣冠不整，一副纨绔子弟模样，立即逐出朝堂，免去职位，下去自家封地，历练一段日子，其父必严加管教，待寡人考察再论！"晋悼公厉声道。

众臣欣欣然，暗暗叹服新国君出手不凡，洞察力惊人，只这么些天，就把人们瞧不起的庸才逮了个正着，以前他们碍于情面装糊涂，也管不了，大快人心啊！也知道，这只是"过门"，"正曲"怎么唱？

晋悼公环视一下百官："好端端的厉公没了，'三郤'没了，胥童没了，国家乱得不成样子，晋国人民在看着我们、等着我们，得有个对天下人的交代！谁人下的手，诸位早就心知肚明，军尉无需审讯，立刻将其归案斩首！"

百官更加叹服，如果深究并审讯，将牵出许多内幕，背后的人难处理，剪不断理还乱，甚至弄得收不了场，酿成不测，这样快刀斩乱麻，糊涂一些最好。小小年纪，竟如老姜一般辣！只是程滑弑厉公、杀胥童和夷阳五杀"三郤"，都是奉命行事，尽管有点冤，但他俩的死，可以保护背后的人，也必须死，死得其所。新国君没有为"三郤"平反，也是英明之至。"三郤"虽无叛国叛君之罪，大难临头也没有反抗，束手受死，但过分跋扈嚣张，在晋国天怒人怨，也是必须除去的。所有这些，朝野很乐于接受。

第二件重要事项：组建新的卿内阁。原来八卿中，失了"三郤"和胥童，损失了一半，要增补，不少人在猜度谁能为卿，并很担心，因为新国君从爷爷起就一直生活在洛邑，对晋国的情况不熟悉，除郤至外，更没有与高层的大臣们有过实际接触，是否会所用非人。有的盼着自己能圆"卿梦"，这样好的机会实在不多。

未料，晋悼公成竹在胸，如数家珍般："邲之战，魏锜助智首俘获楚公子穀臣及射杀楚将连尹襄老，使智罃得以换回幸免于难。鄢陵之战，魏锜射瞎楚国楚王，大败楚军。安定晋国，魏锜之功大，其族竟无人显赫。士鲂，士会幼子，士燮胞弟。士会制法度以安晋，遗用至今；士燮亲躬国事使诸侯归附。彼父子之功岂能忘却？昔日，晋讨赤狄，秦人伐我，魏颗克敌于辅氏，'结草衔环'成为佳话，功在社稷，今秦尤惧，其子应当重用？众大夫以为如何？"

大臣们面面相觑，没有谁不敬服。的确，士氏、魏氏一文一武，于晋国功莫大焉，难有望其项背者，众望所归。

于是，晋悼公任命八卿：

中军将栾书；中军佐中行偃；上军将韩厥；上军佐智罃；下军将魏相（魏锜之子）；下军佐范匄（士燮之子）；新军将士鲂（士会幼子）；新军佐令狐颉（魏颗之子）

前面四卿属保留职务，后面增补的，是曾经的晋襄公重用功臣之后的路线，无人异议。

卿内阁完善了，正卿栾书突然请立公族大夫。这是一个极其敏感的事情。公族大夫是掌管公族及卿大夫子弟的官职，虽是虚职，但背靠公室，"不怒自威"，极其显贵，常常代表晋国出使诸

侯国，是卿之"候补"，人们往往高看一眼。晋献公时把公族斩杀殆尽，赵盾以卿大夫子弟充为公族大夫，极大地削弱了晋公室。群臣明白，这是正卿栾书给新国君出难题，考验他的能耐几何。

朝堂陷入寂静，都在等着新国君应对。

晋悼公暗暗一怔，此为"节外生枝"，瞬而一想，解决这个问题的机会送上门来，是不能错过的。一改以前赵盾的做法，公族没有了，晋国是姬姓的江山，那就以姬姓充之，拒绝外姓染指。于是，微微一笑道："荀家淳朴厚道、荀会端庄机敏、栾黡果敢刚烈、韩无忌沉着冷静。贵胄之后多骄纵，由淳朴宽厚的长者教育他们；由文雅机敏的智者引导他们；由果断忠烈勇者劝诫他们；由沉着冷静的贤者修正他们。以寡人之见，荀家、荀会、栾黡、韩无忌为公族大夫，足以依托！"

栾书一时哑口无言，这个方案无懈可击。公族大夫不宜多，而在精，荀家、荀会是荀息的后代，栾黡是自己的儿子，韩无忌是上军将韩厥的儿子。他们的祖先都是姬姓，和晋公室是一家，并且这四人朝野口碑很好。不得不倒地便拜："主公英明，唯从之！"

晋悼公乘胜扩大战果，以祁奚果敢不鲁莽，命之担任中军尉；羊舌职机敏有礼节，命其佐祁奚；魏绛勇敢守纪，命之担任中军司马严恪军纪。此外，张老明智不奸诈，担任中军候奄（候奄：与司马并列的情报长官）；铎谒寇恭敬自强，担任上军尉，籍偃敦厚恭顺，担任上军司马；程郑端庄正直，担乘马御。

其中，祁奚和羊舌职是纯正的晋公室远枝公族，其他人祖先皆为姬姓。晋公室自晋献公后，得到大力强化。

至此，晋国的卿内阁和重要的中层官员组建完成！

群臣齐呼："君主英明，万民拥戴！"

没有任何股肱臂膀；没有任何权力基础；没有任何政治资本，甚至以前从未踏足晋国，悼公凭着自己"是从哪里来的，又要到哪里去的"坚持与执着，不懈地努力与精心准备，对国内了如指掌，权谋烂熟于心，任命卿大夫、群臣信手拈来，无有不当。仅仅就位的第一天，就把百废待兴的晋国牢牢握在自己手中，十四岁的晋悼公，显示出春秋时期所有国君都不具备的政治天赋，国君地位固如磐石。

至此，单襄公的所有预言，全部成为事实！

三

第三件大事，晋悼公不着急，在等着各条渠道情报的汇集，心中团团迷雾，一定要有清楚的答案，以便作出抉择。毫无疑问，晋国如此巨大的变故，是正卿栾书导演的杰作。当然，寡人是最大的受益者，以前也多次托人来见寡人。

这个栾书很不简单，才能卓越，从谏如流，颇识大体，救郑、退楚、讨蔡、败秦，屡建奇功。但干起坏事来，口蜜腹剑，居心叵测，不择手段。曾经联合郤族挑唆晋景公制造"下宫之难"，使赵氏蒙受灭顶之灾，仅存一个孤儿赵武。他想如当年赵盾一样独霸朝纲，但晋厉公太过勤政，大力提拔近侍为大夫参政，甚至于率军亲征，把他架空，所以拉拢中行氏，命和中行氏一样出自荀族的程滑杀了厉公。"三郤"势力的急剧膨胀，更威胁到他的地位，原来的同盟者变成了敌对者。那么，他又是如何

做到使晋厉公遣宠臣杀了"三郤"？

　　情报齐了，一切清楚了，不由一惊，"三郤"的死，是栾书设的圈套，甚至寡人也在圈套中。

　　晋国俘虏了楚国公子茷，栾书暗中把他召来，以纵其回国为诱饵，条件是公子茷按照他的意思做出有关郤至的假证。公子茷急于回国，满口答应。他对晋厉公说："郤至早就在出使楚国时，心归楚国，鄢陵之战，实为郤至秘密招来楚王的，劝我父亲（楚共王）前来决战。并许诺：'等晋国战败，我废州蒲奉姬周为晋侯，以臣侍楚国'，战斗中如非郤至网开一面，我父王是难以逃脱的。"厉公听罢，惊出一身冷汗，将信将疑，尽管对"三郤"势力恨之入骨，但要说叛国废君，仅凭一句话，说明不了什么，便问一旁的栾书。栾书也一副惊讶状，瞬即含糊其辞道："曾听说郤至派人故意延缓齐、鲁盟军赶来，却力劝您单独与楚、郑联军作战，当时没往心里去。这样吧，派郤至去洛邑面王献俘报捷，姬周就在那里，如郤至真的有叛国废君另立新君的行为，必能会去见姬周商量一番。您只要悄悄派人盯紧点，看确有其事否，一切都自然清楚了。"晋厉公依计行事，果然……于是下了除去"三郤"决心，并很快付之行动。

　　晋悼公细思极恐，在晋国历史上，以前还未曾出现过如此算计国君与卿大夫的人，他的才华用错了地方，为了自己的权势，不择手段，置国君和同僚于死地，此人不能再用，否则祸患无穷！但朝政刚刚稳定，要除去正卿，"牵一发动全身"，必然引起轩然大波，人心难安，又有恩于寡人，决不能如当年晋惠公对里克大将军那样"欲加之罪何患无辞"，要将负面影响降到最小、最少。想起了恩师单襄公的遗言：重要的事情、重要的时刻，不

能出错，还要做到恰到好处。而且一旦着手，必须用最快的速度、在最短的时间内搞定。晋悼公浑身轻松下来，决定先把国内的社会与民生问题解决好，再找栾书"推心置腹"谈谈，将第三件大事化于无形。

半年后，晋国各种改革大见成效，国家面貌欣欣向荣。晋悼公感觉时机成熟了，"约见"栾书。

栾书按"约"进入朝宫，被侍者引到后院的一个亭阁。

他苍老了许多。新国君第一天早朝，他就极力控制自己，退朝后，沉重的失落感席卷全身。想不到没过几天，整个八卿都被架空了，竟不能领兵，军权收归国君，自己中军将元帅徒有虚名，不能拥兵自重。这个十四岁的娃娃，实在令人匪夷所思，恐怕除开国唐叔虞外，历代国君远不可比。此时，能断定自己搞的那些见不得光的事，已经不是秘密了。没有军权，什么也干不了，会受到什么处置，只能任凭宰割。左等右等，估摸一个时辰过去，偌大的庭院，一直空空如也只有他一个人。栾书明白了，睿智绝顶的国君是决不会傲慢待臣下的，是有意而为，是在"晾"他，用这种方式使他清醒，告诉他该怎么做！也罢，也好，全身而退，这个人生句号，不失为一个好结果。

晋悼公笑容可掬出现了。

栾书忙迎上去行礼："若国君不召，微臣也是要来见国君的。"

"是嘛，君臣想到一块，快哉！"晋悼公示意栾书坐下。

"启禀国君：微臣近日疾恙缠身，况年事已高，精力不济，恳允告老！"

晋悼公惊讶状，盯着栾书看了看，叹口气："也确实的，将

军脸色憔悴，老年斑满满，是寡人粗心矣。想当年，晋景公在此曾同荀林父、士会深谈，两人高风亮节，功成身退，传为美谈，令人敬仰啊……令郎中谁可堪大任？"

"栾黡勉可。"

"寡人命栾黡为下军将！"晋悼公锤实栾书的"告老"，因为对儿子的任命，意味着父亲的退隐。

栾书对这个安排颇为满意："谢国君厚爱！"

"寡人只为晋国，没有私情！"一语双关。

当年晋景公和士会同样说了这句话，可物是人非，当年的情景不再。

望着栾书离去的背影，晋悼公分明看到了他的"蹒跚"，那是没有精神支柱的支撑，失去权力重心的外化。这一页轻轻翻过去了！

谁可接替栾书为中军将？事关重大！栾书去了，按"长逝次补"的惯例，该中行偃接任，但他与栾书是盟友，又是弑君的"从犯"，不深究其过，已属宽容，当继续考验之。晋国是姬姓的江山，公族没有了，中军将元帅必须是离晋公室最近的姬族，必须经历过艰辛磨难，必须廉洁正直秉公为国，必须和睦同僚不好内斗，必须不恋权势能进能退。晋悼公把卿大夫们过了遍筛子，确定了满意的人选，至于越级提拔，这不是问题，晋文公就曾把先轸，从卿末位提拔为卿首位。一切想清楚了，晋悼公下令在清源进行大阅兵。

众卿暗暗吃惊，因为大阅兵的意义非同一般，曾经晋文公在被庐、晋襄公在夷地大阅兵，终其目的是组建卿内阁，可现在的班子组建才半年，只有颇具文才的魏相不幸染病而亡，没有发生

什么大事，用不着这么大的动静，此为何来？到达清源，发现正卿栾书不见踪影，才明白其故。有人忐忑不安起来，尤其是中行偃，栾书没有了，自己何去何从？有不少大夫将军却兴奋异常，他们有机会了！

清源与周王畿接壤，触动了王室的神经，那个娃娃继位仅半年，就在王室的家门口阅兵，这无异于示威，可只得忍着，王室要靠晋国拱卫的。于是派出使者携带礼物前去"劳军"。晋悼公"笑纳"礼物，以"一笑了之"作为回贡。

阅兵结束，晋悼公任命新内阁：

中军将韩厥；中军佐中行偃；上军将智罃；上军佐范匄；下军将栾黡；下军佐士鲂；新军将令狐颉；新军佐赵武

韩厥属破格提拔，至此，自公元前 615 年出道为中军司马，历经四十二年正直为人为臣的不懈努力，完成了由一个孤儿到正卿的跨越，并且他是晋武公爷爷"曲沃桓叔"的嫡亲后裔，没有谁敢有异议。智罃、范匄、士鲂、令狐颉皆有提级，栾黡、赵武属新增。晋悼公只解释了赵武是晋国功臣赵衰、赵盾之后，又以"和为贵"为人处世，严于律己，且具外交天才。栾黡"世袭"为卿无须解释，这是惯例，也使栾书的退隐，无形中变得很正常。

中行偃松了口气，知道晋悼公对栾书"冷处理"，也再不会追究自己，悬着的心放下了，可以心无旁骛当差。群臣呼"君主英明"时，他的呼声最高、最响亮！

从此，晋悼公的"四两拨千斤"，使栾书在朝野彻底消失，人们渐渐淡忘了他，以至好像晋国从来没有过这个人。

晋悼公自祖父时起，饱受离乡去国之苦，又深知自灵公以

来，历代晋国国君无公族依傍，势单力薄，被卿族压得很苦。接着，他宣布废除晋献公以来"不蓄公子"的国策，至亲公族可以居于国内，不必迁居王室或诸侯国；鼓励公族从军理政建功立业，立足于己，取信于民；鼓励公族积财货、募私兵，以拱卫晋公室。提拔公族祁奚的儿子祁午接替其父，提拔晋献公弟弟的后人羊舌职的四个儿子，到朝中担任要职。长子羊舌赤，字伯华，为铜鞮大夫，孔子评价极高；二子羊舌肸，字叔向，是晋国大学问家，与郑国子产、齐国晏婴、吴国季札齐名，都是驰誉诸侯国的贤臣栋才；三子羊舌鲋，字叔鱼；四子羊舌虎，是全晋国最美的帅男，时人称为"羊舌四族"，令人仰慕。公族的力量更加强盛。

晋悼公环望整齐的军列，这些士兵都是来自最底层的家庭，他们的背后是芸芸众生。又宣布：在全晋国降低赋税；免除劳作者遭克扣压榨而拖欠的财物，匡扶穷人救助灾民；各级官吏必须勤政廉洁，慎用民力，不得侵害农时；对以往被打压的贤良人才，一律起用从政；善待老人，凡七十岁以上老者，寡人亲自接见问候……

晋悼公宣布完毕，阅兵场欢呼声冲天覆地。

四

晋悼公继位的第四年，准备会盟诸侯，为迎接到来的各国诸侯，晋军进行大阅兵之前的演练，当时魏绛接替韩厥任掌管军法的中军尉，突然发现好好的队形大乱，急忙带属下赶过去。

晋悼公有个哥哥叫扬干，天生呆滞，晋悼公对他呵护有加，唯恐有不周。扬干的车夫常常带着主子四处兜风爽快，路人总是急忙闪开，或朝马车行礼，他很是享受这种感觉。此时看见军列浩荡，心生一念，欲搏主子一笑，便策马朝军队冲去。将士们见是国君哥哥的马车，不敢吱声，纷纷躲开避让。

魏绛见扬干傻笑不止，命拿下车夫，立即行刑处死，演练继续。

扬干一时懵了。自弟弟为国君，即使是卿大夫，对自己、对自己的车夫，都是毕恭毕敬的。这个芝麻官吃了豹子胆？清醒过来："下一个死的就是你，等着瞧！"于是跑去告状。

"不好！"军法副官羊舌赤追随而去。

魏绛镇静自诺，冷笑一声："我随后就到！"回到帐中刻写书信。

听罢哥哥的控诉，晋悼公不由大怒，对羊舌赤道："寡人会合诸侯，魏绛却羞辱寡人的弟弟，去给我抓起来，不要让他跑掉。"

"微臣与魏绛共事，他一心为公，遇事不避危难，有了罪过不避刑罚，杀杨干之仆必有隐情。不用抓，他自己会来的。"说罢，羊舌赤退出去。

魏绛到了，他把信交给羊舌赤，请他转呈国君。羊舌赤一离开，魏绛拔剑出鞘，举剑欲自刎。追上来的士鲂和张老扑上前夺下剑。

晋悼公正在洗脚，接过信简，只见上面："我惩罚扬干，知道犯了死罪。日前国君缺乏使唤的人，让我担任中军的司马。我听说军队服从命令才能显出力量，宁死不犯军法才是敬肃。君主会合诸侯，我怎敢不敬奉职守？君主为此不高兴，我愿请求

一死。"

悼公顿然醒悟，光着脚跑出来，向魏绛道歉："寡人所说的话，是出于兄弟之礼。你对扬干的治罪，是按军法办事，请您不要加重寡人的过错。"

会盟回国后，晋悼公在太庙设宴招待魏绛，任命他为新军佐，专司对周边游牧部族实行"和戎"。魏氏大宗始为卿，开启了魏氏振兴之路。

随之，晋悼公对群臣，亲之以德；敬之以礼；用之以智；惩之以法，使群臣恭效臣节，皆股肱也。史称："如乐之和，无所不谐。"晋悼公缔造了晋国有史以来的"和谐社会"。

接下来，年轻的晋悼公确定"由小到大，先易后难"、中原一体化的策略，准备对外大展拳脚，循序渐进恢复晋国的霸权，信心满满，暗暗誓言要把晋国推向历史最巅峰。因为机会就在眼前！

自晋国不久前发生内乱，晋国的局势时刻牵动着各地诸侯的心。晋国大治，走向富强之路，使中原各国松了口气，纷纷欲靠拢强大的晋国，抱上这根粗腿，有利于在乱世混下去。

鲁国迫不及待率先行动，因与齐国相邻，饱受齐国欺压。曾经在晋国郤克时代，鲁国就借助晋国力量，并联合卫国，共同打败齐国，出了口恶气。这时季孙行父为相国近三十年，感觉自己身体每况愈下，要为祖国做好最后一件大事，压下政治生涯最后一注，劝说并陪同鲁成公造访晋国。

晋悼公率八卿见鲁成公，快步奔上前，忙不迭拱手以礼相迎："兄长驾到，恕有失远迎！"

"如何敢当？"闻得谦逊之言，又被其少年仪表罕见所惊倒，

鲁成公一颤。

"不是吗？兄长我六岁，即使早出生一日，也是兄长呀！"

"虚度，虚度而已。"

"不仅是兄长，还是前辈、师长！"晋悼公一脸肃然。

鲁成公茫然状："这…从何说起？"

"兄长为国君已有十八载，小弟不到一年，要向兄长请学治国之道。"

"惭愧、惭愧！"

季孙行父乘机插上："彼此，彼此啊！"

两个国君相视而笑，整个朝堂笑声荡漾。

晋悼公热情招待鲁国君臣一行，其礼仪隆重无以复加。又与鲁成公同游山水园林，自始至终笑容满面，一路总是齐肩而行，谦恭有礼。

鲁成公感动得稀里哗啦。季孙行父明白了：昔日单襄公为什么只收晋悼公为徒，他的预言为什么能成真。两人不约而同强烈感受到，晋国是真心待鲁国，可以并且值得依靠。

回国后的一日，鲁成公和季孙行父商议，鲁国国小力弱，一定要和晋国结盟，有外敌侵扰时，能够得到援助。尽管晋国接待很周到、很客气，但结盟对一个国家而言，是外交上的头等大事，不知能否接受，采取什么方法或途径能做到？忽闻报晋国上军佐范匄奉国君之命，回访鲁国。"快请！快请！"两人感动之下几乎同时呼道。

范匄知道了鲁国的意图，大喜过望，代表晋国欣然接受。言道两国想到一块了，出发前，晋悼公交代过，两国都是周文王的后代国，血脉相通，原本就是一家，谁跟谁呀；鲁国还是周礼之乡，仰慕久矣。并邀鲁国派人去晋国履行结盟手续。鲁成公和季

孙行父心花怒放!

范匄刚走,杞桓公又至。杞国自夏朝就有,周初又封为最高的公爵,他是大禹的直系后裔,牌子硬得很。到了"无义战"的时代,因国域小对王室贡献小,被降为伯爵,在外交事务中,夹着尾巴做人。杞桓公听说鲁国访问过晋国,特地赶来了解情况,以决定本国的外交方向。一听完鲁成公和季孙行父讲述,沉默片刻,缓缓道:"我有小女十四岁,美貌国度无双,至今未许配于人……"

"我即将起程去晋国,若您有意,愿为媒人,嫁与晋悼公,如何?"一生谨慎的季孙行父迫不及待。

杞桓公一脸疑问: "泱泱偌大晋国,能看上杞国弹丸小国吗?"

"放心吧,等着做您的岳父大人!"

"大恩不言谢!"杞桓公喜气洋洋,礼别而去。

鲁成公望着远去的背影: "相国怎么就肯定晋悼公一定会允诺?"

"一个是闻名天下的帅男,一个是倾国倾城的美女,非常般配,年龄相当。"

"可是……"

"可是晋悼公对大国、强国的君侯之女,必不感兴趣。"看着疑惑中的鲁成公:"晋悼公必定要成为天下霸主,那么……"

鲁成公懂了,连连点头。

季孙行父代表鲁国与晋国完成结盟程序之后,向晋悼公提媒。果然,晋悼公喜形于色: "高攀!高攀了!"见众人不解:"杞国比晋国早立国近千年,那时晋国还没影子呢。周朝开始,杞国就是公爵,比晋国的侯爵地位还高。难道不是高攀吗?"

杞桓公大喜过望，也感动不已，把女儿热热闹闹嫁过来。

滕、曹、邾、薛、莒、小邾等小国听说后，纷纷派重臣携重礼造访晋国。

晋悼公隆重接待，并宣布：中原一体化，各国不分大小，一律平等一视同仁。他仅用礼遇鲁国、娶杞桓公之女，影响一大片，一呼百应，把众多小国团结在周围，成为晋国的盟国。

恰在此时，楚国发兵攻打宋国，占据了彭城，宋求救于晋。

晋悼公召开军事会议。韩厥一语定乾坤："欲求得人，必先勤之，成霸安强，自宋始矣！"悼公下达出师令，掷地有声："兵发彭城！"条件成熟了，晋悼公毫不犹豫吹向了复霸的号角，重演昔日晋文公与楚成王争霸的一幕。

次年一开春，晋悼公率九国联军攻克彭城，楚军溃退。首战大捷，南风不竞，稳定了中原局势。

在大好形势下，晋悼公照会各诸侯国会盟。并精心选择位于河北省南部、邯郸市东北端靠西、地处晋、冀、鲁、豫四省交界区域的鸡泽，修筑结盟高台。体恤吴国路途遥远，命公族大夫荀会，代表晋国在淮河区域，迎候吴使结盟。同年6月，晋、齐、宋、郑、鲁、卫、莒、邾、单、陈十国，在鸡泽会盟，表示荣辱与共，并歃血为盟。晋国取得霸主地位，成就比以前历次会盟更辉煌！鸡泽这个地方因此名震中原，修筑的高台，历经两千余年，至今犹存，人们唤作"晋侯盟台"。

周王室听闻晋国主持会盟，并且是有史以来最大规模，高兴坏了，预备了重礼，准备出席会盟，确认晋国的霸主地位，就像当年确认晋文公的霸主地位一样。可左等右等，使者不至，甚至没有收到只言片语。

会盟开始，各国代表惊讶地发现，不见周王室使臣，如何接受天子册封？齐桓公、晋文公都是打着"尊王攘夷"的旗帜。可只见晋悼公挥洒自如地主持着一切，全然不在意这个名分，竟当没这回事。

晋悼公几次率联军经过周王畿，明明周王室的使臣就在前面守候，晋悼公像没有看见似地一晃而过。再一次在刑丘会盟时，晋悼公突然宣布：取消诸侯国对周王室的朝贡义务，改为向晋国朝贡，并确立朝聘之礼。

面对如此大、如此凌厉的操作，诸侯国终于明白过来，晋悼公在洛邑生活十四年，看透了王室的无能，这是要架空王室，使其徒有虚名，连装都不装，他要切断王室的经济来源和与诸侯国的关系，使自己真正成为中原之"王"，实际代行周天子行使权力。此时，晋国"国势鼎盛，军治万乘"，没有谁有意见，有意见也不敢表露出来。史称"华夏尽附"。

晋悼公先后到达杞国、宋国、鲁国，杞孝公、宋平公、鲁襄公心领神会，一个个向晋悼公施以天子之礼，奏天子之乐。晋悼公的人生达到巅峰。

可惜天妒英才，公元前588年的一天，在位十五年的晋悼公染病，开始病势并不严重，但很快恶化。一病不起，以致一去不归，年仅29岁！宛如一颗闪耀的流星，划破春秋时期的历史长空，把晋国推向历史巅峰后，匆匆走完了他轰轰烈烈却短促的一生。

时人评价晋悼公：论谋，不减于晋文公重耳；论智，不屈于郑庄公寤生；论略，不低于齐桓公小白；论才，不逊于楚庄王熊旅；论仁，不亚于宋襄公兹父；论势，不弱于秦穆公任好。

韩氏孤儿

上

公元前731年的一天，曲沃城郊的山脚下的一所农舍。

一面铮亮的铜镜里，反复出现各种竭力悲哀的表情，但一看就很假。半个时辰后，小姬万重重跌坐下来。他失去了信心，自言自语嘟着小嘴道："我没用，连个哭相都装不好！"

"跟我去一趟你亲娘那儿。"在一旁默默注视着的姬氏，知道再这样下去，也没有效果的，小孩子家未历人事世面，情感方面一张白纸，纯如人之初，假是作不出来的。

姬氏牵着小姬万来到一个硕大的陵墓前："你亲娘就躺在里面！"

"我没见过亲娘，就是哭不出来！"小姬万一脸无奈。

"等你长大了，会哭个没完的！"转而一想，现在孩子还不懂这些："以后我死了，你也不会哭吗？"

"哇——"地一长声，小姬万顿时涕泗满脸，扑往姬氏："娘，你不可以死的，那就没人痛我了！"其实小姬万不小，已经有十一岁了。

姬氏紧搂着他，生不如养，也禁不住泪花盈盈："记住，人最重要的是要知道感恩，你是因为有亲娘才有你的，我也是因为有你亲娘，才能有你的！"

她本是当地赫赫姬姓公族之女，出身高贵，嫁与一大户人家，不幸生下一个遗腹子死胎，被婆家以为克夫克子十恶不赦而扫地出门，娘家拒绝接纳，恰逢其时，小姬万出生了。母亲高龄难产，生产时间罕见的长，最后母子只能保一个，她坚决要生下孩子，自己含笑而死。其父因为孩子落地竟不会哭，一副半死不活模样，认定即使存活长大也一定没出息，又克死了爱妻，要把孩子丢掉，把家族的希望与未来，全部寄托在前面生的几个儿子身上，有没有这个儿子无所谓。姬氏听闻，立即赶去央求认养。

姬氏带着孩子在城郊的山边上，寻到一所废弃的房子定居下来，给孩子取了个霸气的名字："万"，托人捎口信请两个兄长把房子修缮一番。为了孩子，她彻底褪去大小姐、贵妇的原色，做起一个自食其力的村妇。每天背着孩子在山下开荒耕种养畜，上山采菇拾柴。出嫁了的姐姐，每隔一定时间，送来一些接济，原来侍奉孩子亲娘的仆人，也常常悄悄送来一些生活食物资料。就这样，母子相依为命，度过了十一年艰难的时光。尽管过得辛苦，才三十出头，竟有丝丝白发，但有孩子了，心里无限快乐。尤其是晚上搂着孩子睡觉，心里蜜甜似地，深彻骨髓地感到自己是天下最幸福的女人。

孩子的父亲在附近路过时，来看过两次。一次说，这孩子还没死，命大！一次说，居然长这么大了！两次又都是若无其事地扬长而去，象没有来过一样！两次姬氏都是一个疑问挥之不去：这个男人的心肠比铁硬，可人们传说此人道德高尚，有口皆碑，

追随者众，甚至有许多人抛下在都城翼城的基业，跟着他来曲沃从头开始，咋回事？而孩子见到父亲，没任何反应；要他喊声父亲，还是没有任何反应。那个男人走了，孩子问娘："父亲是什么呀？"

她之所以要孩子装哭相，因为得知孩子的父亲病重快离世了，也就一二天的事。他可不是凡人，名唤"成师"，是晋文侯的亲弟弟，晋昭侯把他这个叔叔封在曲沃，人们称之为"曲沃伯"，是周王室赐封的爵，和一些诸侯国的国君爵位相当，麾下有千军万马，长期和翼城的国君晋昭侯、晋孝侯较劲，斗得不可开交，要夺取国君位。让孩子去见父亲最后一面，曾经去了几次，都不许进门；葬礼时一定要去的，曲沃所有的头面人物都会去的，那时父亲没了，再没有谁有理由阻止孩子参加。她可以把孩子带大，但孩子的前途与未来，需要那些有权势的人照顾并给机会的，让孩子在葬礼上"亮相"，使那些显赫贵人们记住：大名鼎鼎的"曲沃伯"，还有这样一个儿子！

吊唁的人群如潮，场面隆重浩大，姬氏是见过大世面的，可小姬万从未经历过，畏畏缩缩紧偎着娘。进灵堂前，他被劝说很不情愿穿上孝服，穿上嘟囔说不舒服，为什么要穿呀。一进灵堂，白花花跪着一大片，哭泣声此起彼伏。姬氏平静一下自己，大声宣告：曲沃伯的小儿子前来祭拜父亲！众人一怔，止住哭声，整个大厅寂静极了。

"是叔父！"一个略带童稚的声音。他是曲沃伯的长孙姬称，比姬万大六岁。这种侄大于叔、甥大于舅姨的人家不少。

一声"叔父"，使众人反应过来，不由挪出一条路。姬氏也为这一声震撼，把小姬万带到灵柩前第一排姬称旁，让他跪下叩

头，悄语告诉他，听娘的话，哭着说儿子送您来了！

小姬万盯着灵柩茫然状，倔强地站着，不下跪不叩头，也不说话。

曲沃伯长子姬鳝怒喝："滚！"几步过来踢倒姬万。姬鳝接继为伯。

姬氏抱起姬万，紧紧护着："庄伯不能当着他父亲的面，这样对待他的儿子，不能啊——"

"先父什么时候认过这个儿子？！"姬鳝一扭头，一干人拥上，驱赶并劝说母子离开。

小姬万突然发声："我还不想来呢，走就走，我有娘就足够了！"

姬鳝再次怒喝："永远不得踏进姬家的大门！"

"说克死了娘，孩子还没生下来，他没罪。称公子！记着您还有这个叔父，不然，姬万就真是孤儿啊——"姬氏竭力一呼。

姬称一颤，目送着母子离去。

第二天晨，姬氏打开家门准备出去劳作，两辆马车停在门前，一个管家模样的指挥几个仆人，卸下一堆东西往屋里搬。

临走前，姬氏问："是庄伯？"

一群人没反应。

"哦，那一定是称公子！"姬氏确定的语气。

管家模样的一愣，瞬即正常，指挥下人们登车而去。

粮食、干肉、布匹、竹简、刻刀、书简……姬氏感动了，想得很周到，尤其是孩子到了食量大、求知识的年纪，正犯愁着。姬氏料定姬称必然有大出息，盼着他快快长大接替为庄伯，姬万就有出头之日了！

从此，姬氏既当娘又做家庭教师，教姬万识字、刻字、读简。马车定期在一个天刚放亮的早晨停在门口，可见是在最黑暗的时刻出发的，物什与书简逐渐多起来。一方不问，另一方也无话交代，心照不宣配合默契。

一晃三年过去，马车临走前，姬氏挡在前面："孩子大了，要成为他父亲、长兄、称公子那样的英雄好汉，还要学武艺和驾车的。我一个妇道人家做不了。"说罢，闪开回到屋内。

次日天亮，一个将军向开门的姬氏行礼，他背后停着一辆战车，上面置放着各种兵器，两匹毛发铮亮高大的骏马，令人振奋。姬氏忙唤出姬万，让他随将军而去。天黑时分，马车送回姬万。日日重复着。

每隔固定的天数，门前的将军就换成另一个。又一晃四年过去，姬万长成壮实的汉子，天黑时分，自己一个人驾车回来。

守候在门前的姬氏问道："将军呢？"

"再没有人教了，将军说我可以做将军了，比他还将军，以后我自己练！"

姬氏知道去投军，有曲沃伯姬鳝在，没人敢收，自己练也好。晚饭罢，姬氏问道："做人第一条是要懂得感恩，你有今日，怎么报答称公子？"

姬万毫不犹豫："全部还回去，我一直在等这一天，总会等到的！"

姬氏满脸洋溢着欣慰的笑容，儿子长大了，真正懂事了，她明白儿子说的"这一天"，是称公子接位做曲沃伯。不仅要报恩，儿子要出人头地有大出息，唯一的办法只有回归姬族。以前教的是做人的基本要诀，感恩、正直、忠实、勤奋，儿子都具备了，

现在要让儿子懂得处世、懂得官场。于是，便从"桐叶封唐"开始，每日晚上讲晋国的历史，姬万听得很入神；当讲到儿子的叔公晋殇叔夺儿子的伯父国君位、儿子的父亲又与他的侄儿国君和侄孙国君斗得你死我活的，好端端的一家人，弄得势不两立，晋国像两个国家，都几十年了，还在没完没了。这里面水深着呢，娘不懂的，只能靠儿子你自己去悟。

姬万陷入沉思……

一年后的一天，姬万回家比往日早，马车上还有一个姑娘。姑娘搀扶姬万下车进到屋内坐定，她的下裙缺少了一大块。

"我娘下地去了，日头下山才会回来。说了我是孤儿，从不骗人的。"姬万的腿上绑着布带，上面染着血迹。

姑娘微微一笑："我去烧水，你一身的汗，擦擦再躺下，会舒服些。"

水开了。"坐着别动！"姑娘熟练地为姬万擦脸、胳膊、手……然后扶着在床上躺下。

"从小我娘就是这么着的！"姬万感动不已。

姑娘暗里一怔："马车是跑大路的，怎么专在山地里转？"

"将军是要干大事的，马车不仅要跑大路，还要能跑山路，并且要达到如履平地！"姬万有些得意状。

姑娘噗哧一笑，脸上红霞荡漾。

不久，姬万娶了姑娘，一年之后，生下儿子。姬氏比一对小夫妻还激动，做了祖母，人生圆满无遗憾，以前吃的苦受的累，值得！

姬万要娘起个名号，因为娘有学问、懂得多，他的名号也是娘起的。谁都说"万"有气派有气魄。

姬氏想了想，这也许是上天赐给她的礼物，人受穷受气没啥，得有真本事，能做大事、成大事："就唤'使'吧！取天使、是出使诸侯国使者那样的国之栋梁之意。当然，要凭真本事去争取哟。"

公元前716年，姬鳝去世，姬称继位为曲沃伯。

病重中的姬氏坚决要姬万去投奔姬称："儿子啊，你等的这一天终于来了，快去吧……有使儿守着娘，你还有什么不放心的呢？"

待姬万回转家中，告知被"称公子"接受。姬氏最后看了儿子一眼，遗言：把娘葬在你亲娘旁边，坟墓要小、要低矮。然后闪出一丝笑容，轻轻合上双眼。

姬万把娘安葬在亲娘旁边，又没有完全听从娘的遗言，把娘的坟墓修建得和亲娘的一样大、一样高。之间的空隙种上两棵松柏，这个位置是有意留给自己的，老了要儿子把他葬在两个娘之间，可以永远和娘在一起。

姬称为伯，接受人们的祝贺，他誓言要继承爷爷、父亲的事业，一定要打败翼城，全晋国归曲沃所有。大堂欢欣鼓舞一片，尊称他为"曲沃武公"。第二天，有侍从禀报：姬万求见！姬称很自然挥挥手，脱口而出："着什么急呀！"侍从一怔，因为许多年来，武公一直对姬万这个叔叔暗中资助，并且想得很周到，现在更可以大大方方摆到明面上来，没有谁阻拦得了。变得太快……只得悄悄待在一旁。

武公也没想到，一夜之间，自己变化太大、太快。经过爷爷、父亲两辈人的不懈持续奋斗，在自己手里一定能统一晋国。我必为国君，就是昔日的文侯、昭侯和现在的孝侯。那么一来

……家族内人与人的角色关系发生了变化，爷辈、父辈的亲人后代中，有没有晋殇叔、"曲沃桓叔"、"曲沃庄伯"那样的野心家，也要取代自己的国君位呢？

武公不禁冒出一身冷汗，从现在开始，就要未雨绸缪，暗暗打定主意，提防与压制爷辈、父辈两代的亲人后代，不能让他们坐大，自己的长子长孙也得如此，即使是亲弟弟、亲叔侄也不能放心。晋国公室的亲叔侄关系太敏感了，昔日的晋殇叔与晋文侯、爷爷"曲沃桓叔"与晋昭侯就是亲叔侄！没想到姬万这个叔父，这么快就来找侄了，以前一直照顾着他，那时没到现在的位置，压根不会考虑这些。此一时彼一时也，刚接袭上位，客气点打发了事。想清楚了，示意侍从请姬万。

"草民拜见武公！"姬万上来便倒地叩头。

武公一颤，"嚯"地立起："叔父——"

姬万猛抬头四处张望，没有其他人，一副莫名其妙状。

"我是在唤叔父您呀！"武公跨下位坛欲扶起。

姬万拒绝："草民当不起，不可乱了礼数。"又一副惊讶状："草民从小就是孤儿，只知有娘，是娘抚养大的，不知父亲是何物，也不知叔父是何物！"

"什么孤儿？过去的事早已成为过去，放下吧。叔父和我一样姓姬，是一家人！姬族亲人们都盼着叔父您回来呢！"

"草民不懂姬姓是什么，草民从出生起就随娘姓，名号也是娘起的。除了娘和妻儿，世上草民再没有任何亲人！武公说的那些人，一个也不认识，过去、现在以至往后，井水不犯河水！"

武公肃然状："不可说气话！"

"若有违反，任武公处置！"

弄清楚了，武公暗暗大喜过望，回到坐坛："叔父请起来说话。"见姬万一动不动，厉声喝道："姬万起来说话！"一声"姬万"，彻底认可他是孤儿！

"谢武公！"姬万欣欣然。

"此番所为何来？"

"穷怕了，当然是求富贵来的。不过，我娘说的，求富贵要凭真本事！"

早闻报姬万是块将军的料，甚至比将军还将军："那……做我的车右，如何？"

"做什么都可以，只要能为武公效劳！"

武公示意侍从："以车右的一切安顿好！"

车右一职极其显贵，属大夫级官员，平时是武公的警卫，战时是武公的马车驭手，也就是武公身边的红人，许多最初跟随"曲沃桓叔"从翼城来的元老，南征北战功劳无数，都没有达到这个位置。听闻消息后，纷纷来"摆谱"或"诉苦"。

武公总是叹着气，无奈状："姬万从小吃了许多苦，一个孤儿熬到现在容易吗？他还是我嫡亲的叔公，尽管年纪比我小，但辈分比我高，我得补偿不是？为人处世一般人都懂的，我为庄伯，更应为曲沃表率，能让人闲言碎语而不屑？"使得对方哑口无言。

凡有"桓庄之族"两代的公族来找武公，姬万总是对来者视而不见，瞬间转身离去。在战场上随武公出生入死浴血奋战，公族的人在武公左边，他就到右边；公族的人在武公右边，他就在左边；两边都有公族的人，他就冲杀在最前面或断后护卫，有意无意、有形无形地与公族拉开距离。武公满意极了，彻底信

任他。

公元前 709 年春季，武公倾曲沃之军进攻翼城，将翼城军队引诱至山口外的陉庭进行伏击，翼城军大败，四下逃散。武公再次考验姬万，命他追击晋哀侯。至深夜，姬万凭着超人的驾车技能，在汾水边的低洼地追上并俘虏晋哀侯。武公命姬万杀死晋哀侯。公元前 679 年，武公统一了晋国，被周王室承认，即位为国君，史称晋武公。晋武公并没有停下征战的步伐，夺取了周武王一个儿子的封地——韩国，作为晋国的领地，没有一丝犹豫，将韩国这块风水宝地封给姬万。姬万以此为契机，别出姬族，以封地名"韩"为氏，称"韩万"。至此，韩万完成了由一个孤儿到封疆大吏的华丽转身。有了封地，就有了做大事、成大事的"根据地"，发展起来如虎添翼，他一人撑起了一个家族——韩族。

两代公族们顿然明白了，原来他们最瞧不起的人，却是最聪明的人，大智若愚，成了最大的赢家。还有一个游大夫，他曾在翼城做"卧底"，武公因此把另一块风水宝地聚城封给他。他们不懂，长期追随桓叔、庄伯、武公出生入死厮杀战场，没有谁得过这么大的赏赐，常常以一丁点好处打发了事，为什么呀?! 可慑于武公的权威，敢怒不敢言。

下

次年，晋武公去世，儿子姬诡诸继位，是为晋献公。公族们纷纷出动，使尽招数去晋献公那里吵闹要讨封赏，唯独韩万没有。每次派人去找他，无一例外都吃"闭门羹"，得到一句话：找错人了，我是孤儿出身，与姬族一点关系都没有。

　　韩万做了爷爷，给孙子起名"简"，寓意"大道至简"，为人处世不要太复杂，记住几条基本准则即可，自己就是这么过来的。不久向晋献公告老，由儿子接替，并把家族事务交给儿子打理，自己放下所有，全力抚养与教导孙子简。他离世前留给家族的遗训是：远离姬族、感恩为首、辨别是非、正直忠实。韩万成为韩族的开山祖，谥号"武"，史称韩武子。他没有料到的是，他的后人又一次沦为孤儿！

　　韩简一成年，便接替去世的父亲赇伯为大夫级将军，牢记爷爷的家训，守住底线，为人为臣，深得晋国名臣士蒍的赏识。也因此，晋献公驱逐斩杀公族时，士蒍谏言"唯韩氏可留"，晋献公以为然，使整个韩氏"幸免于难"！

　　到了晋惠公时期，韩简目睹了"欲加之罪何患无辞"的那些事，尽管心中纠结，仍然维护晋公室。公元前 645 年，秦穆公因晋国失信统帅军队进攻晋国，晋军一路败退到韩原，立住阵脚，准备与秦军决战。开战之前，晋惠公派韩简侦查秦军。

　　韩简回来，忧心忡忡说："敌军人数比我军少，但是愿意奋战的人却是我军的一倍。"

　　"何故？"

　　韩简扭头别处，直言不讳道："国君逃离晋国和回国继承君位，得到过秦国的帮助，晋国饥荒时又吃过秦国无偿援助的粟米，秦国三次给予的恩惠都没有报答，反而在秦国危难时落井下石，所以他们才发兵入侵。如今又将迎击他们，秦军没人不愤怒的，晋军没人不懈怠的，他们的斗士何止多出我们一倍。"

　　晋怀公更是多行不义，连曾外公都杀，韩简父子忧愤交加相继去世。

重耳经过十九年的颠沛流离，终于回到晋国继位，是为晋文公，对追随晋献公、晋惠公、晋怀公的势力进行清算，韩氏也在其列。

赵衰奉命接管韩国封地。韩氏府第的人们，纷纷奔出，四下散去。赵衰止步，示意军士不得拦截离去之人，待再没有人出来，便与一班官员入内。院内一片狼藉，到处空无一人。最后来到灵牌室，只见一个孩子在灵牌前抽泣。赵衰指着韩简的灵牌，轻声问："他是谁？"

"我爷爷。"怯生生的声音。

赵衰心头一颤，这孩子同他祖先韩万当年一样，又成了孤儿，这时刻在祖宗面前哭，懂事极了。"你爷爷、父亲最后对你说了什么吗？"

"感恩、正派，还有……要有真本事。"

"你叫什么名号？"

"韩厥。"

"以后去哪里？"

孩子摇摇头："不知道。"

"去我家，有四个大哥哥，可好玩呢！好不好？"

见孩子点点头，赵衰不由抱起孩子……

姬万遇到姬氏，是幸运的。韩厥遇上赵衰更幸运。对世人况且如"冬日之阳"的赵衰，从此，对孩子视为己出。

韩厥长大成人，成为了赵氏的家臣，知道了祖先过去的不易，念念不忘家训，贤而有才，谨慎为人，暗暗发誓要凭真本事恢复韩氏曾经的荣光。赵衰去世后，赵盾接替为正卿，主掌晋国的军政大权，把韩厥推荐给晋灵公，任命为执掌军法的大夫级中军尉，地位仅次於六卿。这使他一出道便起点很高，许多人奋斗一辈子，也到不了这个职位。这一年是公元前 615 年。

秦国因为在令狐之役中被晋国欺骗，秦康公亲自率军攻打晋国。赵盾也率领晋国的三军六卿悉数出征。韩厥是第一次随军行动上战场，就摊上事了。

晋三军军列整齐步伐铿锵，接受都城人民的欢呼送行，三军备受鼓舞。出都城不到十里，中军的队列阵形忽然间乱了，一辆马车闯入阵中，影响了行军速度与秩序。

韩厥急命监列官去查清楚。

马车驰到韩厥面前，御者跃下："韩大人！是赵相国出征匆忙，忘了携带饮具，我奉军令前去取来，因此追送到军列送上。"

有好些个将军奔来看看究竟发生了什么事。

"现在没事啦！"一副不以为然的语气。御者是赵盾身边的红人，论级别属大夫级。常常驾车接送赵盾，往来于赵盾家与朝宫，和韩厥也很熟悉。

韩厥沉默片刻，突然怒喝："兵车军列已在行进中，岂容外来车辆擅入冲撞……依法当斩！"

此言一出，众人大惊。

"搞错了吧？我可是为相国办事！"御者迷惑状。

韩厥斩钉截铁："军中不知有相国，但知有军法！"

御者这时感到问题严重，吓坏了："看在相国的面子上……"

"立即行刑，杀其人，毁其车！"韩厥下达命令。

五卿听闻后，纷纷赶去见赵盾，都是一个想法，韩厥这小子太不知天高地厚，负恩无情，元帅刚刚提拔他，他就把元帅身边的红人杀了，吃不了兜着走！

至少此人不可用。

面对前来"请罪"的韩厥，赵盾微微一笑，扶起他："吾闻'事君者，对亲近之人，不阿附，不偏私。'你能执法如山，没有辜负吾之举荐与期望。继续努力！"

韩厥拜谢而退。

"韩厥者，他日必为正卿执政晋国也，还必将与祖先韩万一样，使韩氏重归昌盛！"面对诸卿的将信将疑，赵盾一脸肃然，立下预言。

这样的事再次发生过。

韩厥在中军尉职位上，尽心尽责，执法如山，历经赵盾、郤缺、荀林父、士会、郤克五位正卿，一干就是十六年，从无失误，朝野有口皆碑。

公元前589年，齐顷公向卫国、鲁国发动攻势，鲁国相国季孙行父与卫国外交大臣孙良夫向晋景公求救。郤克率领晋军战车八百乘出师伐齐，大军跨过黄河在"鞍"地安营扎寨，与齐军对垒，大战在即。

恰在这个时刻，郤家军的一名将军违反法纪，竟带着一帮人四处游逛。韩厥知道后，立即命人带来问其罪。众人皆劝道："元帅身边人，睁只眼闭只眼吧！"韩厥毫不犹豫下令将其问斩。

郤克得到报告，急忙赶来想救下那名将军。可已经行刑完毕，韩厥献上首级。郤克愕然，神色大变，很快冷静下来，传令将这名将军的首级传示大营，以此为戒。人们松了口气。

鞍之战打响，韩厥奋不顾身单车冲向齐顷公所在的阵营，齐顷公吓坏了，一边令撤退，一边令放箭。韩厥的御戎与车右都中箭落车阵亡，韩厥全不畏惧，依然猛追不舍，俘获了齐顷公的战

车，将齐顷公与车右俘虏。未料齐顷公事先与车右换了服饰，假装去为"齐顷公"打水而逃脱。战役结束，韩厥得知抓了假的齐顷公，让真的跑掉了，深深自责，至元帅大帐领罪，郤克一笑了之。

齐顷公派大臣送来求和书简，承认战败，次年来到晋国绛城朝拜。晋景公想起了"真假齐顷公"趣事，传韩厥来作陪。

韩厥一到席，认出齐顷公，像什么事也没有："小将见过齐国君主！"

齐顷公一脸尴尬："您还记得我？"

"当然，只是您把衣服换了。我在战斗中不怕牺牲，就是为了今天两国君主在晋国殿堂上开怀畅饮呀。敬您一杯！"

"晋国有如此人才，不发达强大，老天都不答应的！"齐顷公恭维道。

晋景公开怀大笑，此一时彼一时也，很欣赏韩厥平时的执法如山、战场的勇猛无畏、此刻的幽默有礼。

晋景公借着战胜齐国的东风，在三军六卿的基础上，再扩编新的三军六卿。他想到了韩厥，还一心为公，洁身自好，从不参与豪族之间的争斗，将他任命为新中军将，为新三军六卿之首。韩厥熬过了从政二十年的寂寞，完成了从孤儿到卿大夫的跨越！

韩厥来不及为自己庆贺，当日深夜，探访赵氏大本营驻地"下宫"。

这里曾经人来人往，除了递送公文书简的，皆是晋国的头面人物，说是晋国第二个政治中心，也不过分。随着赵盾的去世，赵氏在晋国的地位一落千丈，一切都变了，以至于门可雀罗！郤缺一接任正卿，就把赵盾的儿子赵朔拉入六卿为下军佐，赵氏的

势力依然强大，紧紧控制着都城绛的周围。此时，赵氏本当要同心相守，戮力维护赵氏的强盛繁荣与晋国第一大族的地位，赵朔在赵氏虽官衔最高为卿大夫，却受到三个叔叔赵括、赵同、赵婴齐的掣肘，"不同政见"起来，三个叔叔坚持既定路线，与土著贵族派抗衡，赵朔认为要因时而变，与土著贵族派首领正卿栾书走得很近，两下里闹起矛盾，甚至于分道扬镳。赵氏出现危机。

当年赵穿刺杀晋灵公后，提出要严惩屠岸贾，赵盾阻止。屠岸贾一直藏匿不出，赵穿、赵盾相继去世，立即出山，凭借其父屠岸夷的功绩，加之善于投机钻营，很快混到掌司法的司寇。这时认为扳倒赵氏的时机成熟，先在基层煽风点火，继而竟在上朝时张狂朗朗道："当年赵穿弑灵公，赵盾虽然不知道，但仍为贼首。以臣子弑君主，而他的子孙却在朝堂行走，那还怎么惩罚罪恶之人呢？请诛杀赵氏！"最后一句话，杀气腾腾，令人心惊肉跳。

晋景公及众臣尽皆无语，朝堂一片寂静。

韩厥暗里一惊，没有批斥，等同认可！别人可以装聋作哑置身度外，他绝不能，挺身而出反驳："灵公为贼人所害，赵盾正在逃亡，一切不知情，成公第一次临朝就认定赵盾没有罪，继续为正卿治国理政领军。如今你要诛杀他的后代，这是违反先君的意思而乱开杀戒，其罪非轻！"

屠岸贾哈哈一笑："那个时刻的先君，有其他选择吗？否然，就会成为第二个灵公！诸位，难道不是吗？"接着，自顾自笑个不停。

对在朝堂如此的放肆，又是一片沉默！

韩厥明白了。晋景公做国君的环境比父亲优化多了，是按规

矩承袭的，不是那种可立不可立被无奈"扶立"的，因此不需要忍气吞声看谁的眼色行事，对灵公的死、先父的无奈、还有赵盾的公族大夫制度，使卿族势力完全占据了朝政，早就心有不满，并且卿族之间不是铁板一块，其中不少对赵盾的专横早已满腹怨气，正好可以寻机发挥，击破卿权，巩固君权。而赵盾的"夏日之阳"的强势作风，得罪了不少人，他们也盼着出口恶气。一切无可挽回！

韩厥深深叹息了一声，随着管家来到正厅。

赵朔长期身体不好，是个"病秧子"，正在家中休养。此刻对韩厥的来访，非常感动，因为即使是忠于赵氏的文臣武将，也极少登门，唯恐接近了他却又逆了他的三个叔叔。

韩厥探视了一下赵朔的身体，切入正题，劝他学吴太伯逃亡，静待时变。

赵朔明白赵氏现在形势严峻，凶多吉少，更懂韩厥的一片苦心，曾经士蔿就劝太子申生学吴太伯逃亡，但不愿意象昔日狐射姑那样，丢下祖父、父亲辛辛苦苦打下的江山和全族的人们而独自求生。沉默半晌，坚定回道："如果你不让赵氏绝嗣，赵朔死而无憾。"

韩厥知道多说无益，含泪答应了赵朔的请求。回去后便称病不出，不再上朝，以示对那些人的抗议。

赵朔郁郁而终。妻子赵庄姬是晋景公的姐姐，已有身孕，他临终前，作生离死别时遗言赵庄姬："如果生男子，他就叫赵武，当为赵氏复仇；如果生女子，她就叫文嬴；赵氏宗庙就该败亡！"

除了晋景公、屠岸贾，中军将栾书也是要扳倒赵氏的，家族势力不雄厚，又曾经栾氏长期被赵衰、赵盾"忽视"甚至打压，

只有赵氏不存在了，栾族才可能"脱颖而出"，他的正卿位置才能稳固，尤其赵朔不在了，联赵没有了价值，更没有了顾忌，但凭借一己之力，扳到这样一个世卿大族谈何容易？就悄悄拉拢中行氏、郤氏等，并派人暗中监视赵氏的一举一动，寻找机会。

山雨欲来风满楼，只差一个导火索。

赵氏屋漏偏逢连夜雨，祸不单行，寡居中的赵庄姬难耐寂寞。赵婴齐常常去下宫"探望"，虽是隔着辈份，但相差不了几岁，脉脉含情风光无限的国君之姐，令他欲火难耐。一来二去，干柴烈火，燃烧熊熊。

这本当仅属于一个家庭的"隐私"，栾书得到密报，派人到处传播，大加渲染，弄得沸沸扬扬的。赵同、赵括兄弟坐不住了，更脸上挂不住，于是用家法把赵婴齐驱逐到齐国去。

偏偏赵庄姬又出"幺蛾子"，担心赵氏兄弟降罪于她，于是跑到朝宫向弟弟晋景公告状："赵同、赵括将要叛国作乱，怎么办呀?!"

晋景公明知栾书、郤锜对赵氏深怀敌意，故作惊讶地问他们："确有此事乎?"

两人异口同声作证，早就知道赵氏必反，没料到来得这么快。栾书更是急不可耐进言："赵氏势大，如果不先发制人，恐为其所制。"

晋景公一脸肃然，号召诸卿及大夫将军们尽悉出兵，跟随国君为国靖难，扫除叛军，一个不留！韩厥在家中得知，攥出传令官，拒不发兵。栾书、郤锜率先行动，其余卿大夫也积极追随，一路浩浩荡荡向赵氏杀来，屠岸贾冲在最前面，他等这一天很久了。赵同、赵括猝不及防，一时来不及组织有效抵抗，两人死于

乱军之中，除赵穿的儿子赵旃出逃至封地邯郸，满门被杀。一个百年望族顷刻之间不复存在，史称"下宫之难"。

晋景公将赵氏所有封地赠与远支公族祁奚，趁机壮大公族势力。

面对如此惨烈的结果，赵庄姬始料未及，痛悔难追。婆家没有了，赵庄姬只得住在晋景公后宫里，把后宫当成家。不久，生下遗腹子，按赵朔遗嘱，取名"赵武"。屠岸贾探得风声，突袭来查，千钧一发之时，她灵机一动将儿子藏在腋下，幸好一切如常，孩子没有发出哭啼声，躲过一劫，然后暗中交予赵氏家臣程婴抚养。程婴带着赵武在人烟稀少的山里，整整生活了十五年。

一天，不知什么缘故，晋景公突然生怪病，日重一日，费尽力气怎么也治不了，甚至医巫连是什么病都说不出，忙找人来占卜，被告知是嬴姓的后代们在从中作祟。晋景公不解，知道韩厥最耿直，就召他前来询问。

韩厥是此事知情人，这时他"公私兼顾"，从容劝诫晋景公道："嬴姓的后代，在晋国绝嗣的那不就是赵氏家族吗？晋国之所以有今天，赵衰、赵盾两代居功甚伟，如今我们的君主却独灭赵氏，在晋国竟然没有继承他们爵位的后人，今后为国家做好事、做大事的人谁不害怕？国人都很痛心。只希望国君能够公正处理，以抚人心。"

晋景公沉默一会，认为确实愧对赵氏先辈，想寡妇姐姐长期住在娘家，不是个事儿，遭人闲言碎语，不成体统，"嫁出去的女、泼出去的水"，总该要回婆家的，可婆家已经灭门了。于是问道："赵氏还有后世子孙吗？"

韩厥顺水推舟，俱实以告：赵氏还有赵庄姬的儿子赵武，已

经是一个十五岁的翩翩英俊少年。

晋景公惊讶中大喜过望，这个赵武是自己的亲外甥呀，姐姐有靠了，这对她很重要，可以回婆家"母以子贵"，风风光光做母亲甚至还要做祖母的，以前不愉快的事，也就不那么显得重要了。真的是"人逢喜事精神爽"，说来奇怪，晋景公立即病消康复如常，更对此坚信不疑。自己国君的威望已经足够强大了，卿族们服服帖帖了，当即与韩厥谋立赵武，派人召来秘藏于宫中。

卿大夫与诸将听闻国君康复，纷纷入宫来祝贺。晋景公牵着外甥赵武进入朝堂，并郑重介绍一番，并让赵武与程婴拜见卿大夫及诸将。人们明白过来，愕然之下都把责任推给屠岸贾，是他擅自冒充国君之命攻打赵氏。晋景公顺势而上，下令攻打屠岸贾并灭其家族，接着又为赵氏平反昭雪，把当初赵氏的全部封邑还给赵武。赵武尚年幼，韩厥自告奋勇，承担起对赵武的呵护之责，又把赵武的堂叔赵旃从邯郸召来，负日常照料。

七年后，赵武二十二岁，他承载着赵氏复兴的希望。晋景公已去世，晋厉公坐朝，为赵武举行弱冠之礼，可以取悦于姑母，她现在是公室辈分最高的，更重要的是，赵武虽然不是公族，但是自己的表兄弟，他要把赵武紧紧拉住壮大自己的势力，压制诸卿的势头气焰，从当权卿族手里夺回大权。

典礼完毕后，赵武相继拜见各位卿大夫，因为即将走向仕途，少不了这些显赫人物的帮助。面对赵氏的死灰复燃并突然起步复兴的关键时刻，卿大夫们心情各异，但在国君面前又是国君主持，不得不逐一献上祝词。

最欣慰、最感动的是韩厥，他终于报答了赵氏之恩，此时他苦口婆心献言道："谨慎警戒以成人。成人之首在于亲善人。亲

善人，善人荐善人，如此，恶人就无所适从。若亲恶人，恶人再荐恶人，那么，善人便离开。人如草木，物以类聚，人以群分。戴上冠冕，就如宫室之有墙屋，一定要祛除污秽、保持本质清洁！"无形中，韩厥创造了"物以类聚，人以群分"和"质本洁来还洁去"两个成语，流传不衰，弥久历新！

晋厉公的勤政并亲自率军出征，使正卿栾书非常不爽，分掉了他的权力。于是联合中行偃发动政变，将晋厉公囚禁，深恐遭到世人唾骂，想向天下人证明是"非栾某不义，是厉公不仁"。想到韩厥朝野声誉很好，拉他参与进来，可以取信于天下："大家一起把国君给灭了，利益分享！"

"靠杀死国君来树立权威，这种事情我可做不出来。把权威凌驾在国君头上是不仁，事情万一失败了，就是不明智；即使得手，享受一利也必然要承担一害的，这种事情不能干。从前我被赵家抚养，赵家遭陷害，我都能顶住不出兵。俗话说：杀头老牛都没人敢做主，何况你们要杀害国君呢？你们能不能侍奉国君是你们的事，找我做什么？！"韩厥毫不含糊顶回去，转身离开。

晋悼公继位，重组四军八卿，破格提拔懂得感恩、正直无私的韩厥为正卿。昔日赵盾的预言成真！

韩厥尽心尽力主政七年，为晋国的复兴做着最后的冲刺。这时晋楚争霸处于关键时刻，他已步入黄昏岁月，深感精力不济，想起荀林父的"退"、士会的"让"，向晋悼公推荐有过九年囚徒苦难、具雄才大略的智罃，自己告老，儿子韩起接替为卿。此后韩氏在晋国的显赫地位始终没有衰落。

韩起后为正卿长达二十七年，是晋国正卿在位最长的。他继承了韩厥为臣低调、为人坚韧的传统，不搞内耗内斗，始终在平

衡六卿之间的关系与利益，使之未能表面化，又从中获利良多，壮大了韩氏的根基，使韩氏得到空前发展，奠定了百年后"三家分晋"韩氏的物质基础与政治基础。

韩厥因此成为韩氏复兴的关键人物。谥号"献"，史称"韩献子"。

祁奚之风

公元前 527 年，晋国都城。

一个不起眼的院子，中军尉祁奚坐于铜镜前，发妻一手帮着梳理着长发，另一手不时拾起白发置于一旁。望着镜子里半个秃头，他叹了口气："老啦，该歇息了。"封地上老祖宗尧帝曾禅让于舜，现在该学学了。

"说啥呢，几十年来，当家的一直叹着气过日子，现在新君即位，得帮衬着，也该轮到大显身手的时候，不能枉有一肚子才气。"

"知我者，夫人也。深受君恩，若不是当年景公将七个县的赵氏之地封于我，祁族焉有今日？"祁奚轻抚秃头与一旁的白发："日后我自个会料理，不用再烦劳夫人。"

"为啥？妾身习惯了！"

"我要上朝了，也许是最后一次。你吩咐把家里收拾干净，留给儿子用，我们回封地去养老安度余生。"说罢，祁奚转身挂起一根崭新的拐杖，迈着坚定的步子出门而去。

夫人在后面怔怔地望着，直至没有了背影，不禁有些失望，知道夫君心里有个不轻易显露的"结"，尽管品行双佳才学满腹，却被卿族压制，进不了卿内阁，始终徘徊在中军尉正部级，不能

为晋国施展才华，回封地等同于心里放下、放弃了。恢复过来，她立刻召集家中所有人员，发布搬家的指令，把能搬动的什物包装捆绑妥当，整装待发，租定车马。至于为何要在这大好时刻，举家回封地，她没有问，也不去想，一直是夫君最忠实的粉丝，因为他从来就没有错过。晋献公时期，因"桓庄之族"的行为，展开对公族的血腥清洗，祁族躲过了。自嫁过来后，经历了许多惊心动魄的大事，和晋国公室一样的姬姓大族，郤氏、栾氏、胥氏等赫赫卿族都遭灭顶之灾，祁族不仅没有倒下，反而比前壮大了，也成了异姓卿族的眼中钉，如履薄冰。祁族是晋献侯之后，到夫君这里封于山西祁地，就以"祁"为氏，这里历史上是帝尧封地，有"尧之遗风"，其民勤俭质朴。还有一个羊舌氏，是晋献公弟弟的后代，两家历史上有血缘亲戚关系，景公封祁族的同时，也得到三个县封地。土地与人口是国家及家族的命根子，这使得公族的力量骤然强大了不少，直接严重影响到卿族的利益，更使卿族们紧张起来。现在唯有祁族与羊舌氏两个公族尚存，在竭力维护晋室存在，得小心谨慎。尽管晋悼公听说是位明君，公室复兴大有希望，但毕竟还是个十四岁的孩子，一时半会奈何不了那些强大的卿族。

晋悼公虽一直在周王室长大，但每时刻念念不忘以恢复晋公室强大为己任，不断地从各个渠道关心与获取情报，终于盼来了机会，被迎回继国君位。他出现在朝政早朝大殿，一张娃娃脸，一举一动却如成人一般无二。三日前的早朝，就把晋国的大事一一安排妥当，令人称奇，文武百官无不佩服，那些强大的卿族们，心头绷得紧紧的。这是第二次早朝，主题是人事问题。同样，"老成"的晋悼公的决定，使大家心服口服。

临散朝时，一个戏剧性场面出现了——祁奚出班，挂着拐杖显得特别"另类"，因为人们都在国君面前装得英姿勃发，他却刻意显老，并提出辞职，归乡养老。

开始人们以为听错了，可看到他一脸肃然，不象是随便说说，更不象开玩笑，本来新君即位要表现积极，力求荣升空间，他竟消极至此。人们疑虑不解，卿族们却欣欣然状。晋国的命根子是精锐的中、上、下三军，六个人组成晋国的军政"内阁"，史称"三军六卿"，都是国家副总理级，中军地位最高，战争时国君随中军行动，中军将也就是大元帅，除直接指挥中军外，还兼统领三军，行政上是总理宰相级，谓之"正卿"。晋公室的一大心病，是六卿全为公室之外的人长期盘踞，导致国君大权旁落。中军尉是中军掌管军法的最高长官，是晋国最高级别的中层大夫，地位仅次于"六卿"，与卿位近在咫尺。众卿们原来很担心晋悼公把祁奚提拔进内阁，撕开一个口子，以至逐渐削弱卿族，现在省心了，他自己提出辞职。却是为何，国君能批准吗？

晋悼公抑住不快，不露声色道："莫非寡人有何薄待先生乎？"

"非也！"祁奚从容道："微臣深受君恩，当戮力践行，反哺回报，可微臣老矣，行动迟钝，脑子不灵，不堪重任，若有更具才能、年富力强者接任微臣一职，对晋国不是更好吗？"

"难得！"晋悼公绽放笑容："先生品行高尚，世人皆知，难道还有右出先生之人、且能胜任中军尉一职吗？"

"晋国藏龙卧虎人才多多矣！"祁奚沉思了一会："解狐将军便是！"

此言一出，刚刚还在尴尬中的六卿，瞬而转为惊愕。同时，

文武百官也懵了，两个"奇人"还"对"上了，"奇中奇"，这唱的是哪一出？

晋悼公也不禁一怔，因为据以往的"情报"，这个解狐是解张一族的后代，也是姬姓，解张因封于解地就以"解"为氏，后来他的后人以名"张"为氏。晋文公时，解张把一个书简挂在都城城门上，说介子推有功却不封不赏忘记了他，使晋文公恍然大悟，封解张为大夫。解狐虽是晋公室同姓，但是……"这里所有列朝者都知道，解狐是先生的杀父仇人，杀父之仇，不共戴天啊！"

唏嘘之声席卷大殿，当然还有晋悼公不知晓的缘故。

"国君问的是谁可以接替中军尉重任，而不是问谁是微臣的杀父仇人！"祁奚字字铿锵。

大殿寂静无声。

晋悼公一脸肃然，也曾听到卿内阁的赵鞅说过，解狐非凡人能及，不由迈下其座，一步一步来到祁奚面前，双手拱礼："先生以国为重，不为私仇所困，高风亮节，令人钦敬，依先生便是！"于是，立即命钦差官快骑带着任命书简，速往解地征召解狐就职。

祁奚辞别晋悼公及众同僚而去。的确，因拄着拐杖，使人们感觉他的背影有些蹒跚模样。

百官感到"奇中奇"，是因为祁奚与解狐有杀父之仇，而解狐与别人有"夺爱之恨"！

解狐"世袭"为晋国大夫，率兵镇守解地一方。夫人去世后，他娶有一个小妾名唤芝英，出身书香门第，长得如花似玉，

身材婀娜多姿，能歌善舞，琴画俱佳，解狐宠爱不已，以为人生得此佳人足矣，对仕途晋升兴趣不大。遗憾的是，军政公务繁忙，还要到辖地去巡查访问，没有太多时间在家，深感有负年龄是女儿辈的美妾。

大夫一般都有祖上留下的封地与不小的家业，大夫都是公室的命官，要为国家奔忙尽职，封地和家产事务就聘请"家臣"来打理，这在当时是普遍现象，解狐也不例外。

一次，解狐出外公干回家，一个家臣上来挥退准备侍候的丫环，自己忙不迭沏茶、煮酒、上珍果点心，完毕不走。解狐觉得不对劲，家臣都是有些学问才干之士，从不把他们当外人，一向厚待礼遇，扬其所长，才尽所用，每个都有自己的位子与相应的俸薪，可以说他们在解家是半个主子，却不惜屈尊抢着做下人的事情，在一旁欲言又止的模样，分明是有话说又不敢说。"你我情同一家，有什么话、什么事，用不着藏着掖着。"

"事干重大，这个地方……"声音低低的。

"那，跟我来吧。"解狐装作在庄园内一边散步一边检查各种设施，来到一个避静处："现在可以说吧？"

家臣却突然跪下："请恕在下冒犯之罪！"

解狐一怔："在解家从无'罪'之说，即使天大的事，你说出来不仅无罪，而且有功！起来，堂堂正正地说！"

家臣一"抖落"完，解狐不由浑身一震，旋即大怒状："决无可能！记住，你什么都没有说过，我什么都没有听到，以后对谁都不能胡言乱语！"很快脸色又缓和下来如常："三天后，我奉命要出远门办差，你随我一起去。"

家臣一离开，解狐无法平静自己，许久以来的担心应验了，

并不感到意外。平日自己行夫妻事，芝英一直不满意，只是她没有表露出来。首席家臣刑伯柳才能出众，没使多大功夫，就把封地与产业搞得红红火火，他还应该有更大的腾挪空间，在这里的确"屈就"。他身材高大岸伟，面容俊秀，自然极易吸引年轻貌美的女性，迟滞不去就为这点破事。发现和刑伯柳商量事情时，芝英总是盛装待在一旁，两眼汪汪直勾勾盯着他，而刑伯柳时不时瞟一眼芝英，刑伯柳一离开，芝英瞬间找个借口也离去。当时没有多想。

两天后的下午，解狐召集全部家臣，说接到国君传来的旨意，命他陪同去北部边疆巡视，这一去有数月之久，要大家齐心合力，并遵嘱刑伯柳多费心。次日天还没亮，就带着那个家臣和一队家丁，急急忙忙出发走了。

第一天解家平静如常，第二天深夜，解狐突然回来，踢开大门，迅速入内，将两人抓了个"现行"。怒不可遏的解狐命将两人分开关押，吊起来拷打拷问，

知道了芝英爱慕刑伯柳年轻英俊，经受不住寂寞而勾搭成双。木已成舟，无奈之下，将二人痛打一顿之后，逐出了家门。

事情已经这样，夺爱之恨不共戴天，按理说两人一定老死不相往来。三年后的一天，六卿之一的赵氏领袖赵鞅携重礼来访，他们是老朋友。因为解狐的先辈族人张老辅助过"赵氏孤儿"、赵鞅的爷爷赵武，多有成就，解张氏一族人才辈出，现在张老的后人张孟谈，又是赵鞅的首席家臣。

"君子之交淡如水"，赵鞅一反常态，一定有非常原因，例行茶酒后，解狐似不经意道："大将军有话尽管说。"

赵鞅说赵氏领地面广点多，缺少一位能人打理，几个人试

过，都不甚理想，请解将军推荐一个。

解狐一时沉默不语。他知道赵鞅的祖上赵衰、赵盾、赵武，都是晋国历史上的风云人物，其个人建树与对国家的贡献，堪称首屈一指，虽遭"下宫之难"，赵氏三代以来踔厉奋发，很快恢复元气，甚至在六大卿族中名列前茅，赵鞅个人的修养品行和勇气胆略，也是六卿中最为杰出者，无疑将是晋国的常青树，赵氏的发展前景不可限量。其领地的治理至关重要，涉及到后方建设与人心归向、兵员与军需，而领地的"国相"人物是关键。谁可堪此重任？思来想去，把所有认识的有才能之人，过了一遍筛子，最后全身猛地一颤。

赵鞅察觉到这个细节："这事的确难，不忙，容后再议。"

"刑伯柳……定能胜任！"解狐象费了好大的力气嘣出。

"啊？"赵鞅"曜"地起立："我决不会做挖墙脚的事！"因为多次来访，在这里见到过此人，也知道他的身份，一表人才能力出众，印象很深刻。

解狐也起座相对："大将军不必多虑，此人三年前早已离开解地远去，至今无有消息，寻找一个人，对大将军应该不是难事。"

"既如此，愧受愧受！"赵鞅满面笑容而别。

此后，解狐也就忘了，专心致志做自己的事。一年之后的一天，首席家臣也就是三年前因忠诚主人的"告密者"，禀报刑伯柳前来拜访……竟有此等无聊之人，找上门来自取其辱，解狐怒火不已，不待首席家臣说完，取下壁上的弓箭，奔向院门，又实在不愿面对面，隔远点为好，而是折回跃上楼台。

刑伯柳跪倒在院门前方，远远喊道："在下在赵氏领地略有

成就，受到赵大将军的信任与厚爱，全赖恩公推荐所致，特来叩谢大恩！"

解狐气得浑身火暴："贼人，去死吧！"拈弓搭箭奋力射出，利箭擦破刑伯柳的耳朵飞过："我举荐你，那是因为你有这个能力。我现在射你，是因为我们之间有夺爱之恨！还赖在这，将有来无回！"又搭上一支箭。

就在昨天，赵鞅巡查各处领地，非常满意，不由托口而出："解狐将军知人善任，举荐你来帮我，果不其然！"刑伯柳才得知原委，以为原来的主人把那档子事忘了，急急赶来谢恩。此时明白了原主人是恩怨与公私分明，一码归一码，义薄云天，疾恶如仇。幸好原主人已不年壮，加上在气头上，使得出箭有分毫之差，不然，自己小命归西，于是连叩三个响头，起来深鞠一躬，匆匆离去。

解狐举荐夺爱之人，祁奚举荐杀父仇人，这就是百官心中的"奇中奇"。他们被这两人感动着。

不料，钦差官赶到解地时，解狐因疾病而逝。晋悼公怅然若失，次日早朝，迫不及待又提出中军尉人选问题。六卿缄口不言，因为前几日，中军将栾书被"靠边站"了，这个国君年纪轻轻，手段着实厉害，唯恐出言有失惹来不测；百官们长期惧怕卿族，甚至前个国君晋厉公，就是被卿族先关后杀的，担心触犯卿族利益，大殿一时陷入寂静。晋悼公心中涌起一阵悲哀，"解铃还须系铃人"，只得命人传祁奚来"救场"。恰好祁奚在家设家宴，答谢曾经帮助过祁家的人们，一听到国君召唤，并且很急的，也没问什么事，立即赶来，一听解狐病故，长叹一声："可惜！"

"先生还有何人可荐？"

大殿空气紧张起来，祁奚看着这场面架势，明白了自己一个告老之人，竟"重任在肩"，略为沉默一刻，从容道："祁午从小温顺听话循规蹈矩，好学上进不贪玩。长大后志向坚定却听从父母之命，坚守学业而不好高骛远，安静祥和而谦恭有礼，对下人仁爱，遇大事镇定自若，品格正直而不放纵，非道义之举不做，无官长命令不擅自妄为。如果让他处理国家大事，定能超越我！"

话音一落，大殿上各种表情五花八门惊异纷呈，前次推荐的是杀父仇人，人们钦敬他公私分明大义感人，这次推荐的却是自己的儿子，这天上地下的？

"祁午可是你的儿子啊！"晋悼公也是一愣。

"国君问的是谁可以胜任中军尉，不是问谁是我的儿子！"祁奚誓言般。

"知子莫如父，哈哈……"晋悼公开心又略显童嫩的笑声，使大殿的氛围轻松下来："那么，中军尉事务繁多，需要一个佐尉相辅，先生以为谁可任之？"

"羊舌职最为合适。"祁奚不假思索："羊舌氏是晋献公弟弟的后人，其先父羊舌突曾是当时太子申生的军尉，忠心耿耿多有建树，羊舌职承接了前辈的优秀，甚至超越，他的四个儿子都教育得非常好，小小年纪才识异于常人，终有大出息。微臣愿以身家性命担保，祁午与羊舌职定当不辱君命，为国尽忠尽职，且善始善终！"

晋悼公春风一脸："先生之荐，为君分忧，为国举才，坦坦荡荡，堪昭日月！"于是命有司书刻任职文简，召两人速速到任。

百官释然，独六卿黯然，因为他们的心腹没有得到机会。

后来的事实证明，祁午极为称职，在任中军尉长达三十八年的时间里，工作从未出过纰漏，这没多少人能做到！

祁奚公而无私、"外举不避仇，内举不避亲"的事迹，赢得了朝野内外的赞扬，一时声誉鹊起，他的言行也随之成为衡量是非曲直的标准。孔子由此慨叹："祁奚能举善矣。称其仇，不为谄。立其子，不为比。举其偏，不为党。"以极高的评价。

十五年后，晋悼公去世，晋平公继位，也看重祁奚不偏不党的名声，又是与晋公室一样出自姬姓，便重召已退休的祁奚为公族大夫，专门负责处理公族中违法犯罪之人。五年后，发生"栾盈之难"，执掌晋国朝政的正卿范匄以"同党"罪名，对栾盈余党进行清理，先后杀死了箕遗、黄渊、嘉父、司空靖、邴豫、董叔、邴师、申书、叔罴、羊舌虎等人。羊舌虎的兄长羊舌赤、羊舌肸也受牵连被捕入狱。一时公族羊舌氏命悬一线，整个晋国一片萧杀。

羊舌职娶了一个美丽女子为妻，是为羊叔姬，接连生下四个儿子：羊舌赤、羊舌肸、羊舌鲋、羊舌虎，其中羊舌虎继承了美丽母亲的基因，是当时有名的美男子。曾经羊舌职因谏言得罪了国君，被赶到一个小村庄居住，与邻居们关系很好。有一天，有个邻居偷了几只羊，要送一只羊给羊舌职，他当然不想要，妻子羊叔姬很有见识，考虑问题周到，便劝道："你当初被国君所不容，才到这里勉强栖身。现在如果不接受邻居的好意，那么连这里也待不下去了，还是收下吧。"羊舌职收了羊，便想将羊炖了给孩子们吃。羊叔姬又制止道："孩子都很小，其言行都要受到大人的言传身教，不能将这种偷来的肉分给孩子吃，不如把此羊

给埋了，以表明我们并没有参与偷羊这种事。"过了几年偷羊的事情败露了，而羊舌氏一家因为埋羊的举动并未受到牵连，人们交口称赞治家、教子有方。兄弟四人长大后，都身居朝廷要职，在当时被称为"羊舌四族"，名噪一时。

羊舌职在位上去世，又是祁奚举荐他的长子羊舌赤继任中军尉。羊舌赤，字伯华，封地在铜鞮，时称他为"铜鞮伯华"。大名鼎鼎的孔子赞叹他："其幼也，敏而好学；其壮也，有勇而不屈；其老也，有道而能以下人。国有道，其言足以兴；国无道，其默足以容，盖铜鞮伯华之所行。"后来羊舌赤辞世，孔子叹曰："铜鞮伯华无死，天下有定矣！"

知道羊舌肸的人不多，"叔向"却在史上大名鼎鼎，叔向是羊舌肸的字，是同一个人。他历事晋悼公、平公、昭公三世，是晋国的贤臣、卓越的政治家、外交家，和齐国的晏婴、郑国的子产、吴国的季札是同时代人。他因羊舌氏力量有限，无法同卿族抗衡，不曾进入六卿，但以正直和才识闻名于世。四人都留下了不少重要的政治见解和政绩，广为后人称道。一次，晋悼公与大夫司马侯登台看日出，心情非常好，司马侯趁机以德义兼备和习于春秋为由，推荐羊舌肸为太子太傅，也就是太子的老师，在大夫中地位最高，被以首席大夫太傅身份出使楚国，代表晋国与楚国达成了弭兵会盟，缓和了当时晋国的国际形势与外部环境。

羊舌肸到了娶妻的年纪，看上了夏姬的女儿，因为这是他有生以来看到的最漂亮的女子。他的母亲羊叔姬一听"夏姬"的名字就连连摇头，一百个不同意。因为"夏姬"曾经造成的伤害实在太大，使一连串的大夫、国君死亡，甚至导致国家灭亡，名声太坏，还说："羊舌氏现已衰败了，晋国受宠的是六卿，其中又

多坏人挑拨，要想平安无事并不容易。"羊舌肸也觉得母亲的话有理。谁知国君晋平公一听此事来劲了，可以与天下闻名的夏姬"搭上架"，又是老师的婚事，强行撮合成亲，届时夏姬一定会出现，可以借机一睹母女风采。羊舌肸儿子出生的时候，哭声如嚎狼一般，大学问家羊舌肸竟取个怪里怪气的名子："羊舌食我"。羊叔姬忧虑不已，不由嘣出一句："将来羊舌一族，必因此人而遭到毁灭，如果不是他，那就没有人可以令羊舌氏灭亡。"说完转身离去，没再探视这个孙子。结果，居然一语成谶。

在逢人危难之时，当然有幸灾乐祸之人，也有不理解的，纷纷问道："你这么聪明的人，怎么也落得进来这样的鬼地方，不应该的呀！"

"比起那些被杀、被驱逐的人，又当如何?"羊舌肸一脸坦然，不看对方，仍然如平日里一样悠哉悠哉的，好像这里不是牢狱，而是在家里。

"世上竟有这种人，死到临头还没事似的，装到家了!"讨了个没趣，失望地扭头而去。

大夫乐王鲋来见羊舌肸，因为是国君的老师嘛，得表现一下，一脸虔诚非常同情地说："不用担心，有我在呢，我会为你向国君求情的!"他是晋平公身边的红人，平日里，晋平公对他是无言不听、无计不从，只要他能上前说上一句好话，重返自由指日可待也未可知。一般人在这种时刻，早就是求之不得，千恩万谢都来不及。

奇怪的是，羊舌肸不搭话，连正眼都不瞧乐王鲋一眼，甚至连他走时也没有施以正常的礼节。身边的人见此憋不住，都责怪他不知礼、不懂人情世故，本来大家可以轻轻松松一起跟着"沾

光"出去的，把一个大好的机会错过了。

羊舌肸正色回答道："要想让国君放了我们，一定得祁奚大夫才行。"

旁人不解："乐王鲋对国君说的话，没有不实行的；他向国君请求特赦您，您却说不行。祁奚又不是正卿，并且已经退休，他的能量哪会有那么大！明明无法做到，您却说一定得靠他，为什么？"

"祁大夫外举不弃仇，内举不失亲，难道会独独把我遗忘我了吗？"羊舌肸信心满满。

晋平公也惦记着狱中的老师，碍于卿族的势力，担心适得其反，知道乐王鲋在狱中见过羊舌肸，便问询状况如何，乐王鲋奏他"不弃其亲"必然有罪。也就是说羊舌肸不愿意放弃弟弟羊舌虎，有罪无疑。晋平公默然，怏怏而去。

祁奚听说这两件事后，坐不住了，不顾年老路遥，立即从封地驱车赶去面见正卿范匄，义正辞严地说："《尚书》讲对一位有智慧、有谋略训诲的人应当相信、保护及安慰。叔向是参与谋划国家大事而很少有过错，教诲别人又从不知疲倦的人呀。对这样的人不给以安慰重用，却反而去株连，这是国之大失啊！过去，鲧被处死，其子禹却得到重用，管叔、蔡叔被杀逐，其兄周公却仍在辅佐成王。我们怎么能因为一个羊舌虎，就置整个国家利益于不顾呢？"

面对举国敬重、四朝元老一番入情入理、落地有声之言，范匄无以对，很受感动，也确实羊舌肸人才难得，可以说晋国没有第二个人比他聪明有学问，完全称得上有国相之资才，只是他生不逢时，或生错了国家。于是拉着祁奚一起面见平公，说服平公赦免羊舌肸。

这正中晋平公下怀，耐着性子听完长篇大论，其实一句话足矣，笑容可掬道："既如此，依范卿、祁老之言就是，一刻也不要耽搁！"

羊舌肸一批人很快出来了，恢复自由重见天日。

要办的事圆满收官，从朝宫出来，祁奚告别范匄。

范匄满脸诧异："祁老还是等会儿，羊舌肸他们一定会赶来，对先生叩头谢恩是必需的，人之常情嘛！"

"羊舌肸何等人，绝不会的，'他们'就说不准。"祁奚微微一笑，没有片刻停留，悄然而去，又一个人驱车，颠颠波波地踏上回封地之路。

望着远去的马车，范匄回味着祁奚最后一句话，久久没有回过神来。

难友们齐皆备了礼物，足有满满一大车，来找羊舌肸："救人出水深火热，此恩此情非浅，一辈子不能忘！"一致推举他为头，去祁奚那里答谢他的大恩大德，也因为羊舌肸料到了事情的结果，对有大智慧者，不服不行，并且祁奚是以救他为由，大伙沾恩。

"祁大夫走就走了，自有他的道理，这事也就已经过去了。我没想过要去的，即使当时我说祁大夫一定会救我们，也没有想过事后要去致谢的。如果需要答谢，那就不是祁奚大夫了！"说罢，羊舌肸淡淡一笑，双手一拱礼，便大步走向朝宫上班公干去了。他明白这些难友懂得感恩，但不懂祁奚，祁奚要的不是他们的感恩及礼品，而是严于律己，追求品行高尚和无可比拟的身后声誉！

面对又一次违反常理的意外，一班人瞅着羊舌肸远去的背影，久久楞在那里，碰到两个"怪人"，百思不解，为什么呀？

和为贵

一

"赵氏孤儿"赵武自行成年弱冠之礼，走向仕途，经过二十八年的不屈不挠，终于修成正果，接替去世的范匄为晋国正卿，达到了曾祖赵衰、祖父赵盾那样的地位，重现赵氏昔日的荣光。这一年是公元前548年。

这是人生的一件大喜事，乃至最高荣誉。赵武一回到家，急奔灵牌房，在程婴的灵前长跪，呜咽痛泣。忘不了——

程婴带着他藏在仇由国的盂地深山，整整生活了十五年，不是父亲胜似父亲。韩厥救出七年后，弱冠礼结束一回到家，程婴长长舒了一口气，异常严肃坚定地说："当年下宫之难，赵氏家臣多殉职。我不是要偷生，而是要抚养、扶立赵氏的后代，为赵氏的复兴留下种子。今日你已成年，恢复了爵位，国君、诸卿及所有大夫们，都认可了你，我的使命完成了，应该报答令尊大人的知遇之恩，将到九泉之下去与赵氏的人们会合！"如闻晴天霹雳，二十二年的抚养之恩、情同父子、亲密无间，突然之间要成阴阳两隔，这种打击难以接受，无论怎么地哀求、哭诉，都无济

于事。转求张老劝阻，可张老摇摇头，背过身去拭泪。程婴毅然决然离开，选择自杀。赵武为他服丧三年，每年春、秋两季都去隆重祭祀他的坟墓，在那里哀伤大半天。

赵武泣告程婴：作为赵氏唯一的幸存者，经历了太多、太多的苦难，承担着太重、太重的责任。晋国像赵氏这样蒙难的家族不少，狐氏、先族、郤族、栾族、胥族……无一不是对晋国功勋赫赫，却落得一无所有，甚至灭族或被迫远走他乡。赵氏有韩厥是幸运的！自己为正卿，一定要使这种内耗内斗绝不再有，大家相互扶持与宽容，让晋国成为天下向往的和谐乐土。不仅如此，还要凭借晋国的霸权地位，使中原保持和平，不要战争，即使不能避免战争，那也是以战求和平！

赵武一出门，管家奉上一卷东西，接过展开一览，是一副偌大的府第建造图。没有过这样的交代。

"元帅应该有相应的府第匹配，才能昭示晋国乃至天下，有尊贵客人来访，也便于接待，游乐小住都行，于公于私无不可。"管家解释道。

赵武想想也确有这个必要，但有疑问："这么快？"

"元帅为副统帅时，小臣就知道元帅一定有今日……"

元帅新府第落成，前来祝贺的人们，一拨又一拨。张老一直不露声色地在一旁盯着。终于，大门前静下来，管家报告说，该来的都来了。张老言道还有一位大人物没来。

"哦，是叔向！"自新府第开工至完工，叔向一直没有出现，赵武约过两次，都被推却。

张老适时插上："来了就不是叔向了。府第当然需要，根本的是要靠品行作为昭示与信服天下！"

赵武一怔，懂了："谢恩师提醒！人在逆境中自然会自励自警，在顺境时容易迷失的。我去看叔向！"说罢，嘱咐管家把收到的礼品全部上交公室，然后登车而去。

张老望着远去的车影，紧绷的脸松开了，欣慰笑容接续。

叔向应邀来到九原，这里是晋国卿大夫的长眠地，赵武的曾祖父与祖父、父亲也在这里，是来告慰祖先的吧。自己的好朋友做了正卿，为赵武高兴，同时又为他担心，因为自己的学生晋平公，是守成之君，没有其父晋悼公早先的磨砺，更没有晋悼公那样的雄才大略，沉醉于享受人生，要持续晋国的强大与霸权，他的担子很重。同时也为自己作为老师，没有尽到责任而深深自责。

叔向欲行礼。

赵武制止："这里很肃静的，咱们就用不着客套了。"

叔向本没真打算行礼。令他惊讶的是，赵武带着他漫无目的的"神游"，半天也无有一句话，并不是像有什么具体的指向。直到快离开这个圣地，叔向深深理解了赵武，在全晋国朝野上下，没有一个不崇敬士会的，于国于君于民，无可挑剔，实难有人与之比肩。常说榜样的力量是无穷的，明白了他是来接受精神洗礼与吸取前人智慧的。对晋国的未来有了些信心。

赵武一回到朝宫，立即命人找来副统帅韩起。他在门口迎着，与韩起并肩而行，相对而坐。韩起似觉不妥欲移座。"韩赵是一家，谁跟谁呀！"赵武哈哈一笑，直奔主题："辛苦韩卿前往王室一趟。"

韩起一楞，先君晋悼公在世时，从未派人去过洛邑，即使周王室的使者就在眼前，也是一闪而过，甚至剥夺王室接受诸侯国

的朝贡，改为向晋国朝贡。

赵武看出了韩起的疑惑："此一时彼一时也。如今公室的状况你清楚，只有重新修正各方关系，借助王室的名义，后面的事情才可能事半功倍。"

韩起携带重礼千里迢迢来到王都，觐见周天子。周灵王听闻晋国派使臣前来，还是赫赫副统帅，先是一惊，后是大喜，心中甚慰。像鲁、卫这样至亲的诸侯国，自晋悼公以来，都很少过问天子冷暖，反倒是对晋悼公以天子之礼待之，从何说起？

灵王召见韩起，问其来意，韩起彬彬有礼："晋陪臣韩起前来问候并奉献贡品，以示敬仰，没有别的事情。"

深感世态炎凉的周灵王，面对韩起出使的态度与沉稳，忍不住大加称赞："赵武为正卿，果然不同凡响。爱卿尊周礼，保持着以往的礼仪，韩氏家族必然在晋国兴起！"

韩起顺利完成出使任务，晋国与王室关系正常化，赵、韩集团给周王室留下了良好的印象。

是年5月，齐国发生内乱，因争夺齐国第一美女东郭姜，执政相国崔杼弑庄公。天下哗然。周王室当然愤怒，但无力干预，诸侯国要么管不了，要么装聋哑做老好人，可晋国不能不有所表示，霸主不是好当的。高层都齐刷刷看着赵武，等待他如何"出牌"。

赵武没有犹豫，得到消息立即去见晋平公，力劝伐齐。

晋平公盯着赵武，像不认识似地，在做正卿之前任中军佐副统帅时，主管晋国的外交，一向秉持"和为贵"，没听说过他要征伐谁，并且赵武不擅长征伐战争。半响："齐国是王室的岳父国，王室都没过问，也不见发话，这是人家的家事。"

"王室不是不想管，是管不了，天下在看着晋国，必须出手!"赵武斩钉截铁。

"就这点破事，晋国大张旗鼓征伐说不过去呀，齐国信服吗?"

"齐国曾助栾盈祸害晋国，这个账该算清楚了!"

晋平公觉得这个理由充分，欠晋国的当然要讨回来，可又不愿放弃每天纸醉金迷的生活。一时沉默不语。

"要维护晋国的霸权和中原的长治久安，可一战定乾坤!"赵武加码。

"如此才好! 爱卿安排便是。"

赵武以霸主身份，召集宋、鲁、卫、郑、曹、莒、邾、滕、杞、小邾十国军队，以晋军为主，组成十一国联军，并陪同晋平公到达卫国境内的夷仪，与十国国君会合。

晋平公高兴坏了，十个国家的国君围着他，纷纷行礼致贺，嘘寒问暖，恭维之辞一个比一个"上台阶"，他俨然鹤立鸡群一般，这乐趣没得说，面对一群木偶，比玩什么都痛快，是一种无上的享受!

规模浩大的联军逼近齐国。

赵武命军队散开阵行，形成漫山遍野之势，号角吹得响彻云霄，旌旗插得到处都是，大路上马车后面拖着枝条，腾起的灰尘遮天蔽日。

瞭望如此情形，赵武身后的叔向和张老相视一笑，这种鬼把戏，曾经先轸、中行偃早玩过，正合时宜!

消息传至齐国都城临淄，崔杼不得不遣使向联军求和，承认不战而败。

在曹国境内的重丘，十一个国家的国君、齐国使者签订盟约。晋国的霸权再次得到巩固和加强。赵武把齐国献上的礼品分给十国，下令联军各自班师。

回师前，赵武带着叔向与鲁国大夫叔孙豹密谈一番。因为他的"三不朽"之说传遍天下，那是赵武的前任范匄访问鲁国时，问叔孙豹什么是死而不朽，他回答："太上有立德，其次有立功，再其次有立言，虽久不废，此之谓不朽。"指一个人在道德、事功、言论的任何一个方面有所建树，传之久远，他们虽死犹生，其名永远立于世人之心，才是不朽。能做到死而不朽，可谓伟人。

一回到晋国都城，晋平公设下盛宴，庆贺"一战定乾坤"，兴冲冲召见文武百官："太出乎意外，寡人还准备挥师大干一场，踏平临淄！"

"国君没过足瘾乎？"赵武明知故问。

"不不！不战而屈人之兵，上上策也。"

叔向奏道："赵元帅压根没有准备大打一仗的！"

"哦？调集十一国联军，不为打仗，如小孩儿闹过家家乎？"晋平公不解。

"无战前会议商量如何战法，没有确定谁为主攻、谁次攻、谁策应后援，更没有遣派善战的上军将中行吴攻击任务，统一指挥作战。联军看起来声势浩大，其实宛若散沙，一击便可能崩溃。"

听罢叔向的话，晋平公惊愕不已："那么，当时寡人身陷险境而不自知……"

"自古富贵险中求，况且并非险境，赵元帅一开始便料定了

结果。"张老插上。

赵武看着晋平公投来疑惑的目光，微微一笑道："齐国当时正处内乱，没有时间与力量对外界开战，求和是齐国唯一的选择，所以用不了那么费事！"

"赵元帅不喜欢战争，在乱世又不能避开战争，但他善于以战止战、以战求和，并且是可持续的和平！此次伐齐，是十四年前联军攻伐郑国的复制，也是兵临城下，赵元帅那时为卿大夫新军佐，奉先君之命，入郑国都城新郑，与郑盟约，彻底改变了郑国"墙头草"的做法，至今郑国都是晋国的追随者，晋郑联盟牢不可破！"叔向干脆向自己的学生挑明。

晋平公想起来了。曾经郑国常常在晋、楚两个大国之间摇摆不定，甚至挑衅晋国的盟国宋国。先君率联军进逼郑国边境，赵武力陈"战"不是目的，而且越战两国积怨越深，如此没完没了没个头，"和"才是根本，才能化干戈为玉帛，自请入郑都城"议和"，此时有个城下之盟，对郑国是个不错的结局。果然，赵武不负众望，凭他的忠勇与赤诚，感动了郑简公及一班大臣，议盟成功，郑国保证不再叛晋。

"上天把赵元帅赐与寡人，福佑晋国！"晋平公忽然呼道。

大臣们纷纷响应，举杯恭贺国君与元帅。

叔向知道，赵武在下一盘大棋，东面的齐国搞定了，下一步将是与西北的秦国和南面的楚国谋和解，以往的"梁子"结得太多太久了，几代人你来我往恩恩怨怨扯不清，该有一个新的开始。如果晋、齐、秦、楚四个大国全部和解，华夏大地将出现历史上少有的和平安宁。这是无比令人向往的，也只有像赵武这样出身豪门、又经历长期孤儿苦难的当权者，才会有如此的追求！

二

赵武早在为副统帅时，以为晋、秦两国斗了八十余年，谁都是"杀敌一千自损八百"，谁也没有捞到明显的好处，可耗费巨大，还是"和为贵"为上策，就对秦国下过功夫。两年前，赵武商议请韩起前往秦国游说，秦景公心领神会，派自己的胞弟公子针到晋国结盟。因赵武不是正卿，重要事项不能定夺，双方达成罢兵休战的意向而未结盟。

这次，赵武再次派重臣去秦国表达结盟的意愿。秦景公认为赵武已是正卿，对两国能够结盟毫不怀疑，再次派公子针访问晋国并递交国书。

故人相见，分外热情。赵武对公子针的造访很是看重，并且秦国与赵氏五百年前是一家，都是嬴姓赵氏，命叔向与他洽谈。一个是秦国的二把手，号称"亚君"，一个是晋国最有学问的太傅，两人不辱使命，相谈甚欢，很快达成盟约，并誓言永不违约！从此，秦、晋之间维持了上百年的和平。此是后话。

公子针返国前，赵武在元帅府设宴饯别。

两人亲密无间散步府中，公子针喜欢这里的一切，不由感慨道："这么大，这么豪华，秦国乃穷乡僻壤，算是开了眼界。若在这里住上几载，不枉人生一场！"

"建这个府第，我只是看管而已，这里属于天下所有的大夫！"

这可没想到，公子针不由"啊——"了一长声，满脸写着狐疑，因为从未有过这样的事情，甚至没有听说过。

赵武微微一笑："公子若不信，他日试试，这里可以是公子的家。不过，不要嫌弃简陋与粗茶淡饭就好！"

"果真乎？"公子针来精神了。

赵武一脸肃然："晋国就是周成王讲诚信才有的！"

"那就好！那就好！我记住了。"公子针如释重负似的，脸上突然闪现灿烂的笑容。

公子针返回秦国后不久，晋国朝宫接到报告，与秦国接壤的黄河蒲津渡口，对岸大批重载马车集结，一眼望不到边，秦军正在架设浮桥，一副准备渡河进攻晋国的势头。人们皆惊，众卿纷纷注视赵武，怀疑上次公子针来盟约是假，探路与麻痹晋国是真，表示愿为先锋，击溃秦军。

面对投来责备的目光，叔向不紧不慢道："这里有蹊跷，马车进攻必须轻装上阵，'重载'怎么跑得起来，只有挨揍的份！"因为与秦盟约是他主持的，这么快就变了，他不能沉默。

"叔向言之有理！"赵武平静道："架桥耗时费日，进攻不是这么个法子，深夜极易遭到火攻，用船是最便当的。晋、秦好不容易盟约，是几代人的梦想，不能轻易被毁，先等等弄清楚。在秦国的探子一定会有消息的。"看到诸卿疑虑的神色："休要着急，我立刻赶过去。可以暗中作些准备，但不能泄密出去！"说罢，赵武带上叔向和张老，大步出门。

赶到黄河蒲津渡口，这里是秦国关中平原和晋国山西交界之地。赵武登上大堤，下令撤去堤上防卫军队，换上民服，至少在离堤两里远的田间，与乡村百姓一起劳作，没有命令不得擅自行动，大堤上只留正常巡堤人员。

十天过去，桥延伸到河中心，速度很是缓慢，可能桥建得结

实，费工费力。赵武命令撤下的军队，全部上来搭建浮桥，与对方对接，标准是必须能过重载车。

五天后，浮桥修建成功对接，两边的军士放声欢呼热情拥抱，两岸的人们沸腾起来。对岸驶下第一辆重载马车，然后一辆接一辆过河。公子针端坐其上，满脸笑容。然后一辆接一辆过河，一辆马车上一个赶车人，一眼望不到头，直到天地相连处。

赵武一干人下得河堤，信步桥上，在河中心迎接："有客从盟国来，不亦说乎！"。故人又得相见，喜不自胜。公子针很认真请赵武"验货"。赵武摆摆手，又做了个"请"的姿势。

车队下了大堤，像一条流动的长河。道路两边的"乡民"好奇地望着，马车封得严严实实的，看样子很沉重，里面是什么家伙？

一路上，公子针介绍说，有一千辆车，我把在秦国的家搬到晋国，一家老小全来了，以后晋国就是我的故乡，你可一定得收留哟，要不然我就无家可归，只好到处流浪。赵武说，你是大人物，晋国不能怠慢，先向我国君报个到，你想住多久都行。公子针说，你这人太随便又不合常理，也不问问我为何搬来晋国。赵武回说做什么或为什么来晋国都可以，你愿说就向我国君说吧，我只管把你全家安顿好，包你满意。公子针一脸肃然，言道我最怕麻烦人，把日常生活的全部用品都带来了，还有吃的粮食、干肉，炊具餐具，只需买点新鲜蔬果就行，甚至还有琴弦箫笛与书简，平时习惯不容易改变。赵武略一怔，说那就主随客便。公子针迟疑片刻，说借贵国一块宝地安身栖命就行。赵武哈哈大笑说，你上次就看好了，要不枉度人生一场！公子针被感染了，也笑得很开心。

其实，赵武一看到奔晋国来的公子针，就想起自己当年为了躲避屠岸贾的追杀，和程婴在山中藏匿十五载的辛酸往事，惆怅不已。

为了见到晋平公，公子针连续八次差人献上礼物，最后一次干脆说，五百车都是献给晋国国君的礼物，皆为稀罕宝贝。

突然间天上掉下如此多的意外之财，晋平公当然开心，但还是对堂堂秦国二把手"亚君"，放着极其尊荣不要，却跑到晋国寄人篱下，说不过去呀，心存疑虑。

"伴君如伴虎……贵国曾有'欲加之罪何患无辞'，如今国君母弟诬陷我，要置我于死地，不能等死，又没有贵国'曲沃桓叔'那样分封的鸿运，只能远走他乡，避开是非之地，以求苟延残喘。"公子针满脸悲戚，一边呜咽一边解释着。

"公子的遭遇，深为同情，公子的情操，令人敬仰！"见晋平公一脸茫然，赵武继续道："秦国有'兄终弟及'的传统。秦非子养马有功，周王将秦地（今甘肃天水）封给非子。秦仲诛伐西戎有功，获封西垂大夫，后传位长子秦庄公。秦襄公是秦庄公次子，其长兄世父知其有雄心壮志，于是将太子之位让给秦庄公。那时秦国就有了"立贤不立长"、"兄终弟及"的规矩。秦宣公在位十二年，他有九个儿子，去世后，却传位给自己的亲弟弟；秦成公在位四年，有七个儿子，他去世之后，却传位给自己的亲弟弟老三，成为了赫赫有名的秦穆公。秦国就是这么强大起来的。如今公子要避开此事洁身自好，让秦国像中原各国一样，立嫡长子为国君……"

晋平公恍然大悟："失敬！失敬！"转对赵武："安顿妥当，一定使尊贵的客人满意！"

赵武将公子针一家安排在元帅府一处内院，令一队亲兵日夜护卫。

一日，赵武抽空来看公子针，散步园中。此情此景，又复前时，但物是人非，两人"别有一番滋味在心头"。对问道住得习惯吗，公子针答道比秦国还舒服，大赞晋国。赵武忽然话题一转："公子什么时候回转秦国？"

"人家刚来就问归期，有这么待客的吗？"公子针惊讶状。

"我说过，这里是天下大夫共同的家，但这里毕竟不是祖国。"赵武止步，正视公子针："既然秦国默许你从容离去，也会隆重迎接你归去……你我等待这一天到来。"

公子针只得坦白："秦国新君继位，我就回去。"

"秦景公为人为君如何？"

"昏庸无道！"

"秦国什么时候会灭亡？"

公子针认真起来："秦国怎么会灭亡呢？一代国君昏庸无道，还没到亡国灭种的地步。一个国家存在于天地之间，总会有帮助他的人。不经历好几代国君祸乱国家，国家是不会灭亡的。"

"秦景公还能活多久？"赵武不露声色。

公子针一怔，缓缓道："听说，国君无道但年年粮食丰收，这是上天在帮助他，不过即使这样国家衰亡也不会超过五年的。"

"有的人看到早晨的朝阳却不一定能等到晚上的夕阳，谁又可以等待五年的时间呢？"

不出所料，四年后，在位三十九年的秦景公去世，葬于丘里南，儿子继位，是为秦哀公。叔向来了，赵武和他一起送公子针回秦国。

在黄河蒲津渡口，依依难舍，公子针感动得热泪盈眶，言道晋国是他的第二故乡，此生此世坚定维护两国和平友好。赵武与叔向同样誓言。

公子针走后不久，晋平公病了，赵武派人向秦国求医，因为秦国有天下闻名最好的医生，名"和"，更重要的是可以借此机会联系上秦国，密切两国关系。

医生和诊病以后，全不管秦哀公的交代，医者仁心，对晋平公说："你的病不能治，既不是鬼神作怪，也不是饮食失调，只能自行节制，而是亲近女色过多过频。神不再佑护晋国了！"

"女人不可亲近吗？"晋平公很担心，至于"佑护晋国"，他不考虑这个。

"应该有节制！"医和接着讲了一大串如何为国君的道理。

晋平公听不进去，闭目装睡状。

医和从国君的寝宫出来，责备赵武："不能直谏君主，使其不被女色迷惑，竟使君主生出这些病来。你还不知自退，反以自己的政绩为荣。怎么能保住国家长治久安呢？"

"医者还要管到国事上来吗？"果然是个难得的医生，胸怀天下。赵武暗地惊愕。

医和一脸正色："我医官本来也是一个官呀，在秦国是大夫级。上等的医生可以治国家的毛病，其次才是治人的病。我是在预言即将发生的事。"目光直逼赵武。

"国君……还能活多久呢？"

医和戚然："活不过十年，十年以后，晋国必有大灾难。"又背转身子："元帅也差不离，上天将会移祸于您！"

赵武赠与医和以礼物并送他归秦。

紧接着不久，为了回报赵武曾经对郑国的关怀，郑简公在相国子产的陪同下，来访晋国。恰逢鲁襄公去世，死者为大，赵武忙着与晋平公如何处理丧事问题，没空招待，就让他们居住在宾驿馆里等候。

过了许久，依然不见召唤，子产命随行军士将驿馆的墙壁拆除。

晋平公闻讯大惊，派范匄的堂弟、赵武的左右手、大夫士伯瑕去责备子产，质问其为何要拆毁馆驿的墙壁，做出如此不礼貌的行为。

子产答道："郑国是小国，你们忙碌，我们没法朝见，又未能得令，不知道朝见的日期。不能进献财物，又不能置于露天，怕日晒雨淋而腐烂生虫。当年晋文公称霸，宫室低小，朴实无华，却把接待宾客的馆舍修得巍峨高大，宾馆像国君的寝宫一样。今晋侯之宫方圆数里，却让宾客居于皂隶之舍，屋小门窄，盗贼横行。我们礼品太多，若不拆毁围墙，聘礼无处放置。鲁国国丧，郑国也忧伤啊……"

赵武得到报告，忙赶过去，连声检讨："惭愧，惭愧！晋不重德，以皂隶之舍待宾客，是我们的失礼了。"

这段颇有趣味的轶事，当时被广为传颂。一时，诸侯国的大夫们，在国内遇到不测，纷纷投奔晋国。卫国的石恶、齐国的乌余、高竖、高强、楚国公子比与公子弃疾、许国公子止、郑国的羽颉等，都把晋国视作第二故乡，赵武一一妥善安置。羽颉不愿住在原来公子针住的地方，赵武劝说晋平公封羽颉为上大夫，并将任地封给他作为食邑。公子比和公子弃疾后来都回国做了国王，是为楚王比、楚平王。

自此，晋国将"客大夫"制度定为国策，用人不分国界，"天下之才为晋所用"，一直延续到韩起时期。

三

晋国获得了世人的好感，宋、鲁、卫、郑、齐、秦等有影响的诸侯国相继归附，赵武信心满满，大胆实施下一步计划：与南方的楚国盟约，如此一来，就可实现华夏大地的弭兵休战，共享和平。这是一个多么令人向往的境界！许多年来，经历了太多太多的战争，百姓遭受了太多太多的磨难，不能再忍受战争的洗劫与涂炭。但晋楚两国积怨极深，自五十多年前的城濮之战起，大战不断，小战难记其数，如果直接同楚国接洽，必然引起疑心，这笔"大买卖"须有一个得力的"中间商"斡旋。

在诸多诸侯国中，弭兵休战共享和平愿望最强烈的当属郑、宋，两国地处中原交通要冲，楚国挺进中原，总是先攻打这两国，城濮之战就是因楚国围宋而晋国救宋打响的。三十三年前，宋国大夫华元与晋国正卿栾书和楚国相国子重都是好朋友，就奔走于晋、楚之间，调解两国的关系，晋国卿大夫士燮与楚国公子罢在宋国都城的西门外会盟，促成了晋楚和平相处。但极不稳定，双方的目的只是暂时休战调整国内矛盾，当形势好转时，就会把盟约抛在脑后，四年后两国就爆发了鄢陵之战。这一次的弭兵盟约，要把中原各国一起纳入进来，强化制约与和平的力量。重丘之盟时，叔孙豹极力赞同这个方案，并向赵武推荐郑国左师向戌。而这正中赵武下怀，他非常欣赏向戌，平时关系不错，彼此印象很好。

向戌从孙叔豹那里得知赵武的宏图大略，坐不住了，这是宋国立国以来的梦想，实现这个梦想必须依靠晋国，从晋文公起，晋国就是宋国的保护神，决不会有错，立即来到晋国见赵武。郑重说明：时机正好，我和楚国新任相国子木交往很好；宋与晋国一样都为公国，爵位尊贵，作为和平大使实至名归；三十几年前的弭兵尽管没有持久，但我们已有操作的经历经验；弭兵是先大夫华元的遗愿，必须完善与实现这个遗愿；诸侯国之间的和睦相处，是天下人们翘首久盼的⋯⋯

其实，什么都不用说，赵武相信他能做得比华元还要好，于是立刻召集晋国各卿及大夫，当众表示晋国赞同向戌的倡议，同意他充当中间人，并请他前往楚国促成。

向戌走后，韩起、智盈、魏舒三位卿大夫喜形于色，而范鞅、中行吴沉默不语。赵武知道这两位老臣的心思，担心楚国给钉子碰，微微一笑道："对楚国而言，楚共王、鄢陵之战的时代过去了，现在是楚康王时代，不试试怎么知道？"

向戌抵达楚国，面见楚康王与相国子木，提出赵武的弭兵休战和平共处的主张。在子木的力挺下，楚康王答应了赵武弭兵和平的要求。其实，这也正是楚康王所要的，祖辈、父辈手里不知费了多少、多大气力，挺进中原终难稳住脚跟，和为贵是上上策，并且楚国不费一兵一卒，就与晋国同为霸主，没有比这更好的选择！

赵武大喜，接着派使臣往齐、秦，递交弭兵之国书。齐景公年幼，崔杼执政，他觉得赵武过于天真，自己也有争霸的野心，便想拒绝。大夫田须无直言谏道："同晋国较量，齐国没占过便宜，楚国从楚成王、成得臣时起，就一直打着齐国的主意，正好

借这个机会，消除这两家的念头。"崔杼顿然醒悟，连连点头。

秦哀公很干脆就同意了，并大加赞赏，对晋国使臣表示要恢复与巩固秦晋之好。

晋、楚、齐、秦四个大国一致通过，大局已定。赵武抑制激动，请向戌直接照会其他中小诸侯国："新一期的弭兵之盟将在宋都西门隆重举行！"因为上次华元弭兵结盟也是在这里。

没有意外，得到一致响应。甚至有诸侯一接到照会，激动得泪水满眶，他们苦战争久矣，总是夹在大国中间左右为难是小事，还常常挨打毫无还手之力。立即决定自己亲赴或派相国赴宋国会盟。

公元前546年5月下旬的一天，为表诚意，赵武带着副手叔向先行来到宋国。宋平公在上卿司城乐喜的陪同下，领着右师华阅、左师向戌、司马仲江、司徒华臣、司寇乐遄隆重欢迎赵武一行。晋平公又再派卿大夫智盈去宋国协助赵武。

楚国相国子木抵达自己在中原的铁杆盟国陈国，却命楚共王的儿子子晳到宋国确定同盟条款。赵武理解子木的谨慎，请向戌去陈国会见子木。两人经过一番磋商，达成一致，并决定晋、楚两国领导人在宋国都城西门外会晤。

按照约定，会盟前夜，晋、楚双方都在宋都城西门外驻扎。为防晋、楚再生不快，宋国大夫乐喜非常细心，走访两边，要求双方不挖战壕，互表诚意。赵武、子木先后点头称是，只命手下士卒搭起篱墙扎营。

这一夜，两边都彻夜难寐，毕竟旁边是血战了近百年的世仇。

智盈半夜起床悄悄在营门口观望了会，发现楚营似乎有异

动。大惊，回报赵武："楚营杀气腾腾，只怕是要见刀兵！"

赵武沉默一会，镇定回道："不用怕，更不要搞出什么动作，今日来之不易，绝不能功亏一篑。楚人要是图谋不轨，我们就转向进入宋都城，这里是宋国，他们能把我们怎么样？"

叔向也很冷静，分析道："其一：失信者，不足为惧；其二：子木乃英明之相，对外剿灭舒鸠、击毙吴王诸樊，对内改革楚国弊政，使楚国呈现出一股复兴的热潮。他既然按时赴约而来，擅动干戈的可能性不大。又一脸肃然对赵武："即便您遭不测，韩起必为执政，宁死不失信。若楚失信，必失信于诸侯，从此在中原无立锥之地，如此，晋国霸业就更稳固！"

"为晋国而死，为天下长久太平而死，有何不可？！"赵武慨然。

原来双方都只是相互提防。

子木命楚军将士外穿软衣，内着甲胄藏短兵器，积极备战。

大夫伯州犁一看慌了。他是晋国大夫伯宗的儿子，伯宗被"三郤"迫害致死，他也被逼逃亡楚国，任为大夫，是楚康王身边的宠臣，这次和晋国会盟，也是他多年的心愿。此刻听说后立刻阻止："会盟以诚信为本，您这是干什么，会坏大事的，我们以后还如何与诸侯国打交道？"

子木诡秘一笑："晋、楚争霸，不讲信义是常事。如果杀死赵武一帮重臣，晋国必大伤元气，也不失为快事，这一趟没白来！"

"不能完成大王所托，微臣宁可死在相国面前！"

"不要激动，防小人不防君子！"

伯州犁想想，也是确有这个必要，但一定是多此一举。

次日晨，赵武带着智盈、叔向昂首阔步，坦然前往西门结盟处。

十四国代表全部按时到齐。

宋国大夫乐喜、向戌两位东道主主持会盟。一切按礼制规定进行。

晋楚双方首先设"方明"，上下四方神明之象，象征四方安定。木制，方四尺，设六色六玉。东方青，南方赤，西方白，北方黑，上玄，下黄；上圭，下璧，南方璋，西方琥，北方璜，东方圭。这是会盟的第一步。还有诸侯朝见天子、天子祭祀时，也以此拉开序幕。

接着是"凿坑"。司盟指挥挖一方坑，用以埋藏牺牲祭品与盟书；坑的北壁再掏一龛，用来搁置玉币。

重要环节"执牛耳"。杀牛宰马，并将牺牛的耳朵割下，赵武、子木共同拿着盛牛耳朵的盘子并执牛耳。只有主盟国的代表才有资格"执牛耳"。这就是"执牛耳"典故的来历，后来引喻为"冠军"或"第一"。

最后是决定性的"歃血结盟"。

主盟者率先将祭拜过天地神灵的牛血涂在口上，与盟者接着相继"歃血"，表示彼此之间坚守盟约。首先是霸主"歃血"。曾经的会盟，齐桓公、晋文公、赵盾、晋悼公等，作为霸主都是第一个"歃血"。但这次没有就此事达成一致，弭兵之盟盟书明文规定：晋、楚并为霸主，双方都要先于其余诸侯歃血，可又不能两国同时"歃血"，到底谁先谁次，谁也做不了主，东道主也犯难。这不是小事，关乎国家荣誉。

一时冷场无声。

良久，赵武缓缓道："晋国为传统霸主，凡会盟诸侯，晋国向来是第一个歃血！"

"既然晋、楚相匹敌，如果一直都由晋国先，那岂不是说楚不如晋？晋楚轮流做霸主已为定式，凭什么说晋国是传统霸主？"子木反对，全不顾伯州犁在后面拉扯着他。

晋、楚各执己见，互不相让，僵持不下。周围诸侯国的代表紧张不已，深恐好不容易盼来的弭兵结盟毁于一旦。外围的楚军将士纷纷手伸向内衣，随时准备拔出短兵器行动。

和平大使向戌站出来"打圆场"，可没有能缓解紧张局面。

突然，赵武大声宣布：楚国先歃血。

顿时，全场安静下来。

子木得意地先一步走上前台歃血。接着是赵武，然后是众多与会诸侯国代表。

向戌默默注视赵武一会，以此作为"致敬"，然后宣读弭兵盟约：1、晋、楚为友邦，两国及麾下诸侯不得发动战争；2、晋、楚并为霸主，地位相当。其余诸侯侍奉晋、楚要以相同的礼仪与标准，不分南北；3、晋、楚皆有义务保护中、小诸侯的利益、财产、领土、人民；4、诸侯国必须同时朝聘晋、楚。并将盟书载于竹简，人手一份发给与会诸侯代表。一份盟书放置在牺牲祭品之上，填埋土坑。至此，弭兵之盟圆满完成。与盟者如释重负。

返国之前，诸侯国代表纷纷跃至赵武面前，伸出大拇指夸赞与感激他的君子风度。赵武则趁机宣布取消诸侯国朝聘晋国的义务。这使诸侯国更加感动，因为可以节省一批不菲的财物。

会盟达成，楚、晋平分了霸权。自此，长达近百年的晋楚争

霸，弄得两国疲惫不堪的历史已成过去！

楚国队伍返回途中，对众人的喜形于色，伯州犁冷笑道："有喜也有悲，子木在会盟时背诚弃信争锋露芒抢风头，其言其行传遍诸侯国，为天下不容，不出三年必亡！"

当时人们以为伯州犁说的是气话，可次年子木就死了。

赵武听闻，不顾有反对声音，派大臣至楚国都城郢，为子木吊丧。

"这才是晋国风度！"伯州犁叹道。

同年夏天，齐景公、陈哀公、蔡景公以及北燕、杞、胡、沈、白狄等国君前往晋国，朝聘晋平公。感慨之下，晋平公对赵武道："皆因爱卿之功也！"

赵武平静一笑。

四年之后，楚国接任相国、楚康王的弟弟公子围，也想在国际上露露脸冒冒泡，刷刷存在感，提高知名度，甚至流芳史册，便向赵武提出晋楚携手再盟诸侯。

又要兴师动众会盟，众卿纷纷表示反对，一切好好的，没有这个必要呀，并且如果会盟程序进行中，出现什么意外，还可能把以前的成果付之东流。

赵武作说服工作："现在的盟约中，楚国最不稳定，却又是最关键的。现在楚国的王与相国都是新继位的，尽管很麻烦，小心一些就是，只有满足了楚国，盟约才能持续下去。"于是飞书传简答应楚国，请郑国为东道主，各诸侯国前往郑国的虢邑会盟。

赵武带大夫祁午、乐王鲋如约赶往。诸侯国代表齐集郑国虢邑，其中有上次来的向戌、叔孙豹等。

会盟前夜，祁午向赵武言道："上次弭兵会盟，子木玩阴的，使我们吃了亏，若再吃亏，这可是国家之耻……"

赵武听懂了意思，要以彼之道，还施彼身。但以为应以和平相处大局为重，很不屑于这样做："你说的也没有错。宋之盟，子木有害人之心，我系爱人之意，故楚凌驾于晋。今日郑之盟，我仍以信义为本，守信义方立于不败之地。楚要争先，无所惧，让吧！子木的下场摆在这。"

楚国公子围的随行大臣幕僚们劝道："上次子木得逞，这回晋人定会有防备。此地比邻晋国，我们不能硬拼。如果让晋国先歃血，我们就白来一趟了。"

公子围沉默不语。

最后又到了诸侯"歃血"的时刻，人们紧张不已，担心上次的场面再现。未料，赵武微微一笑，请公子围先行"歃血"。

公子围没想到会是这样，得来全不费功夫，欣喜状上前准备"歃血"。突然，想起了子木的"前车之鉴"，这是赵武用软刀子杀我，还搏得一个好名声。事已至此，又不好发作，急中生智找台阶下，大声喊道："楚国今日不是来缔结盟约，只是重温旧日盟好。已经'歃血'过了，就免了吧！"话一出口，顿觉轻松。

"楚相国所言极是！曾经'歃血'过，盟约永远在！"赵武也顺势给公子围台阶下，并宣布会盟结束。

整个会盟现场欢呼一片！

祁午簇拥在赵武身边，深深被眼前的景象感染，一字一顿对赵武说："师徒不顿，国家不疲，民无谤言，诸侯无怨，天无大灾，子之力也。"

"值！"赵武只有一个字。

消息传到洛邑，周天子周景王为天下持续和平兴奋不已，遣派姬姓刘国第二任君主刘定公，代表王室专程去郑国慰劳赵武。当亲眼目睹赵武操劳不停，背转身去骤然泪下，于是以王室名义，邀请赵武去王都的洛水边小住一段时间，让他远离尘世，静养身心。

一年之后的冬天，当年医和一语成谶，刘定公预测成真，赵武为国、为天下耗尽了最后的力气，离世而去。讣告传来，举国哀悼，晋平公亲自为这位一心为国的正卿发丧，郑简公听说赵武去世，涕泗长流，亲往晋国参加丧礼。

叔向来到晋国去世卿大夫的长眠地九原。他没有出席葬礼，唯恐自己失态无法控制，影响葬礼的进行，在家中对着灵像嚎啕痛泣，一直到泪流干。上次是两人同游，赵武最敬仰士会，而现在他最敬仰赵武，在赵武墓前久久驻足，心潮难以平息。

赵武执政的七年，一心唯求天下和平，保存了晋国的实力，维持住晋国的霸主地位，是有史以来中原大地最风平浪静的时代！他为国家举荐了46人担任要职，皆为国之干臣，且无一人被纳为家臣，其大公无私，堪称千古之楷模。赵武去了，还有第二个"赵氏孤儿"吗？晋国堪忧，天下堪忧……

首席家臣

一

"士为知己者死",语出春秋"四大刺客"之一的豫让,指甘愿为赏识自己、栽培自己的人献身而无怨无悔,除报答知遇之恩的情结外,还试图以自己的行动证明人间道义、人的气节和忠义。人们往往从他们身上,明白了做人的一个真谛与人生价值的所在,不断陶冶、锤炼自己,使自己的精神有横贯日月的浩然正气,有高于物欲和世俗的升华和辉煌。豫让是春秋晋国大族智氏的家臣,公元前453年,晋国的赵氏联合韩氏、魏氏在晋阳打败了强大的智氏,智氏宗主智伯瑶被杀,头颅被赵氏宗主赵无恤做成酒器使用。豫让为报答智伯瑶知遇之恩,忍辱负重,多次行刺赵无恤未果,最后自刎而死,留下了"士为知己者死"的千古绝唱。豫让身死的那一天,整个赵国的侠士,都为他痛哭流涕。司马迁在《史记》中记录了这个故事,后来的人们诗咏不止。到战国时期,更是养士成风,有的王族如魏国的孟尝君,养士千人以上,甚至可以为他杀身成仁。这些成为不竭的历史佳话。

按周王朝分封制度,有诸侯、大夫、士等级系列,士是统治

阶层中最基层的贵族。用孔子的话说，作为一名"士"，一是要"行己有耻"，即要以道德上的羞耻心来规范自己的行为；二是要"使于四方不辱君命"，即在才能上要能完成国君所交给的任务。晋国原有的士是由晋公室豢养的，随着晋公室日益衰微，养不了也养不起士了，卿族们的公族大夫、余子大夫、公行大夫，几乎把晋国各层级各方面的官职霸满了，这使得士的处境非常尴尬，入不了统治阶级的层级，又非底层百姓黎民，沦为"最高级的百姓"而已。有的转行从商，有的招生讲学，有的归隐山林，有的游历列国寻找机会。卿大夫为扩大影响与人气并增强实力，彻底消灭晋公室的社会基础，巩固自己的地位，便设法招徕他们以张声势，大开"养士之风"，一些热衷政治又确有本事的士，便择机投靠其门下，藉此造就自己的事业与功名。如此一来，士就成为了"家臣"或曰"门客"，与主人相互成就，成为当时影响政坛甚至时局的一支重要力量。混得最好的家臣，当属赵氏的家臣臾骈，进入国家领导人系列卿"内阁"，担任上军佐，属副总理级。总理是正卿兼中军将。

当时晋国的智、赵、魏、韩四大卿族把持着国家朝政军事大权，四家都养有一班家臣，或文士或武士。首席家臣是卿族的"总参谋长"。

魏氏的首席家臣是任章，是一个不凡的战略家。

韩氏的首席家臣是段归。在四家所有家臣中，他的个头最为矮小，足智多谋，人们常用"矮子矮，一肚子'拐'"来概括他。

智氏的势力最大，家臣的数量也最多，成分复杂，大部分是择"势"而投，有的是原来的主人垮了，另求出路。豫让原在范

氏、中行氏，不受重用，被俘负伤后被感化而得到重用，智氏掌门人称之为"国士"。郤疵被任命为首席家臣，也就是"总参谋长"。他是郤氏后代，当年"三郤之乱"后，族人为避祸留种生存下来，改为同音郤氏，还有取氏字一半改为谷氏的，至如今，郤疵是两氏中最为杰出的。父辈起名"疵"，寓意为郤氏"残渣余孽"不屈的火种。他长大成人得知身世后，立下一个不可告人的目标，就是重振郤氏，象当年"赵氏孤儿"重振赵氏一样，使郤氏重归昔日荣光！

赵氏的家臣数量比智氏少，但质量高。"赵氏孤儿"赵武为卿时，非常尊重珍惜人才，但大公无私，拒绝引进私门，尽举荐为晋公室所用。他去世后，有识之"士"纷纷涌进赵氏。他的孙子赵鞅是赵氏标志性人物之一，在领地内进行改革，在诸卿中，田亩的尺寸最大，同样的土地面积，因为"田亩少"，百姓承担的赋税相对比较轻，很得百姓拥护，府库收入少了，自然给家臣的薪酬就少，宴饮游乐、赏赐封与之类的福利也少。投奔赵氏的士，大多是不图一己之利和眼前之得，看中的是赵氏为人心所向。更重要的是，欣赏主人放得下身段，真心对待门客，虚心纳谏，在这里有"家"的感觉，主人没有把他们当作"仆"，完全是自家人一般，没有一丝拘束甚至压抑感，收放自如得心应手，有用武之地，能成就一番事业，实现人生价值，虽身死但身后声誉无穷，追求的是长远的、更大的利益。这是无比重要、无比珍贵的。曾经——

赵鞅率领大军攻城，亲自击鼓号令大举进攻，可再攻者三，一次比一次势头弱。他无奈地扔下鼓槌，感叹道："哎！士兵变得如此不堪，竟然快到了这种地步！"

　　家臣烛过在一旁看得清清楚楚，听到了赵鞅叹息后，便摘下头盔，走到他面前说："以前是这些士兵，现在也是这些士兵，他们并没有什么不好的，只不过是您有些地方没有做到位罢了！"

　　赵鞅一听，本来就有气找不到地方发泄，倒自个送上门，勃然大怒，拔出剑架在烛过的脖子上，吼道："我不委派他人而亲自统率大军，又亲临前线临阵击鼓激励士兵，没有哪个元帅有我做得这样好，而你居然当面说我做得不好。快说，我哪些地方没有做好？要是有理便罢，没理就治你死罪！"

　　一旁的人们大惊失色。

　　烛过面无惧色，从容答道："从前我们的先君献公，即位五年就兼并了十九个国家，用的就是这样的士兵。惠公在位两年，纵情声色，残暴傲慢，而秦国袭击我国，晋军溃逃到离国都只有七十里的地方，用的也是这样的士兵。文公即位三年，以勇武砥砺士兵，所以三年以后，士兵都变得非常坚毅果敢，结果在城濮之战中大败楚军，围困卫国，夺取曹国，安定周王室，名扬天下，成为天下霸主，用的也是这样的士兵。所以我说您只不过是有些地方没有做到罢了，士兵们有什么不好呢？"

　　一席话有理有据，使赵鞅冷静下来，是呀，同样是这些士兵，有时胜利有时失败，皆因将帅之故，有道是"兵穷穷一个，将穷穷一窝"。仔细看了看现场，自己离士兵远远的，躲在了很安全的屏障和盾牌后面，士兵只闻鼓声，不知道鼓声从什么地方发出的，更看不到谁在击鼓，自己作为主帅亲临战场，也就没有任何作用，恍然大悟。赶忙撤下剑说："哦！多谢您的指教，我明白了自己有哪些地方没有做到。"于是离开了屏障和盾牌，令人把鼓搬到敌方弓箭的射程和滚石的投掷范围之内，冲上前

"身先士卒"猛劲擂鼓，号令全军进攻。顿时，士兵们呼声四起，震天撼地，结果只击鼓一次、冲锋一次，士兵们一鼓作气便攻上了城墙，战斗大获全胜。

战斗结束后，赵鞅立即重赏了烛过。感叹道："与其让我获得兵车千辆，不如听到烛过的一句话啊！"

有一年正月元旦这一天，邯郸的百姓将他们捕获的野鸡献给赵鞅，他很高兴，赏赐给他们很多东西。一个家臣问为什么重赏？赵鞅说："在正月元旦这天将猎物放生，是表示一种恩德。"家臣说："民众知道您要将猎物放生，所以争相猎取它们，反而使它们死得更多。如果您想放生，不如禁止人们捕猎。捕猎之后再将其放生，您的恩德是弥补不了过失的。"赵鞅连忙说："我又犯错了，照你说得办。"于是宣布禁猎并不再接受贡献。

赵鞅有个家臣叫周舍，自己连个家都没有，总是呆在赵鞅旁边，甚至于连续三天三夜立于门外不离开。赵鞅很奇怪，就问："是有什么事情要找我做吗？"周舍说："愿为谔谔之臣，墨笔操牍，随君之后，司君之过而书之。日有记也，月有效也，岁有得也。"说白了，就是专门等着赵鞅犯错记录下来。赵鞅不仅不怪罪，反而很高兴，请他一块住。没多久周舍死了，赵鞅令厚葬之。三年后，有一次，赵鞅与诸大夫们在一起喝酒，突然之间哭起来，大夫们吓坏了，纷纷站起来说："臣有死罪而不自知也。"说罢出门而去。赵鞅追上去，说："没有谁有罪，都回来继续喝酒，是我忽然想起周舍一句话：'百羊之皮，不如一狐之腋；众人之唯唯，不如周舍之谔谔。'昔商纣王昏昏而亡，周武王谔谔而昌。自周舍之死后，我再也没有听到有人说我的过错。人听不到对自己的非议，或听到不作改正，必然失败。这就是我哭的原

因！"家臣们无不感动唏嘘。

在赵鞅那里，从没有"触龙鳞"的事发生过，不仅虚心听取身边的家臣的劝谏，即使一个戏子说得有理，他也尊重并采纳。一次喝酒很尽兴，连喝了五天五夜。一个叫莫的戏子在一旁助兴。赵鞅随口说："我真是国家的杰出人才呀！我喝了五天五夜的酒，却一点也不疲劳。"莫说："您应该继续努力，还差两天就跟纣王一样。纣王喝酒取乐达七天七夜，现在您已经持续五天了。"赵鞅一惊，对莫说："既然如此，那么我也要灭亡了吗？与商纣王还差两天，不灭亡还等什么呢？"莫说："夏桀王和商纣王的灭亡，是因为他们分别遇到了商汤王和周武王。现在天下的君主都是夏桀王，您是商纣王。夏桀王和商纣王同时在世，怎么能互相使对方灭亡呢？但是您也确实危险了。"赵鞅忙起身，踢翻酒案，谢别莫而去。

现在的赵氏的"总参谋长"首席家臣是张孟谈。他的爷爷张孟，名老，是个头脑清醒的政治家，最显著的成就是辅助"赵氏孤儿"赵武建功立业。他继承了爷爷辅佐赵氏的事业。

二

赵鞅到了晚年，"立嗣"迫在眉睫。他有五个儿子，想来想去，一会觉得这个儿子行，那个儿子也行；一会又觉得这个儿子缺失点什么，那个儿子有致命弱点，大有"清官难断家务事"之感。因为急火攻心忧虑过重，昏迷过去，五天五夜不曾醒来。众人吓坏了，即使健康人连续五天五夜不吃不喝也难以支撑的，以为大限将至。这对赵氏是晴天霹雳的大事，四个儿子慌乱得手足

无措，忙把赵鞅的好朋友神医扁鹊请来作最后的诊治。未料扁鹊观相、把脉仅一会，风轻云淡吐出两个字：无忧！竟如什么事也没有似地径自而去。

张孟谈看到这些反常现象，料定是为立嗣一事，出现在赵鞅面前："向主公讨杯酒喝。"

赵鞅"嚯"地起来："我做了一个很长、很怪的梦！"梦醒过后一切如常，"当事者迷旁观者清"，何不请有大智慧者指点迷津，可这种事旁人是很忌讳的，喝酒正是时候。趁醉意朦胧时，赵鞅似乎漫不经心提及儿子们，一个个没什么出息，令人到晚年忧心忡忡。

"龙生龙、凤生凤，主公的儿子定然不凡，微臣敢肯定个个都是人才！"

"什么样的人才？你经常出入府中，有时还同他们搅在一块，说说看。"

"这个？"张孟谈一副语塞状，当然他心里有谱，但不能亮出来。

赵鞅故作不高兴："我视你为肱股，命运一体情如一家，不要藏着掖着！"

"主公知道的，姑布子卿相面度人天下独步，他曾为孔子相面，说他有尧一样的面颊、舜一样的眼红、禹一样的脖项、皋陶一样的鸟嘴，集华夏先祖之英萃为一体，日后必定是个大圣人，果如其言。至于为诸侯将相、豪强望族的子孙相面，不计其数，从无不应验的。不如……"

这个聪明人是在"踢皮球"，也是有段时间没见到老朋友了，听听他的意见也好。于是赵鞅笑容可掬说："那就有劳你辛苦

一趟。"

一切尽在掌握中，张孟谈拱礼辞别："定不负使命！"

为了迎接姑布子卿的到来，赵鞅不循常规，命府中上下张灯结彩，准备最好的美酒美食，停止与外界的联系往来，所有人不得外出，全力以赴接待贵客。

在张孟谈的陪同下，姑布子卿隆重登场，一见与往次的情形大相径庭，没有觉得奇怪，仍似以前一样淡定如常。

宴饮后，赵鞅召集儿子们，四兄弟一一拜见姑布子卿，并一字儿排开立定，等待发落。接着对姑布子卿作了个"请"的姿势。

姑布子卿微微一笑点点头，缓缓起身踱到"队伍"前面，一个、一个、又一个仔细相面，完了又进行第二轮，如此者三。最后木然地说："他们可以走啦。"

赵鞅一挥手，儿子们退下后，紧张地问："如何？"

姑布子卿长叹口气："可惜啊！其中没有一个可以做大将军的。"他说的大将军，是象赵鞅这样成为赵氏掌门人并成为晋国正卿的人。正卿，是晋国朝政一把手。

终于控制不住，多日来的焦灼爆发了，赵鞅长呼道："赵氏经历了千磨百难，涉过了千山万水，度过了千危万险，莫非到了我这里，赵家就要衰败了吗？"

"不尽然！"看到赵鞅急坏了，姑布子卿来了个急转弯："龙生龙，将门有虎子，乃亘古不变。我在进府门那一刻，就瞅见一个未来大将军之才。"

"哦？有什么用呢，非赵氏之人啊！"

张孟谈领着一个黑黑瘦瘦个头又小的孩子进来，姑布子卿惊

呼道:"就是这个孩子!"

那是赵鞅一次喝酒喝高了,酒气熏天,近侍受不了都悄悄溜开了,身边只有一个翟人女奴仆侍候他,酒性发作无以排遣,就猛地扑倒她疯狂发泄折腾。酒醒后,女奴仆不见了,他也就忘了这回事。谁知仅此一次就"中彩",奴仆怀孕难产生下这个孩子,听到儿子的啼哭,摸着儿子血体,说"值了!"然后微笑着死去。因为从小没有母亲,又属"一夜情"野生的,并且因为母亲连明媒正娶的偏房都不是,赵鞅只是在他出生时,仔仔细细瞧过一眼,后来从来没有关心过,甚至忘记了还有这个儿子存在,在五兄弟中地位最低,日常用度最低、最少,与家奴相差无几,所以唤名"无恤",一直在府中好心人关照下苟活着,比底层人的生活好不到哪儿去。赵鞅的长女宅心仁厚,非常同情幼小的弟弟,不时接济与探望,才使他感到自己是赵氏的一个存在。正是由于苦难的童年,养成了忍辱负重、坚韧不拔、自强不息的品格,在他身上,看不到一点纨绔子弟的气息。这引起了张孟谈的注意,有意识接近并了解,确信他在诸兄弟中最为杰出,将来能够成就大事业,就等机会把他推出来,于是导演了相面这一出。

赵鞅镇静下来:"哦,他叫赵无恤,母亲是我的奴婢,地位卑微,不是凤,怎么生得了凤,又怎么可能显贵呢?"

"这是天意啊,卑微又如何?一定会显贵的。想当年,成公不也是文公的侍女生的吗?悼公更是出自旁支!"姑布子卿的证据有力。

赵鞅向来善于纳谏,对姑布子卿这样天下第一的相面大师,更是深信不疑,心里轻松下来,但得有事实来证明。便传令关于无恤的日常用度和其他诸子同一个标准,自己也把无恤和其他诸

子一样，纳入日常教育、培养的对象，平时看他的眼光、交流的语言也同其他诸子一样柔和温暖。

一次，赵鞅将训诫之辞刻于若干竹简上，同样的内容，每个儿子一份，要求他们随时携带，熟读成诵，认真研习，领悟其要旨，最后强调：无论什么时候，无论多长时间，以后要逐一考查问答。

开始一段时间，诸子们个个早起晚睡努力不已，读简声、背诵声响彻在府中各处，把赵鞅乐坏了。可两个月后、半年后、一年后，这种声音逐渐稀疏下来，直至没有了声音。诸子们以为父亲许多军国大事、宗族大事都忙不过来，早已忘记了这件小事，一个个也放下了读简、诵简、悟简，甚至竹简丢到哪里去了，也记不起来，该干嘛干嘛去。唯有赵无恤一个人的声音，在偏僻的地方不间断地响着，夜里睡觉把竹简藏在枕头底下，早晨起床第一件事，就是把竹简取出塞进怀里，跑到园子深处读、诵、悟。

一天夜宴，张孟谈喝了不少酒踱入园中，忽然听到熟悉的读简声，借着月光看见熟悉的身影，那是赵无恤"月下诵简"，心头一喜，不由漫步过去。没声音了，却见赵无恤闭目沉思状，这是"月下悟简"。

待赵无恤从沉思中醒来，张孟谈便同他一起"悟简"开来……

三年后，赵鞅忽然想起有对儿子们布置的竹简一事，便召集前来考问，这么长时间，个个必定都是能轻松过关的。第一个是长子伯鲁，背诵开头几句，便僵住了，额头冒汗不止。赵鞅明白了，一瞧其他诸子，身子都在哆嗦着，一副囧相，大失所望，喝问："竹简可在？"得到的回答是"记不起了"，声音屡弱到几乎

听不见。

赵鞅一看只有排在最末的无恤身子站得笔挺，昂着头，与其他兄弟形成鲜明对比，铁青的脸缓和下来，令他背诵。赵无恤语调铿锵抑扬顿挫背诵如流。又问悟之所得，赵无恤侃侃而谈，其中不少见解颇为深刻独到，为常人不及。又问"竹简何在?"

赵无恤从怀中掏出递上，赵鞅接过一看，只见竹简因为常常被触及，显得很陈旧，边缘全被磨平，甚至不少地方被磨破。三年如一日不懈怠，一个孩子家坚韧不拔于如此，其未来不可限量！赵鞅又问："仅悟而已?"赵无恤答曰："悟是为了用，孩儿常用悟之心得来检点自己、修正自己。"此时，赵鞅无语，这就是小时候的自己，一个模子倒出来的，心中已经将他从原来诸子最末一位，列为"立嗣"首选，感叹姑布子卿早就预测是这样的结果，真乃神人也！

后来又通过对五个儿子一次决定性的测试，赵无恤完胜，其他四个出局，赵鞅立赵无恤为"太子"。

张孟谈的设局也完美"收官"。

三

智瑶一进正卿官邸，晋出公一脸哭相迎上来，倾诉着日子艰难没法过，这个国君做不下去了，吃肉肉没有，喝酒酒没有，名下无寸土，打个猎找不到地方，连身边的护卫、侍男侍女、厨师勤杂工等一干人，俸禄都开不出去，溜号的一个接一个，堂堂国君快成孤家寡人了，就差上街市乞讨，只有大元帅能救我。

智瑶想想也是，作为正卿当然要管的，真饿死了，虽然也不

是什么了不起的事，再立一个就是，但影响极坏，晋国民众的心里，国君的分量还是很重的；再说留着他，说不定有意料不到的作用，可以让他以国君身份，办自己办不到的事情。只是如何……

郗疵见状大步跃前，对智瑶耳语一番，然后轻步离去。

智瑶令摆下盛宴：　"酒放开喝，肉管够，再带些回去慢慢用。"

晋出公一脸欣欣然，好长时间了，从没有谁请赴宴吃饭，又听大元帅亲自作陪，更是感动不已。

酒过三巡，智瑶以诚挚的语调说道："这样终究不是个事，国君嘛，必须是全晋国最富有的。"看着晋出公渴望的神色，问道："四百里土地、四万户人口，够吗？"

突然天降莫大馅饼，难以置信，晋出公呆呆的。

"当然，凭智家也没有如此力量，晋国四卿每卿献给公室一百里土地、一万户人口。"

怎么可能？晋出公一脸疑问。因为闲闷无聊，几次出去打猎，"误入"卿族领地，毫无例外被赶了出来。

智瑶微笑着说："这其实很简单，请国君做好令简，命四卿各交出一百里土地的文契、一万户人口的户册便是。然后，我去三家讨要，加上智氏的，一起献上，到时候国君按此接收，可不要推辞哟！"

有鼻子有眼，实实在在又具操作性，不由人不信。晋出公起立拱礼，呜咽着语不成声："大恩……不言谢……"

"这是为臣该做的。请国君派大员常驻，随臣一同办妥。"

晋出公一出门，郗疵便窜出来，自请前往晋公室朝宫，立取

令简，防止有人从中作梗，甚至以此大作文章兴风作浪。

韩氏的宗主是韩虎，在新年的"蓝台之宴"受到智伯瑶的百般侮辱，躺了几日恢复过来，想自己受辱是命中注定，而段规则是无辜的，险些丢了小命，临危不惧，该补偿的。准备了不菲的礼物，召段规前来，并商量以后应对办法。两人正讨论间，智氏家臣长武子和晋出公的特派员来访，说明来意亮出令简。

韩虎呆了，的的确确是真的，"蓝台之宴"的事刚过，很快又来了更狠的，让人活不活？极力控制情绪："令简送到，请回吧，会派使者复命的。"

来人一走，段规紧张地问道："主公意下如何？"

"不可以的！是智氏要割我的肉，一百里呀，一万户啊，韩氏有几个一百里、一万户？公室不过是个幌子，谁信？"韩虎几乎是怒吼。

段规也克制着自己，待韩虎稍平静些，缓缓劝道："'不可以'过不了这个坎。智瑶为人贪婪又凶狠，智氏强大，一定会借国君的名义，出兵抢夺，那时就不止损失这些。并且挟持国君，出师名正言顺，谁也不能说不可以，更奈何不了。"

"这些土地是祖先留下的，历经多少代，死了多少人，流了多少血，才换来今日。我不仅没有光大，难道还要做韩氏的败家子吗？"

"还是给他吧。"看着主人不解的目光，段规解释道："给了他，他就会习以为常，得来这么多太容易，又将会向另外两家索取土地人口，如果他们拒绝，智氏一定会倾力攻打，如此一来，那么我们可以免除患难，坐等事态发展，一定会出现变数的！"

韩虎冷静下来，想了想，目前只好、也只能如此："你去办吧。"声音几乎听不到。

"先拣些荒凉边远之地、家庭羸弱病伤多者,暂时应付一下。"

韩虎说不出话,点点头表示就这样吧。

看到韩氏交来的土地文契和户口册,这么快、这么容易就得到这么多的土地和人口,智瑶开心不已,命继续进行。

魏氏的宗主是魏驹。他一看令简,冷冷一笑,扔到一旁:"明抢?白日做梦!"琢磨着赵氏、韩氏受辱后,降临给自己的是什么,又如何应对,没想到智伯瑶等不及了,也太狠了!

"主公为何不给呢?"任章轻轻发问。

"天下太平如常,并没有发生什么了不起的大事,无故生出这么个事来!"

任章一脸肃然道:"现在魏氏还没有力量与智氏对抗。无缘无故地索要土地人口,其他两家势必十分恐惧憎恨,如果给智瑶土地与人口,他会更加踌躇满志骄横起来。韩氏也不是是心甘情愿的,一旦发生冲突,三家会由于害怕而亲近联合起来,极有可能获胜,智氏之命必不长矣。《周书》曰:'将欲败之,必姑辅之;将欲取之,必姑与之',说的就是这个道理!不如先'辅之'、'与之'?"

魏驹沉默片刻,叹了口气:"就这么办吧。"

人逢喜事精神爽,智瑶开心的笑声,老远就能听到。智宽奔过去,见原来韩氏的文契、户册旁,又添了魏氏送来的。

"大哥哟,你可来啦,正想着。"智瑶笑容可掬。

智宽道:"你做晋国正卿,智氏也大发了,恭喜!"是真心话,觉得父亲有眼力,没选错人,如果自己做正卿,断不会有如

此成就。

"说说，大哥想要赵氏哪块地？"因为智宽是长子，本来智氏掌门人、晋国的正卿应该是他的，可他偏生一副菩萨仁慈心肠，在如今这个世道无论如何玩不转、混不开，只有挨宰的命。机会来了，想补偿他。

智宽待了会儿，将信将疑地语气："蔡、皋狼两地，能得到吗？"因为蔡地对晋国甚至整个华夏意义非同一般，皋狼更是赵氏的"龙脉"所在，是他最心仪、最向往的地方。

蔡地，是赵氏最南端的领地。华夏始祖伏羲氏因蓍草生于蔡地，画卦于蔡河之滨，遂名其地为蔡。今日的一切，全赖伏羲氏之功。他创立八卦，开启华夏文化之源，"天人谐和"从此深入人心；教民作网用于渔猎，驯养野兽，就是如今的家畜；结束原始群婚，把血缘婚改为族外婚，人口大繁衍，也越来越聪明强悍；始造文字用于记事，取代结绳记事；发明音乐与乐器，赋予人们的生活无限快乐；将其统治地域分而治之，任命官员进行管理，后世代代效之。"孔子弟子贤者七十二"，蔡地就占六人。每年春季的农历三月十八日，中原各国都派出浩大的使团，隆重祭祀伏羲氏，民间也一直保持着这个风俗仪式。智宽从懂事起，年年参加未曾断过，每次都不由自主想到，要是这里属智氏，多好，多美！

皋狼之地历史底蕴丰厚，在赵氏领地的北端，是赵氏的发祥地。赵氏的祖先造父本嬴姓，善于御马，为周穆王驾车，平息了徐偃王叛乱，得封地赵城，始以赵为氏。至周厉王时期，造父后代赵叔带"东漂"晋国，方有今日赵氏。造父的爷爷孟增，是商纣王的大臣蜚廉的孙子，成为嬴姓家族的领袖，博学多才，受到晋国开国国君唐叔虞哥哥周成王的宠信，得到重用并赐之皋狼之地以为邑，所以孟增又号"宅皋狼"。夺人祖先发祥之地，无异于挖人祖坟。同时失去南边的蔡地和北边的皋狼，等同于被包围起来了，赵氏怎么可能易手他人？

出乎意料，智伯瑶轻轻挥手指了指案上一堆文契与户册："只管问赵氏要去。两地的这些东西，就放大哥那，不必拿过来。"仿佛唾手可得。

智宽大喜过望，匆匆辞别而去，他一刻也不愿浪费。望着智宽远去的身影，智瑶更觉全身轻松，哼起了小曲，压在心底多年的愿望，终于得偿。

次日，智宽灰头土脸站在智瑶面前，诉说索地的过程。赵无恤与闻名于世的隐忍形象炯然不同——一看令简神情大变，一听蔡、皋狼两地，眼睛冒火似的，几乎是吼叫："土地是先祖留传下来的，况华夏与祖宗发源之地，怎么可以赠予外人？我绝不会做赵氏的千古罪人！不送！"转身扬长而去。

智瑶气坏了，几乎暴跳如雷，这是作为智氏掌门人和晋国正卿以来，第一次遇到硬茬"栽了"，又使得在大哥这里折了面子，魏、韩两家怎么看，又会怎么做？这两家交出的二百里土地和两万户人口将不保，不由拔剑长啸："除灭逆贼，今日始！"下令尽起智氏之兵，并传魏、韩两家共同举兵，攻伐赵氏，片甲不留，片土不存！

智氏的行动很快被赵氏知晓，战争很快就会爆发。张孟谈在赵无恤拒绝智宽的同时，料定智氏不会善罢甘休，立即派出各路细作随时打探消息，并命军队悄悄用最快的速度，做好各种战时准备。但举瞬之间，一切来不及。

　　无故夺地抢户，刀已然被架到脖子上了，退无可退。赵无恤召开紧急会议，商量如何应对。家臣们一致认为现在智氏强大，正面硬刚必然吃大亏，宜暂时撤出都城，避其精锐，集中力量，退守一地，挫其锋芒，以观事变。至于退守哪里，意见不一，大多数主张退守邯郸，那里经营时间久，人口众多。张孟谈主张去晋阳，除了墙高粮足，经过赵鞅派家臣尹铎、董安于两次筑城与治理，那里人心齐凝聚力强，是人心之城，非邯郸可比。

　　赵无恤想起了父亲临终两句遗言，前一句早实现了，还有一句：他日有难，可去晋阳，不要怕路远又地方偏避，也相信张孟谈是"心中有数"。看着众人投来的目光，缓缓立起："各地人马，速往晋阳！"

　　智氏的军队很快扑向赵氏的各个领地，几乎没有遇到什么像样的抵抗，赵家军都往晋阳方向退去。智瑶明白了赵无恤的打算，正中下怀，我智瑶是谁，那就在小小的晋阳决战，将赵氏尽悉歼灭。他亲率智氏军队为中军，作为主力攻晋阳正门方向，命魏氏军队为西路军，侧攻晋阳西门方向，命韩氏军队为东路军，侧攻晋阳东门方向。晋阳的北边是大山，用不着布兵，退无可退，三路人马齐头并进围奔晋阳，赵氏必死无疑。

　　接到命令，魏驹和韩虎心情复杂，很开心两个远超自己的"大块头"终于干上了，并且一上来就是如此大的场面与动作，必有一死一伤，预料中的"变数"出现了，就有"败之、取之"的可能；忧虑的是，不能"坐山观虎斗"，自己现在还没有足够的力量可以违抗智氏的命令，也要被迫卷入其中，打仗会死伤人的，还要耗费巨大军需。办法当然有一些，如派一点先头部队出发应付一下，借口太突然没有准备，大规模集结军队和筹集粮草需要时间，但这拖不了多少日子，只是能拖多久就多久，让两家先彼此消耗着去。

一逼近晋阳，智瑶下令猛攻，趁对方立足未稳布防不周，迅速拿下。可晋阳城墙实在是太高了，得两个梯子连接起来才够得着，待士兵从地面攀登上去，不知要死多少回。更严重的情况是，刚猛冲到城墙下，连梯子都没竖起来，全部死于乱箭之下。同样的情形，重复者三。智瑶冷静下来，命令将晋阳围个水泄不通，断其外援与粮草军需，猛然一下子增加大批人口，事发突然，根本没有时间准备，支撑不了多久的。

魏氏与韩氏被逼分别在晋阳东、西两边发起攻城，但只要城头射下第一支箭，全部攻城部队便溃不成军，鬼哭狼嚎声遍起，似乎能把高耸的城墙震塌，是战争史上少有的奇观。智瑶明白这是两家在保存实力，可也没有办法。

接着，智瑶又命令采取夜间偷袭攻城、将囚犯作敢死队攻城，知道希望渺茫，但可以消耗赵氏，他不信晋阳城内有射不完的箭。当看到城头射下来的箭越来越少，投下来的乱石越来越多，心中大喜。

晋阳城内众志成城士气高昂，百姓日常生活和平时没什么两样。赵无恤却紧张、忧虑与日俱增，各路大军仓促云集，只带了随身装备，箭射一支少一支，近一半士兵已无箭可用，只能投掷百姓运来的乱石，命中率低不说，致死率更低，伤者治愈后又可重新上阵。

张孟谈看出来了，黎明时分，大清早跑来见主人，请随他一游，当来到宫殿群，反复拍打着一根梁柱："这是什么？"

铜柱！粗壮高耸的铜柱满身都是铜，是造箭头的最好原料。

赵无恤恍然大悟，只要把一根铜柱拆下砸碎熔化，不知可以造出多少箭头，这里有数百根铜柱，可以造出无数的箭头，取之不尽用之不竭。可是……

"不急"。张孟谈又引着到一道丈多高的院墙前，命护卫立即推倒能推倒的。

一阵轰隆隆的垮塌声后，数百米院墙化为瓦砾，在原来的位置上，唯每隔一丈的"墙骨"巍然挺立，分外显目。

张孟谈微微一笑："主公请近看！"

荻蒿！赵无恤震撼了，荻蒿木质地坚硬，是做箭杆最好的原料。院墙不知有多少，荻蒿木不知有多少，可以造出无数的箭杆。箭头有了，箭杆有了，晋阳城无恙矣！瞬间明白当年董安于冒着巨大的非议与压力，耗库无数，打造了暗藏玄机、永远不败的晋阳城，而父亲面对雪片般谏简和浪潮般的谴责声，一笑了之的原因。没有丝毫犹豫，下令推到铜柱与墙骨，调集城内所有工匠，投入造箭的活动。

"我要去祖庙，告慰先父，祭祀尹铎、董安于……是他们的远见卓识大智慧，使赵氏防患未然免于灾难，行稳致远，后福无穷！"赵无恤几乎语不成声。

一些日子来，远远望去，晋阳城上空不停地升起与翻腾着浓浓烟雾，一天到晚不曾散去，还隐约听到不断传出的各种号子声、嗨叫声，想不出、猜不透里面在搞什么鬼名堂。看着城头射下的箭越来越少，投下的乱石越来越多，智伯瑶估计对方的箭已尽枯竭，于是命令三家军队，同时在三个方向倾尽全力发起强攻，一鼓作气攻进城去，一战毕其全役！

未料连续三波强攻，都是城头一阵战鼓欲聋、号角长鸣后，

紧接着箭如雨下，比开初时的更密集、更猛烈，凡射程内的士兵，无一幸免，全部中箭倒毙，有的不知身中多少箭，非常恐怖，射程外的士兵见状，急忙转身往回奔。智瑶明白了，城内正在融铜造箭。跑到东、西两边视察，情形一样，只是损失不大。魏驹与韩虎一个劲诉说折了多少多少兵员，无非是表功并哭穷。从来就没有什么可以难倒过我，攻不进晋阳，那就困死晋阳，箭射不完，那么多将士与百姓，难道粮食也吃不完吗？

又未料这一围困就是三年，晋阳城一切依旧，智瑶不禁着急起来。晋阳地处偏远，后勤保障压力大，总耗在这里也不是个事，智氏上上下下、还有魏、韩两家都在瞅着，明面上没表示过什么，心里可能无数次看瘪了我这个大元帅。

郗疵看到了主人的焦虑，不便道破，提议既然南、东、西三面没文章可做，去北边看看，那里山水多矣，远一些路，还有大大小小的天湖，风景一绝，令人心旷神怡，可以洗去征战风尘，清醒如初。

次日晨，智瑶登临晋阳之北的悬瓮山，由近至远举目四望，发现汾河如带擦城而过，不息地奔远而去。突然兴奋起来，高呼："水、城，一高一低，天助我也——"

郗疵看懂了，汾河依山位高，晋阳处于山下低洼地，只要决开汾堤，完全可以水淹晋阳，这真的是以前战争史上没有过的"水战"，不动兵甲，就能大获全胜。他被主人的发现与智商震撼了！晋阳城虽大，但总有全部淹没的一天，粮再多、箭再足，不论人有多大本事，在洪水面前，什么都不是，什么都做不了，水能吞没一切。三年都过来了，多等几日何妨。

两人急不可耐下山，调来大批军士，指挥在晋阳城附近的汾

河上游选个最佳地点，修条新渠把晋阳城围起来，接着扒开汾堤，汾水居高临下，汹涌奔腾，顺着新渠咆哮着冲向晋阳城。并派亲兵驻守，日夜护卫，任何人不得靠近。

城头上的赵无恤头发都愁白了，本来城中粮食将尽，许多百姓靠采野菜、挖草根、剥树皮充饥，可又雪上加霜，大水淹城，日益水高城低，城中的山头、屋顶上挤满了避难的百姓，有的扒在大树的高枝上，已然山穷水尽，维持不了多久。尽管如此，军队仍然意志坚定，百姓众志成城，没有慌乱，没有害怕，更没有谁言一句"降"。明天会发生什么，他不敢想象。令人揪心的是，往常身边家臣环绕如云，或献言献策、或谈天说地、或饮酒喝茶、或听曲赏舞，莫不快哉。随着时间推移，身边之人日渐稀少，常常议事、办事找不到人，没有谁拿我当回事，有时好不容易碰到个家臣，刚想招呼说事，可人家装作没有看见，或匆匆拐弯或一个激灵掉头而去。张孟谈一向忠心耿耿尽职尽责的，最近一段时间也神出鬼没的。只有一个家臣高赫，始终不离不弃在身边左右，和三年前一样时刻尽主仆之礼，并不因为发生非常变故，而有一丝改变。

次日清晨，赵无恤决定去慰问民众，作为赵氏之主，应该象个样子，队伍要有规模，要有一班家臣陪同前往，可就是不知道都到哪儿去了，都干什么去了，想必是在"早作打算自谋出路"，好在身边有高赫，不然，真的将成孤家寡人了。

晋阳城内处处惨不忍睹，赵无恤乘着皮筏，到城中各处的山头、屋顶、大树高枝处，慰问苦苦支持着的民众，每到一处，分发一点口粮，鼓励坚持到底。民众们纷纷表示决不屈服，誓与晋阳共存亡。这使得他无限感动，更感到尹铎和董安于在这里打下

的民众根基与城防无比牢固，赵氏只因二人的远见卓识而受益不尽。

一只小皮筏冲过来，禀报说张孟谈到处寻找主公。赵无恤心头一喜，想必他可能找到力挽狂澜的办法了，退守晋阳也是他最先提出的，忙喝令以最快速度返回。赵无恤匆匆赶到城头"司令部"，张孟谈已经恭候多时了。不由地，赵无恤拉着他的手一直进了内里，屏去众人，两人对坐。

"决定赵氏命运的时刻到了，请先生直言!"赵无恤迫不及待。

"主公之言仅说对了四分之一，应该是决定四家命运的时刻到了!"

赵无恤一怔，四家？可现在分明只有赵氏危在旦夕，民心固然没变，军队在勉强支持，可是要是水势再涨起来，全城也就保不住了："先生何出此言?"

"智瑶一向自以为是，他的不少高招，同时也是昏招，他要损人利己，同时也是损己利人，他要灭了别人，同时也在灭了自己。他无故索要三家的土地与人口，先是韩氏、后是魏氏都给了，是个人都知道这两家是被逼无奈极不情愿的，是他们两家不想走到如今赵氏的境地。他今日用汾水淹灌赵氏的晋阳，明日也可以用汾水淹灌魏氏的都城安邑、用绛水淹灌韩氏的都城平阳，只是谁先谁后而已。我敢断定，魏、韩两家已经想到了，正在愁得不行，说他们是热锅上的蚂蚁不为过，三家是同病相怜，谁也救不了自己，只有三家抱团取暖联合起来，共同对付智氏，把强大的智氏彻底打到了，才能从根本上拯救自己，然后三家基本上势均力敌，谁也不可能象智氏那样一家独大肆意横行，一时谁也

奈何不了谁，这将是一个长期相持的局面！魏氏有任章，韩氏有段规，都是经天纬地之才，应该是英雄所见略同！"

赵无恤越听越兴奋："先生之言，如驱散团团迷雾，拨云见日，令人豁然开朗。三家苦智氏久矣，都渴望有独立自主的时刻。可就眼下这局势，晋阳围得水泄不通，智氏在中军，魏氏与韩氏各为左、右路军，如何行得通联合起来，又心往一处想，劲往一处使？这难度不可想象。愿闻其详。"

"看似办不到不可能，事是死的，人是活的，其中有正就有反，反中也蕴有正，玄机重重，微妙不已，此乃上苍垂顾，天赐良机。智氏在中心，三家环绕周围，只要同心协力，就等同于对智氏'包饺子'！"看到赵无恤欲说什么，张孟谈微微抬手止住："在下亲往韩氏和魏氏，说服两家，大事可成！"

赵无恤浑身一震，极力平静自己。他相信凭张孟谈的才能，说服魏、韩两家完全有这个可能，那就成了赵氏的大救星。但还有一个可能，就是张孟谈找了个好借口，要堂堂皇皇溜之大吉远离绝地，投奔强大的智氏而去，争取更大更好的前程，智瑶就曾遣人携重金"劝归"，直言要他过去，可以给予比赵氏更好的待遇。当然也有可能投魏氏或韩氏，因为张孟谈祖上是姬姓，魏、韩两家祖上也是姬姓，骨子里血脉相同相通，而赵氏是嬴姓，他不可能憋屈在这里等着"玉石俱焚"。无论到这三家中的哪一家，都会大受欢迎，前途大得很。可眼下别无选择，况且自己能够执掌赵氏，也是他曾经一番苦心运作的结果，只能让他去了，去哪里、什么结果？赵家听天由命吧。

在黎明前到来前最黑暗的时刻，晋阳城东门方向城墙的一个不显眼的角落，一叶皮筏扁舟悄然缒城而下，缓缓落到城外墙根

的水面上，张孟谈拱礼作别后，转身攀索而下，准确降落在皮筏上。赵无恤强作平静，忐忑不安地看着皮筏消失于黑暗中，却殊不知他送走的是春秋战国时期的第一个纵横家！严格地说，是"合纵"联弱抗强的纵横家，他横空出世了，揭开了整个战国时期纵横家们叱咤风云的崭新历史篇章！

四

连着好些天，韩虎夜里无法入睡，不知辗转反侧多少次，已经熬了整整三年，盼望的"攻之"、"取之"连影子都没有，干脆披衣起来，一个人踱步大帐外，值宿卫士总是紧随他身后五步左右距离。这几天，首席家臣段规除了力劝他放松精神，耐下性子静观其变，急也没用，"船到桥头自然直"；一边常常盯着地图，一动不动，一看就是半天，象极了一个木偶，又总是到水渠上匆匆来去的，不知有没有琢磨出什么。突然，有人来报，段先生到处在找主公，说有十万火急事情在等着处理。

韩虎快步赶回大帐，浑身一震，眼前一亮，段规正和张孟谈对坐倾谈。

张孟谈忙起身施礼："见过主公！"

韩虎坐定后，抑制内心的激荡，表面颇为平静地说："先生不惜冒险深夜来此，所为何来？"

"在下是代表赵氏前来报恩的！"

"哦？赵氏危在旦夕，还有这份闲心？先考虑考虑自己的事情吧。"韩虎禁不住有些失望。

"赵氏能在晋国发展起来，全赖韩氏恩德，知恩必报，'滴水

之恩当涌泉相报，'连小孩子都知晓，况堂堂赵氏乎？"

紧接着，张孟谈陈述了两家相互之"恩"。历史上赵、韩两家关系非同一般，从一开始便近乎于如一家人似的，复兴韩氏的韩厥便是由赵氏先祖赵衰抚养长大，成为了赵氏的家臣，任命他为三军司马。赵氏发展到第四代赵武时，晋景公号召诸卿出兵攻打赵氏于下宫，诸卿都想吃掉赵氏这一块肥肉，纷纷落井下石，惟独韩厥思念赵衰的养育之恩，强顶住国君的压力，不惜与诸卿反目，坚持不出兵。内乱过后，赵氏全族遭血洗，仅留下孤儿的赵武，韩厥不仅收养了赵武，还向晋景公力谏："晋国有今日，离不开赵衰的功勋、赵盾的忠诚，现在竟然没有后人继承他们的爵位，这会让为国家出力做好事、做大事的害怕与寒心"，一番话使晋景公醒悟过来，决定以赵武为赵氏继承人，续嬴姓之嗣，并将赵氏的封邑还于赵武。韩厥更是对赵武关怀备至，呵护有加，把他培养成晋国的正卿。韩厥一生历晋国五朝，一直关怀赵武与整个赵氏，使得从赵武开始，赵氏逐渐复兴强大起来。

"彼此彼此！"当然对历史不可否认，韩虎深有同感。

张孟谈看到韩虎脸色舒缓下来，进一步言道："在下不仅是来报恩，更是来救韩氏的！"

"救韩氏？"韩虎满脸写着疑问："现在需要救的是赵氏，韩氏形势好得很，没什么可救的。"

"不然！"张孟谈语气斩钉截铁："赵氏固然危在旦夕，韩氏也危在旦夕，只不过是一个先后次序而已。"

韩虎一惊，迅地又镇静下来："哦？听起来挺新鲜，还有这回事，愿闻其详。"

"智瑶贪得无厌，今日用汾水淹灌晋阳，夺取赵氏，明日就

会用绛水淹灌平阳，夺取韩氏！"

韩虎浑身一震，再也"装"不下去，连忙起身拱手："先生何以救韩氏？"

"汾水能淹晋阳，同样能淹魏氏的安邑，韩、赵、魏三家形势与命运相同，只有心心相连，联手起来，倒下的就是智氏！"

"先生何以肯定魏氏能认同？"

"主公想得到的，魏氏当然也想到了，势必也在焦灼万分，在下愿前往魏氏大营，成就此事。"

"甚好！甚好！"韩虎喜形于色。

段规一直紧张地看着、听着，心情由忐忑不止换成心花怒放不已，趁势插上："禀主公，在下与张先生一起前往魏营，一来可以证明韩氏已经同意三家联手，二来可以和任章共同商议具体的行动方案。"

韩虎一跃而起："准了！等着你们'三杰'的大显身手，三家有救矣！"并立刻派出最强悍的亲兵部队，以夜间巡逻为名，护送两人去魏氏大营，张孟谈也化妆成亲兵混入其中。末了，又对亲兵首领下达命令：行动要大胆，更要小心，万一有情况，你们即使全部战死，也要安安全全把两位先生送到。

魏驹同样睡不着，他站在任章背后有半个时辰了，一动不动，唯恐打搅了他。突然听到任章大叫一声："有了——"忍不住跃上前。

任章一手紧拽着魏驹，一手指着地图道："主公请看：一条人工开挖的引汾水的河渠，横贯在晋阳城墙前，对着晋阳城的方向掘开了口子，渠水淹灌晋阳而去，河渠的另一边是智、魏、韩三军，智氏在中央，魏、韩在左右，只要在智氏大军这边也掘开

口子，那么，渠水将直冲下来淹灌智氏大军，他们那里是一片空旷的原野，无可逃遁，城中的赵氏可以从城内乘筏正面冲杀出来，魏、韩两军左右夹击，将是智氏的灭顶之灾！"

三年内不知在地图前看过多少次，看了有多久，脑子里一根筋，总是开不了窍，没往这方面想，经这一指点，豁然开朗，彻底击败智氏，此乃天赐，在此一举，决不能错失。魏驹一阵兴奋过后又冷静下来："我们两家常常见面的，商议与联络都不是难事，但与晋阳城内隔绝，外面人进不去，连一只鸟都难飞进去，距离城墙太远太高，空箭都射不上去，书简沉更射不上去，只有无孔不入的渠水可以渗透灌入，如今奈何？"

"赵氏大限将至，狗急跳墙人急上墙，一定会放手一搏！"话音刚落，就报有两个细作愿见主公求死。"一定是张孟谈和段归！"任章毋庸置疑的语气。

魏驹将信将疑，命令："速速带上来！"

两个韩氏亲兵装扮的人出现在眼前，正是这两人。魏驹愈加钦服，制止两人行礼，看着三人激动不已的神情，自己也被深深感染，满脸笑容道："今夜属于你们三人，我休息去。"

魏驹退走后，三个人面面相对，泪盈眼对泪盈眼，早就英雄惜英雄，可都是各为其主，每次都是陪着主公，不仅不能单独相处互诉衷肠，还要戴着假面具，说些言不由衷、不痛不痒的话搪塞场面。如今，可以痛痛快快、彻彻底底地放开了，这里，属于他们，是他们的世界！

在这个决定三家命运的非常时刻，在这个他们将要创造历史的重要时刻，他们没有时间倾泻自己的感情，几乎同时，三人围拢到地图桌前，又几乎同时，任章和段规拉着张孟谈到主席位前。

张孟谈也不客气，也没有时间客气，用异常坚定、稍略带颤抖的声音说："今夜分别后，各自抢时间做足够多的木竹排筏与皮筏，晋阳已在赶制门板筏；明日深夜午时，请各派最强亲兵上人工渠，杀死守卫河渠的智氏亲兵，掘开水渠堤坝淹灌智氏军营，举火为号，赵氏大军从城内乘筏杀出，从正面掩杀，魏、韩两军从左右两翼乘筏夹击包抄掩杀，智氏军队人数虽多，但必然被滔滔而来的洪水冲垮，不是被淹死，就是被卷走，完全没有战斗力，而三家军士高居筏上，对智氏在洪水中挣扎的士兵，远的可以箭射，近的可以如刀割韭菜般。大局定矣！"

"英雄所见略同！"任、段两人几乎同时赞叹。

张、段两人等不及魏驹回转行告别礼，立即辞别任章匆匆而去。

第二天整整一天，魏、赵、韩三家表面平静如常，不同的是，营地四周警戒森严，交通断绝，内里都是忙碌的一天，都是充满期待与憧憬的一天，也是迷茫不解的一天。赵氏的门板筏、魏氏与韩氏的木筏都扎齐备了，每个筏都安排确定了固定具体的兵士，备足了弓箭，备齐了每个筏前后左右四个火把，矛磨得更尖，刀磨得更快，箭备得更足。只是除了主公和首席家臣，谁也不知道这次是什么样的行动、如何行动，有命令下来不许询问打听、不许擅自走动。晚饭特别丰盛，管饱管吃好，每人还有一杯黄酒，这是三年来的第一次；晚饭后又接到命令，全体睡觉两个时辰，养精蓄锐，这往往是要发生大战、恶战的前兆。赵氏兵士们早就在等着这一天，与其在这里死守无望人城俱焚，不如冲出去拼死一搏，活一个算一个，给赵氏留点火种足矣，曾经赵氏只

有一个"赵氏孤儿"存活，不也复兴发展强大起来了吗？同样不明所以的，还有魏、韩营地的将士，也早就在等着这一天，与其在这里旷持日久磨蹭着，不如对晋阳发起最强、最狠的攻击，一了百了，不少兵士家里的地都撂荒了等着耕种，家里老的、小的，都不知咋样了。魏、韩两家强悍善战的亲兵部队也懵了，他们没有接到命令做筏，而是分配到了许多锄头、铁锹、照明松把等，打仗有弓箭刀矛，根本用不着这些东西，倒是老百姓可以用来自守自防，又不能询问。

半夜时分，一切按"三杰"编排的剧本展开。

魏驹与韩虎亲自对亲兵部队发布命令，以最快的速度、最隐蔽的行动，杀死守护人工渠的智氏兵士，朝着智氏军队大营方向掘开渠堤，事毕点亮并高举火把为号。

半个时辰后，只见人工河渠堤坝上，火光冲天，火光映照下，原来淹灌晋阳堤坝另一边崩塌了，决口越来越大，洪水朝智氏营地咆哮着汹涌而下。紧闭了三年的晋阳城门突然洞开，里面冲出一个接一个门板筏，前后左右挂着高高的火把，上面载着执矛握刀张弓的兵士，顺着决口冲上堤坝又冲下堤坝，向智氏大营冲去，一时呼声动地，杀声震天。

魏氏和韩氏的将士们，被眼前的一幕惊得目瞪口呆。命令下来了，学着赵氏大军的做法，向中间的智氏大营杀去，建功立业，就在今夜！两个大营同时沸腾起来了，抬着一个又一个木筏，投入到奔腾的洪水中……

智瑶正在中军大帐里间睡觉，猛然间被阵阵喊杀声惊醒。他连忙从卧榻上爬起来，发现衣裳和被子全湿了，再定睛一看，兵营里全是水。他开始还以为大概是堤坝决口，大水灌到自己的兵

营里来了，赶紧叫兵士们去抢修。忙奔出大帐外，可不一会，水势越来越大，把所有兵营全淹了，四面八方火光冲天战鼓雷鸣。赵、韩、魏三家的士兵驾着木竹筏，门板筏从三个方向一齐冲杀过来。智家的兵士，不是被箭射身死、长矛刺死，就是被淹死。大水蜂拥而至，裹挟着兵车、兵器、帐篷，瞬间水没人头，水面漂浮着一具具兵士的尸体，还有未及穿戴的衣帽，顿时明白了魏、韩两家反了，三家联手了，大势已去，一切都晚了，一切都来不及，这时刻，死的心都有，仰天长呼："天灭智氏乎——"

终于，三家会师了，欢呼声震天撼地。赵无恤、魏驹、韩虎相互拱手行礼祝贺胜利。赵氏的将士们激动不已，难以相信有这样的今天，昨天对他们是一个噩梦，瞬间已经远去，劫后余生抑不住的兴奋。魏、韩的将士们更多的是惊讶，这个翻天覆地的奇迹就这么快出现了。

反差大的是，张孟谈、任章、段规三人在一旁，却出奇的平静，仿佛一夜之间惊天逆转的杰作与他们无关，因为这完全是他们早就预料到并策划成功的，只不过是把阴谋兑变成现实公之于众而已。此刻，他们在谈将来，满脸笑容地相互打趣着，今日是盟友，完美合作一场，不过，盟友是暂时的，以后更多的可能是对手了；也许，今日三人心往一处想、劲往一处使，以后更多的可能就是相互之间的斗智斗勇了。三人约定，不管三家以后如何，个人之间永远是朋友！尽极所能把三家的盟友关系维持得长一些、更长一些，这对三家都有益处，对天下百姓尤其好！现在要紧的是，再次联手把智氏的都城攻下来，将智氏彻底消灭，使智氏在晋国永远成为历史！还有一件事同时淤塞在三人心里，他们同情郗疵，命运对他不公，他的才智一点也不比他们差，此生

可能再不能见到。谁也没有说出来，也不知如何说起？

忽然，韩虎、魏驹、赵无恤耳语几句，来到三人面前，韩虎向三家将士高声道："今日大捷，水淹智军，晋阳城下会师，全赖赵氏的张先生之功，他的名字将永远镌刻在晋国的土地上，他的功绩将永远为三家所铭记！"说罢，三巨头齐刷刷向张孟谈行礼，接着朝周围一使眼色，众将士涌上来，把张孟谈托起抛向空中，接住复抛起……

从此，张孟谈的大名与事迹，很快在晋国各地不胫而走，老幼皆知，深入人心！

五

晋国突然之间的剧烈震荡与变故，引得天下一片哗然，各诸侯国的显要们，对智瑶的失败都深感意外，不禁扼腕长叹，纷纷采取当时普遍使用的手段，派出一批又一批的"商贾"奔赴晋国，打着做生意的幌子，暗中做收集情报的买卖，从中作出分析、判断和评估，确定今后对晋国的军事与外交策略。

首先是周天子的神经受到强烈冲击，不仅因为地缘相近相邻，感受到了威胁与危险，而且晋国的祖先是周成王的弟弟唐叔虞，又发展成为诸侯国中最强大的国家，对拱卫周王室至关重要，可晋国公室日益衰微，卿大夫日益坐大，以前有六家，后来是四家，他们之间尚可以相互制衡与约束，现在成了三家，局面发展到已是不可控制，可是王室没有充足的钱粮军需，更无强大的军队，也难以号令诸侯们，对赵、魏、韩三家的"放肆"无能为力，只得派使者责难晋公室，很快到达晋国都城新绛城。

面对使者的种种不满的洰论，晋出公脸上挂不住了，更坐不住、耐不住了。本来国中卿大夫的坐大，使公室徒有虚名，这次三家灭智氏，也事先没有谁来通报一声，想咋的就咋的，更是分明没有把晋公室放眼里。遍晋国只知有卿大夫，不知有晋公室，整日活得如热锅上的蚂蚁。原来四卿时期，卿大夫们表面上还客气，每逢年节或重要的日子，都会打发人来"表示一下"，奉上各色礼物，当时确有些许欣慰，现在连鬼都没有一个上门。更重要的是，父亲交代灭卿族的遗愿没有一点眉目，与其坐以待毙，不如放手一搏，自己区区几个护卫，做不得什么，但可以联系外援。承诺只要王室支持，与其窝窝囊囊地挨着日子，不如放手一搏，无论结果如何。

晋出公暗中先派人联络智氏族人，智开已远走秦国，智宽找不着人，好不容易找着对智氏无比忠诚的家臣豫让，他不仅不领情不配合，还瞧不起晋公室，出言不逊，说什么晋公室顶屁用，连我一个人都比不上，说罢头也不回跑得无影无踪。晋出公没辙了，估摸着齐国是晋国的死敌，就帮过栾盈复仇，胥何一族与中行寅、范吉射也在齐国，肯定朝思暮想杀回晋国，这时刻一定想趁机分一杯羹，抢夺智氏的土地；鲁国是诸侯国中最守周礼的，最看不惯晋国卿大夫专权的。于是悄悄派出心腹去齐、鲁两国，请求联合出兵击败卿大夫势力，帮助自己重掌晋国，至于回报的条件，包括割城送地都可以。

三家早就在公室安插了眼线，第一时间得知消息，岂能容忍。机会来了，以最快速度成立"专案组"，决定立刻联手攻打晋出公。把与齐国、鲁国接壤的地方，封锁得水泄不通，决不可以让其到这两国去，那将造成不可估量的负面国际影响与后果。

在通往两国的所有道路上，布下一个又一个的"行动队"。

不用谁动手，晋出公已经被喊杀声吓破了胆，他知道卿族杀他，象碾死一个蚂蚁那样简单，在晋国，没有谁可以为他"主持公道"，没有谁敢收留他。情急之下，为减小目标，连家属也不敢捎上，只身逃出朝宫，往齐国方向没命般奔去。

三家都是"雷声大、雨点小"，不敢动真格的，磨磨唧唧的，谁也不愿冲在前面，弑君的罪名后患无穷。晋出公一路又气又急，很快病倒。驭手请来郎中，他拒绝医治，王室不满，齐、鲁军不至，卿族追杀，犹如丧家之犬，即使治愈了，天下之大，无有方寸安身之地，加之饥寒交迫，不久一命呜呼，死时双目圆睁恐怖状。车右费了好大功夫，才抹闭双眼。

周王室、各诸侯国及晋国人民得到公布的消息是，晋出公久居宫中无趣，出去狩猎时，遭遇强盗抢劫，搏斗时不幸身亡。

三家联席会上，魏驹和韩虎先后提出与其让晋公室碍手碍脚，不如借此机会干脆"一锅端"。赵无恤看着任章与段归在一旁皱着眉头无表情，猜测这两人对其主公的主张不赞同，就转过身子看着自己的家臣张孟谈，他相信他胜过相信自己。

张孟谈明白其意，又洞察了现场的一切，缓缓言道："当今的天下，名分上仍然是周天子的天下，晋出公敢于借齐、鲁之兵，分明是得到周天子的默许，晋公室与周天子的关系很近、很铁，我们三家远不能比，晋国这样的变故，其他国没有过，又对外道义上不在我们三家这边，各国势力正在虎视眈眈深不可测，充满各种变数。现在灭了智氏，收获颇丰，已属万幸，应该适可而止见好就收。不仅不能对晋公室'一锅端'，还有保留的价值与必要。现在要做的是，谴责晋出公引狼入室祸及晋国，三家是

迫不得已要保护自己和晋国的安定，晋出公是自食其果，与整个晋公室无关，再扶立一个新的晋公，以慰周天子，以堵天下汹汹之口。这样一来，整个局面可以得到改观！"

"先生之言有理，这可还道义于我们三家。"赵无恤信服，迫不及待表态。

魏驹不得不承认这是"高见"，举瞬之间就能扭转"国际形势"，还是有疑问："什么时候可以'一锅端'？"

"待三家得到周天子的认可，册封三个主公为诸侯，那就等于和各诸侯国一样的地位，那时晋公室就自然没有存在的必要了，连周天子也无话可说。"张孟谈胸有成竹应对。

韩虎憋不住了："那要等到猴年马月？"

"这是没有法子的事，非如此天下行不通！"

"要是总也等不来这一天，周天子肯定不会、也根本不愿这样做的，咋办？"赵无恤也有疑问。

张孟谈微微一笑："不然！只要三家拧成一股绳，没有让人嚼舌根的由头，长此以往，周天子熬不过。到底是要可以献贡上税甚至护卫他的强大的三家，还是要一个徒具虚名的晋公室，到底是要维护周礼的面子，还是要接受面前的现实，一定会权衡其中的利弊。当然，我们三家也不能干等着，要择机而动，甚至要造势、借用外力，周天子那时别无选择！"

三巨头一个个笑开了……

于是，三家商议从晋公室宗亲中，左挑又选，最后从国外接来晋昭公的曾孙姬骄，即位为君，是为晋哀公。因为晋昭公仅仅在位五年，在晋国历史舞台上如昙花一现，没有什么影响，姬骄出生与生活都在外面，在晋国没有任何根基，说起来是公族，实

则草民一个，又性格较为儒弱，便于操控。

六

三家心满意足，也彻底放松了，约定日子同时召开表彰大会，对家臣们论功行赏。魏驹与韩虎在表彰会上，分别将首功授予任章、段归，以下皆各得其所，与会者把酒言欢莫不快哉。

赵氏的家臣们济济一堂，满殿都是抑不住的兴奋，三年的苦日子终于熬出头了，都在盘算自己应该得个什么奖项、有多少赏赐。出人意料，会场一开始就陷入尴尬。

赵无恤提出晋阳之战功勋分为五等，首功当是高赫，赐为最高的"上赏"。在席的家臣们大吃一惊，因为他们的心目中，全都是张孟谈，不仅赵氏这边认为，整个三家莫不如此，甚至魏、韩两家还给张孟谈送来了不菲的礼品，所修的书信都对他盛赞不已，推为三家首功。开始还以为听错了，待到高赫上前，赵无恤亲自"颁奖"，才相信千真万确。家臣们强作镇静，正襟危坐，一言不发，看着满桌的美味佳肴，满盅的美酒，没有一点胃口，不仅暗暗为张孟谈鸣不平，也恨高赫，这个"上赏"怎么可以心安理得接受？换作任何一个谁，都会拒绝的。这个人是家臣中最没本事的，唯一擅长的就是唯主人之命是从，紧随左右，一个劲地毕恭毕敬装模作样。本当是喜气洋洋的日子，却一肚子不快。

张孟谈踌躇了许久，同僚们碍于情面，不能吐露真话，只有自己出来打破沉默："晋阳危难之际，谁都知道，只有高赫没有什么作为，也就没有什么功劳。"他不稀罕自己有没有、有个什么奖项等级，只为同僚们感到不公，同时，他也历来看不起高赫，曾经想清除掉，喜欢拉拉扯扯吃吃喝喝一套，一切看主人的眼色行事，正经事做不来。他不明白，主人怎么会让一个庸庸碌碌之人伴在身边，赵鞅断无可能。

赵无恤环扫了下面家臣们一眼："晋阳最危险、最困难的时刻，不少人都怀有外心，盼望投降者有之，或许可以有条生路；或企图自寻出路者有之，谋划着弃晋阳而去，主仆礼节尽失，言行举止愈加怠慢，唯有高赫始终伴随在我身边，并且始终与以前一样行臣仆之礼！"

"如此说来，高赫'上赏'实至名归。"张孟谈明白了，在主公的心目中，臣子的忠诚与礼节是摆在第一的，无论多大的作为与功勋，都要让位于此。

庆功宴散后，张孟谈没有上朝，在家静养，确实这段时间操劳过度，疲惫感席卷全身。有的家臣在朝堂没有见着，第二天就悄悄来看望，第三天来的人更多。这使他越发觉得不自在，隐隐有种恐惧感。他想起了范蠡，出身贫贱，但博学多才、文武双全，和好朋友文种一起共同辅佐勾践复兴越国灭吴国，一雪会稽之耻，成就霸业，功成名就之后急流勇退，并寄书信给文种："飞鸟尽，良弓藏；狡兔死，走狗烹。越王可与共患难，不可与共乐。子何不去？"隐姓改名经商成巨富，三散家财救济贫民，世人誉之"忠以为国，智以保身，商以致富，成名天下。"而文种迟疑不去，也许是舍不得高官厚禄，终被越王赐剑自尽。魏、韩致赵氏的书信，说的是实话，但对自己并非是好事，功高震主，主公故意不封自己为首功，有他的难言之隐，于他也许这样做是上上策。该学范蠡隐退了，没有范蠡的经商本领，但可以种地，不能致富，但可以养活自己。没有做过亏心事，也用不着隐

姓埋名见不得人的，大丈夫吃得正、行得正，能伸也能屈。

三天后，张孟谈穿戴整齐，仪表端庄，向赵无恤辞别。面对赵无恤一副吃惊状，从容说道："曾经主公之父赵鞅有这样的遗训：要使君主的权势能控制臣下，不能使臣下的声望超过君主。如今微臣在三家名声显赫，晋国无人不晓，这令微臣坐立不安，愿放下所有，捐弃功名远离尘世，择一荒漠之地，自耕自种，了却余生。"

赵无恤一脸悲伤："赵氏过去仰仗先生，现在和以后也需要先生，为什么要舍我而去呢？"

"主公想的是报答我的功劳，我想的是治国的道理，正因为我的功劳大，名声甚至超过主公，这非微臣所愿，所以才决心离开，历史上从来没有过君臣权势相同而永远和好相处的。曾经越国有范蠡和文种，都是有功之臣，处事不一样，人生结局就不一样，前事不忘，后事之师。请让我学范蠡走吧，只有这样，对主公、于微臣，两全其美，各得其所！"

赵无恤想想也是这个理，既可以成就一个贤达之人的行为，又可以表现一个英明君主的政治行为，但又不愿意一个大人才弃之不用，犹豫不定。

"主公不能答应，请杀了微臣，微臣可以留下书信遗言，是自甘赴死，死得其所，与他人无关。"

"那是万万不可能的……先生你还是去做自己想做的事情吧。"赵无恤不想背负勾践那样的骂名。

张孟谈交出首席家臣的任命文简，退还封地，找到一个叫作负亲丘的地方，开始过起了自耕自种、自娱自乐、远离尘世的生活。

"前事不忘，后事之师"的成语，就出自于此，提醒人们记住过去的教训，以为自己行动与人生抉择的借鉴。也许，此后历史上一些叱诧风云功勋赫赫的英雄，功成名就之后急流勇退，都从中获得了启示。

紧接着，赵无恤毫不犹豫任命高赫为首席家臣。

高赫依旧在主人面前毕恭毕敬礼仪有加，可一转身对同僚们就换了一副面孔，吆三喝五，不可一世。

家臣们受不了一个平时看不起、根本没有真本事的人对自己这般，几度有人欲离去，都被同伴劝阻。说把有本事的人气走，正是高赫的目的，他是想"山中无老虎，猴子充霸王"，偏不能使他如愿。有说现在天下太平，赵氏总会有遇到大麻烦的那一天，高赫那一套那时根本解决不了问题，等着看他的窘相，今日不早，明日不迟，耐心点吧。

张孟谈种着地，日起日落，风轻云淡，倒也平安自在。他请了家丁，不过不是用来看家护院和帮着种地的，而是专职"挡驾"。

晋国的百姓来看他这个大英雄，每次都被挡驾，只得留下礼物黯然而去。还有每逢节日，魏、韩派来慰问的使者，也是这个遭遇。赵氏的家臣也悄悄看来他，开始是一个、一个的，遭遇挡驾后，于是相邀一起来，把场面搞得很大。张孟谈依然不见，回了两句话：这于我、于你们都只会陷于不利；不信东风唤不回！

三年后，赵无恤遇到大麻烦。

魏、韩两家对赵氏非常不满，灭智氏出力多，帮赵氏度过了劫难，可赵氏抢分智氏土地比他们多得多，懊悔当时心不黑、手不狠，本可以同时将赵氏和智氏"一锅端"的，甚至连想也没有

想过，现在时过境迁一切不可能了。三年来，两家对赵氏的憎恨与日俱增。齐国、楚国打探到了这个情况，悄悄派人联络两家，相约进攻赵氏抢占原智氏的地盘，声称他们也恨赵氏，帮着出口恶气，只要拿得动的财富，土地与人口归魏、韩所有。任章与段归认为张孟谈早已归隐山野，可行性极大。

赵无恤急坏了，以前仅智氏一家就够受的了，现在四家一起上，赵氏危在旦夕，尤其是韩氏，紧邻楚国，楚国大军可以长驱直入，很快就能兵临城下，无法监控并及时得到消息。几次询问高赫，得到的都是满脸笑容礼仪不已，嘴里吐出的尽皆"打哈哈"之词。于是召开家臣会议，提出了议题，未料会场一片寂静，寂静之后还是寂静。与会者正襟危坐，一脸肃然，一个个象商量好了似的，齐刷刷眼神瞥向高赫。赵无恤气坏了，"嚯"地立起，拂袖而去。

与会者又象商量好似的，一个个脸上挂着神秘的诡笑，井然有秩地退出。

高赫吓坏了，连送别主人的礼仪都忘了，呆呆地一时不知所措，诺大的会场只剩下他孤零零。不知过了多久，高赫清醒过来，思忖着要走出困境，必须得来一个仪式，于是逐一走访同僚，客气得无以复加，脸上挂着蜜一般醉人的笑容："请赐教！"可回答的不是"你受'上赏'的都没办法，我这个受'中赏'、'下赏'哪敢有办法"，或不屑回答一笑了之，更有甚者一看见他过来象避瘟神一样逃开。

高赫不知道自己是怎么回到家的，三年"高薪"又极尽风光的日子到头了，前面没有路可走，如果知道有今日，决不会接受"上赏"和首席家臣任命的，其实做一个普通家臣挺适合自己，

过得挺舒服的，那时天塌下来有高个子顶着，自己大树底下好乘凉。他不是"高个子"、"大树"，天要塌了，莫可奈何。他不停地抽泣着。

次日晨，张孟谈启开院门准备下地干活，只见高赫直挺挺跪在门口，面前摆着"上赏"和首席家臣的任命文简。瞬间明白了是怎么回事，这一天还是来了！高赫刚一开口欲说什么，他急忙退入院中，命家丁紧闭院门，任何人不得外出。

又次日晨，同样的情景重复了一遍。

再次日晨，启开院门时，高赫倒卧在门前，如僵尸般。连续两天三夜不吃不喝跪着，一般人难以支撑的，又在人烟稀少的地方，可见下了赴死的决心。张孟谈知道已是不能置身度外，首席家臣死在自己家门口，浑身是嘴也说不清，更无法向赵无恤和晋国百姓交代。命家丁先灌水喂食救人再说。

一个时辰后，家丁禀告说，来者醒过来吃饱喝足后，又挣扎着跪在院门前，无论怎么劝都没用。

张孟谈略一思索，交代家丁回两句话：物归原主；三年苦读。并用家里的牛车送走此人，从哪里来的，送到那里去。

下一个早晨，高赫蹒跚着来见赵无恤，一路上木然前行，两眼空空。同僚们对他一反常态的神情，并不惊讶，和他们想象中的没什么两样。

高赫递上"上赏"和任命文简，声音低到几乎听不见："物归原主。"

"我并没有这个意思。"赵无恤气恼他的无能，可又实在有些舍不得他的毕恭毕敬："你打算怎么办？"

"苦读三年！"

突然冒出这样的话，从未看到过他读过书，赵无恤感到蹊跷："此话何来？"

"……乃张先生指点。"语气呜咽。

赵无恤明白了，听闻家臣们偷偷地去见张孟谈，都吃了"闭门羹"，奇怪却唯他见着了，他本当是最没有可行性的，沦落成一副熊样，可能用了什么极端的方式，付出了令人难以承受的代价，张孟谈不得不"接茬"："那就三年以后再来吧！"

望着有些跟跟跄跄的背影，赵无恤更明白了，要解四家攻赵之难，别无选择，非张孟谈不可，去见他时情景如何，又不得不采取什么样的"极端方式"？

赵氏领袖驾到，家丁不敢阻拦。

张孟谈挥手示意家丁退去："请恕未尽礼仪，乡野之人无有美酒佳肴招待。"

"秦有蹇叔长居鹿鸣村默默无闻，最终还是去秦国方大显身手，留下千古美名！"赵无恤开门见山。

"这非他的本意，是为好友百里奚所挟。"

"今赵氏有难，先生安然不帮乎？"见张孟谈一副惊讶状，赵无恤只得和盘托出。

"哦，这么大的事，要有最大的权限才能处置下去。"

"好！百官全归先生任命驱使，军队全由先生统帅。"

"我得有调兵遣将、发号施令的地方，方可成大事！"

"先生任选！"

"必须是最权威、最灵验之处……赵氏宗庙如何？"

赵无恤一怔，好家伙，那里是赵氏的圣地，够狠！瞬而挤出笑容："全凭先生。"

"这一去有些日子的，容我向内人、三个儿子道个别。"说罢，张孟谈转入里屋。

赵无恤在院门口等得发急，太久了，婆婆妈妈磨磨唧唧的，其实才一会儿。

张孟谈慢腾腾地踱出来，对车右摆摆手："一边去，这里没你的事！"

车右看到主人的眼色，悄悄退往一旁。

张孟谈把手中的剑递给赵无恤："请主公为微臣背剑驾车回都城，一路上人们看到，都会夸主公礼贤下士极尽所能，为天下第一人！"

"先生言之有理！"赵无恤风轻云淡般语气。

一路上，人们看到堂堂大元帅竟然为隐居乡野的张孟谈负剑驭车，惊得拉长的下巴似乎要掉落于地。

一路上，赵无恤心里淌着血，一直淌到都城。

次日晨，赵无恤召集所有家臣和高级将领，齐集赵氏宗庙前，等着让张孟谈派遣差事。家臣们心里乐开了花，张先生的一句话，高赫滚蛋三年，又可以跟随学些本事。

令人意外的是，出现在宗庙门前的张孟谈，衣冠不整，打着哈欠，脸上是睡意朦胧的模样，对眼前少有的"盛况"不以为然："该干嘛，还干嘛。"说罢挥挥手，示意散去，自己转身回去继续睡觉。

两个月中，张孟谈拒绝来访，也不见赵无恤，整日里游山玩水、喝酒、睡觉三件事。家臣们不解葫芦里卖的什么药，赵无恤窝着火，可也没法。人们都纳闷、更奇怪四家没有一点动静，最后竟然"散伙"了，赵氏危机解除了，一切恢复如常。

赵无恤来到宗庙，告知此事，并想得知使用了什么魔法。

张孟谈却一个劲诉说呆在这里两月有余，家里一定急坏了，请赐快马一匹，向家人告平安，速去速回。

张孟谈从此在晋国失踪了。后来人们得知，当时张孟谈让他的妻子到楚国去，长子到韩氏去，次子到魏氏去，少子到齐国去，四家知道后相互猜疑顾虑重重，致使进攻赵氏的计谋破产。而张孟谈"一箭双雕"，抓住机会把家庭成员全部转移出去，然后全家在齐国汇合，摇身一变，成了齐国国民。

赵无恤去世后，张孟谈带着全家从齐国回来了，晋国没有了，已是赵、魏、韩三家分立。他乃居住在负亲丘，接受了韩国的邀请，因为自己的祖先和韩国祖先同为姬姓，"五百年前是一家"，赴任大夫一职，专司兵器制造，并在韩国混得风生水起。其后人张开地，在战国时任韩国三朝的宰相41年；张平亦继任韩国二朝的宰相46年，共连续相韩87年。著名的"汉初三杰"之一的张良，就是张孟谈的后人！

那一个时期的许许多多的事情，人们逐渐淡忘很少提及，而张孟谈的"前事不忘，后事之师"的史典故事，至今流传不衰！

亚 卿

一

晋国经过数百年的演绎争斗,公室与君权无可挽回地日益衰落,成了豪强卿族"格斗"的舞台,原来十几个大族,大浪淘沙,优胜劣汰,如今只有智氏、赵氏、魏氏和韩氏四大卿族存活下来,也曾经历九死一生、命悬一线的至暗时光,现在逐渐羽翼丰满,任何一个轻易奈何不了其他一个,执掌国家军政大权的"六卿",每氏至少有一个进入其中,这个人就是整个氏族的掌门人。

经历过几代人惊心动魄惨烈无比的博弈,四大卿族都察觉到、面临着一个共同的问题——怕就怕掌门人的资质欠缺、品质堪忧,难当大任,一旦不测,前面数代奋斗的成果,全部化为乌有,等同于从来没有过。曾经狐氏的狐姑射、先氏的先縠、栾氏的栾盈、郤氏的"三郤"、祁氏的祁盈、羊舌氏的羊舌食我、不久前中行氏的中行寅和范氏的范吉射,都因此使祖先的辉煌不再,导致整个家族走向深渊,永远退出了晋国的历史舞台,家族中有身份地位的,或被杀、或被逐、或逃亡,其他幸存的所有族

人们，改换姓氏门庭，皆沦为底层平民。这一幕决不可在本家族中上演！

四卿中最强大的是智氏，智氏的掌门人智跞是为六卿之首的"中军将"，总理宰相级，中军佐、上军将、上军佐、下军将、下军佐五卿，是地位权力依次而序的副总理级。智跞去世后，其儿子智申"世袭"进入卿内阁，因仕途刚刚起步，任排位最末的下军佐。原来的中军佐赵氏的掌门人赵鞅接任中军将，他德高望重，当然不把智申放在眼里，使他"坐冷板凳"，甚至大呼小叫的。

智申有两个弟弟智果和智徐吾，智徐吾排行最末，在家族中没有什么话语权，又厌倦了高层的勾心斗角，就以自己的封邑涂地为氏，把全家搬过去，声明不过问大宗智氏事务，自立小宗门户过小日子，自称涂氏。智果则以智氏兴衰为己任，坚定地在智申身边尽心尽力辅佐。

智申原配妻子生有六个儿子，都有资格继承智氏为掌门人。大儿子智宽，名如其人，"宽"概括了他性情的主要特征，中规中矩，性格柔和，待人宽厚，很得祖先荀息、荀林父、智罃、智跞真传，却长得一副"狠"相。按立嫡长子的传统祖制，应该是立他为"太子"的。儿子小不点儿的时候没事，一个个如"芝麻开花节节高"都近乎成年了，麻烦也就来了，智申不喜欢他，一看见就浑身不舒服，平时话又很少，放不出几个响屁，根本不会想到立他为太子。智氏之所以以前"宽"，是出于那时不够强大的无奈，情也势也，到了足够强大的时候，也就应该顺势改变，何况现在智氏势力在晋国最大最强，需要一个强势的掌门人。曾经父亲和现在的我，都受赵鞅强横之苦，得有比赵鞅更强横的掌

门人，来支撑智氏而不落下风。人选已定，决心已下，先易后难，征询智徐吾的意见，得到的回答不出所料：全听大哥、二哥的。"后难"之难，难在二弟智果，难度极大，甚至压根过不去，但必须迎难而上，这个程序少不了，况且当初先父立太子时，初衷是立智果的，可他坚决放弃，声称如果要立他，就学周王室的太伯、吴国的季札，躲到深山老林里去，自己有今日，可以说是他让与的。从此，智果在家族中甘居"亚卿"而无怨无悔。

智宽虽有"嫡长子"显赫身份，因掌门人的"冷处理"态度及一副"尊容"，却在族中备受冷落，外界也不咋的待见，人们唯恐避之不及，及至成年，讨个媳妇都曾不断碰壁被拒，女儿家们称若过门不是同床异梦，而是恶梦缠身，纵使是卿族豪户富贵无比，但日子总得实实在在过的。可智宽对这一切表现得很超脱，成天笑嘻嘻的，他的笑异乎常人，是哭是笑、是悲是喜人们分不清，既然分不清，就不当回事了。

第四个儿子智瑶一出生，智申就喜欢上了，块头挺大，接生婆当时就惊呼起来，一抱起就激动得不行，说是这辈子接生中最牛的婴儿，一过称枰竟近十斤，超两倍于常人，别人一个奶妈足矣，他两个奶妈还不够。可能喝奶水多，长大后人高马大，皮肤白皙，一脸和善相，美髯飘飘，英俊潇洒，口齿伶俐能言善辩，其他五兄弟相形见拙，不只差一个档次，是晋国最为人欣赏的大帅哥，并且勇力、武艺、胆略、才智等各方面超群拔萃，无论到哪里，只要他昂首一站，在人群中犹如"鹤立鸡群"，自然成为中心，别人全成了他的陪衬。

奇怪的是，智果常常伴在智宽的身边，当他经过智瑶身边时，总是一副视而不见模样，智瑶欲礼貌招呼，他已经走远了。

智申派心腹去请智果来，自己在大门口守候迎接。

刚接到三弟智徐吾的书简，又"享受"大哥一反常态的礼节，智果感到这个事终于还是来了，早晚会来的，当这个时刻来临，决不能有半点含糊，为了智氏，为了智氏走得更好、更远！

智申屏退现场所有人，拉着智果相对而坐。

没有外人，兄弟之间也用不着客套。智果沉默不语，等待着！

智申习惯了，兄弟两一起讨论问题时，有不同意见，智果总是以这种方式表示，当然也是顾及他这个大哥的面子，不便直接反对，留有余地。可这事非同小可，不能含糊的，不能留余地，也不能再拖下去了，必须逼使亮明态度。

这是一场堪称史诗级的对话！

开一个好头至关重要。智申打破沉默："人们不明白你对谁都好，唯独对智瑶不理不睬、不冷不热的。"

"他身边环绕的人数都数不过来，少我一个何妨。"

"你是谁，他的二叔呀，叫他怎么想？"

"怎么想是他的事。挫挫他的心，让他冷静下来，让他想一想、悟一悟，大哥难道认为有什么坏处吗？"智果不露声色。

智申一怔："你还是坚持要实行立长不立幼的祖制祖规？"

"这仅仅是其一而已。中行吴英雄一生，立长子寅为继嗣；范鞅叱咤晋国几十年，立第三子吉射为继嗣，皆致灭族灭宗！"

"那……其二呢？"

"唯看资质品德，是否所托非人。"智果落地有声。

"我从未听到有人对智瑶的非议！"

"不然！他从小受惯了别人的'众星捧月'，一切以己为尊，

视人如草芥，看起来对人客气，巧言善辞，只不过是出于身份地位的需要，是极力忍耐装出来的，许多人信以为真，受其所惑。他日一步登天，必定真相毕露，谁的意见都听不进，谁也奈何不了他，只有天理不容。更重要的是，智瑶从生下来那一刻起，一直太顺了，可能天底下找不出第二个，没有经历过磨难挫折，没有这笔无可比拟的人生财富，这是最致命的！智氏有今日，就是因为祖爷智罃有过九年囚徒的磨难，先父有过少时孤苦伶仃的怅恨！"

"那，依你看来……"

"立智瑶不如立智宽！"

智申上火了："智宽面相凶狠，陌生者看一眼就会吓坏，有多远跑多远，讨个媳妇都难，沦为人们笑谈，无法与智瑶相比，支撑不起智氏，更会成为诸卿的笑柄！"

智果从容解释道："智宽只不过是一张脸长得狠点，其实仁德之心非常人可及，这为安身立世之最重要根本，岂能以相度人？不错，智瑶有五大优点：身材高大英俊潇洒外表迷人；擅长弓箭，力能驾车；技能出众，才艺超群；能言善辩不已，文辞滔滔不绝；坚强果断无比，恒毅勇敢超人，此五大优势别人莫能与之比。但惟独没有仁德之心，此乃要害中之要害，如果不用仁德去施政，而仅仅用以上五项才能去强行统治全族甚至天下，能有多少人拥戴他？如若甚至用这些去做坏事，那坏事必然做绝无以复加，后果必然悲惨。天下百姓最看重的是仁德之心、仁义之举。智瑶是美在外表，狠在内心，如果一定要立智瑶为继承人，智氏宗族必然遭灭门之祸！智宽是狠在外表，仁德驻心。立智宽定能保智氏长治久安、行稳致远！"最后一句语气铿锵净净！

智申哈哈大笑起来，对危言耸听的这一套早就听不下去："你脑子进水了，现在这个世界谁讲仁德，远且不论，外面的不提，晋国自'曲沃桓庄'以来，就看谁最狠、谁最有实力，讲仁德，能有现在的晋公室？卿族们也是如此！"

"非也！"智果这时刻顾不得许多，据理力争："兄长果真看清楚了？那些走向深渊的卿族，皆因缺失仁德所致……"

"非也！晋厉公太仁德，释放囚禁中的栾书与中行偃，结果反被两人所囚所杀；吴王夫差太仁德，放走俘虏勾践，更遭灭国之祸；对'中山狼'讲仁德，东郭先生小命休矣！"智申再也待不住，尽管知道这个弟弟智商超人，富有远见卓识，为一般人所不及，其实也远胜于自己，常常论人议事当时为人们不解，事后却"'果'如其言"，如果智瑶得到这个亲叔叔的支持，那就"如虎添翼"。可事已至此，决心不变，不留一点余地，挥手要智果走人，唤来近侍命立即通知全族各级官员，前来参加立智瑶为智氏"太子"的庆祝大会，然后拂袖而去。

智果呆了，不可接受的东西成为现实，僵立了不知多久，也不知道自己是如何回到家的，无力改变别人，现在只能做的，就是选择改变自己，而且早改变比晚改变要好。一进家门便令紧闭大门，谢绝客访，断绝与外界的一切联系，府中人不得外出；命清点各种家产，能车载肩挑背扛的，一律打包好，其他搬不动的全部变卖；购置马匹、车辆等足够的运载工具。安排妥当后，长吁了口气，突然感到累了，浑身空空如也象被抽干了，就一个人呆在书简屋子里，一个劲喝闷酒，一杯接着一杯。酒喝够了，头晕晕起来，就操琴弄曲，竟然不自觉弹起《高山流水》，可惜此时有谁知我音、同我心。激奋之下，弦断曲终。蓦地一怔，莫非

天意，断就断了吧，智氏！

夫人尽管对突如其来的"变故"大感惊讶，但她是他最忠实、最铁杆的"粉丝"，从嫁过来后，不知历经多少风风雨雨，每次当家人都是对的，活神仙一般，这次也是"理解的执行，不理解的也坚决执行，在执行中加深理解"，招呼一班家臣、家丁忙开去。

全府上下一片繁忙又紧张的景象，正常的生活节奏被打断，原来轻松悠然的气氛为凝重所覆盖。人们有条不紊干着活，毕竟在这里做了很久，对主人一家是有感情的，不少人眼含泪水，多数人一副怅然若失魂不守舍模样，没有谁说话。他们预感有大事发生。

两天后，智果见家里收拾得差不多，派出心腹去涂地请弟弟智徐吾派人手过来帮忙，又吩咐夫人："智果府"不再有，不日远行搬迁，对有意向要离开的人，无须挽留，结清工钱，赠与礼品，客气送别。一切停当后，便来到晋太史官邸。

太史一见常来读史简、聊历史的老朋友，照常礼节有加，并不因为对方没有架子而疏忽礼节，"礼多人不怪"嘛，照常准备茶点，以备长聊之需。

"我是来向老朋友告别的！"智果语气风轻云淡。

太史有些意外："亚卿出远门乎？"对方是晋国最强大的智氏"二把手"，他最早以"亚卿"试称呼之，对方没有制止，也没有任何反应。太史就是太史，一唤定音，"亚卿"的称呼传开了。

"这一走，将可能不再回来。也是来告别智氏的！"

太史云里雾里一脸朦胧，告别我没什么，告别智氏，什么原因，还要在这里告别，发生了什么了不起的大事？

智果把太史引向藏史籍的深处，指着智氏的族谱："请把我这一族从智氏中尽悉删除，分离出来别立为辅氏。"

太史不由浑身一颤，半响后结结巴巴道："没听说晋国有什么辅氏……"

"哦"，智果微微一笑："是我不久前买下了一片依山傍水的荒凉之地，没有名称，我唤作'辅地'，从今往后，我就与智氏没有关系了！"语气坚决。

恭敬不如从命，况"亚卿"从来没有错过，太史点点头，认认真真忙起来。

智果在一边喝着茶，神情肃然等待着。当看着史籍改过，辅氏新立成谱独立成册，又远远地别放一处，全身松弛下来，仰天长舒了口气，满脸欣慰："大恩不言谢！"说罢，辞别转身急步而去。

太史怔怔地望着远去的背影，竟忘了礼节没有送别。正好他去得快，既然"告别"了智氏，就不是智氏的"亚卿"了，不然，一时也不知如何称呼。

很快，此事传遍整个智氏。智申没想到老二真的做得如此出格，为了争口气，竟然连祖宗都不要了，可也无法，随他去吧。

智瑶坐不住了，刚立为智氏"嗣子"，这时刻最需要支持的，尤其是来自亲人的祝福与"加盟"，二叔没有出现在"立嗣"大会现场，已经让全族上下议论纷纷，各种猜测都有，又这么一闹，分明是直接表示不满甚至是抗议。父亲没有任何明确意思，他们是平辈，自己作为小辈，可以不过问此事，但按常规路子去拜访一下长辈，以表尊重和关心，谅谁也不能嚼舌根。

未料车轿到了智果府前几脚路，一个震撼的场面赫然展现在

面前：重载的马车队伍鱼贯而行，后面是肩挑背扛的队伍，绵延不息，其中竟然有不少三叔智徐吾的人，想必是来帮忙的。就为了自己这么一丁点事，放弃晋国最强大的智氏，要去一个偏僻的小地方，以没有名气的什么"辅"为氏，无权无势，过着寂寞清苦的生活，这是何苦呢？

智果在队伍的最末出现，智宽率兄弟子侄们迎上去，一片痛泣呜咽声。智果劝导了几句，作了最后的交代，挥泪而别。

望着远去的车队人流，人们寂静无语。智瑶猛然感觉到不能再沉默，必须争取人心的凝聚，高声呼道："大伙勿忧，果叔只是暂去而已。'辅'是什么？辅助也，辅氏是智氏的一个附属。相信我，他一定会回归智氏的，因为他身上流淌的是智氏的血脉，永远改变不了，我们一起等待这一天！"

现场气氛顿时轻松起来，人们呼啦啦向着智瑶靠拢。

智瑶脸上闪烁着得意的光亮。

智宽一行人怔怔地呆在一旁。

二

智申去世后，智瑶"世袭"进入卿内阁，果然不负其父与众人所望，开始充分发挥自己的"五项全能"，进一步提升自己的箭术、刀枪术、格斗等武艺，尤其对战争这玩意儿最感兴趣，花费的时间与精力最多的是，潜心研究晋国战争史上所有战例，一一分析其中成败缘故，又亲自上阵训练智氏军队，从几百人、几千人，最后到操练、指挥上万人，达到得心应手无往不胜的境界。

　　正卿赵鞅去世，其子赵无恤相继为卿，智瑶则如愿以偿接替了正卿位，在履行相国职责的同时，乘机利用职权不惜一切竭力发展自家势力，一时其他三家难以望其项背，差距越来越大。在智氏内部，智瑶经常同家臣们酒饮茶叙、游戏玩乐，笑盈满面，客气备至，关系很是融洽，每逢大事要事，都会"例行公事"召集他们"商议"，他明白这个过场必须走，这是老爹留下的传统，其他卿族也是这样做的，要不养着这些人干嘛，至于听不听、采纳不采纳，那是另一回事。这些家臣原本是晋公室养的，公室养不起也养不了，才投到卿大夫门下谋个差事，都是求稳怕乱，唯恐丢了好不容易得到的饭碗。对外在卿内阁中，不仅扳回祖父、父亲原来的面子，而且比赵鞅更狠、更猛地压制其他三家，使他们匍匐在自己脚下，不敢怒更不敢言。

　　为了向国人展示自己的政绩，并寻机会打压三家，智瑶召集、赵、魏、韩军队联合进攻郑国，包围了都城。智瑶瞥见魏氏掌门人魏曼多、韩氏掌门人韩庚一副老态龙钟、风都能吹倒的模样，很是不爽，又是长辈，莫可奈何，就以正卿身份，笑眯眯地"请"同辈的赵无恤率赵氏军队为先锋攻城，并许诺攻入城后，任凭抢掠，所得四家不分，也不用上交晋公室，只归赵氏拥有。

　　赵无恤不是傻瓜，郑国不是轻易能拿下的，底蕴深厚，曾经有过"天下诸侯，莫非郑党"，郑庄公以其雄才大略，使郑国在诸侯国中第一个强盛起来并称霸天下；如今的郑国被相国子产治理得路不拾遗，夜不闭户，民心尽归，凝聚力强；都城经过近二十代国君、三百余年的经营，说是固若金汤不为过，这分明是要赵家军做"炮灰"。面对高大雄壮的智瑶"笑眯眯"，他也一副傻笑模样，怯弱弱说："我没有见过什么世面，更没有打过正儿八

经的仗，是跟着正卿来开开眼界，一个小城都打不了，何况是一个国家的都城呢?"声音低得几乎听不见。

智瑶见熊成如此还拒绝命令，气不打一处来，顾不得什么客套礼貌，破口大骂："相貌丑陋，懦弱胆怯，赵鞅竟立你这样的人接班，一看就是个不中用的东西，赵家没人了，早晚会败在你手里!"

"从小我只有逆来顺受、忍辱负重的份，成不了事，也坏不了事。可能父亲认为立我对家族好不到哪儿去，但也不会坏什么事吧。"赵无恤仍然傻笑着，全不管对方恼怒至极。

一旁的魏曼多与韩庚，对出乎意料的场面，毫无表情，也不"劝架"。

在场的赵氏家臣们怒火烧红脸颊，眼冒金星，全是要冲上去拼命的姿势，赵无恤目示制止。

智瑶心里清楚，不能速战速决，拖些日子，周王室会干预的，诸侯国尤其是楚国会兴风作浪趁机北上扩张，使得两面受敌。只是自己不能闲着，兴师动众不能白来一趟，更重要的是必须在三家面前显出自己的能耐，以震慑他们，于是身先士卒率军攻打郑国都城周围地区，劫掠了大量人口与大批物资，战果丰盛，满载而归。

打了大胜仗，四家都有斩获，四卿高高兴兴一字儿排开喝起酒来。魏曼多的儿子魏驹和韩庚的儿子韩虎是第一次和智瑶近距离接触，早闻其大名，又亲眼得见智瑶的万夫不挡之勇，心里有几分紧张，那高大雄武的身躯，让人感到一种无形的压迫感。

先是共同举杯三饮而尽，然后是"自由活动"。

魏曼多和韩庚趁着有气氛，赶忙恭恭敬敬连敬智瑶三杯，是

发自内心的，然后座定。

智瑶发话，说你们两人敬了我，眼里也该有赵兄呀。

赵无恤一脸肃然回说他们敬正卿是理所当然，我与两人同归正卿统辖，是平辈，受不起的，已经同饮过了，彼此没有失礼。

"不可！"智瑶几乎是断喝。

"那是，那是。"两人挤出一丝笑容，连忙上来敬酒。

赵无恤一看苗头不对，解释道："我个子矮小身体弱，实在是不胜酒力，在家喝酒从未有超过三杯的，现在已经醉了，还要留点量敬正卿呢，敬过正卿，我一定回醉倒的，站都站不住，更打不了仗、回不了家的。"

"昔日赵元帅连喝五天五夜都没事，哪会生出不会喝酒的儿子？"智瑶"嚯"地立起，雷吼般："少废话，喝酒！"

两人左右为难，不知咋办。

令人惊悚的场景出现了，智瑶大步跨上前，一把夺过魏曼多手中的酒樽，一手托住赵无恤的下巴，把酒灌下去，把酒樽摔得"嚓嚓"响，又夺过韩庚的酒樽，再灌第二盏。

众人不知所措，呼吸困难，如陷冰窖。

赵无恤满脸盈盈淌着液体，分不清是酒还是泪，明显支持不住，身子有些晃动歪斜。赵氏首席家臣张孟谈窜过去扶住："我家主人醉了，需要回去休息。"

"有聚有散，有始有终。要走总该告个别呀！"

赵无恤抬头环顾，双手拱礼。突然，智瑶将手中的酒樽猛地摔出，在赵无恤的额头弹开去。顿时，血涌如注，瞬间整个脸如血人一般。张孟谈按下怒火，顾不得许多，急忙挟持离开。

"如此不经打！"智瑶轻蔑了一句，转身离去。这是表示解散的命令。

魏曼多和韩庚如释重负，几乎同时长长吁了一口气。其实一秒钟前，两人还担心"继续"，不知会出什么"幺蛾子"，可又惋惜赵无恤竟就这么走了，遗憾没有见到两家"血拼"。

一回到赵氏大帐，家臣们纷纷拔剑出鞘，跪伏赵无恤面前："主人受辱如此，孰不可忍，请允前往智氏，剑讨公道，死亦无憾！"

赵无恤感动不已泪盈满眶："诸子心意领了！都起来吧……先父之所以立我继承赵氏，你们知道是什么原因吗？"

你望我、我瞅你，大伙一时语塞。

"就因为我能忍常人所不能忍！我从一出生起，就是在'忍'中走过来的！"语声铿锵。

张孟谈手一摆，家臣们拭泪黯然散去。

出征时，四家济济一堂齐心合力浩浩荡荡，返回晋国时，四家离心离德各怀心思自成一军。

智瑶一路哼着小曲回晋国，开心极了，不费吹灰之力，就把赵无恤治得服服帖帖，根本没有还手之力，也没有胆子敢还手。我占了仇由国，他要占代国，这就是跟我比试的下场，他以后还敢咋的吗？下一步就是要教训一下魏氏和韩氏，力度要足够大，这是必须的，有如利剑高悬，让三家全部战战兢兢如履薄冰，从今往后，不许有"调皮捣蛋"的小事与言行，我说一他们不可以有二，唯有乖乖匍匐在我的脚下，靠我的恩赐维持苟延残喘。曾经晋国公族演出了"曲沃代翼"，旁支取代正宗，再下一步，就是智氏演出彻底让三家消失，晋国归智氏所有，从此开始晋国不姓姬而姓智的全新时代！这太简单、太容易实现了，如囊中取

物，还有周王室洛邑那个小地方，还有全天下，都在等着我，都是我的菜……

转眼到了到了新年。晋国有个不成文的惯例，就是新年到来之际，卿族们要济济一堂，相聚相饮，同迎新春，共叙情谊。这个时刻，也为整个晋国所瞩目，是每年的一大盛事。随着卿族之间的倾扎斗争，卿族由最初的十几位，到如今只有四位了，曾经热热闹闹的场景，逐渐变得越来越冷清。为了浓厚氛围有人气象回事，卿大夫都可以带心腹家臣出席。

"酒樽之辱"，使赵无恤刻骨铭心，新年酒会的主题是"酒"，又会发生什么？魏氏的掌门人魏曼多与韩氏的掌门人韩虎相继去世，魏驹和韩虎继位，一想起不久前赵无恤的遭遇，两人不寒而栗，尤其是韩虎，酒量比赵无恤还差，如果当时是自己摊上了，会怎么样？他不敢想象，可新年酒会是所有喝酒场合最隆重的，大有可能比平时闹得更厉害的，这个智瑶不仅没有正卿的风度，而且穷凶恶极，又不按常理出牌，让人防不胜防，也没有什么好办法防。

智瑶为了新年的"蓝台酒会"，费了不少脑筋，喝酒只是个开篇引子，设些什么具体项目，最能折磨三家？一定得出乎意外，达到常人不能接受的程度，象上次灌盏酒，摔个酒樽，流点血，都是小儿科的动作，只触及皮肤，很快就忘了，要让他们心里流血，一辈子刻在骨髓里抹不去。上次整的是赵氏，这次应该轮到韩氏。魏氏留着以后，不能一次全整死，留着慢慢折磨，一次又一次威慑……这是一种难得的享受与快乐！终于想到一个新花样。

腊月刚过，正月当头，天寒地冻，扑面风飕飕，刺骨入三

分。三家人马路上都是慢吞吞的，不远的一段路，象跋涉了千山万水，几乎同时到达蓝台。相互见礼后，一入内里，一口硕大的酒缸赫然入目，这得灌满多少人的肚子，令人心惊肉跳。智瑶看在眼里，爽朗笑开了："酒会嘛，又是新年，无酒不成席，当然酒得管够，后面才能玩得尽兴!"

新年酒会不比平常相聚，有一套程序，锣鼓开道、号角唤春、琴笛庆春、诗赋赞春、轻歌唱春、曼舞迎春……接下来主持人致辞、每个嘉宾发言。当共同举杯祝愿新的一年家庭幸福人丁兴旺时，都是一样的笑容；祝愿万事如意、前程似锦、明天更美好时，心思不一样，表情不一。

智瑶宣布不礼敬谁、不亏待谁，大家平等公平喝酒，不能贪酒，也不许偷懒。没有异议，甚至巴不得如此，也没有谁敢有异议。已经过了六巡酒，魏氏一门大力士出身，个个身躯高大壮硕，魏驹酒量大没什么反应，是祖先遗传的，智瑶发现酒量差的赵无恤与韩虎竟镇定如常，暗下有些奇怪，因为准备的节目等着上场。其实赵无恤与韩虎一口袋的解酒药，趁用手抹嘴巴的当儿，悄悄把药丸送下喉，只是动作隐秘又一纵即逝，难以被察觉。

智瑶不禁恼怒，又不好无端发作，只好继续指挥猛喝酒。

终于，韩虎的解酒药用完了，知道再喝下去，自己会喝死的，不得已求饶："大元帅! 我实在不能喝了。"

智瑶早就忍不住："大丈夫就是喝死，也不能认怂!"

紧张的还有赵无恤，他摸到口袋里的解药快见兜底了，估计是韩虎先行一步没解药了。

韩虎感觉到肚子要爆炸了："我服输还不行吗?"

空气冰冻，人们屏住呼吸，等待着智瑶如何处置"服输"。

哈哈！突然智瑶放声大笑，笑得令人毛骨悚然，心想可以进入下面的项目："也罢……那就来个让人舒服的，欣赏艺术杰作。"说罢，令人抬出一副巨画。

画一摆定，众人失色，韩虎与他一旁的首席家臣段规脸色最难看。

"想必这幅'卞庄刺虎图'无人不知！"智瑶神采飞扬："寓意深刻，韵味悠长啊——"

画面展现的内容是：两虎拼死相斗，旁边一只死牛和一个持剑扑前的勇士。这是一个广为流传的故事——

卞庄子是鲁国著名的勇士，能够象晋国的鉏麑、灵辄那样独力与猛虎格斗。他还是个孝子，母亲在世时，他随军作战，三战三败，总是逃得贼快。朋友看不起他，国君羞辱他，都以为他是无能的胆小鬼。这与早先齐国的管仲相似，每逢战事，管仲都做逃兵，人们讥笑他，唯有鲍叔牙理解，解释说管仲是担心家里的老母亲没人赡养。母亲去世后，鲁国大举进攻齐国，卞庄子请求参战，三战三胜所向无敌，获敌甲首难计其数，以雪昔日败北之耻，最后又在战场冲杀七十余人后阵亡，追随母亲去了。

一次，卞庄子看见两只老虎在撕咬一头壮硕的大牛，便拔剑出鞘想挺身与老虎搏斗。同伴拉住他："省着力气吧。牛肉味道鲜美，是老虎的至爱美食，不仅要狼吞虎咽吃个饱，还要有储备以防无食之需，两只老虎分桩不均会打起来，一定是两败俱伤，力气小的被咬死，力气大的也难'全身而退'。到那个时候再动手，事半功倍。"果然老虎饱餐一顿后，为抢夺余食大打撕咬，斗得你死我活，结果一只死一只重伤。卞庄子见状跃出，仅一剑

就把重伤的老虎刺死，其实等于两只老虎都是死在他手里。这就是著名的"一剑刺二虎"故事，其中蕴含着一个如何"事半功倍"的人生哲理。

"画中有两只老虎，可现实中有三只老虎！"智瑶故作神秘状。

只有听者，没有言者。

"一只老虎是齐国的大夫高虎，一只是郑国大夫罕虎，还有一只老虎是晋国卿大夫……"

谁都明白，最后一只老虎指的是韩"虎"。一时手足无措，眼睛不知看哪，只能空洞洞直射。

"那么，杀虎的卞庄子是谁呢？就是我——"说罢，智瑶一阵狂笑。等于说韩虎是愚蠢的老虎，会死于他的剑下。

寂静，寂静之后还是寂静。可怕的寂静！

突然，段规蹦到智瑶面前："我家主人已尽酒量，光天化日之下，大元帅何以至此？这有损晋国形象！"

智瑶很淡定，用手势从自己的前颈平划至段规的头顶，轻蔑地说："小孩子，这里有你说话的份吗？你会连怎么死的都不知道！"

"哇——"地一长声，韩虎呕出的秽物喷了一地，不堪入目，又歪歪扭扭来到智瑶面前，极力抬起似千斤重的两手，勉强做了个拱礼动作："告、告辞，我不行了……"然后瘫倒在段规身上，一手紧搂着他的肩，一手在他的大腿暗中揪了一把："回、回家……"两人蹒跚而去。

"韩元帅、韩元帅！"赵无恤大声喊道，朝智瑶拱了拱手："我得把韩虎劝回来。"于是忙不迭遁去。

魏驹如法炮制，一溜了之。

晋国举国瞩目的"蓝台之宴"，在智瑶的长笑声中结束了！

目睹"蓝台之宴"的整个过程，智瑶的侄儿智国忧心忡忡，他比智瑶小不了几岁，想起智果临别交代的，劝说智瑶："一个人多次失言失行，别人可能在明面上装作没什么，但可能会在暗地里搞事。贤德的人能够谨慎地处理小事，才能避免大的祸患。今天的宴席，戏弄了韩氏的主人和重臣，要多加防备，若不然，灾难必然临头！"

智瑶不以为然，哈哈一笑说："灾难？我就是灾难，我不降给别人灾难就不错了，谁还敢把灾难给我？"

智国有些急了，举出郤氏遭受车辕之难、赵氏被孟姬进谗言致"下宫之难"、栾盈被母亲祁姬诉说他想作乱、范氏与中行氏有皋夷"萧墙之祸"的例子。最后总结："连蚊子、蚂蚁、蜜蜂、蛇蝎这些小虫，尚且能伤害人，何况是有实力的卿大夫和他的谋臣呢？"

"莫非他们还敢兴兵？借给十个胆，谅他们也不敢！"智瑶一副轻蔑的笑容，转身而去，琢磨着继赵氏、韩氏之后，下一步如何折磨魏氏，两家肯定在等着"看好戏"，魏氏肯定知道该轮到自己了。不可"辜负"的！

智国全身凉透了，想起了叔公智果、智徐吾，一个辅氏了，一个涂氏了，狠心彻底割断了与智氏的血脉联系，是他们果知有今日吗？于是唤来亲弟弟智秀，要他举家迁到封地程邑去，并象两个叔公那样立为别氏，改为程氏，为亲生父亲这一支血脉，留条后路，自己则决心与智氏共存亡。

三

为了实施削弱甚至击垮赵、魏、韩三家，智瑶召开智囊团会议，抛出议题，家臣们争先恐后献言献策，独"总参谋长"首席家臣郗疵沉默不语，智瑶目光直射他，会场渐渐安静下来。

郗疵环视一下周围，缓缓道："最重要的是必须出一个狠招，三家不得不接着，接招又伤筋动骨万般不愿意，不接又不行，借机撕开口子制造混乱，大动干戈……"说罢，便打住，他明白要留给主人显示雄才大略的余地。

正当大家还在期待中，智瑶突然宣布：散会！

次日，智瑶从晋公室要来了命简：智、赵、魏、韩每家献出一百里土地、一万户人口给公室作日常用度；并派员以公室钦差大臣的身份，首先向韩氏索要。韩氏明白说是献给公室，其实智氏将全部私吞，竟不怕吃相难看，无异于明抢，土地与人口是家族的命根子，心里一万个不痛快，但实力远逊于智氏，不得不"就范"。魏氏只是实力稍比韩氏强些，无奈之下忍气吞声"割肉"。未料一向忍辱负重的赵无恤，这次一反常态，坚决拒绝。智瑶要的就是这个结果，立即以"公室讨逆贼"名义，迅举智氏大军扑向赵军，并以正卿身份命魏、韩两家同时发兵，许诺事后归还一百里土地和一万户人口，并将赵氏全部拥有三家平分。魏、韩当然知道这是哄孩子般，眼下还是只有装作积极响应配合。赵氏骤不防及，领地内全部军队匆忙撤往晋阳城。

晋阳城是赵氏苦心经营的"固若金汤"之城、人心之城，墙高城固粮足箭射不尽，军民众志成城，三家久攻不下，僵持竟达

三年之久。智瑶内心焦灼不已，从小到大，还没有什么难倒过自己，不仅魏、韩两家在看笑话，并且全晋国都知道，连一个小小的晋阳城，三年都无可奈何，脸往哪儿搁？

郗疵深深懂得主人的心思与处境，连着好些天，跑遍晋阳东南西北的山山水水，终于找到了破解的良方妙计，但不能自我表现，得留给主人发现。于是拽着智瑶登临晋阳之北的悬瓮山，山的中部有巨石如瓮形，瓮中泉水不知疲倦地滔滔不绝喷涌而出，泻下山峦，汇入汾河。"这就是谓之悬瓮山的缘故。"郗疵介绍道。

到山顶了，智瑶由近至远举目四望，山间泉水汇入山下的汾河。汾河如带，装点大地如画，河堤下面的晋阳城历历在目尽收眼底，汾河擦城而过，不息地奔远而去。突然，智瑶兴奋起来，高呼："水！一高一低，我要创造战争奇迹——"

郗疵装模作样看了半天看不懂："奇迹在哪？"

"只要从汾河修条引渠绕晋阳城下而过，朝着城内方向掘开堤坝，水淹晋阳，稳操胜卷！"

"主公神明！自古只有'火烧连营'，今日主公水淹晋阳，战争神话也！"郗疵恍然大悟状，吹棒至极。

俗话说双喜临门，一点没错。一个家臣喜滋滋来报：收到信简，智果率辅地招募之兵，前来参与攻占晋阳。

智瑶大笑不止："叔叔呀，你终于知道自己错了，相信我了，你的瑶侄是天下战无不胜的英雄！"

一旁的人们齐声欢呼，记得当年智果离开智氏时，主人就断言他一定会回归的，没想到这一天兑现了！

他们急不可耐下山，调来大批军士，指挥在晋阳城附近的汾

河上游选个最佳地点，修条新渠把晋阳城围起来，接着扒开汾堤，汾水居高临下，汹涌奔腾，顺着新渠咆哮着冲向晋阳城，所向披靡地把整个城市据为己有，踩在脚下。

天一放亮，魏驹和韩虎几乎同时接到智瑶的命令，去悬瓮山赴宴饮酒，并看一出好戏。智瑶脸上笑容如花绚烂，遥指晋阳城："赵氏灭亡、三家三分其地即在眼前。晋国之盛，表里山河，汾、浍、晋、绛诸水，皆号巨川，今日始知水也可以灭掉一个庞大的卿族甚至一个国家，这可是我发现的一个战争秘诀，后辈的元帅将军们，将从中受益无穷！"

魏驹与韩虎同时一颤，确实是史无前例的水战奇迹，瞬即又面露惊恐，魏驹与韩虎几乎同时在下面对对方手掐脚踢。两人很虔诚地颂扬智瑶一番，然后急急告辞而去。

两人刚一离开没身影，郗疵近前一脸肃然对智瑶道："韩、魏两家必反矣！"

"刚刚都好好的，没发生过什么呀，你怎么知道？"智瑶一脸疑问。

"微臣一旁看得分明，观其神色，主公相约灭赵之日，将三分其地，三家都有所得，这本当是天大的喜事，可二人无有欣喜展容，却布满忧惧之色，原因就在于魏氏都城安邑也旁临汾河，韩氏都城平阳旁有绛水，他们担心自己会步如今晋阳的后尘，只怕已然是心怀异志，并且很有可能两家已经联手上了。"

智瑶哈哈大笑起来："现在什么情况，晋阳城破在即，清清楚楚明明白白的，傻瓜才会有异志。节外生枝会坏大计，此事以后休要再提！"挥挥手，意思是可以走了。

郗疵离开智瑶，望着魏驹和韩虎一反常态慌不择路的背影，

有一种不祥之感，放虎归山，预感要出大事，灰心极了。明明事实摆在面前，一怀悲凉。明天会发生什么，他不敢想象，看似胜利在握，实则危机逼近。现在什么也做不了，做也是多余的。他恨智瑶貌似所向披靡了不起，其实"不成器"，关键时刻"掉链子"，本可以趁着大好时机，一举拿下魏驹与韩虎，再来一次汾水淹魏氏都城安邑、绛水淹韩氏都城平阳，晋阳指日可破，三家尽归智氏所有，从此晋国实则不姓姬而姓智，强大的"智国"可西取秦国，南征楚国，东破齐鲁，北灭燕狄，没有一个是实力相当的对手，一统天下，如取囊中之物。那是一幅多么令人神往的境界啊！可退一步是万丈深渊，天壤之别，竟在举瞬之间铸成！他明白智瑶是不可改变的，能做的只能改变自己，也必须改变自己。心安何处，人去何方？他想到了一个去处，那里是晋国落难人士首选之地。

郗疵极力抬着铅重的双脚，重返大帐，如往常一样平静："晋阳这边可以说是尘埃落定，现在需要防范的是东方的齐国，肯定会过来帮助赵氏，使三家三年的努力尽毁；如果不成，至少一定会乘机过来'分一杯羹'。微臣恳请出使齐国，劝说他们不要介入晋国事务，确保晋阳战事完成。"

"这倒是个事，值得做，也必须做！那就劳烦先生一趟，晋阳事一完，即行回返。"智瑶欣欣然。

郗疵退出大帐后，走出一段路，突然停下转过身来，远远地对着大帐三跪九叩头，然后一拂长袍，急急奔去。

智果闻知晋阳战事，虽然已改姓氏，但骨子里毕竟流淌着智氏的血脉，无论如何得帮一把，特地率全部招募之兵从辅地赶来。一到晋阳，便察看战场形势，在人工渠堤上来回几次，望着汹涌奔入晋阳的汾水，不由暗暗赞叹这是一个天才者的战争杰作，自古至今，还没有谁有如此的大智慧，想到过可以"水淹其城"，兵不血刃不费吹灰之力，就能攻伐完胜于无形，这是智瑶的本领、本事所致，他把智氏的家业、事业，推向了前所未有的高峰，是智氏家族最大的功臣。又听闻智瑶说三分赵地，不仅智氏将更强大，魏、韩也将大有所获。大智大勇又对合作伙伴报以恩惠，可以使这两家死心塌地追随智氏。经过一些年的磨砺拼打，智瑶真正长大了、成熟了，智氏一定天下无敌！以前看错他了，应该当面道歉并祝贺他。

智果赶往悬瓮山，远远看到下山的郗疵，他是智瑶的得力助手，现在的大好局面，就是他提出方案而骤然形成的，天助智氏，于是待在路旁恭恭敬敬地候着。没料到的是，迎上前刚欲行礼，郗疵猛地一楞，瞬间脸色煞白，象看到什么怪物似地一闪而过，逃一般而去。轮到智果一楞，太不可思议，发生什么事了？智果感觉不好，加快了上山的速度。

郗疵在一个拐弯处停下，探头遥望上山的智果，他是智瑶的叔叔，现在只有指望他能救智氏，可救得了吗？当初智氏立嗣时，智果就说智瑶有超越他人的五项优点：仪表堂堂、精于骑射、才艺双全、能言善辩、坚毅果敢，但他却有一项致命的缺点，那就是居心不仁德行差，如果他想利用自己的五项优点去制服别人甚至做不仁不义的恶事，有谁会容忍他并与之和睦相处呢？倘若真的立智瑶为继承人，智氏必定会灭亡。可惜智申"重才"，没有采纳智果"重德"的建议，走到今日这一步，智氏已经无药可救，这一天终于来了！

智瑶兴奋不已。久违的叔叔来了，来的非常是时候，什么都

不用说，人们就知道是叔叔"回心转意"，在铁一般的事实面前，承认当初提出不立他为太子是错的，如今特来道歉。当听到智果说三分赵地，可以安抚魏、韩两家三年的付出，获得他们的感恩与支持，对智氏是大好事，他一时僵了，大老远跑来就为这，有必要吗？面前的叔叔，还是原来的那个叔叔，大失所望。于是正色道："我是为了诱使他们出兵并孤立赵氏，暂时搪塞的，两家分了多少，智氏就损失多少，只有傻瓜才会这么想、这么干。不仅不能分给两家一寸土地、一户人口，相反，下一步就是要将两家的土地和人口，尽归智氏所有！"语气铿锵，不容置疑，如教训下属一般。

智果僵了。迢迢而来，忠言相告，竟成了"傻瓜"，一路的兴奋，瞬间从头凉到脚，面前的智瑶，还是原来的那个智瑶，一点都没变，而且变本加厉，令人恐惧。一个木桶，尽管很大很高很漂亮，看起来能盛装许多水，如果使用途中，其中一块板出问题了，那全桶水将流失殆尽，一切等于零。明白了山脚下郗疵的神情举止，也是在这里碰了钉子所致，他，绝望了！自己也绝望！智氏没希望了！自己倾尽家产招募兵士，辛辛苦苦奔波一趟，变得毫无意义，而且自作多情十分可笑。

智果强行克制："郗疵怎么回事？"走之前得弄明白。

"晋阳战事即将结束，这里没什么大事了，需要他盯着齐国，不能觊觎晋国，更不能轻举妄动。"智瑶耐着性子回答。

智果懂了，无比聪明睿智的郗疵，知道再呆在智氏，不仅没有意义，而且还将是殉葬品。他把自己的才智贡献给了智氏，智氏却辜负了他！此时此刻，他下狠心作出了自己的选择，找了个借口，讨了个去齐国的差事，他将一去不返！愿他在齐国过得

好，能够施展自己的才华，也许不久的将来，晋国与智氏会吃尽他的苦头！

智果匆匆下山，回到营地，用准备的"军饷"及物资，一一分给众人，除一队随身护卫亲兵外，遣散全部军队，命各自回家或自取去路。半夜时分，带着贴身卫士，以最快的速度驰到都城，他首先奔往太史官邸。

清晨时分，太史刚到"上班"，一见昔日的"亚卿"回来了，非常兴奋。因为曾经他给予自己很多愉快的时光与回忆，自他走后，再没有知音，心里一直空落落的。这些日子正琢磨着他是否会回来的。谁知刚呼出"亚卿"，就被扬手制止。

智果没有言语，顾自往储藏典籍的内库深处奔去，在辅氏族谱存放处久久伫立，表情复杂。

太史追过去，陪了片刻，笑容可掬说："我立刻着手移往智氏族谱中去。"

"不可！"智果声若洪钟。

太史一怔，"亚卿"说话从未有过如此这般语气。

"我要把辅氏族谱全部拿走！"语气毋庸置疑。

太史更是一骇。智氏发展一直顺风顺水，传闻晋阳指日可破，赵氏不复存在，智氏更将如日中天，甚至晋国将改姓"智"，也不是没有这个可能。他不是来"回归"的，不仅要彻底断绝智氏，甚至还要彻底在晋国消失。这太不合常理，究竟发生了什么？

一出太史官邸，智果顿觉浑身轻松。

瞬间，从各个方向涌过来不息的人流，很快就聚成人山人海。先是一个眼尖的看到昔日的智果纵马而过，不由大声高呼："智果大人回来啦——"一传十、十传百，人们奔走相告，象碰

到天大的喜事，倾家而出，加入奔腾的队伍。

面对此情此景，多么好的晋国，多么好的信任智氏的人们！智果感慨万千，无语呜咽，徐徐跪下，连叩三个响头，洒泪而去。

智宽得到叔叔智果回来的消息，立即拉着侄儿智开去找，自己劝不动智瑶，只有请叔叔出马。多年的相思之苦，使得三代人一相见便禁不住拥抱大恸。平静下来后，智宽将智瑶的所作所为和自己的担忧，一股脑儿倾泄出来，然后满怀希望盯着智果一动不动。

智果却背过身去，几乎是哽咽着："没用的，我见过他了……"

叔侄两人预料到了："那……这么办？"

"准备后手，暂且异国他乡避避，积蓄力量，以图后计。智氏可以暂时倒下，但不可以绝！"

事情比想象的还要严重，叔侄两人浑身一震："齐国？"

智果转过身子直对，轻轻摇了摇头："齐国历来不是晋国的对手。昔日栾盈借齐国兵马，可惜一败涂地，中行寅、范吉射也去齐国，更是没有一点动静。楚国虽有力量，但从来都是中原各国的宿敌，对晋国从没安好心。只有往秦国去，那里有文公与秦穆公时期留下的'秦晋之好'，一定会善待智氏的。晋国的未来堪忧，日后这片土地上的主人，也许是秦国！"看着两人不解的目光："昔日吴国的天才季札周游列国，第一站在鲁国，鲁国国君用庞大的乐队奏乐接待却不报曲名。季札每听完一曲，立即道出曲子是周王室的或是哪一个诸侯国的，曲子表现的内容是什么，无一差错；当最后演奏的是秦乐时，季札说秦曲雄浑有力后劲十足令人澎湃，得天下者，必秦也！不仅如此，季札也曾来到晋国，遍访六卿，得出的结论是晋国必为赵、魏、韩三家所有……看来他的预言要成真了!"

长时间沉默无语。

智果来到智氏宗庙,在祖先面前一一跪拜,然后肃然伫立。在荀息、荀林父、荀罃、荀跞面前停留的时间很长,现在的智氏,把先辈的传统丢得一干二净,忘了自己是从哪里来的,焉能不败?赵氏历经"下宫之难",赵武的韬光养晦、赵鞅的虚纳人言、赵无恤的忍辱负重,还有魏氏、韩氏的正直低调,才是家族永保青春兴旺发达的坦途!

次日晨,智氏大本营大门前,聚集了许多民众,昨天智果无语而去,觉得非常蹊跷,今日要知道究竟,却被告知已经离去,并且永远不再回来!

果然,在最关键的时刻,赵、魏、韩三家联手击败智军,智瑶死于乱军之中。接着三家调集全部军队攻打智氏残余,马不停蹄地攻占智氏封邑,抢夺土地与人口,深知当年赵氏遭"下宫之难"全族遇祸,仅一个"赵氏孤儿"赵武独存,却迎来了赵氏的复兴,以致成为晋国四强之一,这会儿最迫切的是斩草除根,一个不留。

晋国太史官邸前,三家这个刚走,那个又来,仔细查阅智氏族谱,一一记录,对照名册,剿杀智氏一族,智家二百余人命丧黄泉。智徐吾的涂氏、智秀的程氏,虽地处一隅,但族谱中有封地的记载,未能躲过屠杀,无一幸存。而智果辅氏新立的族谱已然无影无踪,致使整个智氏独智果一支安然无恙。太史目睹整个过程,感慨万分,不由长呼:"亚卿! 神人乎——"

至此,智氏从智首立家,智罃创业,智朔、智盈中衰,智跞、智申复兴到智瑶称雄,书写了一段家族崛起发达的非凡传奇,却在华夏大地举世瞩目的鼎峰时期轰然倒下,彻底退出了晋

国的历史舞台，骤然消失在历史的长河中，深刻改变与影响了中国历史的进程和发展，直接导致了"三家分晋"。晋国的分裂，也为以后秦国对韩、魏、赵各个击破、统一六国奠定了基础，秦国留下的秦政在中国延续了两千余年，历史为之改写！如果晋国依然是强大统一的，凭借丰厚的文化底蕴和广阔的土地、众多的人口及各种资源，也许最后统一中国的，极有可能是晋国。但历史没有"如果"，过去了就过去了，历史不能重来！

后人对这一段历史留下了许多评说，因为客观上，智瑶肩负的历史责任太沉、太重了，以前鲜有这样的事例，仁者见仁智者见智。如认为智瑶"极武而亡"、"侵地而灭"、"不行仁义"等，其中北宋的司马光著《资治通鉴》，就把《周纪》作为开篇，以"臣光曰"指出："智伯之亡也，才胜过德也"！并展开详细论述："才，是德的辅助；德，是才的统帅。德才兼备是圣人，德才全无是愚人，德胜过才是君子，才胜过德是小人。选拔人才，如果没有圣人，就用君子，如用小人就不如用愚人。因为君子把才能用于做善事，就能处处行善把善事做好，小人用才能造恶，就会如虎添翼无恶不作，危害非常大。而愚人即使想作恶，智慧与能力都不够，人们很容易制服。有才的人讨人喜欢，常常蒙蔽人而忽视了考察他的德。自古至今，因才有余而德不足，导致国亡家败的事例很多，又何止智瑶一个人呢？所以治国也好、治家也好，选人用人时，要分清才与德谁是第一位的、谁是第二位的，就用不着愁失去真正的人才！"

不可否认，这是最深刻、最中肯的"悟思想"，对后世影响巨大，至今人们都把德才兼备作为人才的主要标准。